W0323316

HEYNE BÜCHER

Das Buch

Die 18jährige Linnet, Tochter eines Seekapitäns im elisabethanischen England, gerät in die Gewalt von Colum Casvellyn, einem groben Freibeuter, der sie unter Drogen setzt und schwängert. Notgedrungen muß Linnet ihm auf das düstere Schloß in Cornwall folgen, wo er seinem fragwürdigen Broterwerb nachgeht - er lockt Schiffe auf Felsenriffe und bemächtigt sich ihrer Ladung. Eines Nachts rettet Linnet eine Frau aus der tobenden See. Die Dorfbewohner sind überzeugt, daß Maria eine Hexe ist...

Der Zyklus

Die Romanserie »Töchter Englands« ist eine Familiensaga, die sich von 1522 bis 1945 spannt. Sie umfaßt insgesamt 19 Bände, *Sturmnacht* ist der dritte Band. Der Zyklus in chronologischer Reihenfolge:

Das Geheimnis im Kloster (01/5927), *Der springende Löwe* (01/5958), *Sarabande* (01/6288), *Das Licht und die Finsternis* (01/8450), *Die venezianische Tochter* (01/6683), *Die Halbschwestern* (01/6851), *Die Dame und der Dandy* (01/6557), *Die Erbin und der Lord* (01/6623), *Im Sturmwind* (01/6803), *Im Schatten des Zweifels* (01/7628), *Der Zigeuner und das Mädchen* (01/7812), *Sommermond* (01/7996), *Das Geheimnis von St. Branock* (01/9061), *Das Geheimnis im alten Park* (01/8608), *Der schwarze Schwan* (01/8787), *Zeit des Schweigens* (01/8833), *Ein hauchdünnes Band* (01/10552), *Wiedersehen in Cornwall* (01/9958). Einige Bände sind zur Zeit leider vergriffen.

Die Autorin

Die 1993 verstorbene Autorin schrieb als Philippa Carr Liebesromane im historischen Gewand. Als Jean Plaidy verfaßte sie historische Romane von hoher Authentizität und als Victoria Holt romantische Abenteuerromane. Alle ihre Bücher wurden Welterfolge.

PHILIPPA CARR
besser bekannt als
VICTORIA HOLT

STURMNACHT

Roman

Aus dem Englischen
von Monika Hahn

WILHELM HEYNE VERLAG
MÜNCHEN

HEYNE ALLGEMEINE REIHE
Nr. 01/10595

Titel der Originalausgabe
THE WITCH FROM THE SEA

Umwelthinweis:
Dieses Buch wurde auf
chlor- und säurefreiem Papier gedruckt.

Der Titel erschien bereits in der
Allgemeinen Reihe mit der Band-Nr. 01/6055 und 01/9317.

Lizenzausgabe mit Genehmigung des Schneekluth Verlages
Wilhelm Heyne Verlag GmbH & Co. KG, München
Printed in Germany 1998
Umschlagillustration: Archiv für Kunst und Geschichte, Berlin
Umschlaggestaltung: Atelier Ingrid Schütz, München,
unter Verwendung des Gemäldes STURM AN DER KÜSTE
von Friedrich Preller dem Älteren, 1856
Druck und Bindung: Pressedruck, Augsburg

ISBN: 3-453-13661-6

Die ›Passat‹

In unserer Familie war es Brauch, daß die Frauen Tagebuch führten. Meine Großmutter hat es schon getan, und meine Mutter hat es wohl von ihr übernommen. Sie erwähnte mir gegenüber einmal, daß man auf diese Weise das Leben in seiner ganzen Fülle erfasse, da man im Lauf der Zeit so vieles vergißt. Und selbst wenn man ein gutes Gedächtnis hat: Es entstellt im nachhinein die Erlebnisse, so daß sie mit der Wahrheit nicht mehr viel zu tun haben. Wenn man sie dagegen gleich niederschreibt, unter dem Eindruck der frischen Empfindung, so kann man sich später viel leichter alle Einzelheiten ins Gedächtnis zurückrufen. Man bewahrt sich auf diese Weise nicht nur ein klares Bild von Ereignissen, die wichtig waren, sondern gewinnt auch eine gewisse Selbsterkenntnis.
Ich begann meine Tagebucheintragungen in den Monaten nach unserem glorreichen Sieg über die Spanier. Dieser Zeitpunkt war offensichtlich gut gewählt, da sich von da an vieles in meinem Leben änderte. Wir befanden uns alle in einem Zustand, den man nur als euphorisch bezeichnen konnte. Kurz zuvor hatten wir erfahren müssen, daß wir dem Untergang nahe gewesen waren, obwohl wir dies nie für möglich gehalten hätten. Vielleicht war es sogar der unerschütterliche Glaube daran, daß wir nicht zu schlagen seien, der unserem Land zum Sieg verhalf. Doch andererseits mußten wir uns auch ehrlich klarmachen, was eine Niederlage bedeutet hätte. Uns waren Berichte über fürchterliche Greuel zu Ohren gekommen, von denen die Niederlande heimgesucht wurden, die sich gegen das mächtige Spanien aufgelehnt hatten. Wir wußten, daß die Armada nicht nur Kriegswaffen, sondern auch Folterwerkzeuge mit sich führte. Diejenigen, die Spaniens Religion nicht annahmen, wurden gefoltert und bei lebendigem Leibe verbrannt. Angeblich wurden auch Männer bis zum Hals in die Erde eingegraben und dann ihrem schrecklichen

Schicksal überlassen. Wir hörten endlose Erzählungen über furchtbare Leiden, die wohl auch uns erwartet hätten, wenn die Spanier gekommen wären. Doch wir hatten sie besiegt.

An Englands Küsten lagen die Wracks ihrer Schiffe, viele trieben noch auf hoher See, und ein paar Schiffe waren wohl auch nach Spanien zurückgekehrt. Wir dagegen lebten unbesiegt in unserem schönen, fruchtbaren England, auf dessen Thron Königin Elisabeth unangefochten saß. Alle waren überglücklich, und wir aus Devonshire ganz besonders, denn unser Francis Drake war es, der England gerettet hatte.

Mein Vater, Captain Jake Pennlyon, war ein Mann voller Tatendrang. Robust, stark, abenteuerlustig, fest entschlossen, die Spanier von den Meeren zu vertreiben, unduldsam gegen Schwäche, überzeugt von der Richtigkeit seiner Ansichten, hochmütig, offenherzig, alles andere als untertänig, war er für mich der typische Engländer unserer Zeit. Als Kind hatte ich ihn gehaßt, da ich sein Verhältnis zu meiner abgöttisch geliebten Mutter nicht begreifen konnte. Erst seit kurzem wußte ich, wie sehr sie einander zugetan waren. In meiner jugendlichen Unerfahrenheit hatte ich ihr Verhalten völlig falsch eingeschätzt. Sie schienen sich ständig zu streiten ... Doch nun erkannte ich, daß diese Auseinandersetzungen eine Art Würze ihres Lebens darstellten. Manchmal mochte es ja den Anschein haben, als quälten sie sich nur und könnten nie in Harmonie zusammenleben, doch in Wahrheit fühlten sie sich tief unglücklich, wenn sie sich einmal trennen mußten.

Man konnte meinem Vater gegenüber keine unentschiedenen Gefühle haben. Da ich aufgehört hatte, ihn zu hassen und zu verabscheuen, begann ich ihn nun zu lieben und ungemein stolz auf ihn zu sein. Bei ihm war es wohl ähnlich: Er hatte mich nicht leiden können, weil ich ein Mädchen war, doch nun hatte er sich dazu durchgerungen, daß seine Tochter besser als jeder Junge war. Meine dreijährige Schwester Damask war noch zu klein, als daß sie ihn interessiert hätte. Inzwischen hatte er es aufgegeben, noch auf einen Sohn zu hoffen, da auch er einsah, daß seine Frau für eine erneute Schwangerschaft zu alt war. Nun gab er sich mit seinen außerehelichen Söhnen zufrieden. Meine Mutter pflegte zu behaupten, daß sie überall auf der Welt verstreut aufwüchsen, und er stritt dies nicht ab. Drei von ihnen waren mir wohlvertraut: Carlos, Jacko und Penn. Carlos hatte Edwina geheiratet, der Trewynd Grange gehörte, ein nahegelegenes Herrenhaus, das sie von ihrem Vater geerbt hatte. In gewisser Weise gehörte Edwina schon vorher zur Familie, da ihre Mutter von meiner Großmutter adoptiert worden war. Jacko und Penn wohnten bei uns, wenn sie nicht gerade über die Meere segelten. Jacko war Kapitän auf einem der Schiffe unseres Vaters, und auch der siebzehnjährige Penn - er war ein Jahr jünger als ich - fuhr schon zur See.

Wir hatten so lange mit der Angst vor den Spaniern gelebt, daß unser Leben uns nun plötzlich ganz leer vorkam. Obgleich ich mich dazu entschlossen hatte, mit den Tagebucheintragungen zu beginnen, erschien mir nur sehr wenig erwähnenswert. Während all dieser Wochen gab es ständig neue Berichte darüber, was mit der spanischen Armada geschehen war. Immer wieder wurden Schiffe angetrieben, deren Besatzung am Verhungern war. Viele Spanier ertranken, nur manche erreichten lebend die Küsten von Schottland und Irland. Doch es ging das Gerücht, der Empfang dort sei so ungastlich, daß die Ertrunkenen besser daran seien.

Mein Vater gab seinem Beifall lautstark Ausdruck. »Bei Gott, falls einer von diesen verdammten Dons es wagen sollte, seinen Fuß auf den Boden von Devonshire zu setzen, dann werde ich ihm die Kehle von einem Ohr zum anderen aufschlitzen.«

»Ihr habt sie doch besiegt«, widersprach meine Mutter. »Ist das denn nicht genug?«

»Nein, Madam«, gab er empört zurück. »Es genügt ganz und gar nicht! Es gibt keine Strafe, die für diese Spanier zu grausam wäre! Schließlich haben sie versucht, uns zu vernichten.«

Und so verstrich die Zeit. Viele Leute besuchten uns, und bei Tisch drehte sich die Unterhaltung immer um die Spanier und um den niederträchtigen Schurken im Escorial, der sich zum Herrn der Welt hatte machen wollen und nun derartig geschlagen war, daß er sich nie mehr erheben konnte. Wie herzlich wurde gelacht, wenn Geschichten

über die Wut jener Spanier erzählt wurden, die zu Hause geblieben waren und nun wissen wollten, warum die Armada, die mit so ungeheurem Geldaufwand aufgestellt worden war, nicht zurückkehrte. Warum kam der Herzog von Medina-Sidonia, der sich schon mit seinem Sieg über die Engländer gebrüstet hatte, nicht nach Spanien zurück, um sich feiern zu lassen? Was war aus der mächtigen Armada geworden? War sie so rein und heilig, daß sie für diese Welt zu gut und in den Himmel eingegangen war?
»Eher in die Hölle«, schrie mein Vater und schlug mit der Faust auf den Tisch.
Dann berichtete er wieder von den Geschehnissen, an denen er beteiligt gewesen war, und alle lauschten gebannt. Carlos und Jacko nickten zustimmend, und so ging es immer weiter . . .
Darüber wollte ich aber nichts in mein Tagebuch eintragen, denn das war ohnehin jedem bekannt. Wie bei uns ging es zur Zeit in Tausenden von englischen Familien zu.
»Was für Fortschritte macht dein Tagebuch?« fragte meine Mutter.
»Da nichts passiert, gibt's auch nichts zu schreiben«, antwortete ich. »Du hast so viel erlebt«, fügte ich neidisch hinzu. »Da ist es natürlich etwas anderes.«
Ihr Gesicht verdüsterte sich, und ich wußte, daß sie sich an ihre Jugend erinnerte.
»Meine kleine Linnet«, sagte sie liebevoll. »Hoffentlich wirst du immer nur über glückliche Erlebnisse berichten können.«
»Das wäre doch langweilig. Meinst du nicht?«
Sie legte mir lachend den Arm um die Schulter.
»Dann hoffe ich, daß dein Tagebuch recht, recht langweilig sein wird.«
Es hatte ganz den Anschein, als würde sie damit recht behalten. Deshalb vergaß ich das Tagebuch auch völlig bis zu dem Tag, an dem das Schiff ›Passat‹ in unsere Bucht gesegelt kam. Von da an machte ich regelmäßig Eintragungen.

Die ›Passat‹ glich den großen venezianischen Viermastern: Fockmast, Großmast, Besanmast und ein kleiner Mast am Heck, bei uns in England *bonaventure* genannt.
Mein Vater, der an Land immer ruhelos wirkte, hielt stän-

dig nach Schiffen Ausschau. Ich stand mit ihm wie so oft am Hafen, als die ›Passat‹ in Sicht kam. Irgend jemand schrie etwas, und im Nu ruhten alle Blicke auf diesem Schiff.

»Ganz schöner Kahn. Sieht mir aber nach einem Kauffahrtschiff aus«, sagte mein Vater geringschätzig, obwohl ja auch er fast so etwas wie ein Kaufmann gewesen war, denn in seiner besten Zeit hatte er gar manche Fracht nach Hause gebracht, die er einem Spanier abgenommen hatte. Nach Ansicht meiner Mutter war er im Grunde allerdings nicht viel besser als ein Pirat.

Breitbeinig stand er da und schaute zu, wie der Kapitän in einem Boot an Land gerudert wurde. »Bei Gott, das ist ja Fennimore Landor«, brüllte mein Vater plötzlich los. »Willkommen!«

Da sah ich Fennimore zum erstenmal. Er war braun gebrannt, das Haar war von der Sonne gebleicht, und um die hellblauen Augen lagen viele winzige Lachfältchen. Er war groß und breitschultrig - ein echter Seefahrer.

»Dies ist meine Tochter Linnet«, stellte mich mein Vater vor und legte mir die Hand auf die Schulter. Diese Geste drückte aus, wie stolz er auf mich war. Obgleich er häufig unduldsam war und sogar grob, war ich doch sehr glücklich darüber, daß ich ihm gefiel. »Und dies ist Fennimore Landor, Kind. Seinen Vater kenne ich gut. Ein besserer Kapitän ist nie zur See gefahren. Willkommen! Was bringt Euch nach Plymouth?«

»Der Wunsch, Euch zu sehen.«

»Mich zu sehen«, wiederholte mein Vater verwundert. »Nun, das habt Ihr ja bereits. Kommt mit uns nach Hause, wo Ihr herzlich willkommen seid. Nicht wahr, Linnet?«

Ich nickte und schaute den jungen Mann forschend an. Hoffentlich gefiel ich Fennimore ebenso gut wie er mir!

Unser Haus hieß Lyon Court und war von meinem Urgroßvater erbaut worden, als er zu Reichtum gekommen war. Lyon Court wirkte etwas überladen im Vergleich zu älteren Gebäuden wie Trewynd, dem Heim von Edwina und Carlos. Meine Mutter warf meinem Vater im Streit manchmal vor, daß die Pennlyons, die früher nie Geld besessen hätten, nun glaubten, sie müßten jedermann vor Augen führen, wie wohlhabend sie waren. Den Mittelpunkt des Hauses

bildete eine gotische Halle, die bis unters Dach reichte. Von der Halle führte eine breite Treppe zu einer Galerie hinauf, wo einige Ahnenbilder hingen - Familiengründer, mein Urgroßvater, Großvater und Vater. Vermutlich hinge auch mein Porträt daneben, wenn ich ein Junge gewesen wäre. Unsere Wohnräume lagen im Ost- und Westflügel. Es gab viel Platz für Festlichkeiten, und wir hatten häufig Gäste.
Auf dem Heimweg unterhielten sich Fennimore Landor und mein Vater über Schiffahrtsangelegenheiten. Verstohlen musterte ich den Neuankömmling von der Seite, und gelegentlich fing auch ich einen Blick von ihm auf. Als Lyon Court mit den steinernen Löwen zu beiden Seiten des Portals in Sicht kam, lief ich voraus, um meiner Mutter unseren Gast anzukündigen.
Sie kam mir in der Halle entgegen. Meine Mutter war von großer Lebhaftigkeit und Frische, und das wirkte weit anziehender als Schönheit allein. Sie war zwar schon achtundvierzig, hatte sich aber ein erstaunlich jugendliches Aussehen bewahrt. Vielleicht lag das an ihrem abwechslungsreichen, erfüllten Leben.
»Vater bringt einen Gast mit«, rief ich atemlos. »Er heißt Fennimore Landor und ist Kapitän. Ach, da sind die beiden ja schon.«
Fennimore verbeugte sich vor meiner Mutter. Als die Begrüßung vorüber war, führte sie ihn in die sogenannte Winterstube, die gemütlicher als die Halle war.
Bei einigen Gläsern Malvasier drehte sich die Unterhaltung hauptsächlich um das Meer. Fennimore wurde eingeladen, mit uns zu Abend zu essen, bevor er wieder auf sein Schiff, die ›Passat‹, zurückkehrte, die noch einige Tage hier in der Bucht vor Anker liegen würde. Meine Mutter und ich ließen die beiden Männer allein. Sie ging in die Küche, ich auf mein Zimmer, um eine Eintragung ins Tagebuch zu machen.
Als wir später alle um den großen Tisch in der Halle versammelt waren, bemühte sich Fennimore, bei meinem Vater Anteilnahme für ein neues Unternehmen zu wecken, an das er mit ganzem Herzen glaubte. Mir gefiel sein Enthusiasmus, der seine Augen leuchten ließ und seine Rede beflügelte. Er war offensichtlich ein Idealist. Im Augenblick wollte er meinen Vater für die Idee begeistern, mit vielen

verschiedenen Ländern Handel zu treiben. Ich hörte Fennimore voller Vergnügen zu und ärgerte mich über meinen Vater, weil er etwas zweifelnd dreinsah.
»Die Spanier werden uns von nun an kaum Schwierigkeiten machen«, sagte Fennimore. »Sie können nicht mehr kämpfen.«
Mein Vater nickte. »Ja, bei Gott, das stimmt - und vom Meer sind sie verjagt.« Und schon verbreitete er sich wieder über das alte Thema, wie sie sich damit gebrüstet hatten, uns in ein, zwei Tagen zu vernichten, und statt dessen von uns besiegt worden waren. Fennimore war etwas verwirrt, denn er wollte sicher nicht über die Vergangenheit, sondern über die Zukunft sprechen.
Er unterbrach meinen Vater. »In Barcelona und Cadiz stechen keine spanischen Galeeren mehr in See. Wo sind all die Galeeren geblieben?«
»Auf dem Meeresgrund«, erwiderte mein Vater lachend.
»Es gibt allerdings noch die Holländer . . .«
»Die Holländer!« Mein Vater tat diesen Einwand geringschätzig ab.
»Gute Seeleute«, widersprach Fennimore.
»Keiner ist so gut wie ein englischer Seemann. Und wir aus Devonshire sind die besten.«
Meine Mutter lachte mit jenem liebevollen Spott, den sie oft meinem Vater gegenüber zeigte, und wandte sich dann an Fennimore. »Mein Mann hat gewisse Vorurteile, wie Ihr sicher schon gemerkt habt.«
Ich schaute mich in unserer Tischrunde um. Bestimmt machten wir auf Fennimore einen merkwürdigen Eindruck, falls er in völlig normalen Familienverhältnissen lebte, wie ich annahm. Da gab es meinen Vater mit Frau und Tochter, drei uneheliche Söhne und die Mutter des einen von ihnen. Es war klar, daß mein Vater nicht dem Durchschnitt entsprach, und das gleiche galt für meine Mutter. Heute waren wir nur eine verhältnismäßig kleine Tischgesellschaft, da es sich noch nicht herumgesprochen hatte, daß wir einen Gast aus der Fremde bewirteten. Aber es war immerhin ausreichend Zeit gewesen, um Carlos und Edwina dazuzubitten, die ohnehin sehr häufig bei uns waren.
Carlos' Mutter war Spanierin gewesen, aber er glich nicht ihr, sondern war ganz der Sohn unseres Vaters. Sein Haar

war dunkel, die Augen glänzten in einem warmen Haselnußbraun. Er trat auch ebenso großspurig auf wie Jake Pennlyon, dem er in allem und jedem ähnlich sein wollte. Ebenso verhielt es sich mit Jacko, dem Sohn der Zofe meiner Mutter. Jennet, die seit vielen Jahren bei uns war und viele Abenteuer meiner Mutter miterlebt hatte, war von unbezähmbarer Sinnlichkeit. Sie hatte viele Liebhaber gehabt - im Augenblick war es der Gärtner. Jeder wußte darüber Bescheid, denn Jennet machte keinerlei Geheimnis aus ihren Liebschaften. Sie war nun über vierzig und nach Aussage meiner Mutter noch genauso leidenschaftlich wie als Zwanzigjährige. Sie war ungemein stolz auf Jacko und sehr glücklich darüber, daß er in unserer Familie hatte aufwachsen dürfen und nun Seemann wurde wie sein Vater. Jennet hielt Captain Pennlyon für einzigartig und bildete sich viel darauf ein, Jacko als lebenden Beweis dafür zu haben, daß der Captain sich einmal mit ihr abgegeben hatte.
Dann war da noch Penn, der unserem Vater gleichfalls ähnlich sah. Es war für Außenstehende vermutlich am schwersten zu begreifen, daß auch er und seine Mutter bei uns am Tisch saßen. Romilly Girling war völlig mittellos zu uns gekommen, nachdem ihr Vater auf See umgekommen war. Als meine Eltern, wie dies früher öfter geschah, wieder einmal uneins miteinander waren, hatte mein Vater Romilly geschwängert. Penn kam zur Welt und blieb bei uns, denn Romilly wußte nicht, wo sie hätte hingehen sollen. Erst viel später entdeckte meine Mutter, wer der Vater des Jungen war. Zu diesem Zeitpunkt war es völlig ausgeschlossen, die beiden aus dem Haus zu jagen. Mein Vater hätte es auch gar nicht zugelassen ...
Und so saßen wir alle an jenem Tag beisammen, als Fennimore nach Lyon Court kam. In unserer Runde fehlte nur Damask, meine kleine Schwester. Wahrscheinlich hatte mein Vater nach ihrer Geburt endgültig die Hoffnung aufgegeben, von meiner Mutter noch einen Sohn zu bekommen. So wurde er gegen mich freundlicher gestimmt.
Fennimore war wohl viel zu erfüllt von seinen hochfliegenden Plänen, als daß er sich viele Gedanken über unsere Familienverhältnisse gemacht hätte. Ganz offenkundig wünschte er die Unterstützung meines Vaters und wollte ihn womöglich als Partner gewinnen.

Fennimore hatte für einen Seemann eine ungewöhnlich sanfte, melodische Stimme. Ich konnte mir nicht vorstellen, wie er seiner Mannschaft auf Deck Befehle zubrüllte. Er war in allem völlig anders als mein Vater. Wie merkwürdig, daß ich alle Männer mit ihm verglich . . .
»Wenn wir die Handelsbeziehungen ganz vernachlässigt hätten, wäre die Armada nie von uns besiegt worden, denn dann hätten wir viel zu wenig Schiffe gehabt«, sagte Fennimore.
»Handel! Der hat überhaupt nichts damit zu tun«, protestierte mein Vater energisch. »Wir haben die Dons geschlagen, weil wir die besseren Seeleute sind.«
»Ja, natürlich, Captain Pennlyon, das ist schon wahr. Trotzdem wäre auch der beste Seemann ohne Schiffe machtlos gewesen. Zum Glück hatten wir sie aber . . .«
»Junger Mann, glaubt ja nicht, daß dieser Sieg Glückssache war«, unterbrach ihn mein Vater. »Es lag am seemännischen Können und an sonst gar nichts.«
Fennimore ließ sich nicht aus dem Konzept bringen. »Wißt Ihr eigentlich, daß wir 1560 nur einundsiebzig Handelsschiffe hatten, und schon 1582 war die Anzahl auf einhundertfünfzig erhöht worden. 1560 existierte unsere Handelsmarine so gut wie nicht; wir gehörten nicht zu den seefahrenden Ländern. Unser Küstenhandel war unbedeutend: das bißchen mit den Ostseehäfen, den Niederlanden und mit den Mittelmeerländern Spanien, Portugal und Frankreich war kaum der Rede wert. Doch das wird sich gründlich ändern. In Zukunft werden wir nicht nur zu den wichtigsten Handelsnationen der Welt zählen, sondern die bedeutendste schlechthin sein. Nachdem wir nun endlich die Spanier von den Meeren vertrieben haben, müssen wir auch Nutzen daraus ziehen.«
Mein Vater war ganz Ohr. Jede Methode, den Spaniern eins auszuwischen, interessierte ihn.
Für mich war es geradezu faszinierend, Fennimore zu lauschen. Carlos erweckte ganz den Eindruck, als würde er ihm gerne zustimmen, wagte es aber nicht ohne das Stichwort unseres Vaters. Auch Jacko hörte mit glänzenden Augen zu. Falls die Familie beim Seehandel mitmachte, wollte er natürlich dabei sein. Penns Blick wich nicht vom Gesicht unseres Vaters. Ich beobachtete dessen Miene, sah, wie die

blauen Augen sich bei der Erwähnung der Spanier verdunkelten, und war mir wie nie zuvor bewußt, was für ein unduldsamer Mensch er war. Ich wünschte mir sehr, daß er Fennimore Landor akzeptierte. Fennimore war auf seine Art genauso zielstrebig wie mein Vater. Doch der eine argumentierte lautstark, während der andere die gleiche Wirkung durch ruhige Beharrlichkeit erzielte.
Während ich zuhörte, malte ich mir im Geiste die Erfüllung eines Traums aus. Fennimore wollte unser Land groß machen, und zwar nicht durch Krieg, was für viele immer die einzige Methode gewesen war, sondern durch Handel. Friedliche Handelsbeziehungen mit aller Welt zu unterhalten, sei bestimmt besser, als schwer bewaffnet auf hoher See andere Schiffe zu entern, mit deren Mannschaft zu kämpfen, sie zu töten oder aber getötet zu werden, war seine Ansicht.
»Unsere Zeit ist gekommen«, sagte er eindringlich. »Der Streit zwischen den Niederlanden und Spanien hat beide erledigt. Was für Dummköpfe die Männer doch sind, die morden, statt Handel zu treiben. Vor gar nicht langer Zeit war Antwerpen eine reiche Hafenstadt, eine der mächtigsten der Welt. Als vor drei Jahren die Schelde für die Schifffahrt blockiert wurde, war es damit aus und vorbei. Wir haben Amsterdam als Konkurrenten - jedenfalls für eine gewisse Zeit noch. Und das ist übrigens gar nicht schlecht, denn Wettbewerb ist wichtig, weil er alle Kräfte anspornt.«
Fennimore trank einen Schluck Wein, bevor er weitersprach. »Ich prophezeie Euch, daß wir im nächsten Jahrzehnt eine Handelsflotte aufbauen, um die uns die ganze Welt beneiden wird. Wir haben soeben eine schwere Herausforderung siegreich bestanden. Trotzdem sollten wir uns jetzt nicht über unsere Feinde lustig machen, sondern nach wahrer Größe streben. Unser Spott kann sie nicht schädigen, unsere Flotte dagegen schon. Wir müssen die Handelsschiffe Venedigs und die Tartanen von Marseille schlagen. Unsere Seeleute haben mit Hilfe Gottes die Galeeren Barcelonas ja schon vernichtet.«
Ich klatschte unwillkürlich in die Hände und errötete dann verlegen, da alle Blicke sich mir zuwandten.
»Meinen Glückwunsch, Captain Landor«, murmelte ich. »Es hat mich geradezu mitgerissen.«

Er lächelte mir zu und wir blickten uns an - sehr lange.
»Die Handelsschiffe müßten mit Kanonen ausgerüstet sein«, sagte mein Vater.
»Selbstverständlich«, stimmte Fennimore sofort zu. »Leider wird es wohl immer Piraten geben. Unsere Schiffsbauer müssen von jetzt an mit doppeltem Fleiß arbeiten, denn wir brauchen Schiffe, Schiffe und nochmals Schiffe.«
»England war immer auf Schiffe angewiesen«, meinte Carlos.
»Aber noch nie so sehr wie zur Zeit. Wir haben jetzt einen gewissen Vorsprung, denn ich glaube kaum, daß sich die Spanier je von dieser vernichtenden Niederlage erholen werden. Unsere Konkurrenten sind die Holländer, und die dürfen wir nicht unterschätzen. Wir müssen uns vielmehr gut vorbereiten.«
»Und darüber wollt Ihr Euch mit mir unterhalten?« fragte mein Vater.
»Captain Pennlyon, Euer Lob erklingt allenthalben an diesen Küsten. Selbst die Königin schätzt Euch als einen der Beschützer des Reichs.«
»Gott segne sie«, sagte mein Vater, hob den Becher, und wir tranken alle auf Königin Elisabeth.
»Möge dies der Beginn einer neuen Epoche, eines großen Zeitalters des Friedens, von Handel und Wohlstand sein!« Fennimores Stimme klang ernst.
»Amen«, fügte meine Mutter hinzu.
Mein Vater schaute sie an, und ich sah sie beide lächeln. Da wußte ich, daß Mutter ihn dazu überreden wollte, über Fennimores Vorschläge nachzudenken. Und ich wußte auch, daß er sich überreden lassen würde.
Kurz darauf wandte sich die Unterhaltung allgemeineren Dingen zu.
Jacko zeigte uns zwei neue Münzen, die zur Verherrlichung des großen Sieges geprägt worden waren. Wir amüsierten uns köstlich über den eingravierten Spruch ›Venit, vidit, fugit‹, eine Anspielung auf Caesars ›Veni, vidi, vici‹. Die Spanier waren gekommen, hatten gesehen und waren geflohen.
Mein Vater mußte immer wieder laut lachen, wenn sein Blick darauf fiel.
»Der Captain hat einen großen Verlust erlitten«, sagte

meine Mutter schmunzelnd, »denn er hat seine Spanier verloren. Was willst du nun eigentlich tun, Jake, da du keinen mehr verfluchen, keinem die Kehle durchschneiden und dein Schwert in den Bauch rammen kannst?«
Er warf ihr einen funkelnden Blick zu. »Ich bin sicher, daß sich noch einige in unserem Land herumtreiben, die den Stahl meines Schwertes zu spüren bekommen werden.«
Edwina warf die Bemerkung ein, daß Robert Dudleys Tod der Königin offensichtlich großen Kummer bereitet habe.
»Sie hat ihn sehr geliebt. Wie traurig, daß sie ihn nicht heiraten konnte. Bestimmt hätte sie nichts lieber getan als das.«
»Dazu war sie viel zu klug«, wandte Fennimore ein. »Sie ist eine große Königin, und England kommt bei ihr an erster Stelle. Sie würde nie einen Mann zwischen sich und ihre Pflichten gegenüber ihrem Land treten lassen.«
»Mir gefällt die Münze mit dem Spruch ›Dux femina facti‹, der betont, daß eine Frau maßgeblich am Sieg beteiligt war. So etwas geben Männer im allgemeinen ja nicht gerne zu«, sagte meine Mutter.
»Vergiß nicht, daß sie eine ungewöhnliche Frau ist und eine Krone trägt«, sagte mein Vater. »Wo kämen wir denn hin, wenn alle Frauen glaubten, sie können die Männer regieren.«
»Es käme auf einen Versuch an«, widersprach meine Mutter.
Nach Edwinas Ansicht sollten Männer und Frauen zusammenarbeiten und keine Rivalen sein, sondern einander ergänzen.
»Wenn die Männer das beherzigen würden, gäbe es zwischen den Geschlechtern kein Mißverständnis mehr«, stimmte meine Mutter zu.
»Ist es eigentlich wahr, daß Robert Dudley vergiftet wurde?« fragte Penn.
Es entstand ein kurzes Schweigen, denn üblicherweise sprach man über solche Dinge nicht offen. Doch durch die Aufregung der letzten Wochen waren wir wohl ein bißchen leichtsinnig geworden.
Hofgeschichten interessierten uns alle brennend. Einer der Gründe dafür war wohl, daß wir so weit von London entfernt lebten. Diese Distanz brachte es wohl auch mit sich,

daß wir etwas unvorsichtiger waren, als wir dies in größerer Nähe zu Elisabeths Hof gewagt hätten.
Meiner Mutter war zu Ohren gekommen, daß Robert Dudleys Frau sich in ihren Oberstallmeister Christopher Blount verliebt hatte. Es ging das Gerücht um, daß Dudley von ihr ermordet worden sei, damit sie sich mit Blount vermählen könne.
»Nun ja, er ließ seine erste Frau umbringen«, meinte Penn. »Also kann er sich eigentlich nicht darüber beklagen, wenn ihn seine zweite vergiftet.«
Wir mußten alle lachen, doch Romilly schüttelte besorgt den Kopf. »Still, Penn! So was solltest du nicht sagen.«
»Wieso nicht, wenn es wahr ist?« erwiderte er und schaute meinen Vater beifallheischend an, doch der verzog keine Miene. Vielleicht dachte er immer noch über die Handelsschiffe nach.
»Es gibt bisher keinen Beweis dafür«, mischte sich nun meine Mutter ein. »Edwina, erzähl uns doch mal den neuesten Hofklatsch.«
Edwinas Stiefvater, Lord Remus, bekleidete eine Stellung am Hof, was dazu führte, daß ab und zu Besuch aus London in Trewynd eintraf. Und außerdem berichtete Edwinas Mutter regelmäßig brieflich über alle wichtigen Neuigkeiten.
»Anscheinend hat es immer viel Gerede über Robert Earl of Leicester gegeben«, begann Edwina. »Daran ist wohl hauptsächlich seine Beziehung zur Königin schuld. Es heißt, sie sei über seinen Tod untröstlich. Andererseits glaube ich, daß sie ihm seine Heirat nie verziehen hat.«
Die Liebschaften am Hofe waren ein unerschöpfliches Thema. Zu den größten Frauenhelden hatte Robert Dudley, Earl of Leicester, gezählt. Inzwischen drehte sich unsere Unterhaltung um Gift, das immer raffinierter angewendet wurde. Es gab unzählige Geheimnisse des Giftmischens, und viele Leute starben eines unerklärlichen Todes. Leicester sagte man nach, er habe es auf diesem Gebiet zu wahrer Meisterschaft gebracht.
Jeder wußte Bescheid, wie leidenschaftlich die Königin ihn geliebt hatte und auf welch merkwürdige Weise seine erste Frau, Amy Robsart, umgekommen war. Die allgemeine Ansicht lautete, daß er sie aus dem Weg geräumt hatte. Die Kö-

nigin hatte es jedenfalls nicht gewagt, den Witwer zu heiraten. Als Maria Stuart, die schottische Königin, in Fotheringay enthauptet worden war - es war gerade knapp ein Jahr her -, war viel über Königin Elisabeth, Amy Robsart und den Earl of Leicester getuschelt worden, da Maria sich in ganz ähnlicher Lage befunden hatte. Ihr Ehemann, Lord Darnley, war ermordet worden, und Maria hatte seinen Mörder, den Earl of Bothwell, geheiratet. Es hieß, daß damit ihr Schicksal, der Tod auf dem Schafott, besiegelt gewesen sei. Unsere eigene Königin wurde ihrer Klugheit wegen sehr bewundert. Sie hatte Leicester nicht geheiratet, sondern ihn weiterhin hoffen lassen und in ihrer engsten Umgebung behalten. Als er erkannte, daß Elisabeth ihn nie zum Mann nehmen würde, und daraufhin eine andere heiratete, war seine Frau Lettice vom Haß der Königin verfolgt worden. Es ging das Gerücht, daß Leicester zuvor schon heimlich Lady Sheffield geheiratet hatte, deren damaligem Ehemann er Gift gab, um freie Bahn zu haben. Als er sie dann später wieder loswerden wollte, hatte er auch sie zu vergiften versucht.

»Ihre Nägel wurden brüchig, und die Haare fielen ihr aus«, sagte Edwina. »Die Königin vermutete schon, daß es irgendeine Liaison zwischen den beiden gab, und ließ sie überwachen. Merkwürdig, daß sie Leicester trotz allem immer noch die Treue hielt.«

»Unsere Königin ist eben eine treue Frau«, sagte mein Vater. »Ein Vorbild für euch alle.«

Er schaute dabei meine Mutter an, die den Blick senkte. Vielleicht dachte sie daran zurück, daß sie vor einiger Zeit krank gewesen war und Jake verdächtigt hatte, er wolle sie umbringen. Was für ein unsinniger Gedanke! Ich glaube, daß sie das inzwischen auch ganz klar erkannte.

»Ja, wirklich«, stimmte meine Mutter zu. »Sicher war sie sehr in Versuchung, Leicester zu heiraten. Er hoffte jahrelang darauf, daß sie ihre Meinung ändern und ihn doch heiraten würde, aber vergeblich. Der alte Skandal wäre sonst sicher wieder aufgerührt worden, denn die Menschen haben für so etwas ein sehr gutes Gedächtnis.«

»Und nun ist er tot. Glaubt ihr, daß er wirklich an Gift gestorben ist?« fragte ich.

»Bei Gift kann man nie ganz sicher sein«, meinte Edwina.

»Falls es stimmt, daß Lettice in Christopher Blount verliebt war, Leicester ihn deshalb zu vergiften versuchte und von seiner Frau einen von ihm selbst zubereiteten Gifttrank bekam . . .«
»Könnte es wirklich so gewesen sein?« fragte ich dazwischen.
»Ja, durchaus . . .«
Edwina mußte es eigentlich wissen, denn ihre Mutter war angeblich die Urgroßenkelin einer Hexe. Die Ärmste wurde deshalb häufig in unserer Familie aufgezogen.
Nun begann Edwina über Kräuter zu sprechen, die sie in großen Mengen im Garten von Trewynd züchtete und für deren Heilwirkung sie sich sehr interessierte. Wenn einer von uns sich nicht ganz wohl fühlte, fragte er immer zuerst Edwina, ob sie irgendeine Heilpflanze wüßte, bevor er den Apotheker oder den Arzt befragte.
Sie hatte erst kürzlich herausgefunden, daß Waldmeister gut für die Leber war, und behandelte nun einen der Pferdeknechte von Trewynd damit. Fennimore war von diesem Thema offensichtlich weit faszinierter als von dem Geplauder über Leicesters Affären.
»Es wäre wunderbar, wenn Ihr etwas fändet, das die Seeleute auf langen Schiffsreisen vor Krankheiten bewahrt«, sagte er eifrig. »Die gesunde Verpflegung der Mannschaft bietet große Schwierigkeiten. Es gibt an Bord schreckliche Leiden, wozu auch Skorbut gehört. Wenn Ihr ein Kraut ziehen könntet, das Skorbut heilt, würdet Ihr allen Seefahrern einen unschätzbaren Dienst erweisen.«
Edwina versprach, sich damit zu befassen, fügte aber bescheiden hinzu, daß sie nur einfache Kräuter pflanze und ein wenig herumprobiere.
»Vielleicht hilft schon ein ganz einfaches Kraut, um Skorbut zu heilen«, erwiderte Fennimore ernst.
Kurz darauf sprach er wieder über das Meer und den Seehandel, von dem er sich soviel für England erhoffte.

Ich beobachtete von meinem Fenster aus, wie Fennimore Landor zu seinem Schiff hinübergerudert wurde. Meine Mutter kam ins Zimmer und trat neben mich. Gemeinsam schauten wir über die Bucht zur ›Passat‹ hinüber, die vom Mond geheimnisvoll beleuchtet wurde.

»Ein schönes Schiff«, sagte meine Mutter. »Was hältst du von seinem Kapitän?«
»Ich halte ihn für einen zielstrebigen Mann.«
»Zweifellos. Übrigens klang alles sehr vernünftig, was er vorbrachte.«
Ich freute mich über dieses Lob. Meine Mutter mußte dies wohl gemerkt haben, denn sie warf mir einen prüfenden Blick zu.
»Mir gefiel er gut«, fuhr sie fort. »Vor allem seine Ernsthaftigkeit. Er ist ein Idealist, und das sollte ein junger Mann eigentlich immer sein.«
»Wieviel besser wäre friedlicher Handel als dieser ewige Krieg!«
»Auch dabei wird es wohl nicht ohne Kampf abgehen«, erwiderte meine Mutter kopfschüttelnd. »Männer scheinen ohne das nicht auszukommen.«
»Wird Vater ihm bei seinem Vorhaben helfen?«
Meine Mutter überlegte und nickte dann. »Schon möglich. Als Kapitän, der daran gewöhnt ist, sich zu nehmen, was er braucht, wird Jake wohl anfangs Schwierigkeiten haben, sich an einen geregelten Handel zu gewöhnen. Aber er schien im Verlauf der Unterredung immer weniger Zweifel gegenüber Landors Plänen zu haben.«
»Wirst du ihn dazu überreden?«
Sie lachte. »Liebes Kind! Glaubst du wirklich, daß irgend jemand das bei deinem Vater fertigbrächte?«
»Ich glaube, dir würde es gelingen.«
»Ganz im Gegenteil! Wenn ich etwas für gut halte, wird Jake zu beweisen versuchen, daß ich im Irrtum bin. Dir hat der Captain also gefallen, Linnet?«
»Ja. Mich hat auch der Ernst und der feste Glaube an seine Pläne beeindruckt.«
»Falls dein Vater mit ihm gemeinsame Sache macht, werden wir ihn häufig sehen. Ich weiß inzwischen übrigens, wo er wohnt - an der Küste in Richtung auf Falmouth zu.«
»Also gar nicht so weit von hier entfernt.«
Meine Mutter nickte und lächelte dann plötzlich strahlend. »Edwina hat mir zugeflüstert, daß sie endlich ein Kind bekommt.«
»O wie schön! Sie kam mir heute abend auch so verändert vor, als ob sie irgendein Geheimnis mit sich herumtrüge.«

»Ich glaube, Edwina und Carlos hatten schon fast die Hoffnung aufgegeben, denn schließlich sind sie schon an die sieben Jahre verheiratet.«

»Eine lange Zeit«, stimmte ich zu.

»Ich kann mir so gut vorstellen, wie ihnen zumute ist.« Meine Mutter hatte jenen nach innen gekehrten Blick, wie immer, wenn sie sich an etwas längst Vergangenes erinnerte. »Das größte Glück empfindest du, Linnet, wenn du dein eigenes Kind in den Armen hältst. Ich weiß noch genau . . .«

Impulsiv schlang sie die Arme um mich und drückte mich fest an sich. Sie dachte bestimmt, auch ich solle bald heiraten und Kinder haben.

Auf solche Gedanken war sie durch das Auftauchen Fennimore Landors gekommen, daran bestand für mich kein Zweifel. Also mochte sie ihn und würde sich bestimmt bemühen, meinen Vater zur Zusammenarbeit zu überreden. Das bedeutete, daß der junge Mann von nun an möglicherweise häufiger Gast in Lyon Court sein würde . . .

Als die ›Passat‹ aus der Bucht segelte, war zwischen den beiden Kapitänen ein weiteres Treffen vereinbart worden. Mein Vater hatte immer stärkeres Interesse an Fennimores Plänen entwickelt und wollte ihn in wenigen Wochen zu weiteren Verhandlungen besuchen.

Ich freute mich sehr - meine Mutter nicht weniger -, als wir eingeladen wurden, mit von der Partie zu sein.

»Ich verstehe nicht, was Frauen bei Handelsgesprächen zu suchen haben«, brummte mein Vater.

»Eine Frau sollte immer wissen, in welche Geschäfte ihr Mann verwickelt ist«, widersprach meine Mutter. »Auf jeden Fall nehme ich die Einladung für Linnet und mich gerne an.«

Als es dann soweit war, befand sich mein Vater mit Jacko auf einer kurzen Seereise. Deshalb sollten meine Mutter und ich zusammen mit ihrer Zofe Jennet und zwei Knechten die Reise nach Trystan Priory, dem Haus der Landors, über Land machen.

Wir brachen an einem Novembertag auf, der ungewöhnlich neblig und warm war. In den Hecken hingen glitzernde Spinnweben, und die kahlen Zweige zeichneten gegen den grauen Himmel ein Spitzenmuster. Stechginster, der eigentlich ständig unser Begleiter war, brachte etwas Farbe in das graue Einerlei. Mir fiel ein Spruch meines Vaters ein: »Die einzige Zeit, da ein Mann nicht mit einer Frau schlafen soll, ist die, wenn der Stechginster nicht blüht.« Der Stechginster blüht aber bekanntlich das ganze Jahr . . .

Ich war erwartungsvoll und aufgeregt. In der Luft lag etwas, das mir Abenteuer zu verheißen schien. Sicher hatte es etwas mit Fennimore zu tun, auf den ich mich schon sehr freute.

»Was für ein trübseliger Tag«, sagte meine Mutter, als wir Seite an Seite dahinritten.

»Findest du?« erwiderte ich in bester Laune, worauf sie plötzlich ganz verschmitzt lachte. Ihre Gedanken waren leicht zu erraten. Ich war achtzehn Jahre alt, also heiratsfähig. Jede Mutter möchte ihre Tochter unter die Haube bringen und träumt von Enkelkindern - und meine Mutter machte hier keine Ausnahme. Sie hatte beschlossen, daß es Fennimore sein sollte, dessen Aufrichtigkeit sie beeindruckt hatte. Vielleicht spielte auch die Überlegung eine Rolle, daß sie mich dann weiterhin häufig sehen konnte, da er nicht allzuweit entfernt wohnte. Sie war nämlich sehr traurig darüber, daß ihre eigene, inniggeliebte Mutter im fernen London lebte.

Ja, ich war an jenem Morgen bester Dinge. Vielleicht lauerte auch eine gewisse Warnung im dichten Nebel, aber ich wollte sie nicht wahrnehmen . . .

Die Reise führte uns über Landstraßen zwischen hohen grünen Böschungen und Hecken hindurch, in denen noch einige wilde Blumen blühten - Feuernelken, Taubnesseln, Hirtentäschel. Ab und zu hatten wir einen kurzen Durchblick auf das Meer, das an diesem windstillen Tag grau und ruhig dalag. Wir begegneten nur wenigen Leuten und sahen auch nur ganz vereinzelt Bauern bei der Arbeit auf dem Feld.

Wir kamen gut voran und erreichten noch vor Dunkelheit eine Herberge, wo wir die Nacht verbrachten. Der Wirt setzte uns einen saftigen Braten und Ale vor. Wir ließen uns beides gut schmecken, dann begaben wir uns zur Ruhe. Meine Mutter und ich schliefen in einem breiten Bett, Jennet auf einem Strohsack. Die Knechte übernachteten bei

den Pferden im Stall. Wir würden auch noch in einer zweiten Herberge absteigen müssen, bevor wir in Trystan Priory ankamen.
Trotz der Erregung, in der ich mich befand, schlief ich tief und fest. Bei Tagesanbruch waren wir alle frisch und munter und machten uns auf die Weiterreise.
Der zweite Tag glich dem ersten, nur die Landschaft veränderte sich ein wenig: Die Küste wurde felsiger, Wiesen und Felder waren nicht mehr so üppig-grün wie bei uns in Devonshire. Am Abend gelangten wir zu dem Gasthaus ›Wanderers Ruh'‹.
Der Wirt kam zur Begrüßung an die Haustür und verbeugte sich tief. Selbstverständlich hatte er ein erstklassiges Zimmer für uns, würde ein Feuer im Kamin anzünden und uns eine Wärmpfanne ins Bett legen lassen. Er rieb sich beim Sprechen dauernd die Hände. Am Spieß drehte sich schon ein Spanferkel; Rindfleisch, Hammel und Pasteten warteten nur auf uns: er hatte folglich alles, was hungrige und müde Reisende locken konnte. Wenn wir nur die Güte hätten, uns ein Weilchen in der Gaststube aufzuhalten, würde unser Zimmer inzwischen hergerichtet werden. Natürlich das beste Quartier im ganzen Haus. Er teilte uns mit vertraulicher Miene mit, daß es das Eichenzimmer genannt wurde, da es eine ausnehmend schöne Täfelung habe. Einige seiner Gäste meinten gar, daß es selbst für die Königin gut genug wäre.
»Wenn unsere große Königin je in diese Gegend kommen sollte, dann kann ich sie so komfortabel einlogieren, wie sie es wohl kaum außerhalb ihres Palastes finden wird«, brüstete er sich.
Wahrlich ein herzliches Willkommen! Der Wirt fuhr fort, sich bei der Aussicht auf Verdienst die Hände zu reiben. Zwei Ladys, deren Zofe und zwei Pferdeknechte kehrten vermutlich nicht häufig auf einmal bei ihm ein.
Wir setzten uns in die Gaststube, tranken Wein und aßen kleine Kuchen, die recht gut mundeten. Der Braten würde erst in einer Weile fertig sein. In der Zwischenzeit hatte man in unserem Zimmer ein prasselndes Kaminfeuer entfacht, und wir stiegen erwartungsvoll in den ersten Stock hinauf. Im Licht zweier Kerzen sah der Raum sehr wohnlich aus. Der flackernde Widerschein der Flammen beleuch-

tete die wirklich ungewöhnlich schöne Täfelung mit sanftem Schimmer. »Es ist hübsch hier«, sagte ich anerkennend. »Der Wirt biedert sich zwar ein bißchen zu sehr an, scheint aber um unser Wohlergehen recht besorgt.«
»Wir können ihm eigentlich gleich mitteilen, daß wir auf der Rückreise auch wieder bei ihm Station machen wollen. Ungefähr in einer Woche . . . Ich bin nämlich nicht dafür, die freundliche Einladung nach Trystan Priory allzu lange auszudehnen.«
Jennet packte alles aus, was wir für die Nacht benötigten. Kurz darauf klopfte eine Magd an die Tür und teilte uns mit, daß das Abendessen bereitstehe.
»Wir kommen gleich hinunter«, sagte meine Mutter. »Ehrlich gesagt, habe ich großen Appetit.«
In diesem Augenblick drang vom Erdgeschoß Lärm herauf. »Was hör ich da, Mann?« schrie jemand mit befehlender Stimme. »Führ mich sofort hin! Wer auch immer das Eichenzimmer belegt hat, muß es sofort räumen! Du denkst wohl, ich begnüge mich mit einer deiner lausigen Kammern!«
Ich hörte den Wirt etwas erwidern. Sein einschmeichelnder Tonfall war einem ängstlichen Stottern gewichen. »Aber Mylord . . . wenn ich's gewußt hätte . . . erst vor einer Stunde ungefähr . . . eine kleine Reisegesellschaft . . .«
»Das ist mir völlig gleichgültig«, lautete die scharfe Anwort. »Du mußt sie eben woanders einquartieren. Bei Gott, habe ich hier nicht immer im Eichenzimmer geschlafen? Was für ein anderes Ruhelager könntest du mir schon anbieten? Verrate mir das mal!«
»Keins, das für Eure Lordschaft angemessen wäre, das gebe ich ja zu, aber . . .«
»Aus dem Weg!«
Gleich darauf hörte ich schwere Tritte auf der Treppe.
Er blieb stehen, als er mich mit einer Kerze auf der Türschwelle stehen sah, und schaute zu mir herauf. Zu meinem Erstaunen war er ein noch junger Mann, wohl an die dreißig. Seine großen dunklen Augen glänzten, das Haar wirkte im Kerzenschein schwarz. Am auffälligsten war jedoch seine Körpergröße; ich schätzte ihn auf fast zwei Meter. Die breiten Schultern wirkten durch das wattierte Wams aus Satin und Seide mit den gebauschten, geschlitz-

ten Ärmeln noch wuchtiger. Die Kniehosen waren aus feinstem Material geschneidert, den weiten Reisemantel hatte er achtlos um die Schultern geworfen. Dieser anmaßende Mensch, der offenbar Anspruch auf das Zimmer erhob, das man uns bereits vermietet hatte, war ein Stutzer, wie er im Buche steht.

»Soso, also Ihr habt mir mein Zimmer weggenommen, Madam!«

»Gehört es denn Euch, Sir?« erwiderte ich. »Ich hielt es für einen Raum, den der Wirt für seine Gäste bereithält, und meine Mutter und ich haben uns schon einquartiert.«

»Ach, tatsächlich?« Mit unangenehmem Lächeln stieg er weiter die Treppe herauf.

»Ich kehre häufig hier ein«, erklärte er schroff. »Ab und zu bleibe ich auch über Nacht, und dieses Zimmer steht mir immer zur Verfügung.«

»Dann ist der heutige Tag eine Ausnahme.«

Meine Mutter war neben mich getreten, und ich spürte - niemand sonst hätte es bemerkt - ihre leise Unruhe. Doch sie war kein Mensch, der seine Rechte kampflos aufgab.

»Wollt Ihr mir bitte erklären, worum es sich handelt, Sir?« sagte sie höflich.

Er verbeugte sich kurz vor ihr. »Es hängt ganz von Euch ab, Madam, ob es sich um etwas Unangenehmes handelt oder nicht. Ihr habt mein Zimmer belegt. Räumt es, und Ihr werdet eine ruhige, wenn auch etwas weniger komfortable Nacht verbringen.«

»Wir haben es aber bereits gemietet.«

»Mag sein. Aber das geschah vor meiner Ankunft. Nessie!« brüllte er gleich darauf los. »Zum Teufel, wo steckt deine Tochter, Mann?« ging es in derselben Lautstärke weiter.

Der Gastwirt drückte sich am Fuß der Treppe herum. »Ich werde sie holen und zu Euch schicken, Mylord.«

»Aber schnell! Ich kann es nicht leiden, wenn man mich warten läßt.«

Sein Blick ruhte auf mir. »Glaubt nur nicht, daß es mir Spaß macht, eine schöne Dame aus ihrem Bett zu vertreiben.«

»Davon bin ich völlig überzeugt«, gab ich scharf zurück. »Und ebenso überzeugt bin ich, daß unser Wirt Euch ein anderes bequemes Quartier zur Verfügung stellt.«

Er hatte das Zimmer bereits betreten. Meine Mutter musterte ihn kühl, während Jennet ihn mit offenem Mund anstarrte. Ich ahnte, was in ihrem Kopf vorging. Er war die Art Mann, die sie geradezu anbetete. Wenn er sie eines Blickes gewürdigt hätte, sie hätte alle seine Wünsche mit äußerster Bereitwilligkeit erfüllt. Aber er schien sie überhaupt nicht wahrzunehmen. »Ist diese Täfelung nicht wunderbar?« murmelte er und strich mit den Fingerspitzen darüber. »Sogar für ein Herrenhaus wäre sie nicht schlecht. Auch das Bett ist übrigens hervorragend. Es gibt in keinem Gasthaus weit und breit ein besseres.«

»Bestimmt schließe ich mich Eurer Meinung gern an, nachdem ich darin gelegen habe«, sagte ich.

»Nun, wir werden uns rascher einigen müssen, denn ich will diese Nacht in diesem Bett schlafen . . .«

»Da ich heute darinliegen werde, kommt das wohl kaum in Frage, Sir«, unterbrach ich ihn.

»Wieso? Das würde mich keineswegs stören«, erwiderte er frech.

Ich wurde rot, und meine Mutter mischte sich in die Unterhaltung ein. »Ich muß Euch bitten, uns jetzt allein zu lassen, Sir. Falls Ihr uns weiterhin beleidigt, wird mein Mann davon erfahren.«

»Und wer ist der Gentleman, wenn ich fragen darf? Unser Wirt hat es bedauerlicherweise versäumt, uns vorzustellen.«

»Captain Jake Pennlyon. Und er hat es noch nie geduldet, daß Frau und Tochter beleidigt werden«, erklärte meine Mutter schroff.

»Sein Ruf ist bis zu mir gedrungen. Wer kennt ihn nicht? Na, da ist Nessie ja endlich! Du hast dir reichlich viel Zeit gelassen, Mädchen. Meine Ankunft ist dir wohl entgangen?«

Nessie machte hastig einen Knicks. Sie war ein rundliches, hübsches Ding mit rosigen Wangen und einer Fülle blonder Locken. Ihr Kleid war tief ausgeschnitten, und es schoß mir durch den Kopf, daß sie diesen Gentleman wohl sehr gut kannte. Er kniff sie ins Ohrläppchen, worauf sie einen Schrei ausstieß und ihn abzuwehren versuchte. Vergnügt lachend strich er ihr über den Busen.

»Nessie, an die Arbeit! Dies Gepäck hier schaffst du hinaus, meins herein.«

»Das werde ich nicht zulassen«, wandte meine Mutter aufgebracht ein.
»Verehrte Lady, wie wollt Ihr es denn verhindern?«
»Als erstes werde ich mit dem Gastwirt sprechen.«
»Gehen wir am besten gleich zu ihm hinunter«, stimmte ich zu. »Komm, Jennet.«
Sie ließ das Gepäck, wo es war, und folgte uns zur Treppe.
Der Wirt wartete schon in der geräumigen Diele. Ich sah, daß er zitterte wie Espenlaub.
»Das ist ja eine feine Art, Gäste zu behandeln«, beschwerte sich meine Mutter.
»Glaubt mir, ich kann nichts dafür!« jammerte er. »Ich hatte keine Ahnung, daß er heute abend herkommen würde, denn er war ja erst letzte Woche hier . . . Ich habe aber ein anderes sehr hübsches Zimmer . . .«
»Nein«, unterbrach ihn meine Mutter sofort, doch ihre Stimme klang unentschlossen. Draußen war es schon dunkel. Wohin sollten wir uns wenden, falls wir dieses Gasthaus verließen? Das nächste lag sicher meilenweit entfernt. Außerdem waren die Pferde müde. Es blieb ihr also wohl nichts anderes übrig, als zu bleiben, auch wenn sie voller Zorn war wegen des rüpelhaften Benehmens des Fremden.
»Mylady, Ihr kennt Squire Colum Casvellyn nicht«, meinte der Wirt seufzend.
»Wenn das der Name dieses Flegels ist, dann lege ich auch gar keinen Wert darauf!«
»Ach, Mylady, da kann man nichts machen als nachgeben. Ich werde ein gutes Zimmer für Euch herrichten lassen. Es ist zwar nicht unser bestes, aber wahrlich auch nicht schlecht, und Ihr könnt die Nacht über friedlich schlafen.«
»Ihr habt anscheinend schon vergessen, daß Ihr uns das Eichenzimmer bereits gegeben hattet.«
»Nein, Madam, aber Squire Casvellyn kann sehr, sehr unangenehm werden. Er ist ein Mann, der völligen Gehorsam verlangt. Ich wage mir nicht auszumalen, was aus uns allen wird, wenn ich ihm sein gewohntes Quartier verweigere.«
»Ich werde mich mit meiner Tochter beraten«, entgegnete sie.
Er nickte, und wir betraten die Gaststube, die zum Glück leer war. Jennet setzte sich in einiger Entfernung von uns

hin. »Mach kein solches Gesicht, Jennet«, sagte meine Mutter unwillig. »Dieser Prahlhans schenkt dir keinen einzigen Blick. Du bist schließlich nicht mehr die Jüngste.«
Jennet lächelte geziert, und ich wunderte mich wieder einmal über ihren unerschütterlichen Gleichmut. Von meiner Mutter wußte ich, daß sie schon immer so gewesen war. Was sie auch in der Vergangenheit erlebt haben mochte - und wie oft war sie brutal verführt worden! -, sie hatte ihr Schicksal ohne Klagen auf sich genommen. Meine Mutter meinte, daß sie vielleicht sogar ein recht williges Opfer gewesen sei.
»Es ist wohl das beste, wir nehmen das kleinere Zimmer«, sagte meine Mutter. »Ich wünschte, dein Vater wäre hier.«
»Dann gäbe es eine Schlägerei, und das mag ich gar nicht.«
»Dein Vater würde kurzen Prozeß mit ihm machen.«
Ich war mir nicht so sicher, denn ich spürte in diesem Mann eine ähnliche Kraft wie in meinem Vater, und außerdem war er um viele Jahre jünger.
»Oh, wie ich es hasse, diesem Rohling nachgeben zu müssen!« sagte ich erbittert.
»Mir geht es genauso, Linnet. Aber was geschieht, wenn wir uns weigern, das Zimmer zu räumen? Vielleicht wirft er uns eigenhändig hinaus. Nein, es ist schon besser, einzulenken und Würde zu bewahren.«
Meine Mutter hatte völlig recht. Wir konnten uns nicht mit ihm anlegen, und seine Bemerkung, daß er ja die Nacht im selben Zimmer mit uns verbringen könne, hatte mich sehr beunruhigt.
»Dann wollen wir dem Wirt sagen, daß er uns das zweitbeste Zimmer herrichten soll«, sagte meine Mutter seufzend.
Jennet holte ihn herbei. Er hielt die zitternden Hände unter der Schürze verschränkt und tat mir ehrlich leid.
»Wir haben uns gezwungenermaßen entschlossen, Euer Angebot anzunehmen.«
Der arme Kerl wirkte unendlich erleichtert. »Ein weiser Entschluß, Madam. Ich verspreche, daß alles getan wird, um . . .«
»Uns ist klar, daß die Schuld nicht bei Euch liegt«, unterbrach ihn meine Mutter. »Wer ist dieser Mann eigentlich, der Euch und Eure Bediensteten in dieser Weise herumkommandiert?«

»Er ist Herr auf Schloß Paling und in der ganzen Gegend gefürchtet, weil er große Macht hat. So ist das mit den Casvellyns schon immer gewesen. Ihnen gehört viel Land ringsum, und er kann uns von Haus und Hof verjagen, wenn wir seinen Zorn erregen. Er kennt keine Gnade. Auch sein Vater war unser Herr, aber verglichen mit seinem Sohn war er geradezu gütig.«

»Ihr lebt also in ständiger Angst vor ihm?«

»Er kommt nicht häufig hier vorbei, deshalb hatte ich ihn heute ja auch gar nicht erwartet. Squire Casvellyn entlohnt mich sehr großzügig für sein Quartier, denn knauserig ist er nicht. Auf Schloß Paling soll er in großem Luxus leben, wie ich gehört habe. Meine Tochter war einmal dort . . .«

»Eure Tochter . . . Nessie?« fragte ich scharf.

Der Wirt machte ein verlegenes Gesicht, und ich dachte mir, daß Nessie vermutlich in dem Bett schlafen würde, das man uns weggenommen hatte.

»Ja, er geruht, sie zu . . . bemerken. Zu denen, die sein Wohlgefallen erregen, ist er gut.«

Ich fühlte mich angeekelt. »Man soll uns das andere Zimmer zeigen«, sagte ich zu ihm und wandte mich dann an meine Mutter. »Das Ganze ist unwichtig. Morgen haben wir es schon hinter uns.«

»Myladys, ich bin Euch für Euer Verständnis sehr dankbar. Und glaubt mir, daß ich den Vorfall zutiefst bedaure.«

»Schon gut«, sagte meine Mutter. »Laßt unser Gepäck in das andere Zimmer schaffen.«

»Das wird erledigt, während Ihr zu Abend eßt«, erwiderte der Wirt, der sich rasch wieder gefaßt hatte. »Ich hoffe, daß das delikat zubereitete Spanferkel - bestimmt habt Ihr noch nie ein zarteres gekostet - Euch ein wenig für die ganze Aufregung entschädigen wird.«

In der Gaststube war der Boden mit frisch geschnittenen Binsen ausgelegt, und es roch sehr verheißungsvoll. Ich war hungrig und sah mit Freude, daß schon aufgetischt war. Das Spanferkel hätte nicht saftiger und appetitlicher aussehen können. Es gab verschiedene Fleischpasteten, Roastbeef und Hammel, Wildgeflügel, Gewürzkuchen, Marzipan und Pfeffergebäck.

Wir ließen uns gerade das Spanferkel schmecken, als Colum Casvellyn hereinkam. Ich schaute nicht hin zu ihm,

sondern unterhielt mich weiter mit meiner Mutter, als sei er überhaupt nicht anwesend.
Natürlich war er nicht der Mann, der sich so einfach übersehen ließ!
Er rief gebieterisch den Wirt herbei, verlangte das beste Stück des Bratens und die größte Pastete. Nessie bediente nur ihn, damit jeder seiner Wünsche unverzüglich befriedigt werden konnte.
»Heute war ein herrlicher Tag, nicht wahr?« sprach er mich an.
»Ja.«
»Habt Ihr eine weite Strecke zurückgelegt?«
»Ein Tagesritt liegt hinter uns.«
»Und wie weit ist das?«
»Das hängt selbstverständlich von den Reitern ab.«
»Meine Frage bezog sich auf die Reiterinnen.« Er machte eine Kopfbewegung zu uns hin.
»Wir sind vor zwei Tagen in Plymouth aufgebrochen.«
»Plymouth . . . ja natürlich. Captain Jake Pennlyon. Einer unserer Nationalhelden.«
»Zweifellos wart doch auch Ihr bei der Kriegsflotte, Sir.«
»Aye, aye. Ich habe mich sogar bestens bewährt.«
»Auch daran habe ich nicht gezweifelt . . . Mutter, bist du fertig?«
Sie nickte.
»Dann wollen wir uns jetzt ansehen, wo wir die Nacht verbringen müssen. Ich bin schon sehr neugierig . . . Sicher gar kein Vergleich mit dem Zimmer, das uns dieser Gentleman weggenommen hat.«
Er lachte laut auf.
Leider mußten wir beim Hinausgehen dicht an ihm vorbei. Er nützte diese Gelegenheit sofort aus und packte mein Kleid, so daß ich gezwungenermaßen stehenblieb.
Nun konnte ich seinem Blick nicht mehr ausweichen. In den dunklen Augen funkelte Bosheit und . . . etwas anderes. Ich war verwirrt und versuchte mich loszureißen, doch umsonst.
»Sir?« sagte ich so eisig wie möglich.
Meine Mutter zog mich am Arm, da sie nicht gemerkt hatte, daß er mich festhielt.
»Laßt sofort mein Kleid los!« sagte ich empört.

»Ich möchte mich nur als höflicher Mensch erweisen.«
»Höflich! Ich begreife Euer Verhalten nicht«, gab ich zurück.
Jetzt mischte sich meine Mutter erregt ein. »Wie könnt Ihr es wagen, meine Tochter zu belästigen! Wenn Ihr nicht sofort . . .«
Mit ironisch hochgezogenen Brauen und unverschämtem Grinsen wartete er darauf, daß sie weitersprach. Er wollte sich voller Vergnügen ihre Drohungen anhören, da er ganz genau wußte, daß sich dadurch nichts ändern würde. Er war hier der Herr, vor dem alle Angst hatten. Was konnten zwei hilflose weibliche Wesen gegen einen solchen Mann schon ausrichten?
»Ich wollte gerade erklären, Madam, daß ich von Euch nicht zu ungünstig beurteilt werden möchte. Deshalb werde ich dem Wirt sagen, daß ich mich mit der bescheideneren Schlafstatt begnüge und Euch das Eichenzimmer überlasse.«
Wir waren vor Überraschung buchstäblich sprachlos.
Meine Mutter gewann als erste ihre Fassung zurück. »Das ist nicht nötig«, sagte sie kühl. »Wir haben uns schon völlig darauf eingestellt, in einer der Kammern zu schlafen.«
Er ließ meinen Rock los und schlug mit der Faust krachend auf die Tischplatte. »Ihr bekommt das Eichenzimmer, und ich schlafe friedlich in der Kammer. Nessie, hol deinen Vater! Mach schnell, Mädchen! Steh nicht so dumm herum!«
Beim Verlassen des Gastraumes trafen wir auf den herbeihastenden Wirt. »Die Ladys sollen das Eichenzimmer haben«, rief Colum Casvellyn. »Schaff ihr Gepäck zurück. Ich trete ihnen mein Bett ab. Nessie, her mit dem Wein!«
Meine Mutter wandte sich an den Wirt. »Was ist das für ein lächerliches Hin und Her! Damit muß endlich Schluß sein. Wir werden das Eichenzimmer nicht mehr betreten, sondern es diesem . . . diesem . . . Rüpel überlassen!«
Der Wirt schüttelte den Kopf und begann von neuem zu zittern. »Er hat befohlen, wie es sein soll, Madam, und genauso muß es auch geschehen.«
Er wirkte so verängstigt, daß meine Mutter achselzuckend nachgab. Unsere Reisetaschen wurden in das Eichenzimmer zurückgebracht, Jennet begann auszupacken, und wir machten uns für die Nacht zurecht.

Meine Mutter verriegelte die Tür. Wenn solche Leute im Gasthof logierten, könne man nicht vorsichtig genug sein, meinte sie.
Ich war viel zu unruhig, um rasch einzuschlafen. Dauernd mußte ich an Colum Casvellyn denken und stellte ihn mir mit Nessie im Bett vor, denn ich war überzeugt davon, daß sie die Nacht gemeinsam verbrachten. Ich fühlte mich auf unangenehme Weise erregt. In mir war etwas geweckt worden, dessen ich mir bisher nicht bewußt war.
Auch meine Mutter wirkte zunächst hellwach. Wir unterhielten uns noch ein Weilchen, verstummten dann, und schließlich schlummerte sie ein. Jennet hatte sich auf ihrem Strohsack ausgestreckt und atmete tief und gleichmäßig. Ich versuchte, mich sowenig wie möglich herumzuwälzen, um meine Mutter nicht zu stören, und lag folglich recht steif und unbequem da.
Mitten in meine Gedanken hinein glaubte ich plötzlich ein leises Klopfen am Fensterrahmen zu hören. Zuerst hielt ich es für Einbildung, blieb still liegen und lauschte. Dann klopfte es wieder. Vorsichtig schlüpfte ich unter der Decke hervor und ging zum Fenster hinüber. Ich stieß es auf und schaute hinaus. Weißes Mondlicht lag auf Bäumen, Hecken und Wiesen. Es war ein wunderschöner Anblick, und süßer Blütenduft lag in der Luft. Dann löste sich eine Gestalt aus dem Dunkel der Bäume und stellte sich breitbeinig unter mein Fenster.
Ich zuckte zurück und hörte ihn lachen. Er führte die Hand an die Lippen, drückte einen Kuß darauf und schien ihn mir mit einer raschen Bewegung zuwerfen zu wollen. Ich war so verblüfft, daß ich einige Sekunden bewegungslos stehenblieb und ihn nur anschaute. Er breitete weit die Arme aus, als lade er mich ein, zu ihm hinauszukommen.
Hastig schloß ich das Fenster und stieg wieder ins Bett. Ich zitterte am ganzen Körper und behielt das Fenster im Auge, als erwartete ich, ihn im nächsten Augenblick dort auftauchen zu sehen. Angespannt lauschte ich auf ein Geräusch an der Tür.
Nichts geschah.
Erst viel später fiel ich in unruhigen Schlummer, gequält von wirren, unzusammenhängenden Träumen, in denen er die Hauptrolle spielte.

Schon vor Tagesanbruch erwachten wir. Der Wirt tischte uns ein herzhaftes warmes Frühstück auf, und wir ritten mit den ersten Sonnenstrahlen los, bevor das Gasthaus seine volle Geschäftigkeit entfaltet hatte.
Ich war froh wegzukommen, wußte aber genau, daß ich mich an Colum Casvellyn mit einer Mischung aus Schrekken und Faszination noch lange erinnern würde.

Trystan Priory war ein herrschaftlicher Besitz, der an die fünf Meilen landeinwärts lag. Das Haus war erst kürzlich an Stelle einer alten Priorei errichtet worden, die zerstört worden war, als während der Regierung von Königin Elisabeths Vater die Klöster aufgehoben wurden. Ein paar Ruinen der alten Priorei waren erhalten geblieben, und Fennimore zeigte sie uns am ersten Tag, als wir alle auf die Ankunft meines Vaters warteten, mit sichtlichem Vergnügen.
Die Landors waren ganz reizend - er war Seekapitän wie mein Vater -, und Fennimore selbst gefiel mir immer besser. Ich mochte seinen ruhigen Ernst und seine Zielstrebigkeit. Plötzlich ertappte ich mich dabei, daß ich ihn unwillkürlich mit dem Mann verglich, den wir in dem Gasthaus kennengelernt hatten. Jener nahm sich, was er haben wollte, und das traf in gewisser Weise sicher auch auf Fennimore zu. Doch wie sehr unterschieden sie sich in ihrer Art! Fennimore würde meiner Meinung nach immer auf andere Menschen Rücksicht nehmen . . .
Trystan Priory war in Form eines E gebaut worden wie so viele Häuser unserer Zeit. Meine Mutter und ich bekamen nebeneinanderliegende Zimmer, und auch Jennet wurde nahebei in einer kleinen Kammer untergebracht. Als erstes fiel mir die friedliche Stimmung auf, die über dem ganzen Besitz zu ruhen schien.
Auch meiner Mutter gefielen unsere Gastgeber ausnehmend gut, und sie schien mit ihnen ein stillschweigendes Abkommen getroffen zu haben, daß Fennimore sich um mich kümmern sollte. Am ersten Vormittag erbot er sich, mich auf dem Besitz herumzuführen. Er war der Ansicht, daß ich nach einem Dreitageritt sicher eine Ruhepause nötig hätte. Daher würden wir uns alles zu Fuß ansehen. Ich war damit sehr einverstanden.

Die große Treppe, die von der Halle zur Galerie hinaufführte, hatte ein wundervoll geschnitztes Geländer. Oben hingen wie bei uns die Familienporträts. Ich blieb vor dem Bild Fennimores stehen, der den Betrachter mit offenem Blick geradewegs anzuschauen schien - ein Mann, der ganz genau wußte, was er wollte.
Unmittelbar daneben war ein Platz frei gelassen. Bestimmt hatte dort einmal ein Gemälde gehangen, und ich überlegte flüchtig, warum es wohl abgenommen worden war . . .
Das Haus war sehr wohnlich, weniger überladen als Lyon Court und im Vergleich mit dem alten Besitz Trewynd Grange nach neuester Mode. Auch hier gab es eine Winterstube, die während der kalten Jahreszeit und im Familienkreis viel benutzt wurde. Die Küche war sehr geräumig, und es gab viele Feuerstellen und Bratspieße. Fennimore wies mich darauf hin, wie praktisch es sei, daß die Küche so nahe an Winterstube und Haupthalle lag. Diese Halle war wie in Lyon Court und in Trewynd der Mittelpunkt des Hauses, wo getafelt wurde, wenn eine große Tischrunde versammelt war.
Fennimore schlenderte mit mir in den kunstvoll angelegten Park. Es gab Springbrunnen, von Bäumen beschattete Wege, viele Marmorstatuen und noch mehr Blumenbeete, die ganz reizend mit Rosmarin, Lavendel und Majoran eingefaßt waren. Etwas weiter zurück gelegen befand sich ein umfriedeter Garten mit einem Teich in der Mitte. Derartige Anlagen waren große Mode geworden und stellten eine Kopie des Gartens von Heinrich VIII. in Hampton Court dar. Vor neugierigen Blicken durch eine hohe Hecke geschützt, konnten sich hier die Familienmitglieder im Sommer ungestört aufhalten. Die Ladys stickten oder malten hübsche kleine Bilder, die Gentlemen unterhielten sich mit ihnen und ruhten sich aus.
Fennimore und ich setzten uns an den Teich, und er erzählte mir von seinen Zukunftsvisionen. Ich hörte ihm gern zu und ermunterte ihn zum Weiterreden. Allgemeiner Wohlstand würde sich ausbreiten, von dem man sich heutzutage nicht einmal träumen ließ, versicherte er mir. Er hatte schon mehrere englische Schiffsbauer aufgesucht und ihnen erklärt, wie nötig es sei, noch mehr und vor allem größere Schiffe zu bauen, die schwere Ladung an Bord neh-

men konnten und auch schwere See unbeschadet überstanden.
»Wahrscheinlich müssen diese Schiffe mit Kanonen bestückt sein«, meinte ich.
»Nun ja, anders geht es wohl auf dieser Welt nicht zu, und zweifellos wird es auf See Kämpfe geben. Wo Reichtum und Gewinn zu holen sind, gibt es immer Neider, die mit Gewalt ans Ziel gelangen wollen. Eine gute, ehrliche Rivalität muß sogar sein, aber das läßt sich wohl kaum von heute auf morgen erlernen. Die Menschen sind nicht plötzlich vernünftig, sondern werden weiterhin versuchen, sich zu nehmen, was nicht ihnen gehört. Die meisten glauben ohnehin, daß sich durch Raub mehr gewinnen läßt als durch harte Arbeit. Es muß auch wohl immer Menschen geben, die großartiger, kühner, reicher als die übrigen sind. Und einige wollen unbedingt Macht über andere ausüben . . .«
Mir fiel plötzlich der Mann aus der Herberge ein, und ich war drauf und dran, Fennimore von unserem Erlebnis zu erzählen, unterließ es dann jedoch. Hier im Garten war es so schön und friedlich, daß ich keinen Mißton hineinbringen wollte. Je mehr ich über jenen Fremden nachdachte - und ich muß zugeben, daß dies ziemlich oft geschah -, desto unerfreulicher erschien mir unsere Begegnung. Er war ungehobelt und unverschämt, ja, er hatte es sogar gewagt, mich aufzuwecken, so daß ich ans Fenster kam. Hatte er mir wirklich eine Kußhand zugeworfen, oder ging meine Phantasie mit mir durch? Hatte er tatsächlich angedeutet, daß ich zu ihm hinauskommen sollte, obwohl er wissen mußte, daß so etwas überhaupt nicht in Frage kam? Nein, er hatte mich bestimmt nur verwirren wollen, und das war ihm leider auch gelungen.
Fennimore verbreitete sich weiter darüber, daß nun, nach dem Sieg über die Armada, viel mehr Schiffe als bisher gebaut werden müßten. »Die Spanier hatten ja keine Ahnung, was für Möglichkeiten es für sie gab«, sagte er. »Sie waren geradezu von dem Drang besessen, den Völkern der Erde ihre religiöse Überzeugung aufzuzwingen. Darin lag ihre Schwäche. Der spanische König ist ein Fanatiker. Wie elend muß er sich jetzt fühlen! Ich empfinde fast Mitleid für ihn.«
»Laßt das bloß nicht meinen Vater hören!«

Fennimore nickte. »Er könnte mich bestimmt nicht verstehen. Aber ich bin nun einmal der festen Überzeugung, daß auch die grausamsten Menschen einen guten Kern haben, den man nur entdecken muß. Dann würde vieles anders sein.«

In diesem Augenblick erkannte ich deutlich, wie sehr Fennimore sich von meinem Vater unterschied, denn er war gütig und duldsam. Zweifel beschlichen mich, ob für das Überleben in unserer rauhen Welt nicht jene Skrupellosigkeit nötig war, die Männer wie mein Vater besaßen. Sie hatten es leicht, da sie ein Problem immer nur aus ihrer Sicht betrachteten. In Fennimores Natur lag es, beide Seiten zu sehen.

Fennimore berichtete äußerst anschaulich, er ließ vor meinen Augen unsere Häfen erstehen, in denen nur friedliche Handelsschiffe vor Anker lagen. Ich stellte mir das Entladen von Gewürzen, Gold und Elfenbein vor. Fennimore hatte nämlich den Plan, daß seine Schiffe nicht nur die Ostsee- und die Mittelmeerhäfen anlaufen, sondern sogar bis Indien vorstoßen sollten.

Es bereitete mir großes Vergnügen, mit einem gutaussehenden jungen Mann durch den Garten zu schlendern, seinen Erzählungen zu lauschen und allerlei über seine Familie zu erfahren.

Meine Mutter und ich waren uns in der guten Meinung über Fennimores Eltern einig. Captain Landor hatte als alter Seemann eine gewisse Ähnlichkeit mit meinem Vater, trat allerdings nicht so laut und lärmend wie Jake Pennlyon auf, der auf seine Weise sicher einmalig war. Doch auch Captain Landor war von den blutigen Abenteuern auf See geprägt worden, während Fennimore eher die sanfte Natur seiner Mutter geerbt hatte. Dies machte ihn nachdenklicher und empfindsamer, als es bei seiner Zunft üblich war. Fennimore war wißbegierig und konnte logisch denken. Dank dieser Eigenschaften - ich war mir gar nicht sicher, ob sie vorteilhaft für ihn waren - erkannte er, daß ein Problem stets mehrere Seiten hatte.

Wenn zwei Familien in ähnlichen Verhältnissen leben und heiratsfähige Söhne und Töchter haben, wird es vermutlich immer gewisse Spekulationen geben. Mir war klar, daß auch meine Mutter und Fennimores Eltern darüber nach-

dachten. Fennimore gefiel meiner Mutter gut und wäre ihr als Schwiegersohn durchaus genehm gewesen. Ich war fast sicher, daß die Landors mich gleichfalls mit offenen Armen aufgenommen hätten.
Wie stand es mit Fennimore? Zog auch er es in Betracht? Wahrscheinlich; aber er war nicht sehr impulsiv. Sicher hielt er es für das beste, wenn wir uns langsam aneinander gewöhnten - und an die Vorstellung, eines Tages zu heiraten.
In jenen ersten Tagen meines Aufenthaltes in Trystan Priory hielt ich es durchaus für möglich, hier eines Tages als Herrin zu leben.
Fennimores Mutter sprach gern über Haushaltsdinge, und am zweiten Tag bat sie mich auf ihr Zimmer, um mir den Gobelin zu zeigen, an dem sie gerade arbeitete. Er sollte den glorreichen Sieg über die Armada darstellen; die Komposition hatte sie selbst entworfen. Die Fertigstellung würde noch Jahre beanspruchen, erzählte sie mir.
Auf das Leinen, das über einen riesigen Rahmen gespannt war, hatte sie bereits das Bild skizziert. Es gab kleine Schiffe und große spanische Galeonen, den König von Spanien in seinem düsteren Escorial und den Herzog von Medina-Sidonia inmitten seiner Flotte. Ihnen gegenüber waren unsere Königin im Tilbury und Sir Francis Drake beim Bowlspiel dargestellt.
»Das ist ja fast ein Lebenswerk«, sagte ich bewundernd.
»Ich habe es begonnen, und zukünftige Mitglieder meiner Familie werden es vollenden«, erwiderte sie.
Es fehlte eigentlich nur noch, daß sie mir eine Nadel gab und befahl, gleich mit dem Sticken zu beginnen . . .
»Der Gobelin wird wundervoll sein, wenn er fertig ist.«
»Hoffentlich erlebe ich das noch!«
»Aber bestimmt!«
»Hunderte von bunten Seidengarnsträngen liegen schon bereit.« Sie schilderte mir die Farben, die sie verwenden wollte: schwarz für das Gewand Philipps II., scharlachfarben und gold für unsere Königin. »Ach, Linnet, was war das doch für eine schreckliche Zeit! Ich bete nur, daß ich so etwas nicht mehr erleben muß. Noch nie habe ich derartiges Leid empfunden . . . außer . . .«
Sie brach ab und biß sich auf die Lippe. »Aber nun ist ja al-

les vorbei«, fuhr sie gleich darauf heiter fort. »Zwar lauern auf See ständig Gefahren, aber wenigstens die Spanier können uns nicht mehr viel tun. Ich hatte immer schreckliche Angst vor ihnen. Wenn die Männer fortsegelten, schloß ich mich oft in mein Sanktuarium ein« - sie machte eine Kopfbewegung zu der Tür hin, die in einen Nebenraum führte - »und betete darum, daß sie gesund zurückkehren sollten. Du als Tochter eines Seemanns weißt ja, wie man wochenlang bangt.«
Merkwürdig, dachte ich. So gut wie nie hatte ich an die Möglichkeit gedacht, daß mein Vater nicht zurückkommen könnte. Er wirkte so, als könne nichts ihn besiegen.
»Der Verlust der beiden wäre mein Tod gewesen. Dann hätte ich niemanden mehr gehabt . . . niemanden! Nachdem Melanie . . .«
Sie brach ab, überlegte kurz und stand dann auf. »Komm einmal mit, liebes Kind.«
Ich folgte ihr zu der Tür, hinter der es ziemlich dunkel war, da nur durch ein kleines bleigefaßtes Fenster Licht drang. Auf dem Tisch unter einem Kruzifix standen Kerzen. Es wirkte wie ein Altar.
»Ich komme oft hierher, um für mich allein zu beten.«
Mein Blick fiel auf das Porträt eines ungefähr fünfzehnjährigen Mädchens mit blonden, langen Locken und blauen Augen. Es glich Fennimore sehr.
»Ist sie nicht wunderschön?« fragte meine Gastgeberin.
Ich nickte.
»Meine Tochter, meine Melanie!«
»Ich wußte gar nicht, daß Ihr eine Tochter habt.«
»Ich hatte sie«, verbesserte sie mich. »Sie ist gestorben.«
»Oh, wie traurig!«
Sie schlug die Augen nieder, als könne sie es nicht länger ertragen, das zauberhafte junge Gesicht zu betrachten.
»Ich ließ das Gemälde hier aufhängen, denn ich ertrug es nicht, das Bild jedesmal beim Vorbeigehen in der Galerie zu sehen. Ich wollte es hier haben, damit ich es in aller Stille anschauen und über Melanies Tod weinen konnte.«
»Ist sie schon lange tot?« fragte ich.
»Seit drei Jahren.«
Da ich nicht wußte, ob sie noch weiter über Melanie sprechen wollte, wagte ich keine weitere Frage.

»Sie wurde gemordet«, stieß sie hervor.
»Gemordet?« wiederholte ich entsetzt.
»Bitte, ich möchte lieber nicht ... sie war viel zu jung für die Ehe. Ich hätte es nie zulassen dürfen ... das arme kleine Ding starb ...«
»Hattet Ihr nur diese eine Tochter?«
Sie nickte.
»Fennimore ist sicher Euer ganzer Trost«, sagte ich hilflos.
Ihr Gesicht erhellte sich ein wenig. »Einen besseren Sohn kann es gar nicht geben. Ja, Gott sei Dank, daß wir Fennimore haben. Aber trotzdem ... wir haben unsere liebste Melanie verloren. Immer wieder halte ich mir vor, daß ich es nicht hätte zulassen dürfen. Nie werde ich den Tag vergessen, an dem sie mir berichtete, daß sie wieder schwanger sei.«
»Hatte sie denn schon ein Kind?«
»Nein. Es waren immer Fehlgeburten. Oh, es war völlig klar, daß sie nicht fürs Kindergebären geschaffen war. Als sie mir von ihrer neuerlichen Schwangerschaft erzählte, überkam mich schreckliche, eisige Furcht. Es war, als sei der Todesengel eingetreten. Hier ... hier in diesem kleinen Raum war es. Ich sehe sie deutlich vor mir, sehe die Angst auf ihrem süßen Gesicht und wünschte ... aber Schluß damit. Ich sollte nicht so mit dir reden, liebe Linnet.«
»Bitte, sprecht weiter, wenn es Euch nicht zu sehr schmerzt. Ich bin für Euer Vertrauen dankbar.«
»Sie war anders als du, hatte nicht deine Kraft. Nie, nie hätte sie heiraten dürfen, denn sie konnte keine Kinder bekommen. Ach, wenn ich doch nur alles ungeschehen machen könnte!«
Sie streckte die Hand aus, und ich ergriff sie.
»Du solltest es wissen, weil ... weil es mir vorkommt, als seiest du eine von uns.«
Fast war es, als mache sie mir an ihres Sohnes Statt einen Heiratsantrag.

Wenig später traf mein Vater ein, und plötzlich war das Haus laut und von Unruhe erfüllt. Er zeigte sich von Trystan Priory beeindruckt, stellte aber dennoch selbstgefällig fest, daß es nicht so prunkvoll wie Lyon Court sei. Die nun etwas opulenteren Mahlzeiten wurden meinem Vater zu

Ehren in der großen Halle eingenommen. Wir dinierten gegen elf Uhr vormittags und nahmen das Souper zwischen sieben und acht Uhr abends ein. Bei Tisch herrschte eine muntere Stimmung, und mein Vater verhandelte mehrmals mit den beiden Landors. Ich gewann den Eindruck, daß er gut mit ihnen auskam und immer stärker an dem Projekt interessiert war.

Er hatte jedoch nicht die Absicht, lange zu bleiben. Es drängte ihn geradezu danach, bald wieder fortzusegeln. An jedem Morgen ritt er zur Küste hinüber und ging an Bord seines Schiffes. Er wollte um Land's End zur Nordküste herumsegeln und vor seiner Heimkehr noch einige Wochen unterwegs sein. Meine Mutter und ich würden auf dem gleichen Wege zurückreiten, auf dem wir hergekommen waren.

Wir hatten beide nichts von dem Abenteuer im Gasthof erwähnt. Der unverschämte Flegel hatte uns ja zu guter Letzt das bessere Zimmer überlassen, so daß wir uns nicht darüber beklagen konnten, er habe es uns weggenommen. »Dein Vater würde mehr daraus machen, als wirklich passiert ist. Du weiß ja, wie sehr er den Streit liebt«, sagte meine Mutter. »Außerdem ließe er uns dann nie mehr allein reisen.« Also sagten wir gar nichts . . .

Tag für Tag wurde mein Vater wieder auf das Handelsthema gebracht, und er gewann mehr und mehr Gefallen daran. Schließlich war ja auch der Handel eine Art Kampf – es ging wieder um die Vorherrschaft auf See. Jake Pennlyon zweifelte natürlich keinen Augenblick daran, daß England siegen würde, und konnte es schon bald kaum mehr erwarten.

Immer noch gab es Berichte über spanische Schiffe, die an der Küste antrieben, über Männer, die im Schutz der Dunkelheit an Land gekommen waren und sich bis zu unseren Dörfern durchgeschlagen hatten, wobei sie vorgaben, alles mögliche zu sein, nur keine Spanier. Mein Vater konnte von diesen Geschichten nie genug hören, und seiner Meinung nach verdienten die armen Teufel ein schreckliches Schicksal.

Ich merkte, daß die Landors seine Ansichten für zu übertrieben hielten. Andererseits billigten sie ihm als dem Mann, der als tüchtiger Seefahrer und treuer Diener der Kö-

nigin im ganzen Westen Englands berühmt war, zu, Ansichten zu äußern, auch wenn sie nicht zustimmen konnten. Er hatte eine Schwäche für alle Seeleute und kritisierte daher ein wenig die Sparsamkeit der Königin ihnen gegenüber. Es war das erste Mal, daß ich aus seinem Mund etwas anderes als ergebenes Lob für Elisabeth hörte.
»Bei Gott!« rief er aus. »Den Seeleuten ist doch zu verdanken, daß unser Land gerettet wurde. Sollen sie jetzt verhungern, weil ihre Aufgabe getan ist?«
»Der Hilfsfonds ist besser als nichts«, meinte Captain Landor.
»Aber nicht gut genug für solch mutige Männer«, widersprach mein Vater hitzig. »Warum soll eigentlich jeder Seemann etwas von seinem Sold abgeben, um Kameraden zu unterstützen, die in dem großen Kampf verwundet wurden? Nein, nein, Sir. Es bleibt Pflicht und Schuldigkeit der Königin und dieses Landes, sich um die zu kümmern, die Not leiden. Sie haben sich schließlich für England geopfert. Nun ist es an England, für sie zu sorgen.«
Er bezog sich auf den sogenannten Fonds von Chatham, der eingerichtet worden war, um diejenigen zu entschädigen, die während der Schlacht mit der Armada verwundet worden waren.
»Jeder Seemann, der bei mir anklopft, wird versorgt«, erklärte mein Vater erregt. »Er soll in Lyon Court die Zuflucht finden, die England ihm verweigert.«
»Es gibt sicher sehr viele Bedürftige.«
»Erst recht ein Grund, sich um sie zu kümmern. Ich habe gehört, daß Philipp von Spanien fünfzigtausend Scudi zur Unterstützung der Verwundeten zur Verfügung gestellt hat. Soll es so weit kommen, daß für die Besiegten gut gesorgt wird, während die Sieger auf die Hilfe ihrer Kameraden angewiesen sind?«
Es stimmte, daß die Königin, die sich nur zu gern mit kostbaren, juwelenbesetzten Gewändern schmückte, häufig kein Geld für Untertanen hatte, die bereit gewesen waren, ihr Leben zu opfern, um den Königsthron zu retten.
»Kein armer Seemann, der nach Lyon Court kommt, wird hungrig wieder weggehen«, versicherte meine Mutter.
»Dafür werden wir bei Gott sorgen«, sagte mein Vater, der endlich einmal einer Meinung mit ihr war.

Die Landors waren offensichtlich froh, als sich die Unterhaltung anderen Themen zuwandte. Ob es nun daran lag, daß sie wußten, wie unklug es war, auch nur geringfügige Kritik an der Königin zu üben, oder ob sie einfach lieber von ihren eigenen Plänen redeten, weiß ich nicht. Auf jeden Fall wurde schon bald wieder darüber diskutiert, wie viele Schiffe man bauen und welche Waren man in den verschiedenen Häfen der Welt absetzen sollte.
Und so verstrichen die Tage äußerst angenehm, bis es für uns Zeit wurde, nach Hause zurückzukehren. Vor unserem Aufbruch luden meine Eltern unsere Gastgeber ein, einen Gegenbesuch zu machen. Sie schlugen vor, kurz nach Weihnachten zu kommen und mit uns gemeinsam Neujahr zu feiern.

Eine Nacht auf Schloß Paling

Auf unserer Rückreise verbrachten wir die erste Nacht im Gasthof ›Wanderers Ruh'‹. Wir hatten hin und her überlegt und waren zu dem Schluß gekommen, daß es höchst unwahrscheinlich sei, dort ein zweites Mal auf den verhaßten Casvellyn zu treffen.

Der Wirt war hoch erfreut, uns wiederzusehen. Das wohlbekannte Eichenzimmer wurde für uns hergerichtet, und der Abend verging ohne Störung. Wir ließen uns das ausgezeichnete Essen schmecken und machten es uns in dem breiten Bett im Eichenzimmer bequem. Einmal wachte ich mit Herzklopfen auf und lauschte unwillkürlich, ob ans Fenster gepocht würde. Nichts war zu hören. Wie sollte es auch? Schließlich war dieser Mensch ja meilenweit entfernt.

Wir brachen am nächsten Morgen früh auf. Das Wetter hatte gewechselt, Wind war aufgekommen und hatte dicke Wolken mitgebracht. Wir ritten stundenlang durch feinen Nieselregen, der unseren Ritt nicht gerade angenehm machte. Es wurde zu dieser Jahreszeit schon früh dunkel, und wir beschlossen, uns so rasch wie möglich ein Quartier zu suchen, obwohl dies die Reise vermutlich um einen Tag verlängern würde.

Wir ritten gerade eine gewundene Straße entlang - einer der Pferdeknechte ritt voraus, der andere bildete die Nachhut -, als wir Hufgetrappel hörten. In den letzten beiden Stunden hatten wir keine Menschenseele gesehen. »Bei so schlechter Witterung wagt sich doch niemand freiwillig hinaus«, war die Ansicht meiner Mutter.

Die Reiter hinter uns holten auf, und wir ritten an den Straßenrand, um sie vorbeizulassen.

Nun waren sie an unserer Seite, und im nächsten Augenblick hatten sie uns umringt. Es waren vier Männer mit Gesichtsmasken. Jennet stieß einen Schrei aus, denn es war nur zu klar, daß sie Übles im Schilde führten. Der eine

schwang drohend seinen Knüttel und verlangte mit rauher Stimme unsere Geldbörsen.
Als einer der Pferdeknechte sich zu wehren versuchte, wurde er brutal vom Pferd gestoßen; ein anderer Maskierter griff nach dem goldenen Gürtel meiner Mutter. Sie versetzte ihm mit der Reitgerte einen scharfen Schlag über die Hand, so daß er nur mühsam einen Schmerzenslaut verbiß.
»Ihr seid Räuber und wollt unser Geld«, rief meine Mutter unerschrocken. »Falls ihr uns etwas zuleide tut, wird es euch übel ergehen, das könnt ihr mir glauben! Falls Ihr uns jedoch unverletzt weiterziehen laßt, werde ich euch freiwillig das Geld geben.«
Der Pferdeknecht, der zu Boden geworfen worden war, kam gerade mühsam auf die Knie, als einer der Räuber einen Warnruf ausstieß. Im Galopp näherte sich uns ein Reiter.
»Was geht hier vor?« rief eine gebieterische Stimme, die ich sofort voller Aufregung und Erleichterung erkannte: Colum Casvellyn in voller Lebensgröße!
»Myladys, seid Ihr in Schwierigkeiten?« fragte er. »Packt euch, ihr Schurken!« schrie er die maskierten Männer an. Obwohl sie in der Überzahl waren, spürte ich, daß die Räuber Angst vor ihm hatten. Einer drängte sich ganz dicht an mich heran, ergriff blitzschnell mein Pferd beim Zügel und ritt wie der Teufel los. Mich zerrte er hinter sich her.
Ich versuchte, die Zügel anzuziehen, war aber völlig machtlos. In halsbrecherischer Geschwindigkeit ging es dahin, bis der Räuber die Pferde schließlich langsam gehen ließ, so daß ich keine Angst mehr haben mußte, mich zu Tode zu stürzen. Seine Kumpane kamen hinter uns hergeritten.
Ich schrie laut, doch niemand kümmerte sich darum. Die anderen drei überholten uns, da ich nicht so schnell mitkam. Dann hörte ich, daß wir verfolgt wurden, und ich wußte auch, von wem.
Mein Peiniger wollte seine Beute nicht so leicht aufgeben und gab seinem Gaul die Sporen. Wir schienen eine Ewigkeit dahinzugaloppieren. Ich hörte Colum Casvellyn dem Mann neben mir zubrüllen, was alles er mit ihm machen würde, wenn er ihn in die Finger bekäme.
Wir ritten über eine Ebene und dann einige Wege entlang. Die drei Maskierten waren nicht mehr zu sehen. Kurz dar-

auf machte der Schurke einen Fehler. Wir waren auf eine Straße eingebogen und galoppierten dahin, auf einen Waldrand zu. Die Bäume vor uns schienen ein unüberwindliches Hindernis zu bilden. Entweder mußten wir in das Dickicht eindringen oder aber umkehren. Kehrten wir um, dann standen wir Colum Casvellyn gegenüber.
Wir ritten in den Wald hinein, und nun ging es sehr viel langsamer vorwärts. Plötzlich wurde mein Pferd so plötzlich losgelassen, daß ich fast stürzte. Im nächsten Augenblick war Colum Casvellyn an meiner Seite.
»Das war ja eine schöne Hetzjagd«, meinte er.
»Vermutlich muß ich mich jetzt bei Euch bedanken«, flüsterte ich.
»Es wäre jedenfalls höflich, denn ich habe Euch schließlich vor diesem Scheusal bewahrt. Man kann sich leicht denken, was für Absichten er hatte. Übrigens habe ich Euch sofort erkannt. Ihr seid die junge Lady vom Eichenzimmer.«
»Ihr habt mir einen Dienst erwiesen, und ich danke Euch.«
»Vielleicht ist dadurch mein unhöfliches Benehmen von neulich wettgemacht.«
Ich nickte. »Wenn Ihr mich jetzt gleich zu meiner Mutter und den Bediensteten zurückbrächtet, wäre ich Euch noch dankbarer.«
»Wir wollen versuchen, sie zu finden.«
»Ich helft mir also?«
»Ich stehe Euch ganz zu Diensten.«
»Danke.«
Er brachte sein Pferd dicht neben meines. »Ihr zittert ja am ganzen Leib. Ein fürchterliches Erlebnis, nicht wahr? Diese Bösewichte! Ich wollte bei Gott, ich hätte Hand an den einen legen können! Der hätte schon bald um Gnade gewinselt.«
»Mir ist es lieber, daß er mit seinen Kumpanen auf und davon ist. Können wir gleich losreiten? Meine arme Mutter wird in schrecklicher Sorge sein.«
»Es wird etwas schwierig werden, den Weg zurückzufinden, denn ich habe vorhin in der Eile nicht darauf geachtet.«
»Wißt Ihr noch, wo Ihr gerade wart, als Ihr auf unser Mißgeschick aufmerksam wurdet? Falls ja, könnten wir uns doch dorthin wenden, oder?«
»Ich bin mir leider nicht ganz sicher. Ich hörte laute Stim-

men und bin querfeldein galoppiert. Aber wir müssen unser Glück eben versuchen. Wie dämmrig es schon ist! Seid Ihr bereit?«
Ich fühlte mich ganz krank vor Ungeduld. Wie schrecklich mußte dies alles für meine Mutter sein! Ob sie wohl Colum Casvellyn erkannt hatte?
Es wurde immer dunkler, und dichter Nebel stieg auf. Ich zitterte, war mir aber nicht sicher, ob es nur an der Kälte lag.
»Ist dies die Richtung, aus der wir gekommen sind?« fragte ich, nachdem wir einige Meilen schweigend geritten waren.
»Ich glaube schon.«
»Könnten wir etwas schneller reiten? Bitte!«
»Wie Ihr wünscht.«
Die Landschaft kam mir unbekannt vor, denn ich sah viele Hecken und Bäume, während wir zuvor über eine kahle Ebene galoppiert waren.
»Ich glaube, wir sind auf dem falschen Weg«, murmelte ich.
Er hielt an.
»Schloß Paling liegt etwa eine Meile von hier entfernt.«
»Euer Heim?«
»Ja, ganz recht.«
»Und wie weit wart Ihr von Eurem Schloß entfernt, als Ihr auf uns gestoßen seid?«
»Ungefähr eine Meile, so meine ich.«
»Dann ist es ja möglich, daß wir schon nahe der Stelle sind, an der wir überfallen wurden.«
»Glaubt Ihr denn, daß Eure Mutter und die anderen dort auf Euch warten? Ich halte es für viel wahrscheinlicher, daß sie in der nächsten Herberge einkehren und Leute ausschikken, um Euch zu suchen.«
»Ja, das ist wahr. Gibt es in der Nähe irgendwo einen Gasthof?«
»Ich kenne in dieser Gegend nur zwei.«
»Dann laßt uns dorthin reiten! Meine Mutter wird hoffentlich schon dort sein, wie Ihr eben vermutet habt.«
So schnell dies in der Dunkelheit möglich war, ritten wir zu einer Schenke mit dem Namen ›Rote und Weiße Rose‹. Das Wirtshausschild schwankte im Wind knarrend hin und

her. Ein Mann trat mit einer Laterne vor die Tür. Auf das Schild waren die Gesichter Heinrichs VII. von Lancaster - er war der Urgroßvater unserer Königin - und seiner Frau Elisabeth von York unbeholfen gemalt. Wie merkwürdig, daß mir das in einem solchen Augenblick auffiel!
Colum Casvellyn sprang aus dem Sattel, worauf ein Pferdeknecht herbeieilte, um die Zügel zu nehmen. »Wo ist der Wirt?« schrie Colum in seiner üblichen gebieterischen Art.
»Ist hier eine Reisegesellschaft eingekehrt? Eine Lady mit Zofe und zwei Pferdeknechten?« fragte er, als der Wirt vor ihm stand.
»Nein, Mylord. Wir haben nur einen Gast, einen Händler auf dem Weg nach Plymouth.«
Ich fühlte mich völlig entmutigt und kaum noch einer vernünftigen Überlegung fähig. Sollte ich hier über Nacht bleiben und erst am nächsten Morgen weiter nach meiner Mutter suchen?
»Es gibt noch eine andere Herberge, wo wir es versuchen könnten«, sagte Colum Casvellyn mitten in meine Gedanken hinein.
»Gut«, stimmte ich zu, denn mir gefiel die Aussicht gar nicht, allein in einem fremden Gasthof die Nacht zu verbringen.
»Wirt«, rief Colum mit scharfer Stimme, als er wieder in den Sattel stieg. »Falls eine solche Lady mit Begleitung herkommen sollte, wie ich sie dir beschrieben habe, dann teilst du ihr gefälligst mit, daß ihre Tochter wohlauf ist.«
»Gewiß, Mylord.«
Wir ritten wieder in die Nacht hinaus. Keiner von uns sprach.
Als wir ungefähr eine Meile zurückgelegt hatten, fragte ich Colum, wie weit das Gasthaus denn noch entfernt sei.
»Ich weiß nicht genau, aber es müßte eigentlich ganz in der Nähe sein. Ah, hier ist schon der richtige Weg.«
Die Wolken waren verschwunden, und das Mondlicht ließ uns die Umgebung besser erkennen.
»Folgt mir«, sagte Colum. Ich ritt hinter ihm einen Pfad entlang. Gleich darauf hörte ich seinen Ausruf. »Großer Gott!« Vor uns lag eine Ruine, die im bleichen Mondlicht gespen-

stisch wirkte. Panik erfaßte mich. Es kam mir vor, als sei ich in einem Alptraum gefangen. Was war mit mir geschehen? Ich war an diesem grausigen Ort mit einem Mann zusammen, den ich beim ersten Anblick schon gehaßt und auch gefürchtet hatte. Einen Augenblick lang versuchte ich mir einzureden, daß dies nicht die Wirklichkeit sein konnte. Gewiß träumte ich alles nur . . .

Wie geisterhaft wirkte das alles! Es standen nur noch die Außenmauern, und zwischen ihnen schienen böse Geister zu hausen.

Ich warf einen furchtsamen Blick auf den Mann an meiner Seite. Das leise Rauschen in den Bäumen klang für mich wie das Wimmern armer Seelen, und ich glaubte eine Warnung zu vernehmen: Geh weg von hier. Such deine Mutter. Geh dorthin zurück, wo du sicher bist!

Als zu allem Übel auch noch ein Käuzchen schrie, zuckte ich schreckhaft zusammen und malte mir aus, wie der graue Nachtvogel sich auf eine nichtsahnende Beute stürzte.

»Wer hätte das gedacht?« rief Colum Casvellyn erstaunt aus. »Dieser Gasthof kann erst vor kurzem niedergebrannt sein. Als ich das letzte Mal hier vorbeikam, herrschte noch reger Betrieb.«

»Wo könnte meine Mutter denn noch eingekehrt sein?«

»Ich habe leider keine Ahnung«, erwiderte er achselzukkend.

»Am besten ist wohl, wenn ich zur Herberge ›Rote und Weiße Rose‹ zurückreite und dort den Rest der Nacht verbringe.«

»Ohne Begleitung?«

»Das läßt sich nun nicht ändern. Was sollte ich denn sonst tun?«

»Ihr könnt mit nach Schloß Paling kommen.«

»Zu Euch nach Hause?«

»Ja. Warum nicht? Ich würde dann einige meiner Diener ausschicken, damit sie die Straßen absuchen.«

»Wenn ich in der Herberge übernachte, könntet Ihr doch gleichfalls Eure Leute losschicken.«

»Aber es verzögert sich alles, denn ich muß Euch zuerst zum Gasthaus begleiten und dann nach Schloß Paling reiten, um meinen Bediensteten Anweisungen zu geben. Wenn wir uns statt dessen gleich für das Schloß entscheiden, kann die Suche nach Eurer Mutter in weniger als einer Stunde beginnen.«

Ich zögerte. »Mir ist es trotzdem lieber, zum Gasthof zurückzukehren«, sagte ich schließlich.

Er zuckte die Achseln, und wir ritten los, nachdem ich mich noch einmal umgesehen hatte. Wie war es wohl dazu gekommen, daß dieses Haus abgebrannt war? Hoffentlich war niemand dabei umgekommen! Meine Einbildungskraft ließ mich Schreckensschreie hören. Es heißt, daß Menschen, die eines gewaltsamen Todes sterben, wieder zurückkehren. Daher gelten auch manche Orte als verhext . . .

Der Wunsch, so schnell wie möglich meinen Begleiter zu verlassen, war so stark, daß ich ganz kurz erwog, einen Fluchtversuch zu wagen. Aber wohin sollte ich mich wenden? Nein, nein . . . außerdem hatte er mich ja vor den Räubern gerettet. Was hatten diese Kerle vorgehabt? Raub und vielleicht . . . Schändung. Ich mußte Colum Casvellyn wirklich dankbar sein, und dennoch blieb ich mißtrauisch. Bei der abgebrannten Herberge hatte ich das deutliche Gefühl einer Warnung gehabt.

Ich wollte zum Gasthof ›Weiße und Rote Rose‹ zurückkehren und dort die Nacht über warten. Falls seine Leute meine Mutter tatsächlich fanden, würde ich ihm für alle Zeiten dankbar sein.

Wir ritten in gleichmäßigem Trab nebeneinander her, und ich grübelte, wie spät es wohl sein mochte. Sicher waren es schon mehr als zwei Stunden, seit ich von meiner Mutter getrennt worden war.

Wir kamen in offenes Gelände, und mir bot sich ein Anblick, der mich unter anderen Umständen sicher begeistert hätte. Vor mir ragten die vier mit Pechnasen versehenen trutzigen Ecktürme eines Schlosses hoch über felsigen Klippen auf. Dahinter lag das Meer.

Ich schaute stumm das wuchtige Gemäuer an, das so wenig einladend wirkte. Es war eine Burg, die jedem Angriff trotzen konnte, da sie an einer Seite durch das Meer, zur Landseite hin durch starke Mauerbefestigungen geschützt war.

»Schloß Paling heißt Euch willkommen«, sagte Colum Casvellyn.

Ich wandte mich hastig um. »Ihr verspracht mir, mich zum Gasthaus zu bringen.«

»So ist es viel besser«, erwiderte er. »Ich war mir des richtigen Weges nicht ganz sicher. Außerdem glaube ich kaum, daß Eure Mutter Euch gern ohne Begleitung in einer Schenke wüßte.«

»Aber . . .«

»Kommt, meine Dienstboten werden bestens für Euer Wohl sorgen. Wir können nicht die ganze Nacht ziellos herumirren.«

»Ziellos? Das stimmt doch nicht, denn wir suchen schließlich nach meiner Mutter.«

»Meine liebe junge Lady, was könnt Ihr denn noch ausrichten? Ihr wißt nicht, wohin sich Eure Mutter gewendet hat. Ich verspreche Euch, von meinen Dienern die ganze Gegend absuchen zu lassen. In der Zwischenzeit könnt Ihr Euch etwas stärken und ausruhen. Sobald sie gefunden ist, bringe ich Euch unverzüglich zu ihr.«

»Warum tut Ihr das alles für mich?«

»Weil sich ein Gentleman einer Lady in Not gegenüber eben so verhält. Außerdem schäme ich mich noch heute meines unmöglichen Benehmens Euch gegenüber. Das Schicksal hat mir die Möglichkeit geboten, den schlechten Eindruck wettzumachen, den ich bei Euch hinterlassen haben mußte. Wollt Ihr mir dies verweigern?«

»Ihr habt schon genug getan, Sir. Vielen Dank für Eure Gastfreundschaft, aber ich möchte lieber im Gasthaus übernachten.«

»Wenn Ihr es unbedingt so wollt . . . glaubt mir, ich werde nichts gegen Euren Willen tun. Sollen wir sofort zurückreiten? Das würde uns viel Zeit kosten. Kann ich Euch dort ohne Begleitung allein lassen? Bestimmt würden weder Eure Mutter noch Euer Vater mir das je verzeihen. Nein, nein, ich bin Euch heute genau im richtigen Augenblick begegnet. Ich konnte Euch vor räuberischem Gesindel retten, das mit Sicherheit böse Absichten hatte. Manchmal endet so ein Überfall sogar mit Mord. Es gibt Räuberbarone, die schutzlose Frauen und zuweilen sogar Männer in ihre Festungen verschleppen. In früherer Zeit war dies allgemeiner Brauch, und so etwas verschwindet nicht von heute auf morgen. Ich biete Euch nochmals meine Gastfreundschaft an und verspreche Euch, ohne Verzögerung etliche Knechte auf die Suche zu schicken. Bestimmt werden sie schon bald

Kunde von Eurer Mutter bringen. Sobald es tagt, könnt Ihr in Frieden weiterziehen!«
Ich zögerte immer noch. Das Meer brandete in gleichmäßigen Schlägen gegen die Felsen. Was sollte ich tun? Es hatte ganz den Anschein, als bliebe mir gar keine Wahl, als mit ihm zu gehen . . .
Colum Casvellyn spürte sofort, daß meine Spannung nachließ. »Alles wird wieder gut werden«, sagte er aufmunternd.
Ich ritt hinter ihm den gewundenen Pfad zur Burg hinauf.
»Wie schade, daß ich Euch nicht unter angenehmeren Umständen in meinem Heim willkommen heißen kann.«
»Ihr seid sehr gut zu mir«, war das einzige, was mir als Antwort darauf einfiel.
»Ich bin glücklich, Euch helfen zu können. Grübelt nun nicht länger! Diese Nacht geht schnell vorüber, und bei Tageslicht sieht alles viel besser aus.«
Ich nickte teilnahmslos.
»Schloß Paling hat einige Jahrhunderte überstanden und ist heute so uneinnehmbar wie kurz nach seiner Erbauung. Oft mußte es fremde Eindringlinge abwehren, und ständig ist es wilden Stürmen ausgesetzt. Es ist aus kornischem Stein und hat meiner Sippe seit Generationen eine sichere Bleibe geboten. Die Grundmauern wurden schon unter Wilhelm dem Eroberer errichtet . . . aber ich sehe schon, daß Ihr einem Gespräch über Baukunst keinerlei Anteilnahme entgegenbringt. Ihr denkt nur darüber nach, wie wir Eure Mutter finden können. Ich wollte Euch mit meinen Worten ein wenig ablenken. Das ist mir leider nicht gelungen.«
Wir näherten uns dem Fallgitter. Kühler Wind strich über mein erhitztes Gesicht und brachte den würzigen Salzgeruch des Meeres mit sich. Wieder hatte ich jenes merkwürdige Empfinden einer Warnung. Wie sollte ich diesem Mann trauen, der sich bei unserer ersten Begegnung so wenig ritterlich benommen hatte? Oh, wann hörte dieser Alptraum endlich auf!
Erneut mußte ich gegen den Wunsch ankämpfen, mein Pferd herumzureißen und wegzugaloppieren. Was konnte ich schon tun? Ich hatte ihn gebeten, mich zum Gasthof zu begleiten, doch er brachte mich statt dessen hierher. Er tat

nur, was *er* wollte. Auf eine seltsame Weise beunruhigte und erregte er mich. Ich war mir über meine Gefühle ihm gegenüber durchaus nicht im klaren. Von ihm ging eine unbändige Kraft aus, die ich im Moment sehr nötig hatte.
Ich ritt weiter, weil ich mir nicht vorstellen konnte, was aus mir werden sollte, falls ich mich alleine in die Nacht hinauswagte.
Nun hatten wir das Fallgitter passiert.
»Ein sehr steiler Weg, nicht wahr? Aber hier oben ist man unangreifbar. Der Wächter auf dem Turm kann meilenweit sehen. Niemand könnte sich vom Land her unbemerkt nähern, und von der anderen Seite wäre es nur mit einem Boot möglich.«
Colum Casvellyn rief, und im Nu kamen mehrere Männer herbeigelaufen.
Er sprang vom Pferd und übergab einem Knecht die Zügel. Dann trat er zu mir und half mir aus dem Sattel.
Galant reichte er mir den Arm und führte mich zu einer Tür, wo eine Frau, die eine Laterne hielt, einen tiefen Knicks vor uns machte. »Gemma, wir haben einen Gast«, sagte er zu ihr. »Laß ein Zimmer für die Lady herrichten und eine warme Mahlzeit auftragen.«
Sie huschte weg, und er geleitete mich durch die große Halle in die Wachstube.
Ich hatte plötzlich die aberwitzige Vorstellung, daß er mich zu seiner Gefangenen machen wollte. An den Wänden hingen Speere und Hellebarden, in den vier Ecken standen Ritterrüstungen.
»Setzt Euch einen Augenblick«, forderte er mich auf, und ich ließ mich auf einem mächtigen hölzernen Sessel nieder, der selbst einem Riesen genug Platz geboten hätte.
Colum Casvellyn beugte sich zu mir herunter, nahm meine Hände und tätschelte sie.
»Euch ist kalt, nicht wahr? Und blaß seid Ihr auch. Heute ist nicht mehr viel von der kühnen jungen Lady aus dem Eichenzimmer übrig. Das bedaure ich. Wie schön wäre es gewesen, hätte ich Euch mit Euren Eltern hier in allen Ehren empfangen können. Aber wir sollten die traurigen Umstände lieber vergessen.«
»Das kann ich nicht.«
Er nickte. »Dies ist übrigens die Wachstube, wohin man in

früheren Zeiten die Gefangenen führte, ehe sie in die Verliese gebracht wurden. Ihr schaut mich so fragend an. Natürlich haben wir hier Verliese. Seht Ihr dort drüben die Falltür? Eine Wendeltreppe führt tief hinunter, und die eisenbeschlagene Tür ist so dick, daß keiner sie aufbrechen kann.«
Angst stieg wieder in mir hoch.
»Ich habe Euch absichtlich hierher gebracht, bevor ich Euch ins Schloß führe, weil ich zuerst mit Euch reden möchte. Leider habe ich bei unserer ersten Begegnung einen schlechten Eindruck auf Euch gemacht, der noch heute nachwirkt, stimmt's? Ich will aber, daß Ihr gut über mich denkt. Falls Ihr nun trotz allem gehen wollt, dann steht es Euch frei, denn ich werde keinen Versuch unternehmen, Euch aufzuhalten.« Er öffnete die Tür. »Ihr habt die Wahl.«
Was konnte ich schon tun? Nichts als hierbleiben, auf seine Hilfe bauen und den Morgen herbeisehnen.
»Ich bleibe.«
Er lächelte. »Eine kluge Entscheidung«, lobte er mich. »Nun werde ich Euch in das Zimmer führen lassen, das hergerichtet worden ist. Dann gibt es einen Imbiß. Ihr könnt für Euch allein bleiben oder mir Gesellschaft leisten. Schloß Paling steht Euch ganz zur Verfügung.«
Ich dankte ihm und fühlte mich etwas schuldbewußt, weil ich mich so mürrisch zeigte. Er hatte sich in der Herberge zwar zuerst wie ein Rüpel benommen, uns dann aber doch sein gewohntes Schlafgemach abgetreten. War ich zu unduldsam? Schließlich hatte er uns nicht mehr gestört, nachdem ich ihm das Fenster vor der Nase zugemacht hatte. Durch sein Dazwischentreten heute war sein Benehmen von damals mehr als wettgemacht. Es war schwierig, in diesem Mann, der so besorgt um mich zu sein schien, jenen hochfahrenden Tyrannen zu sehen, als der er zuerst von mir eingeschätzt worden war. Hatte ich mir ein Bild von ihm zurechtgezimmert, das verzeichnet und daher falsch war? Ich neigte leider dazu; meine Mutter hatte mir dies schon häufig vorgehalten.
»Nun werden wir diesen ungastlichen Raum aber verlassen und in einem kleinen Gemach, wo ich ab und zu Freunde bewirte, zu Abend essen. Vorher wollt Ihr Euch aber sicher die Hände waschen und den Mantel ablegen.«

Er zog an einer Klingelschnur, worauf ein Dienstmädchen hereinkam.
»Bring die Lady zu dem Zimmer, das für sie vorbereitet wurde«, befahl er.
Sie knickste. Ich folgte ihr eine Treppe hinauf und eine Galerie entlang. Als sie eine Tür aufstieß, drang warmer goldener Kerzenschein heraus. Zwei Frauen waren gerade damit beschäftigt, das Bett herzurichten. Bei meinem Eintreten drehten sie sich um und machten gleichfalls einen Knicks.
Der Raum war prächtig möbliert. Das Bett hatte vier kunstvoll geschnitzte hohe Pfosten, zwischen denen schwere, bestickte Vorhänge hingen. Ich hätte den Dienstmägden gerne gesagt, daß sie sich die Arbeit sparen könnten, denn ich hatte nicht vor, im Bett zu schlafen, sondern wollte die Nacht über wach bleiben.
Die ältere Magd brachte warmes Wasser und eine Schüssel, damit ich mir Hände und Gesicht waschen konnte.
Nachdem ich Mantel und Haube abgelegt hatte, fühlte ich mich schon etwas wohler. Mit beiden Händen strich ich mir über das lange Haar, das mir fast bis zur Taille ging. Meine Mutter behauptete immer, es sei das Schönste an mir. Mein kastanienbraunes Haar, das im Sonnenschein golden schimmerte, war so dicht, daß es sich keiner Frisur fügen wollte. Am besten gefiel es mir eigentlich, wenn es mir locker über die Schultern hing. Im Augenblick war es mir allerdings völlig gleichgültig, wie ich aussah . . .
Gleich darauf wurde ich in ein nahe gelegenes Zimmer geführt, wo der Tisch schon gedeckt war. In hübschen Zinnschüsseln wurde heiße Suppe aufgetragen. Erst jetzt bemerkte ich, daß ich ganz schwach vor Hunger war.
»Versucht ein Stück von diesem Kapaun. Ich bin sicher, er wird Euch schmecken, auch wenn Ihr in Gedanken bei Eurer Mutter seid. Ihr helft niemandem damit, wenn Ihr hungert. Ich habe meine Leute übrigens schon losgeschickt, um weit und breit alles abzusuchen, und zweifle nicht daran, daß Eure Mutter bald hier sein wird . . . oder uns zumindest Nachricht zukommen läßt.«
Das Essen schmeckte mir tatsächlich gut, und ich fühlte mich langsam wieder etwas kräftiger.
»Nehmt einen Schluck von diesem guten Wein, das wird Euch ermuntern. Trinkt, trinkt...«

Er schnitt sich eine gehörige Portion von der Pastete ab und füllte seinen Pokal bis zum Rand mit Wein. Dann aß und trank er mit ausgezeichnetem Appetit.
»Wunderbar! Eure Wangen röten sich ein wenig«, meinte er wohlwollend. »Hier, nehmt noch ein Glas. Fühlt Ihr Euch schon etwas wohler?«
Ich nickte.
»Schon morgen könnt Ihr mit Eurer Mutter herzlich über dieses ganze Abenteuer lachen.«
»Ich glaube eher, daß wir uns mit Schaudern daran erinnern werden.«
»Es war ein übler Anblick, als dieser Schurke mit Euch davongaloppierte. Aber ich zweifelte keinen Augenblick daran, Euch aus seinen Händen befreien zu können. Leider, leider war es mir nicht möglich, ihn nach Gebühr zu bestrafen. Nun, vielleicht läßt sich das nachholen.«
»Würdet Ihr ihn denn wiedererkennen?«
»Da er maskiert war, ist das natürlich schwierig. Aber sein Pferd habe ich mir genau angesehen.«
Er füllte erneut meinen Becher. »Danke, es ist genug«, wehrte ich ab.
»Nicht doch! Eure Lebensgeister müssen geweckt werden, damit Ihr recht munter seid, wenn Eure Mutter hier eintrifft.«
»Glaubt Ihr denn wirklich, daß sie gefunden wird?«
»Warum nicht? Ich habe vier Leute in vier verschiedene Richtungen losgeschickt. Sie müssen sie also finden. Entweder ist sie noch unterwegs oder aber in einem Gasthof abgestiegen.«
»Aber es gab doch nur eine einzige Herberge, und dort war meine Mutter nicht«, wandte ich ein.
»Vielleicht ist sie erst nach uns gekommen.«
»Ich hätte dort bleiben sollen.«
»Aber nein, Ihr seid hier viel besser aufgehoben . . .«
Ich fühlte mich ein bißchen benommen, was vermutlich an dem ausgestandenen Schrecken und auch am Wein lag. Colum Casvellyns Stimme wurde immer leiser, als komme sie von weit her.
»Laßt Euch noch ein Stück vom Rebhuhn schmecken!«
Der Raum begann leicht zu schwanken, und ich dachte entsetzt: Gott steh mir bei! Der Wein scheint ja sehr stark zu

sein. Während mein Gastgeber geschickt das Rebhuhn tranchierte, warf er mir ab und zu einen forschenden Blick zu und lächelte.
Ich konnte sein Gesicht nicht mehr klar erkennen, denn alles wurde immer verschwommener. »Ich glaube ... ich muß gehen ...«, hörte ich mich selbst stammeln.
Mühsam erhob ich mich, und schon war er an meiner Seite. Der Boden schien mir unter den Füßen wegzugleiten, und ich war mir nur noch seiner Augen bewußt, die riesengroß wirkten ... dicht vor mir ... wie tiefe schwarze Seen ... mir war so, als würde ich in dunklen Wassern zu schwimmen versuchen und langsam sinken.
Dann packten mich starke Hände, und ich wurde wieder aufgerichtet.
Ich hörte seine Stimme, die fremd und näselnd klang. »Alles ist in Ordnung, in bester Ordnung ...«

Ich fuhr hoch. Was war mit mir geschehen? Wo war ich? Ein grünes Gefängnis schloß mich ein. Von irgendwoher schien Licht herein. Ich war verändert ... mir fast fremd. Leise schrie ich auf, als ich merkte, daß ich unter einer leichten Decke nackt war.
Verwirrt setzte ich mich auf. Und plötzlich wußte ich, daß ich in dem Bett mit den vier Pfosten lag, das ich in der Nacht zuvor zum ersten Mal gesehen hatte. In Sekundenschnelle kam mir wieder alles ins Gedächtnis. Ich befand mich auf Schloß Paling, nachdem ich von meiner Mutter getrennt worden war, und hatte mich an einen Tisch gesetzt, um zu essen und zu trinken.
Schreckliches Wissen lauerte im Hintergrund meines Bewußtseins. Erinnerte ich mich an etwas Bestimmtes? Was war in dieser Nacht geschehen? Es war unmöglich ... und doch wußte ich mit Sicherheit, daß es passiert war. Eine verschwommene Erinnerung kam zurück. Der Wein! Er hatte mich umnebelt, mich irgendwie verändert. Edwina hatte mir einmal erzählt, daß es Kräuter gebe, die alle Sinne betäuben, damit man nicht merkt, was geschieht ... und doch ...
Ich redete mir ein, daß ich träumte, und war mir doch nur zu gut der Veränderung in meinem Körper bewußt. Es war unmöglich! Rasch zog ich im Knien die schweren grünen

Bettvorhänge beiseite. Es war heller Tag. Ich stieg aus dem Bett. Meine Kleider lagen achtlos verstreut auf dem Boden. Als ich an meinem Körper hinuntersah, entdeckte ich die vielen blauen Flecken.
Da wußte ich es mit völliger Sicherheit.
Er trat durch eine Tür, die in den Vorraum zu führen schien. Er trug ein loses Gewand; unter dem er wohl nackt war. Hastig hob ich mein Kleid hoch und hielt es schützend vor mich.
»Diese Sittsamkeit! Wie reizend«, sagte er.
Colum Casvellyn lachte und glich wieder ganz jenem hochnäsigen Flegel aus dem Gasthof. Er genoß seinen Triumph! Wenn ich zuvor noch einige Zweifel gehabt hatte, so waren sie mir nun völlig genommen.
»Ich möchte wissen, was geschehen ist«, sagte ich.
»Kannst du dich nicht mehr erinnern?«
»Was habt Ihr in meinen Wein getan?«
»Ein wenig von meiner . . . ›Spezialmedizin‹.«
»Ihr müßt vom Teufel besessen sein!«
»Das halte ich nicht für ausgeschlossen.«
»Ihr . . . Ihr habt das absichtlich . . .«
»Es ergab sich . . . zufällig.«
»Mein Vater wird Euch töten.«
»Ich habe gehört, daß er sehr gut mit dem Schwert umzugehen versteht«, erwiderte er ungerührt. »Von mir berichtet man allerdings ähnliches.«
»Glaubt Ihr denn, daß Ihr ungestraft davonkommen werdet?« fragte ich empört. »Ihr werdet dafür sterben.«
»Ich war lediglich galant und zuvorkommend. Nichts ist gegen deinen Willen geschehen.«
»Ich hatte keinen eigenen Willen mehr.«
»Also kann ich auch nicht gegen ihn gehandelt haben.«
»Was habt Ihr mit mir gemacht?«
»Ich habe eine Frau aus dir gemacht, Linnet. Was für ein dummer, unpassender Name! Du hast nichts von einem kleinen Hänfling an dir. Ganz im Gegenteil! In deiner Leidenschaft gleichst du eher einer Tigerin.«
»In meiner Leidenschaft . . .«
»O ja, du warst sehr leidenschaftlich, und es gefiel dir gar nicht schlecht, so genommen zu werden. Es war ein großes Erlebnis für uns beide.«

»Geht! Ich möchte mich anziehen und so rasch wie möglich von hier weg!«
»Wie jammerschade! Du und ich könnten so glücklich zusammen sein. Übrigens habe ich gute Nachrichten für dich, denn deine Mutter ist heil zu Hause angelangt. Ich habe noch gestern nacht Boten zu ihr geschickt mit der tröstlichen Bestätigung, daß du in Sicherheit bist . . .«
»In Sicherheit!«
»Ganz recht. Ich ließ ihr ferner ausrichten, daß du noch heute heimgebracht würdest.«
Ich wandte mich von ihm ab. »O mein Gott, was soll ich bloß tun?« stieß ich verzweifelt hervor.
»Es gibt mehrere Möglichkeiten. Ich werde dir zuerst die schmackhafteste unterbreiten. Ich brauche eine Frau. Da ich dich ausprobiert und für gut befunden habe, kämst du durchaus dafür in Frage.«
»Das ist eine Zumutung! Lieber würde ich sterben!«
»Nicht so voreilig, liebes Kind. Gestern nacht warst du ganz und gar nicht unglücklich, sondern hast willig mitgemacht.«
»Zum Glück erinnere ich mich an gar nichts mehr. Das ist mein einziger Trost.«
»Alles wird dir wieder einfallen, glaub mir. Natürlich will die kleine Jungfrau, die du warst, nichts davon wissen, aber nun bist du eine Frau, eine sehr leidenschaftliche, das kann ich dir versichern. Wie käme ich dazu, eine Lady zu verschmähen, deren Bedürfnisse so gut mit den meinen harmonieren.«
»Schweigt endlich!«
»Du solltest zu deinem Herrn und Meister nicht so sprechen!«
»Das werdet Ihr nie für mich sein!«
»Warum denn nicht? Wir sind eben ein hitziges Pärchen, das nicht erst das Ehegelöbnis abwarten wollte.«
»Hoffentlich ist dies alles nur ein Alptraum! Es kann einfach nicht wahr sein.«
»Irrtum. Und die Geschichte ist einfach genug. Du kamst hierher und trankst zuviel Wein, was in dir ganz natürliche Wünsche erweckte. Wie schon gesagt, bin ich nicht der Mann, der etwas zurückweist, was ihm so reizend angeboten wird. Du wirst nie einen zweiten Liebhaber wie mich

finden und erst recht keinen Mann, der dir ritterlich die Ehe anbietet, obwohl du dich leichtfertig aufgeführt hast. So würden viele Leute dein Benehmen nämlich einschätzen. Na, komm schon, sei nicht so zimperlich. Schließlich habe ich dich nackt gesehen, hast du das vergessen? Und du bist sehr, sehr schön. Nun, wie steht's? Würde es dir nicht gefallen, Herrin auf Schloß Paling zu werden?«
»Geht weg! Ich werde keinen Augenblick länger hier bleiben als unbedingt nötig.«
Zu meiner Verwunderung nickte er und verbeugte sich leicht.
»Du solltest noch etwas essen, bevor wir aufbrechen. Ich lasse dir eine Kleinigkeit hereinbringen. Dann begleite ich dich heim.«
Ich war allein. Als ich zum Bett hinübersah, fröstelte ich. Was für eine Törin war ich gewesen, mit ihm hierherzukommen! Wie klar war mir jetzt alles! Warum hatte ich es nicht gleich durchschaut? Welch übler Schicksalsstreich, daß ich ausgerechnet Colum Casvellyn in die Hände gefallen war! Er hatte mir versichert, daß ich mich bald schon an alles erinnern würde. Erwachten dann in mir Empfindungen, die mich ebenso ängstigten und zugleich faszinierten wie . . . er selbst?
Hastig zog ich mich an, um die blauen Flecken nicht mehr sehen zu müssen. Eine Dienerin brachte mir einen Krug Ale, Brot und kalten Braten. Ich konnte nichts essen, sondern trank nur einige Schluck Ale.
Draußen im Hof half mir Colum Casvellyn in den Sattel meines Pferdes. Einen Augenblick hielt er meine Hand fest und schaute zu mir empor. Es machte fast den Eindruck, als wolle er mich um etwas bitten, doch ich sah deutlich den Spott in seinen Augen.
»Ein längerer Ritt liegt vor uns, Geliebte.«
»Ich möchte ihn möglichst rasch hinter mich bringen.«
Wir schwiegen beide, als wir den Weg an der Küste entlang ritten. Nach ungefähr einer Viertelstunde wandte er sich lächelnd an mich.
»Es sind wohl an die fünfzehn Meilen. So sehr weit wohnen wir also gar nicht voneinander entfernt.«
»Um so schlimmer«, erwiderte ich.
Meine Mutter war in Sicherheit. Da ich mir ihretwegen also

keine Sorgen mehr machen mußte, konnte ich über das Ungeheuerliche nachsinnen, was mit mir geschehen war.
Ich war natürlich nicht die erste, der so etwas widerfahren war. Viele Männer von der Art eines Colum Casvellyn nahmen sich nicht einmal die Mühe, ihre Opfer erst zu betäuben. Wenigstens war es mir erspart geblieben, alles ganz bewußt zu erleben. Was immer er auch behaupten mochte, ich konnte mich an nichts erinnern. Es gab lediglich jene vagen, merkwürdigen Empfindungen in mir ... und das Wissen, daß ich verändert war.
Es war ein wunderschöner, sonniger Tag, der so gar nicht zu meiner Stimmung paßte. Graues, trübes Wetter wäre mir lieber gewesen. Ein- oder zweimal stimmte Colum ein Lied an ... ein Jagdlied. Er erweckte ganz den Anschein, als sei er so zufrieden mit dem Leben und sich selbst, daß er seine Freude nicht unterdrücken konnte.
Ich schwieg beharrlich und gab ihm auf seine Fragen nur einsilbige Antworten.
Als ungefähr die Hälfte des Weges hinter uns lag, schlug er unserer Pferde wegen eine kurze Rast vor. Uns könne es auch nicht schaden, fügte er hinzu.
Kurz darauf kamen wir zu einer Herberge. Er ritt in den Hof und lenkte durch seine gebieterische Haltung sofort die Aufmerksamkeit der Bediensteten auf sich. Während die Pferde versorgt wurden, setzten wir uns in die Gaststube, wo uns Ale und Pasteten vorgesetzt wurden.
Wir waren die einzigen Gäste. Das war mir unangenehm, denn ich hatte keine Lust, Konversation zu machen. »Sei doch nicht so niedergeschlagen«, meinte er. »Ein Mädchen sollte seiner Jungfernschaft nicht derart nachtrauern. So wertvoll ist sie auch nicht, glaub mir. Nur die Frauen, die in Gefahr sind, sie für immer zu behalten, nehmen sie so ungemein wichtig.«
Ich erwiderte nichts.
»Du bist wirklich töricht, mein Mädchen. Ich nenne dich so, weil ich deinen lächerlichen Vornamen nicht leiden kann.«
»Ich bin nicht Euer Mädchen!«
»Du bist sogar meine Geliebte, wie du genau weißt.«
Impulsiv hob ich die Hand, um ihm eine Ohrfeige zu geben, doch er hielt sie mit festem Griff gefangen.

»Ganz ruhig! Wir wollen hier doch keinen Streit vom Zaun brechen, oder? Stell dir vor, der Wirt käme herein? Soll ich ihm dann sagen: Die Lady hat letzte Nacht mein Lager geteilt und bereut es jetzt.«
»Ihr lügt.«
»Du lügst, während ich die Wahrheit sage. Und ich will dir noch etwas sagen. Ich mag dich wirklich ... sehr sogar. Und ich werde dich heiraten.«
»Niemals!«
»Vielleicht wirst auch du es noch für gut und richtig halten.«
»Richtig, Euch zu heiraten? Eine lächerliche Vorstellung!«
»Es war eine großartige Nacht«, sagte er und schaute versonnen in seinen Bierkrug. »Eine Nacht, wie man sie nur selten erlebt. Du könntest schwanger werden.«
Ich fuhr zusammen. »Unmöglich«, stammelte ich.
»Nun, wir werden ja sehen. Es würde mich jedenfalls nicht überraschen. Du bist ein sehr sinnliches kleines Ding. Du wirst Kinder haben ... mit mir zusammen. Ich könnte schwören, daß wir schon damit begonnen haben.«
»Nein!« Meine Stimme überschlug sich fast. »Nein! Ich will jetzt sofort weiterreiten, denn ich kann Euch nicht mehr ertragen.«
»Wie du willst. Dann bringe ich dich jetzt zu deines Vaters Haus.«
»Je eher ich Euch los bin, desto besser.«
»Überleg's dir nicht zu lange«, sagte er beim Hinausgehen. »Wer weiß, vielleicht finde ich sonst eine andere, die mir gefällt. Ich bin jetzt reif für die Ehe und nicht gerade bekannt für meine Engelsgeduld.«
»Ich werde die Ärmste von Herzen bemitleiden, wenn es soweit ist«, sagte ich sarkastisch.
Er lachte. »Wollen wir hoffen, daß du es bist. Selbstmitleid ist schließlich weit häufiger verbreitet als Mitleid mit anderen. Mein kleines Vögelchen. Puh: Hänfling! Mehr ein junger Adler, wenn du mich fragst. Für mich bleibst du mein Mädchen, bis du meine Frau wirst.«
»Ich glaube kaum, daß Ihr in Zukunft noch einmal die Möglichkeit bekommen werdet, mich irgendwie anzureden.«
»Warten wir's ab!«

Wir ritten weiter, und ich war glücklich wie nie zuvor, endlich das wohlvertraute Portal mit den beiden steinernen Löwen zu sehen. Meine Mutter hatte unsere Ankunft schon bemerkt und kam aus dem Haus gelaufen, gefolgt von Jennet und meiner kleinen Schwester Damask. Ich sprang vom Pferd und warf mich meiner Mutter in die Arme.
»Mein Liebes«, flüsterte sie. »Oh, meine liebe kleine Linnet, was für eine schreckliche Nacht das gewesen ist!«
Es war für mich so wunderbar, wieder bei ihr zu sein, daß ich im Augenblick alles andere vergaß. Sie schaute mich immerfort an, und ich wußte, was für schreckliche Ängste sie ausgestanden hatte, bis sie erfuhr, daß ich ›in Sicherheit‹ war. Ich zitterte bei dem Gedanken, wie sehr es sie treffen würde, wenn ich ihr gestand, was mir widerfahren war.
Nun kam mir Colum Casvellyn wieder in den Sinn. Er stand breitbeinig da und musterte uns so wohlwollend, als habe er uns einander wiedergegeben. Am liebsten wäre ich ins Haus gelaufen und hätte mich irgendwo verkrochen. Wie spöttisch er mich betrachtete! Wartete er darauf, daß ich ihn anklagte, mich geschändet zu haben? Sicher würde er dann damit prahlen, daß ich keinerlei Widerstand geleistet hätte. Nahm er etwa an, daß meine Eltern ihm mehr glauben würden als mir?
Dieser Augenblick im Hof schien sich endlos in die Länge zu ziehen. Es war, als warte die Zeit darauf, daß ich endlich etwas unternähme. Aber was? Natürlich konnte ich ihn anklagen. Und dann? Mein Vater - er war auf einer Schiffsreise - würde Colum Casvellyn töten oder aber bei der Auseinandersetzung mit dem Jüngeren selbst getötet werden. Wie sinnlos das alles war! Was geschehen war, war geschehen.
Ich war über mich selbst überrascht. War ich etwa schon mit ihm ausgesöhnt? Ich sehnte mich danach, von ihm wegzukommen, um gründlich nachdenken zu können. Ich mußte abwarten, über das Geschehene nachgrübeln, bevor ich mich für irgend etwas entschloß.
Meine Mutter wandte sich an Colum. »Es war sehr aufmerksam von Euch, mir eine Botschaft zu senden und Linnet so rasch wie möglich nach Hause zurückzubringen.«
»Ich tat nur, was jeder Gentleman in meiner Lage getan hätte«, sagte er und verbeugte sich leicht.

Ich mußte an mich halten, um ihm nicht ins Gesicht zu schreien, was für ein lügnerisches Scheusal er sei. Doch ich ließ es sein, denn meine Mutter wäre sehr erregt geworden.
»Kommt herein und nehmt eine kleine Erfrischung zu Euch«, forderte sie ihn höflich auf.
Sie führte ihn ins Haus, und Colum machte ihr einige Komplimente darüber. »Wie neumodisch hier alles ist, verglichen mit Schloß Paling. Man baute in alten Zeiten zwar sehr weitläufig und großzügig, aber ohne viel auf Bequemlichkeit zu achten. Natürlich haben wir im Schloß einige Verbesserungen durchgeführt, aber es bleibt ein altes Gemäuer.«
»Dennoch haben diese alten Gebäude ihren eigenen Reiz«, erwiderte meine Mutter.
»Gewiß. Sie haben so vieles gesehen. Wenn ich überlege, was meine Vorfahren an üblen Dingen vollbracht haben, dann fürchte ich fast, das Schloß ist von bösen Geistern bewohnt.«
Meine Mutter führte ihn in einen kleinen Raum, der von der Galerie zugänglich war. Damask schaute staunend und bewundernd zu Colum auf, der ihr wie ein Riese erscheinen mußte. Er schwang sie hoch über seinen Kopf, und ich ärgerte mich darüber, daß meine kleine Schwester ihre Bewunderung so offen zeigte.
»Damask scheint Euch gern zu mögen«, sagte meine Mutter.
»Und ich mag Damask. Was für ein ungewöhnlicher Name! In Eurer Familie habt Ihr überhaupt sehr originelle Namen.«
Meine Mutter war erfreut. Sie konnte ja nicht ahnen, daß er sich nur lustig machte.
»Damask wurde nach ihrer Großmutter genannt. Sie wurde in dem Jahr geboren, als Dr. Linacre die Damaszenerrose nach England brachte.«
»Und woher hat Linnet ihren Namen?« Er lächelte mir unverfroren zu.
»Wir glaubten, daß sie ein Junge würde, und wollten sie aus alter Familientradition Penn nennen. Dann mußten wir uns rasch umstellen. Da sie wie ein kleines Vögelchen aussah...«

Ich war fast krank vor Scham. Wo blieb der gesunde Menschenverstand meiner Mutter? Merkte sie denn nicht, daß dieser Mann ein Feind war? Allerdings konnte sie ja wirklich nicht wissen, wie er mich behandelt hatte. Für sie war er mein Retter. Ich sollte eigentlich die Wahrheit hinausschreien. Merkwürdigerweise hatte ich das Gefühl, daß Colum nur darauf wartete, es sogar erhoffte. Warte ab, sagte ich zu mir selbst. Handle nicht unbesonnen. Denk erst gründlich darüber nach.

Warum machte er sich nicht endlich auf den Rückweg? Ich wollte in mein Zimmer gehen, meine Schürfwunden und blauen Flecken untersuchen, mich waschen und reine Kleider anziehen. Als ob ich mich je wieder völlig rein fühlen könnte . . .

»Du siehst sehr erschöpft aus, liebes Kind«, sagte meine Mutter besorgt.

»Ich möchte mich gerne waschen und dann hinlegen . . .«

»Aber natürlich, Liebes.« Sie lächelte Colum Casvellyn zu. »Ihr versteht gewiß. Aber reitet nicht überstürzt weg. Ich habe für Euch ein Zimmer herrichten lassen, wo Ihr Euch ein Weilchen ausruhen könnt.«

»Oh, besten Dank, aber ich bin an lange Ritte gewöhnt. Da meine Mission erledigt ist, möchte ich mich gleich wieder auf den Weg machen.«

Ich war schon aufgestanden, und meine Mutter klingelte nach Jennet.

»Ruh dich aus, mein Liebes«, sagte sie zu mir. »Was für qualvolle Stunden liegen hinter dir.«

Am liebsten hätte ich ihr zugerufen: Du weißt ja nicht, wie qualvoll sie in Wirklichkeit waren!

Jennet kam herein und wurde von meiner Mutter gebeten, mir heißes Wasser aufs Zimmer zu bringen. Sie selbst wollte für mich ein heißes Milchgetränk mit Alkohol zubereiten, dessen Rezept noch von ihrer Großmutter stammte.

Jennet zog die widerstrebende Damask hinter sich her, die nur ungern Colum verließ, während ich mich äußerst frostig von ihm verabschiedete.

Er verbeugte sich. »Es war mir ein großes Vergnügen, Euch zu Diensten zu sein. Dies um so mehr, als ich mich beim ersten Mal so schlecht benommen habe.«

»Immerhin habt Ihr uns das Eichenzimmer zu guter Letzt überlassen«, erwiderte meine Mutter lächelnd.
»Könnt Ihr mir wirklich mein rüpelhaftes Benehmen verzeihen, Madam? Ich muß gestehen, daß ich dem guten Wein des Wirtes etwas zu sehr zugesprochen hatte.«
»Für das, was Ihr in dieser Nacht für uns getan habt, würde ich Euch alles verzeihen.«
Am liebsten hätte ich laut hinausgeschrien. Ich sah genau, daß Colum sich das Lachen verbiß. Er hatte nicht abgestritten, vom Teufel besessen zu sein. Anscheinend hatte er nur zu recht damit.
Als Jennet mir das heiße Wasser ins Zimmer gebracht hatte, zog ich mir das Kleid aus. Ich konnte das Bild nicht loswerden, wie er es mir abgestreift hatte. Nie mehr wollte ich es tragen ... Ich wusch mich und zog neue, saubere Sachen an. Erstaunlicherweise fühlte ich mich hinterher tatsächlich etwas wohler. Als ich von unten Stimmen hörte, trat ich ans Fenster. Meine Mutter zeigte Colum gerade unseren Garten.
Unglücklicherweise schaute er in diesem Moment herauf, sah mich und warf mir wieder eine Kußhand zu ...
Als meine Mutter mit dem heißen Milchgetränk hereinkam, lag ich schon auf dem Bett.
Sie kniete sich neben mich und legte mir zärtlich die Hand auf die Stirn. »Oh, Linnet, nie im Leben werde ich den schrecklichen Augenblick vergessen, als ich diesen maskierten Kerl mit dir davonreiten sah. Hätten wir die Reise bloß nicht gemacht oder wenigstens mehr Knechte mitgenommen! Bei nächster Gelegenheit werde ich dafür sorgen, daß sie bewaffnet sind. Gott sei Dank, daß dieser Mann zur Stelle war! Wer hätte gedacht, daß ausgerechnet er dich retten würde! Er, den wir so abscheulich fanden.«
Jetzt mußte ich ihr alles erzählen, und sie würde mir raten, was zu tun sei.
Nein, jetzt noch nicht, sagte ich mir. Erst muß ich allein darüber nachdenken.
Darüber nachdenken! Zu etwas anderem war ich gar nicht in der Lage. Es peinigte mich in meinen Träumen und bei Tage. Ständig tauchten Bilder vor meinen Augen auf.
Als die Tage verstrichen, wurde mir immer deutlicher klar, daß ich meiner Mutter nichts erzählen durfte, da sonst alles

nur noch schlimmer geworden wäre. Sicher würde sich mein Vater dann auf die Suche nach dem Verführer seiner Tochter machen und erst zufrieden sein, wenn er dessen Kopf hatte.

Colum Casvellyns Tod würde mich zwar völlig kaltlassen, aber ich war inzwischen davon überzeugt, daß er stets als Sieger aus einem Kampf hervorging. Er war wie mein Vater, hatte aber den entscheidenden Vorteil, wesentlich jünger zu sein.

Colum Casvellyn sollte nicht noch mehr Leid über meine Familie bringen! Die einzige Möglichkeit, dies zu verhindern, lag darin, daß ich schwieg.

Die abscheulichen Geschehnisse jener Nacht mußten mein Geheimnis bleiben . . . und das seine.

Die überstürzte Hochzeit

Weihnachten kam, und es gab die üblichen Feierlichkeiten. Mein Vater hatte außerdem noch ganz besondere Lustbarkeiten zur Feier unseres glorreichen Sieges über die Spanier angekündigt. Nun war bereits ein Monat seit meinem Abenteuer verstrichen, aber es quälte mich immer noch. Meine Mutter hatte gemerkt, wie verändert ich war, und mich immer wieder besorgt ausgefragt. Ich hatte sie beruhigt, aber noch immer nichts verraten. Das war sehr ungewöhnlich, da ich ihr bisher stets alles anvertraut hatte.

Wir schmückten die große Halle festlich mit Stechpalmen und Efeu. Es wurde viel getanzt und gesungen, man spielte Karten und würfelte. Der Dienerschaft machte es besonders viel Spaß, da es für sie nur während der Weihnachtszeit erlaubt war. Es gab ein Gesetz, das Handwerkern und Bediensteten grundsätzlich das Glücksspiel verbot; nach Meinung der meisten Bürger geschah dies nur zu deren Bestem. Natürlich konnte ein wohlhabender Mann sein Glück wagen, und mein Vater machte da keine Ausnahme. Er war der geborene Spieler und gewöhnlich recht nachsichtig den Dienern gegenüber, die auf besagte Weise das Gesetz brachen.

Weihnachten wurde also mit Würfeln und Karten, mit Mummenschanz und Maskeraden gefeiert. So war es gewesen, seit ich mich erinnern konnte.

»Während des vorjährigen Weihnachtsfestes hing die Furcht vor den Spaniern wie eine schwarze Wolke über uns«, sagte meine Mutter. »In diesem Jahr sind wir frei.«

Ich wünschte, auch ich hätte mich frei fühlen können. Über mir hing eine noch größere schwarze Wolke; ein nationales Unglück trifft den einzelnen nie so schwer wie sein ganz persönliches . . .

An Neujahr kamen die Landors wie geplant zu Besuch. Mein Vater überlegte, wie er vor den Gästen mit seinem Besitz Eindruck erwecken könnte. Er wollte, daß Neujahr ganz ähnlich wie Weihnachten gefeiert würde. Nach Vorstellung meines Vaters sollte das Jahr besonders fröhlich begrüßt werden, da es nach seiner Prophezeiung großen Wohlstand für England bringen würde.

»Es ist schön, die Landors wiederzusehen«, sagte meine Mutter zu mir. »Freust du dich auch, Linnet?«

Sie schaute mich forschend an, und ich wich ihrem Blick aus, als ich zustimmend nickte.

»Es sieht ganz so aus, als würden sie mit deinem Vater handelseinig. Bestimmt werden wir uns in Zukunft häufig sehen.«

Ich ahnte, daß sie in Gedanken wohl schon meine Hochzeit plante. Also war es allerhöchste Zeit, ihr alles zu gestehen.

»Mutter . . .«, begann ich, brachte es aber wieder nicht fertig, ihr von jener Nacht auf Schloß Paling zu erzählen.

Am letzten Tag des alten Jahres trafen die Landors ein. Fennimore ergriff bei der Begrüßung meine beiden Hände und lächelte mich an. Er war wirklich ganz anders als Colum Casvellyn. Wie sanft er mit mir umging . . .

Meine Eltern begrüßten im Hof die Gäste. Mein Vater schrie laute Befehle, so daß die Dienstboten wie aufgescheucht hin und her schossen, meine Mutter gab ruhige Anordnungen.

Wir geleiteten die Landors auf ihre Zimmer, und sie machten meinem Vater die Freude, Lyon Court unverhohlen zu bewundern. Duft nach Gebratenem und Gebackenem zog verheißungsvoll durch das Haus, und wir waren eine muntere Gesellschaft, als wir uns zum Abendessen niederließen.

Edwina war mit Carlos herübergekommen, denn Carlos war an dem neuen Unternehmen sehr interessiert und wollte sich daran beteiligen. Mit Jacko verhielt es sich ebenso, und auch der junge Penn war begierig darauf, soviel wie möglich darüber zu erfahren.

Edwina begann man die Schwangerschaft allmählich anzusehen. Meiner Meinung nach war sie noch schöner als früher, da sie Heiterkeit und Glück ausstrahlte.

»Ich bin überglücklich, Linnet, denn Carlos und ich haben uns so sehnlich ein Kind gewünscht«, sagte sie, als wir allein waren. »Wir hatten schon gefürchtet, ich würde nie schwanger. Es ist eigentlich recht merkwürdig, denn manche Paare bekommen im Nu ein Kind.«

Ich fragte sie, ob sie sich ein Mädchen oder einen Jungen

wünschte. »Carlos will natürlich einen Sohn haben. In diesem Punkt sind wohl alle Männer gleich.«
»Meine Mutter sagt, die Männer bewundern sich selbst so sehr, daß sie ein Abbild haben wollen - einen Sohn.«
Edwina lachte. »Mir ist völlig egal, was es wird. Ich will ein Kind, das ist alles. Du wirst mir eines Tages nachfühlen können, wie mir zumute ist, Linnet.«
In der folgenden Woche wurde viel gemeinsam unternommen. Mein Vater zeigte den Landors seine Schiffe, die in der Bucht vor Anker lagen, und sie disputierten über alle möglichen Veränderungen, um die Fahrzeuge dem neuen Verwendungszweck besser anzupassen. Meine Mutter war die ganze Zeit über in bester Laune. Offensichtlich erwartete sie, daß noch vor Ablauf des Besuches die Verlobung von Fennimore und mir angekündigt werden würde.
Am Neujahrstag kam mir zum ersten Mal der schreckliche Verdacht. Es konnte passiert sein. Colum Casvellyn selbst hatte es in Erwägung gezogen. Noch war ich nicht sicher, aber was sollte ich bloß tun, wenn es bald schon keinen Zweifel mehr gab?
Ich schützte Kopfschmerzen vor und zog mich in mein Zimmer zurück. Kurz darauf wurde mir das altbewährte Milchgetränk von Jennet gebracht. Sie war eine sehr gesprächige Person, und ihre Unterhaltung steckte immer voller Anspielungen auf Männer.
Sie setzte sich neben mich auf die Bettkante und hielt mir das Getränk unter die Nase.
»Mistress Linnet, trinkt bitte brav aus. Dann werdet Ihr friedlich schlafen und bald wieder frisch und munter sein.«
»Dank dir, Jennet.«
Sie beugte sich ganz nahe zu mir und musterte mich forschend. »Es ist doch nichts passiert, Mistress Linnet, oder?«
»Passiert? Was meinst du denn damit?« fragte ich zurück.
Sie errötete wie immer, wenn sie etwas Ungehöriges gedacht hatte. Obwohl sie die Geliebte vieler Männer gewesen war, hatte sie immer noch etwas Jungfräuliches an sich. Vermutlich lag darin auch der Reiz, den sie trotz ihrer Jahre auf Männer ausübte.
»Ach nichts, Mistress. Ich dachte nur gerade an den Gentle-

man im Gasthof.« Sie kicherte. »Du liebe Zeit, ich erinnere mich noch genau, wie er hereinkam und alles nach seinem Willen haben wollte. Man konnte ihm gleich ansehen, daß er zu der Sorte gehört. Er hat mich an Captain Pennlyon erinnert, weiß Gott.« Sie sprach meines Vaters Namen immer voller Verehrung aus. Jennet kicherte wieder, beobachtete mich dabei aber verstohlen weiter. »Und dann hat er Euch gerettet. Als ich zusehen mußte, wie der andere Kerl Euch mit sich wegriß und er hinterherjagte ... du liebe Güte!«

»Ich will jetzt versuchen, ein wenig zu schlafen, Jennet.«

»Ja, Mistress. Und dann hat er Euch auf sein Schloß mitgenommen wie in einer alten Sage von Rittern und Ladys. Ja, genauso.«

In Jennets Augen lag ein träumerischer Ausdruck, aber auch eine gewisse Schläue. Sie weiß, was geschehen ist, dachte ich. Also wäre es wirklich möglich? Und die Furcht peinigte mich ...

Der Vorabend der Heiligen Drei Könige kam, der den Höhepunkt der Festlichkeiten darstellte. Am nächsten Tag mußten Stechpalmen und Efeu abgenommen und feierlich verbrannt werden, denn es brachte Unglück, sie weiterhin an den Wänden zu lassen. Der Dreikönigskuchen wurde aufgetragen, und wir vergnügten uns bei vielen Spielen. Meine Mutter hatte einen Schatz versteckt, und wir sollten paarweise nach ihm suchen. Ich war erfreut, als Fennimore mich zu seiner Begleiterin erwählte. Wir machten uns Hand in Hand auf die Suche. Fennimore hielt den Kerzenleuchter hoch, und ich war mir bewußt, daß unsere Eltern uns wohlwollend nachsahen. Sicher waren sie sich einig, daß dies ein passender Zeitpunkt war, um unser Verlöbnis bekanntzugeben. Familienbande würden die geschäftlichen Beziehungen noch fester knüpfen.

Meine Mutter hatte Spuren gelegt. Fand man die eine, führte sie zur nächsten. Diese Schatzsuche hatten wir unser Leben lang gespielt, und sie wurde immer als der Höhepunkt angesehen. Soeben hatte sich gezeigt, wie sehr meine Eltern Fennimore vertrauten, denn im allgemeinen wurden junge Paare getrennt. Bestimmt hätten sie es nicht zugelassen, falls ein Mann wie Colum Casvellyn an Fennimores Stelle gewesen wäre. Warum mußte ich eigentlich ständig an diesen Mann denken? Was für eine Frage! Natürlich konnte ich ihn nie mehr vergessen! Was für eine verhängnisvolle, schlimme Reise das doch gewesen war! Sie würde mein ganzes Leben beeinflussen. Wie seltsam, daß eine einzige Nacht dies bewirken konnte.

»Ist Euch kalt?« fragte Fennimore besorgt.

»Ach, nur ein bißchen«, erwiderte ich ausweichend.

»Was meint Ihr? Werden wir den Schatz finden?«

»Das hängt davon ab, wie geschickt Ihr seid.«

»Von uns beiden seid Ihr die Geschicktere.«

»Ich? Wie kommt Ihr denn darauf?«

»Ich glaube es eben. Aber Ihr seid wirklich ein außergewöhnliches Mädchen, Linnet.«

»Ach, bestimmt nicht«, wehrte ich ab. - »O doch!«

Wir hatten die Halle durchquert und stiegen zur Estrade hinauf. Von dort führte eine Tür in kleinere Eß- und Wohnräume, die benutzt wurden, wenn wir allein waren. Die Zeiten hatten sich geändert, und es war nur noch bei besonderen Anlässen üblich, in der Halle zu speisen, wobei dann auch alle Dienstboten am unteren Ende der Tafel Platz nahmen.

Wir schauten in sämtliche Zimmer, stellten uns aber recht ungeschickt bei der Suche an. Vermutlich waren wir beide nicht mit unseren Gedanken bei der Sache.

Nun ging es weiter die Treppe hinauf und dann die Galerie entlang. Fennimore setzte sich plötzlich in eine der Fensternischen und zog mich nahe an sich. Dann hielt er den Leuchter höher und schaute mir eindringlich ins Gesicht. Einen Augenblick später stellte er ihn wieder ab. »Linnet, ich möchte dir etwas sagen.« Zum erstenmal duzte er mich . . .

Mein Herz begann schneller zu schlagen. Ich ahnte, was er nun aussprechen würde, und wollte ihn daran hindern. Sein Antrag mußte noch warten, bis mehr Zeit nach jener Nacht auf Schloß Paling vergangen war. Konnte ich denn das Geschehene so völlig vergessen, als sei niemals etwas gewesen? Bis ich darüber Klarheit hatte, wollte ich nicht, daß Fennimore sich erklärte . . .

»Ich bin sehr froh, daß unsere Eltern zusammenarbeiten werden, Linnet. Deinen Vater bewundere ich sehr, obwohl ich ganz anders bin als er.«

»Oh, ich bin überzeugt, daß er sich nicht immer bewundernswürdig aufgeführt hat, Fennimore.«
»Auf jeden Fall hat er als Seemann großen Mut bewiesen und unserem Land zum Sieg verholfen. Selbst unsere Königin hat ihm ja höchstes Lob gezollt. Und auch deshalb finde ich es so wunderbar, daß er nun bereit ist, ein anderes Unternehmen zu beginnen ... ein friedliches. Aber nun möchte ich von etwas anderem reden, Linnet. Vom ersten Augenblick an habe ich mich zu dir hingezogen gefühlt. Auch wenn dein Vater nicht gemeinsame Sache mit uns gemacht hätte, wären meine Gefühle die gleichen.«
Ich mußte ihn unbedingt daran hindern weiterzureden. Er durfte mich nicht bitten, ihn zu heiraten ... noch nicht!
Ich hob hilflos die Hand. Er nahm sie und drückte einen zärtlichen Kuß darauf. Sofort wurde in mir die Erinnerung an heiße, fordernde Lippen auf meiner Haut wach. Würde ich denn nie vergessen können?
Wie liebevoll Fennimore war, wie gut! Was hätte ich dafür gegeben, wenn ich die Zeit um zwei Monate hätte zurückdrehen können!
Fennimore hielt noch immer meine Hand. »Auch unsere Familien wollen es, Linnet. Das macht mich ganz besonders glücklich. Du wirst nicht weit von deinem Vaterhaus entfernt leben, und deine Mutter kann uns oft besuchen. Ich weiß doch, wie sehr ihr euch liebt und braucht.«
»Sprich bitte nicht weiter, Fennimore«, bat ich.
»Warum nicht, Linnet? Du weißt doch sicher, daß ich dich liebe. Und ich wage zu glauben, daß auch du mich gern hast ...«
»Ich ... ich weiß es nicht«, stammelte ich unbeholfen. »Ich muß Zeit haben. Es ist zu ... früh. Ich bin noch nicht ... bereit.«
»Ich hätte vielleicht noch warten sollen, Linnet. Du bist so jung und so unschuldig ...«
Hoffentlich bemerkte er mein tiefes Erröten nicht! Ich versuchte, die Erinnerungen zu verdrängen, die mich überfielen. Hatte ich das nicht die ganze Zeit über getan?
Fennimore war ganz zerknirscht.
»Liebste Linnet, wir wollen nicht weiter darüber reden. Ich war viel zu ungestüm, anstatt dich langsam darauf vorzubereiten. Mir war nicht klar, wie wenig du meine Gefühle er-

kannt hattest. Wir wollen es nun auf sich beruhen lassen, doch du mußt darüber nachdenken, Linnet. Versprichst du mir das?«
»Ja, ich werde darüber nachdenken. Laß mir nur noch etwas Zeit.«
»Du hast Zeit, Liebste«, sagte er gefühlvoll. Mir war zum Weinen zumute. »Ich war ein Tölpel und habe dich überrumpelt, Linnet. Nimm's mir nicht übel. Ich schwöre dir, daß ich alles in meiner Macht Stehende täte, um dich glücklich zu machen.«
Ich stand auf. »Bitte, laß uns jetzt weiterspielen und den Schatz suchen«, bat ich leise.
»Der Schatz - wir werden jeder des anderen Schatz sein, Linnet.«
Abermals überlief mich ein Schauer. Ich wollte wieder das Mädchen sein, das ich vor jener Nacht auf Schloß Paling gewesen war - jung und unschuldig und verliebt in Fennimore. Aber jetzt wußte ich nicht mehr, wie ich mich verhalten sollte - ob ich Fennimore überhaupt liebte und heiraten konnte. Und am allerwenigsten war mir klar, was in jener Nacht geschehen war, als Colum Casvellyn meine Sinne halb betäubt, halb erweckt und eine Frau aus mir gemacht hatte, obwohl ich noch ein halbes Kind war.
Ich versuchte, nur an die Schatzsuche zu denken, und es gelang mir auch, einige der Hinweise zu entschlüsseln.
Fast hätten wir das Spiel sogar gewonnen, doch zuletzt wurden Carlos und Edwina Sieger.
Meine Mutter warf mir ab und zu einen forschenden Blick zu, und ich ahnte, wie enttäuscht sie war darüber, daß sie in jener Nacht noch nicht meine Verlobung ankündigen konnte.

Am nächsten Tag nahmen wir Efeu und Stechpalmen ab, trugen sie aufs Feld hinaus und verbrannten sie feierlich. Die Weihnachts- und Neujahrsfeierlichkeiten waren wieder einmal für zwölf Monate vorüber. Im nächsten Jahr um die gleiche Zeit würde die Nacht auf Schloß Paling so weit zurückliegen, daß ich nicht mehr beständig daran denken mußte, überlegte ich hoffnungsvoll.
Wir waren alle um das Feuer versammelt, denn nach altem Brauch brachte es Unglück, der Zeremonie fernzubleiben.

Gerade als die Flammen heruntergebrannt waren, hörten wir aus der Ferne Geschrei. »Die alte Maggie Enfield ist heute dran«, sagte einer der Bediensteten. »Sie wird aufgeknüpft.«

Maggie Enfield war eine fast blinde alte Frau, deren Gesicht durch zahlreiche häßliche braune Warzen verunstaltet war. Sie lebte in einer winzigen Hütte und war in der ganzen Nachbarschaft als Hexe bekannt. Wir hatten ihr häufig Nahrungsmittel vor die Tür gelegt. Meine Mutter tat dies nicht etwa aus Angst vor bösen Folgen, falls sie der Alten keine Unterstützung gewährte, sondern weil sie die arme Maggie tief bemitleidete.

Wenige Jahre zuvor hatte sie noch als weise Frau gegolten. Sie zog im Garten vor ihrer Hütte gewisse Kräuter und braute Arzneien, die viele Krankheiten kurierten. Maggie stellte auch Liebestränke her, und sie tat das, was man ›Fasten‹ nannte. Dann saß sie mehrere Tage lang ruhig in ihrer Hütte, ohne etwas zu essen, und richtete all ihre Kräfte auf einen bestimmten Gegenstand. Auf diese Weise hatte sie oftmals geholfen, Verlorenes wiederzufinden. Wenn sich ein Schaf oder eine Kuh verirrte, ging man zu Mutter Enfield und bezahlte für das ›Fasten‹. So gut wie immer konnte sie angeben, wo man das Tier zu suchen hatte.

Aber Hexen - gute oder böse - führten ein gefährliches Dasein, denn sie mußten darauf gefaßt sein, daß sich die Leute plötzlich gegen sie wandten. Bauern, die Unglück mit dem Vieh hatten, Eltern, deren Kinder plötzlich eines unerklärlichen Todes starben, unfruchtbare Frauen - alles konnte auf Hexenwerk zurückgeführt werden. Wenn die Menschen mit ihrem persönlichen Schicksal hadern, scheint es ihren Zorn zu lindern, die Schuld auf irgendein unschuldiges Opfer abwälzen zu können.

Und so war es auch der armen Maggie Enfield ergangen. Ein Kind war tot geboren worden, einem Bauern wurden die Kühe krank. Man hatte Maggie Enfield in beiden Fällen in der Nähe der Unglücksstätte gesehen.

Also war man plötzlich der Ansicht, daß sie eine böse Hexe sei und sich dem Teufel verschrieben habe, um besondere Kräfte zu erlangen. Maggie Enfield wurde von rachsüchtigen Bauern aus ihrer Hütte gezerrt.

Sie wollten sie an einem Baum aufhängen.

Es lief mir kalt über den Rücken, und ich nahm mir vor, die Gibbet Lane für einige Zeit nicht mehr zu benutzen. Deutlich erinnerte ich mich noch daran, wie ich das erste Mal jenen düsteren Pfad entlanggeritten war. Dort standen zwei Bäume, die Galgen glichen. Es gibt wohl kaum einen gräßlicheren Anblick als einen leblosen Körper, der leise schwankend an einem Baum hängt!
Mein Vater wollte sich der makabren Veranstaltung anschließen, doch meine Mutter versuchte ihn am Arm zurückzuhalten.
»Ich gehe nicht, Jake - und du solltest es auch nicht tun. Was werden unsere Gäste davon halten?«
»Denken, daß eine Satansbrut ihr gerechtes Schicksal erleidet.«
»Vergiß nicht, daß die Landors vornehme Leute sind. Ein solches Schauspiel wird sie abstoßen.«
»Gerechtigkeit sollte niemanden abstoßen!«
Meine Mutter wandte sich fast schroff von ihm ab. Dann ging sie zu den Landors hinüber und drängte auf rasche Heimkehr, damit das Fleisch am Spieß nicht etwa verkohlte.
Mein Vater war wieder einmal belustigt wegen des Eigensinns meiner Mutter, ließ sich jedoch nicht von dem Vorhaben abbringen, bei der Hinrichtung dabeizusein. Mit einem fröhlichen Gruß ritt er in entgegengesetzter Richtung davon. Bei Tisch kam das Gespräch dann verständlicherweise auf Hexen, und mein Vater vertrat seine Meinung wie immer sehr hitzig.
»Die Frau war schuldig und bekam nur ihre angemessene Strafe! Die Male auf ihrem Gesicht waren ein sichtbarer Beweis dafür, daß der böse Geist sie nächtlich heimsucht. Auf ihrem ganzen Körper hat man diese Zeichen gefunden.«
»Ach was, das waren doch nur Warzen«, erwiderte meine Mutter achselzuckend. »Viele Menschen haben solche.«
»Dann erklär mir bitte, wieso Maggie Enfield diese Warzen bei anderen heilen konnte, bei sich selbst aber nicht?«
»Ich bin auf diesem Gebiet leider nicht bewandert«, gab meine Mutter zurück.
»Es sieht ganz so aus«, stichelte mein Vater. »Nun, Maggie Enfield ist jetzt bei ihrem Meister und kann in der Hölle braten!«

»Warum sollte sie denn unter Qualen braten, wenn sie ihrem Meister gut gedient hat?« wandte meine Mutter ein. »Vielleicht wird sie belohnt.«

»Wenn ich in diesem Lande etwas zu sagen hätte, gäbe es bald keine Hexen mehr. Ich würde sie überall aufspüren, und die Galgen wären nie leer.«

Fennimore wandte ein, daß häufig unschuldige Frauen der Hexerei angeklagt wurden, nur weil sie alt waren, allein für sich hausten, schielten, eine schwarze Katze oder Warzen hatten.

»Wenn sie unschuldig sind, müssen sie es auch beweisen können«, gab mein Vater heftig zurück.

»Die Menschen sind viel zu schnell bereit, andere anzuklagen«, sagte meine Mutter. »Dabei sollten sie lieber mehr auf ihre eigenen Fehler achten.«

»Großer Gott, Frau!« stöhnte mein Vater. »Wir sprechen von Hexerei!«

Mein Vater war sehr unduldsam und wich von seinen eisernen Grundsätzen keinen Zoll ab. Er hatte viele Frauen verführt, wie ich wußte. Carlos war der lebende Beweis. Colum Casvellyns tückisches Verhalten mir gegenüber ähnelte den Schlichen, die auch mein Vater nur zu gern bei einer Frau anwandte. Und dennoch würde er in meinem Fall rasen und toben, weil er eben mein Vater war. Meine Mutter hatte völlig recht mit ihrer Ansicht, daß man mit ihm nicht vernünftig reden konnte.

Inzwischen sprach man über das, was mein Vater den Kult des Satans nannte. Meine Mutter meinte, daß es Hexerei bereits vor der Christianisierung in unserem Land gegeben habe. Sie sei Bestandteil der Religion unserer Ahnen gewesen. Hexerei habe im Christentum keinen Platz mehr, denn sie bedeute die Verehrung des gehörnten Gottes, den die Christen Teufel nannten.

Meine Mutter hatte sich mit diesem Thema befaßt und wußte gut Bescheid. Der Hexensabbat stellte im Grunde eine Art religiöser Zeremonie dar, bei der man den gehörnten Gott anbetete. Die Tänze, die zu seinen Füßen aufgeführt wurden, waren wohl Fruchtbarkeitsriten, da der Wunsch dahinterstand, die Erde zu bevölkern.

Mein Vater hörte meiner Mutter mit einem Lächeln zu, das Stolz und Spott zugleich ausdrückte. Fennimore gab meiner

Mutter völlig recht. Seiner Meinung nach konnte man die Hexerei nicht dadurch aus der Welt schaffen, daß man hilflose alte Frauen tötete. Man mußte vielmehr alle dazu bringen, den heidnischen Religionen abzuschwören und Christen zu werden.

»Ach, Ihr seid also ein Reformator«, sagte mein Vater lachend.

»Nun, vielleicht ist das gar nicht so schlecht«, erwiderte Fennimore.

»Es ist sogar sehr gut«, meinte meine Mutter und lächelte ihm liebevoll zu. Kein Zweifel, sie mochte Fennimore sehr gern.

Am nächsten Morgen reisten die Landors wieder ab. Viele Pläne hatte man geschmiedet, Schiffe wurden bereits umgebaut, und das neue Unternehmen konnte beginnen.

Ich war nun sicher, daß in jener Nacht auf Schloß Paling ein Kind gezeugt worden war. Mir schien es, als schlössen sich die Stäbe eines Käfigs um mich.

Nun mußte ich meiner Mutter alles gestehen. Mein Vater war zum Glück auf einer kurzen Reise. Ich bat sie, in mein Schlafzimmer zu kommen, da ich ihr etwas Wichtiges mitzuteilen habe.

Als wir uns gegenübersaßen, brach es aus mir hervor: »Mutter, ich bekomme ein Kind.«

Sie schaute mich völlig fassungslos an, und alle Farbe wich aus ihrem Gesicht.

»Linnet! Unmöglich!«

»Ich fürchte, es gibt keinen Zweifel mehr.«

»Fennimore . . .«, sagte sie stockend. »Es wundert mich sehr . . .«

Ich suchte verzweifelt nach den richtigen Worten.

»Nein, Mutter! Nicht Fennimore.«

»Nicht . . . Fennimore?« fragte sie noch verwirrter.

Ich begann zu stammeln. »Es passierte in jener Nacht . . . er . . . hat mich nach Schloß Paling gebracht . . . und dort . . .«

»Er war es?« schrie sie schrill.

Ich nickte. »Du . . . er . . . liebst du ihn denn?« fragte sie weiter.

Ich schloß die Augen und schüttelte den Kopf. Deutlich

konnte ich sein spöttisches Lachen vernehmen. Hatte er in jener Nacht so gelacht? Hatte ich es trotz meiner Betäubung gehört?

»Er brachte mich aufs Schloß und dort ... ich weiß nicht genau, was geschehen ist. Ich war völlig erschöpft, und er ließ ein Zimmer für mich herrichten ... mit einem Himmelbett. Dann wurde uns in einem anderen Raum ein Essen aufgetischt. Er sagte, daß er seine Bediensteten auf die Suche nach dir geschickt hätte. Ich aß und trank und ... das ist schon alles. Am nächsten Morgen wachte ich in dem Bett auf ... nackt und irgendwie anders ... und er war auch da ...«

»Mein Gott, dein Vater wird ihn töten«, rief meine Mutter.

»Das fürchte ich auch ...«

Ihr Entsetzen wich großem Mitgefühl. Sie nahm mich in die Arme und wiegte mich sanft hin und her, als sei ich noch ein Kind. »Meine kleine Linnet! Hab keine Angst. Wir werden schon einen Ausweg finden. Oh, ich würde diesen Unmenschen am liebsten eigenhändig erwürgen!«

Wie ich geahnt hatte, war ein Teil der Bürde von mir genommen, seit ich meiner Mutter von meinem Unglück erzählt hatte. Sie würde wie immer eine Lösung finden.

»Linnet, an wieviel kannst du dich noch erinnern?«

»Ich ... ich weiß nicht. Manchmal glaube ich mich an etwas zu erinnern, dann wieder denke ich, daß ich es mir nur einbilde. Ich saß am Tisch, und er füllte meinen Becher. Er meinte, ich sei erschöpft und brauche eine Erfrischung.«

»Dieser Teufel!« schrie sie empört. »Ach, Linnet, manchmal hasse ich alle Männer.« Bestimmt dachte sie dabei auch an meinen Vater. Ich wußte einiges aus ihrem stürmischen Leben und war mir sicher, daß sie oft schlecht behandelt worden war. Ich hatte irgendwo in Spanien einen Halbbruder - den Sohn aus ihrer ersten Ehe. Warum hatte ich mich ihr nicht schon längst anvertraut?

»Und dann?« fragte sie in meine Gedanken hinein.

»Dann? Ich trank, und völlige Benommenheit überkam mich. Alles schien von mir wegzugleiten. Aber ich war mir seiner Anwesenheit bewußt und entsinne mich auch noch, daß er mich hochhob und wegtrug. Am anderen Morgen wachte ich auf und wußte, was geschehen war.«

Meine Mutter nickte und schlang die Arme fester um mich.
»Ich hatte solche Angst!«
»Du hättest es mir schon eher erzählen sollen, Linnet. Aber es macht nichts. Jetzt weiß ich ja Bescheid.«
»Was kann ich tun?« fragte ich.
Sie strich mir übers Haar. »Falls dein Vater davon erfährt, wird er geradewegs nach Schloß Paling reiten. Das könnte den Tod für einen der beiden bedeuten.«
»Dabei hat er . . .«, begann ich.
»Ja«, unterbrach sie mich. »Er hat ganz Ähnliches getan. Aber Männer denken nicht vernünftig. Was bei ihm ein Kavaliersdelikt ist, sieht er bei einem anderen als Verbrechen an. Vergiß nicht, du bist seine inniggeliebte Tochter! Die Töchter anderer können ruhig verführt werden.« Sie lachte bitter auf. »Wie sehr mußt du in letzter Zeit gelitten haben, armes Kind. Wie hat sich . . . dieser Mann . . . am nächsten Morgen verhalten?«
»Er hat gelacht und behauptet, ich hätte keinerlei Widerstand geleistet. Außerdem sei es ja genauso mein Wunsch gewesen wie seiner.«
»Er ist wirklich ein Scheusal! Wie mußt du ihn hassen!«
»Das tue ich auch, und doch . . .«
Sie unterbrach mich. »Erinnerst du dich an irgend etwas, das in jener Nacht zwischen euch passiert ist?«
»Ich kann's nicht sagen. Ist es denn möglich, daß ich nichts davon behalten habe?«
Sie nickte. »Nun, es ist geschehen, daran läßt sich nichts mehr ändern. Du trägst sein Kind. Du bist doch ganz sicher, oder?«
»Ich glaube schon, Mutter.«
»Wir müssen uns Gewißheit verschaffen, aber ich möchte noch niemanden einweihen . . . nicht einmal meinen Arzt. Was ist zu tun? Du bist unverheiratet und schwanger. Der Mann, der dich heiraten will, ist nicht der Verführer. Ach, wenn es doch Fennimore gewesen wäre! Aber Fennimore hätte sich nie so schändlich verhalten.«
»Er ist ganz anders als Fennimore.«
»Wenn ich mich daran erinnere, wie unverschämt dieser Mensch in dem Gasthof aufgetreten ist und welche Angst alle vor ihm hatten«, rief meine Mutter. »Ich wünsche die-

sen Männern die Pest an den Hals, die immer glauben, alles auf der Welt sei nur für sie da. Aber es hat keinen Sinn zu hadern. Wir müssen uns vielmehr genau unsere nächsten Schritte überlegen. Es gibt Heilkräuter . . . Maggie Enfield hätte sie uns geben können, aber die arme Seele hängt ja schon am Galgen. Soll man sich an eine andere wenden? Nein, ich habe vor dergleichen Angst, Linnet. Das ist nichts für dich. Fennimore ist ein guter Mann und zudem verständnisvoll, was sehr selten ist. Wir könnten ihm die Wahrheit sagen.«

»Du willst ihn fragen, ob er sich das Kind eines anderen unterschieben läßt?« fragte ich entgeistert.

»Wenn er dich liebt, willigt er vielleicht ein.«

»Nie im Leben brächte ich es fertig, ihn darum zu bitten . . .«

»Ich könnte ihm ja erklären, wie es dazu gekommen ist.«

Ich schüttelte den Kopf. »Unmöglich! Colum Casvellyn würde erraten, daß es sein Kind ist. An jenem Morgen hat er schon angedeutet, daß ich von ihm schwanger werden könnte.«

»Dieser Mann ist wirklich durch und durch böse.«

»Er würde es nicht auf sich beruhen lassen, Mutter. Es könnte sogar sein, daß er das Kind von mir fordert . . . falls es ein Junge ist.«

»Das könnte sein«, stimmte meine Mutter nachdenklich zu. »Es gibt anscheinend nur eine Möglichkeit: Du mußt nach London zu meiner Mutter übersiedeln. Sie wird für dich sorgen, und das Kind kann dort ohne viel Aufsehen zur Welt kommen. Sie kann ja behaupten, du seist eine junge Witwe, deren Mann vor kurzem gestorben ist. London liegt so weit entfernt, daß das keiner nachprüfen wird.«

»Dann muß ich dich verlassen . . .«

»Mütter und Töchter müssen sich immer eines Tages trennen, Linnet.«

»Du wolltest doch, daß ich Fennimore heirate, damit wir uns nahe sind und einander oft besuchen können«, wandte ich traurig ein.

»Nicht nur deshalb, Linnet, sondern vor allem, weil Fennimore ein guter Ehemann für dich wäre. Ich hatte so sehr gehofft, daß ihr eure Verlobung ankündigt . . .«

»Dazu wäre es auch gekommen, wenn ich jene Nacht auf Schloß Paling ungeschehen hätte machen können!«
»Dein Vater darf nichts davon erfahren. Ich fürchte diesen Casvellyn, habe ihn vom ersten Augenblick an gefürchtet. Nun begreife ich, wie richtig meine bösen Vorahnungen damals waren. Hätten wir doch nur eine andere Straße genommen!«
Ich nickte. »Es geht im Leben eigentlich immer darum, den richtigen oder falschen Weg einzuschlagen.«
Meine Mutter straffte die Schultern, als gäbe sie sich innerlich einen Ruck.
»Wir dürfen keine Zeit verlieren, denn niemand soll merken, daß du schwanger bist. Zum Glück ist es ja noch nicht lange her.«
Sie rechnete rasch nach.
»Knapp zwei Monate. Wir sollten innerhalb der nächsten vier Wochen nach London reisen, Linnet.«
»Was wird Vater dazu sagen?«
»Wahrscheinlich wird er Schwierigkeiten machen, denn auch er rechnet ja fest mit deiner Verlobung. Deinen plötzlichen Wunsch, nach London zu ziehen, wird er nicht verstehen und sich daher widersetzen. Du kennst ja seine Ungeduld. Da er sich nun entschlossen hat, mit den Landors zusammenzuarbeiten, kann er es kaum erwarten, daß du heiratest und ihn mit Enkelkindern beglückst, die das Unternehmen später weiterführen werden.« Sie machte eine kleine Pause. »Natürlich bleibt dir immer noch die Möglichkeit, dich Fennimore anzuvertrauen, Linnet. Da dir kein Mensch einen Vorwurf machen kann, würde er dich vielleicht trotz allem heiraten.«
»Das brächte ich aber nicht fertig, Mutter. Wegen des Kindes . . .«
Sie seufzte. »Wir werden nichts überstürzen, dürfen uns aber auch nicht allzulange Zeit lassen. Ach, Kind! Es war für mich doch ein furchtbarer Schreck, und ich muß erst in Ruhe über alles nachdenken, bevor ich . . .«
»Wie bin ich froh, daß du es nun weißt, Mutter«, unterbrach ich sie. »Ich fühle mich sehr erleichtert.«
Sie strich mir wieder übers Haar. »Bestimmt werden wir einen Ausweg finden, Linnet. Bestimmt . . .«

Der Ausweg wurde gefunden - aber nicht von uns. Wenige Tage, nachdem ich meiner Mutter alles gestanden hatte, besuchte uns Colum Casvellyn.
Ich saß gerade mit einer Näharbeit in meinem Zimmer, als Jennet in heller Aufregung hereingestürzt kam.
»Er ist hier«, sagte sie. »Er ist zu Besuch gekommen.«
»Wer denn?« fragte ich gleichgültig.
»Er, der Euch gerettet hat und nach Hause brachte!«
Mir wurde die Kehle eng. »Das kann nicht sein.«
»O doch, Mistress! Er kam in den Hof geritten, als wäre er hier der Herr, ist vom Pferd gesprungen und hat einen der Knechte angebrüllt, der ihn mit offenem Mund anstarrte. Dann sah er mich. Er befahl mir: ›Geh und sag deiner Mistress, deiner jungen Mistress, daß sie einen Besucher hat.‹«
»Bist du ganz sicher, daß es derselbe Mann ist?«
Jennet errötete wieder auf diese merkwürdig scheue Art, als sei sie noch ein ganz junges Mädchen. »Ja, Mistress. Den kann man nicht verwechseln.«
»Führ ihn in die Winterstube. Ich komme gleich dorthin.«
Sie eilte hinaus, und ich überlegte, daß es besser wäre, ihm in Anwesenheit meiner Mutter gegenüberzutreten. Andererseits . . . Nein, ich wollte ihn zuerst allein sehen, um meine Gefühle zu prüfen.
Er stand in herausfordernder Pose vor dem Fenster und erweckte den Eindruck, er sei hier der Besitzer. »Ich wünsche dir einen guten Tag«, sagte er zur Begrüßung und lächelte breit. Dann trat er auf mich zu, zog mich an sich und küßte mich auf den Mund.
Ich wurde brennend rot und zuckte zurück.
»So spröde?« fragte er erstaunt. »Nach allem, was wir zusammen erlebt haben!«
Ich hatte so starkes Herzklopfen, daß ich kein Wort herausbrachte. Solch überwältigende Gefühle hatte ich noch nie empfunden. Es war vermutlich Haß, aber ganz sicher war ich mir nicht.
Colum Casvellyn musterte mich forschend. »Ich wollte sehen, wie es steht.«
»Was meint Ihr damit, Sir?«
»Wonnen, wie wir sie erlebt haben, könnten Folgen haben . . . Ich machte mir Sorgen um deine Gesundheit.«

»Woher wißt Ihr . . .?« rief ich unbedacht.
»Es ist also geschehen«, rief er begeistert. »Tatsächlich?«
Er versuchte, mich bei den Schultern zu fassen, aber ich wich rasch einige Schritte zurück. »Bei Gott, ich hab's gewußt«, sagte er völlig unbeeindruckt von meinem Widerstand. »Du bist dazu geschaffen, Söhne zu gebären, darauf könnte ich schwören. Ich hab's schon damals im Gasthaus gespürt. Du und ich gemeinsam . . .« Er warf den Kopf zurück und lachte laut und triumphierend auf.
»Bist du ganz sicher?« fragte er weiter.
»Ich habe es schon meiner Mutter gestanden.«
Er zog seine schwarzen, buschigen Augenbrauen hoch. »Und was meint sie dazu?«
»Geht weg!« rief ich. »Ich will Euch nie wiedersehen!«
»Was? Mich? Den Vater deines Kindes?«
»Ihr müßt das vergessen. Ich ziehe fort von hier. Wir haben schon alles geplant.«
»Du gehst weg? Wohin denn?«
»Das werde ich Euch bestimmt nicht verraten.«
»Du willst weg . . . mit meinem Kind?«
»Laßt mich doch endlich in Ruhe! Habt Ihr mir nicht schon genug angetan? Ich will Euer Gesicht vergessen!«
»Dabei bin ich hergekommen, um dir die Ehe anzubieten.«
»Wie edel von Euch«, erwiderte ich spöttisch.
»Ich bin ein Mann, der zu seinen Verpflichtungen steht.«
»In diesem Fall ist das völlig überflüssig. Den größten Gefallen tätet Ihr mir nämlich, wenn Ihr endlich weggingt, Sir.«
»Und das Kind?«
»Dafür wird gut gesorgt werden. Es soll vor allem nie erfahren, daß seine Mutter als unschuldiges Mädchen betäubt wurde, um die Gelüste eines brutalen Mannes zu befriedigen. Wenn Ihr etwas Gutes für mich tun wollt, dann geht jetzt.«
»Wir heiraten unverzüglich«, sagte er unbeirrt. »Unser Sohn wird zwar etwas zu früh zur Welt kommen, aber das braucht uns nicht zu kümmern.«
»Wie könnte ich Euch heiraten?«
»Das ist ganz einfach. Ich kann heute noch einen Priester herschaffen. Je eher, desto besser für das Kind.«
Nach einem schüchternen Klopfen trat Jennet mit Wein und Gebäck ins Zimmer. Sie strahlte über das ganze Ge-

sicht, als bereite es ihr großes Vergnügen, einen so vornehmen Gentleman zu bedienen. Es entging mir nicht, daß Casvellyn Jennet einen anerkennenden Blick zuwarf, obgleich sie doch schon so alt war. Vermutlich war es ihre starke Sinnlichkeit, die ihn ansprach.

»Sag bitte meiner Mutter, daß Squire Colum Casvellyn hier ist, Jennet. Sie soll möglichst schnell zu uns kommen.«

»Wir brauchen doch keinen Beistand, um zu einer Entscheidung zu kommen«, sagte er vorwurfsvoll, als Jennet hinausgegangen war.

»Ich will nicht mehr allein mit Euch sein.«

»In jener denkwürdigen Nacht waren wir auch allein . . .«

»Wie könnt Ihr es wagen, so zu reden! Als ob ich bewußt oder freiwillig daran . . . teilgenommen hätte.«

»Du machtest jedenfalls keinen Versuch, vor mir wegzulaufen.«

»Wie hätte ich denn gekonnt?«

»Es wäre nicht einfach gewesen, das gebe ich zu. Aber im Grunde wolltest du bei mir bleiben, denn ich habe etwas in dir geweckt - etwas, das du nie vergessen wirst. Und deshalb wirst du so klug sein, mein Angebot anzunehmen. Ich brauche eine Frau und will Söhne haben. Du bist genau die Richtige, um sie mir zu gebären.«

Meine Mutter stieß die Tür auf, blieb wie angewurzelt stehen und musterte den Eindringling mit blitzenden Augen.

»Was fällt Euch ein, hierherzukommen?« rief sie empört.

Er machte mit ironischem Lächeln eine kleine Verbeugung.

»Madam, ich kam her, um mich nach der Gesundheit Eurer Tochter zu erkundigen und ihr mein Herz und meine Hand zur Ehe anzubieten.« - »Ehe!«

»Dies erscheint mir geziemend, da wir schließlich schon das Bett geteilt haben . . . und das nicht ohne Folgen.«

»Wenn mein Mann hier wäre . . .«, brachte meine Mutter mit mühsam beherrschtem Zorn hervor.

»Ist er nicht zu Hause? Ich hätte ihn gern kennengelernt.«

»Ihr würdet es rasch bedauern, denn das wäre ein schwarzer Tag in Eurem Leben.«

»Madam, seid Ihr nicht etwas ungerecht? Ich bin hergekommen, um ein Unrecht wiedergutzumachen, um mich als ehrenhaft zu erweisen. Ich bitte Euch um die Hand Eurer Tochter.«

Meiner Mutter verschlug es die Sprache. Sie schaute zu mir herüber, doch ich wich ihrem Blick aus. Ich grübelte darüber nach, wie es wohl wäre, ihn zu heiraten und meine Tage und Nächte mit ihm zu verbringen. Dabei überkam mich eine Neugierde, so wild, daß ich sie fast als Lust empfand.

Colum Casvellyn brachte es im nächsten Augenblick sogar fertig, den Demütigen und Bescheidenen zu spielen, was ihm unerwarteten Charme verlieh.

»Ich gebe ja zu, daß ich ein Sünder bin, Madam. Schon in jenem Gasthaus habe ich Eure Tochter begehrt, wie es wohl jeder heißblütige Mann täte. Leider ließ mein Benehmen zu wünschen übrig ...« Er zuckte bedauernd die Achseln. »Vielleicht war das meine Art von Rache, da ich ja wußte, daß sie für mich unerreichbar war. Eine Woche später bot sich mir die Gelegenheit, sie aus den Händen von Räubern zu retten. Ich zittere noch heute bei dem Gedanken, was für ein Schicksal sie erlitten hätte! Dann suchten wir nach Euch, konnten Euch aber nicht finden. Also nahm ich sie mit auf mein Schloß. Und dort kam die Versuchung über mich ... ich verdiene Eure Verachtung und Euren Haß vollauf. Aber versucht Euch vorzustellen, was es bedeutet, von solch wilder Begierde erfaßt zu sein. Dann gibt es keine Vernunft mehr, nichts, gar nichts außer dem Wunsch, diese Begierde zu befriedigen. Vielleicht könnte Euer Mann mich verstehen, denn ich habe gewisse Geschichten über ihn gehört. Mein besseres Ich war zum Schweigen gebracht ...«

»Kein wirklicher Gentleman hätte sich so verhalten wie Ihr«, sagte meine Mutter streng.

»Wie wahr, wie wahr! Doch danach konnte ich Eure Tochter nicht mehr aus meinen Gedanken verbannen, und so beschloß ich, ihr einen Heiratsantrag zu machen. Mir war klar, daß sie nur unter einer einzigen Voraussetzung einwilligen würde. Was ich erhoffte, ist tatsächlich eingetroffen, und ich bin so kühn, mich als Ehemann anzubieten. Als meine geachtete Frau, die Mutter meiner Kinder, soll sie es gut haben. An dem Kleinen, das sie unter dem Herzen trägt, wird auch nicht der leiseste Makel haften.«

Meine Mutter erwiderte nichts, und ich ahnte, daß sie fieberhaft hin und her überlegte. Es wäre eine passable Lösung, denn er war schließlich der Vater des Kindes. Es wäre sogar die beste Antwort auf all unsere bangen Fragen, wenn nicht ausgerechnet Colum Casvellyn es wäre, den ich zum Ehemann bekäme.

Sie wandte sich zum ersten Mal an mich. »Ich nehme an, daß du sein Angebot ausschlägst, oder?«

»Ja. Ich weigere mich. Und ich möchte diesen Menschen nie mehr sehen.«

»Du wirst mich in deinem Kind wiedererkennen«, wandte er ein. »Außerdem willst du ihm doch sicher nicht den Namen seines Vaters verweigern?«

»Wir werden gewisse Vorkehrungen treffen, die uns durchaus zu Gebote stehen«, sagte meine Mutter.

»Ich werde mein Kind von Euch fordern!«

»Da es auf solche Art und Weise gezeugt wurde, habt Ihr keinerlei Rechte!«

»Ein Vater soll keinerlei Recht auf sein Kind haben? Madam, das glaubt Ihr doch selbst nicht. Ich bitte Euch! Seid gerecht!«

»Wie schade, daß Ihr nicht an Gerechtigkeit gedacht habt, als sich meine Tochter in Eurer Gewalt befand.«

»Eure Tochter war so verführerisch, daß mein Gewissen verstummte. Ihr seid übrigens in gewisser Weise schuld daran, denn von Euch hat sie so viel Geist und Schönheit geerbt . . .«

»Genug davon«, sagte meine Mutter mit Entschiedenheit. »Ihr habt uns großes Unrecht zugefügt. Tut uns nun den einzigen Gefallen und verschont uns mit Eurer Gegenwart.«

»Ich habe bereits für alles gesorgt«, sagte Colum völlig ungerührt. »Morgen komme ich mit einem Priester herübergeritten, der uns in aller Stille traut. Dann werde ich das Gerücht verbreiten lassen, daß Eure Tochter und ich zu verliebt waren, um die große Hochzeit abzuwarten, die Ihr uns hättet ausrichten lassen. Folglich haben wir schon im November ohne alles Aufsehen geheiratet und unsere Ehe geheimgehalten. Selbstverständlich könnt Ihr nun, da Ihr Bescheid wißt, immer noch eine große Feier ausrichten, wenn Ihr wollt, Madam.«

Ich sah ihr an, daß sie an meinen Vater dachte. Wenn man ihm eine solch romantische Geschichte auftischte, würde

er sie glauben und sich wohl oder übel mit dem unbekannten Schwiegersohn abfinden.
Nachdenklich schaute sie zu mir herüber. Vielleicht erinnerte Colum Casvellyn sie an meinen Vater? Fragte sie sich, ob dieser Mann, obgleich ich vorgab, ihn zu hassen, übermächtige Gefühle in mir erweckt hatte? Sie hätte recht gehabt mit dieser Vermutung . . .
Sein hoher Wuchs, sein siegessicheres Auftreten, die Kraft, die von ihm ausging, hatten durchaus Eindruck auf mich gemacht. Ich verstand mich selbst nicht recht, aber bei einem Vergleich zwischen Colum und Fennimore kam mir dieser fast ein wenig unbedeutend und farblos vor.
Colum lehnte lässig am Fenster und machte ein melancholisches Gesicht. »Was für ein trauriges Schicksal erwartet Eure Tochter, Madam, wenn sie meinen Antrag ausschlägt! Sie wird moralisch verdammt werden, weil sie schon vor der Hochzeit ihre Gunst verschenkt hat. Natürlich bin ich ganz Eurer Meinung! Das arme Ding wurde dazu gezwungen. Aber die Welt ist so schlecht, daß sie einem Mädchen selbst dann seinen sogenannten Fehltritt nicht verzeiht. Ich bin der Schuldige, da ich sie in diese Lage gebracht habe, und möchte es wiedergutmachen, Madam. Erlaubt mir, morgen mit einem willigen Geistlichen hierherzukommen, um in Eurer Hauskapelle in aller Stille die Trauung vornehmen zu lassen. Wenn Ihr wollt, könnt Ihr unser kleines Geheimnis gleich darauf aller Welt kundtun. Ich habe auch nichts gegen eine baldige große Hochzeitsfeier einzuwenden. Wenn ich meine Braut nach Schloß Paling mitnehme, dann sieht man ihr vielleicht schon an, daß sie ein Kind trägt. Doch kann ihr Ruf deshalb keinen Schaden erleiden, da sie ja bereits seit November heimlich verheiratet ist.«
Schweigen. Mein Herz klopfte stürmisch. Colum hatte recht: Dies war ein Ausweg. Selbst jene Leute, die nicht glaubten, daß wir schon im November heimlich getraut worden waren, würden dies nicht auszusprechen wagen. Mein Kind würde in allen Ehren zur Welt kommen - als Erbe von Schloß Paling! Und ich würde Colums Frau sein. Ich gebe zu, daß mich dieser Gedanke mit Entsetzen, gleichzeitig aber auch mit einer Art von schauderndem Entzükken erfüllte . . . Colum ergriff als erster wieder das Wort. »Ich komme morgen mit dem Pfarrer.«

»Wir müssen erst über Euren Vorschlag nachdenken«, wandte meine Mutter ein. »So schnell geht es nicht.«
»Wir dürfen nicht viel Zeit verlieren, Madam. Denkt daran, daß unser Kind jeden Tag wächst. Also, es bleibt dabei: Ich bestelle den Geistlichen für den morgigen Tag. Bis dahin werdet auch Ihr erkannt haben, daß es so das beste ist.«
Er verabschiedete sich mit einer Verbeugung und ging in den Hof hinaus. Er rief, man solle ihm sein Pferd bringen. Schweigend warteten wir ab, bis er weggeritten war.
Dann nahm meine Mutter mich beim Arm. »Komm, Linnet. Setzen wir uns in mein Zimmer und unterhalten wir uns in Ruhe.«
Die nächsten Stunden verbrachten wir mit ernsthaften Gesprächen über meine Zukunft.
»Liebes Kind, nur du selbst kannst eine Entscheidung treffen«, sagte meine Mutter gegen Abend. »Vergiß nicht, daß sie fürs Leben ist. Falls dich der Gedanke an eine Ehe mit ihm abstößt, solltest du ihn auf keinen Fall heiraten. Alles, ja wirklich alles ist besser als das. Schließlich war es nicht deine Schuld. Das wird jeder einsehen.«
»Würden die Leute es denn glauben?« fragte ich. »Bestimmt wird es Getuschel geben, das mich mein Leben lang verfolgt.«
»Das muß nicht sein. Romilly ist dafür das beste Beispiel. Sie hat ein Kind geboren, und Jake hat sich zu der Vaterschaft bekannt. Einen größeren Skandal kann man sich wohl kaum denken, oder? Und dennoch hat sie weiterhin in unserer Familie gelebt und empfindet keinerlei Scham.«
»Aber ich bin nicht Romilly.«
»Nein. Und deine Lage ist ja auch ganz anders. Er hat dich schändlich behandelt, bietet aber erstaunlicherweise an, das Unrecht gutzumachen.«
»Es geht ihm nur um das Kind.«
»Er könnte eine andere heiraten und mit ihr Kinder haben, wenn es ihm in erster Linie darauf ankäme. Doch er will dich!«
»Ja, du hast recht«, stimmte ich zögernd zu.
»Liebes, du mußt ganz klar überlegen und darfst einer Lösung nicht nur deshalb zustimmen, weil sie dir am einfachsten erscheint. Verrate mir doch, was in deinem Kopf vorgeht!«

Ich sah sie unschlüssig an. »Ich weiß selbst nicht recht . . .«
»Übt dieser Squire Casvellyn vielleicht eine große Anziehungskraft auf dich aus?« fragte sie behutsam.
»Ich . . . ich weiß wirklich nicht recht.«
Sie nickte verständnisvoll. »Es geht sehr viel Kraft von ihm aus, das läßt sich nicht leugnen. Habe ich dir eigentlich einmal erzählt, daß ich deinen Vater zuerst nicht heiraten wollte? Doch verglichen mit ihm kamen mir dann alle anderen Männer klein und unbedeutend vor. Du hast es ja miterlebt, daß wir uns immer in gewisser Weise bekämpft und manchmal sogar gehaßt haben. Trotzdem besteht zwischen uns . . . ist es Liebe? Auf jeden Fall ist es ein Band, das nicht zerschnitten werden darf, oder unserem Leben wird etwas ganz, ganz Wichtiges fehlen. Vermutlich ist das auf eine gewisse Weise . . . Liebe. Als dieser Casvellyn ins Gasthaus kam, mußte ich sofort an deinen Vater denken. Solche Männer sind die Freibeuter dieser Welt, und heutzutage sehen manche in ihnen sogar das Ideal eines Mannes, denn das Leben ist nicht schön und einfach. Wir müssen stets um unseren Platz auf der Welt kämpfen, und solche Männer verschaffen uns Recht und sorgen dafür, daß wir es auch behalten. So sehe ich es jedenfalls.« Sie seufzte. »Aber dieses Gerede hilft uns nicht weiter, Kind. Sag mir, was du für Fennimore gefühlt hast?«
»Ich mochte ihn sehr gern. Er hat angenehme Manieren und sieht gut und freundlich aus. Ich glaube, er würde einen wunderbaren Ehemann abgeben.«
»Da bin ich ganz deiner Meinung. Er ist zartfühlend und rücksichtsvoll. Bestimmt würde er einsehen, daß es nicht dein Fehler war.«
»Wenn ich kein Kind bekäme, wäre es vielleicht möglich, Mutter. Natürlich könnte ich versuchen, das Kind loszuwerden, aber das will ich nicht. Irgendwie gehört es schon zu mir . . .«
»Gut. Übrigens würde ich es dir gar nicht erlauben, denn es ist viel zu gefährlich. Wie viele Mädchen sind schon daran gestorben! Sollen wir trotz allem mit Fennimore sprechen?«
Ich schüttelte den Kopf.
»Dann willst du also nach London zu meiner Mutter?«
»Nein, ich bringe es nicht fertig, dich zu verlassen.«

»Einverstanden. Dann bringst du das Kind eben hier zur Welt, und wir ziehen es gemeinsam auf.«

»Mein Vater . . .«

Ihr Lachen klang fast vergnügt. »Jake wird akzeptieren müssen, was geschehen ist.«

»Es wird bestimmt Ärger geben, Mutter. Er wird Colum Casvellyn nicht so ohne weiteres ungeschoren davonkommen lassen.«

»Das ist wahr.«

»Und wenn meinem Vater dabei etwas zustößt . . .?«

Sie legte mir die Hände auf die Schultern und schaute mich ernst an. »Linnet, irgendwo tief in dir ist der Wunsch, ihn zu heiraten, gib es ruhig zu.«

Ich schaute zu Boden.

Sie drückte mich an sich und streichelte mich. »Du brauchst dich deshalb nicht zu schämen. Ich kann dich gut verstehen, denn mir ist es mit Jake wohl ähnlich ergangen. Casvellyn ist sehr männlich, Linnet, und du bist empfänglich dafür. Das ist ganz natürlich . . . Wenn du ihn heiratest, wagst du viel. Du beginnst eine Reise ins Unbekannte, auf einem Schiff mit einem unberechenbaren Kapitän, der den Kurs bestimmt. Aber keine Angst, Linnet, du bist schließlich die Tochter eines Seemanns.«

Nachts konnte ich nicht schlafen. Nach Mitternacht kam meine Mutter ins Zimmer und legte sich zu mir ins Bett. Zum ersten Mal erzählte sie mir ausführlich von ihrer Jugend, in der sie so viele abenteuerliche Dinge erlebt hatte . . .

Am nächsten Tag wurden Colum Casvellyn und ich heimlich in der Hauskapelle von dem Pfarrer getraut, den er mitgebracht hatte.

Ich war erstaunt darüber, wie gesittet er sich benehmen konnte. Als die Zeremonie vorüber war, umarmte er mich geradezu zärtlich. Er zeigte sich auch sofort einverstanden, so lange abzuwarten, bis meine Mutter mit meinem Vater gesprochen hatte.

Sie mußte ihn natürlich belügen, denn sie wollte ja ein Blutvergießen vermeiden. Sie wollte ihm erklären, daß ich Colum Casvellyn schon vor einigen Monaten in aller Stille geheiratet hatte. Da wir meines Vaters Widerstand fürchteten

- schließlich hatte er ja gewollt, daß seine Tochter den jungen Fennimore Landor zum Mann nähme -, war meine Heirat unser Geheimnis geblieben, bis ich schwanger wurde. Meine Mutter und ich standen nebeneinander und schauten Colum Casvellyn nach, als er wieder davonritt. Dann wandte sie sich mir zu und schaute mir ernst in die Augen. »Eine Lösung haben wir also gefunden, Linnet. Beten wir zu Gott, daß es die richtige ist!«

Die erste Frau

Colum und ich ritten nach Schloß Paling.
Am Morgen dieses Tages hatte eine zweite Hochzeitszeremonie stattgefunden - diesmal mit den üblichen Festlichkeiten.
Mein Vater war alles andere als ärgerlich gewesen.
»Du schlaues kleines Biest«, hatte er zu mir gesagt. »Etwas Ähnliches hab ich von dir erwartet. Und meinen Enkel trägst du auch schon. Gib gut auf ihn acht, oder du bekommst es mit mir zu tun!«
»Vielleicht wird's ein Mädchen«, wandte ich ein.
»Du willst also deiner Mutter nacheifern, was? Du kannst wohl keine Jungen kriegen? Nun, wir werden ja sehen.«
Wir machten zusammen einen kleinen Ausritt, aber er gestattete mir nicht zu galoppieren. »Denk an meinen Enkel«, war zu seiner ständigen Redensart geworden. Colum gefiel ihm sehr gut.
»Bei Gott, da hast du dir aber ein ganzes Mannsbild eingefangen! Du bist mir eine! Ihn heimlich zu heiraten.« Er schlug sich vor Vergnügen auf den Schenkel. »Ehrlich gesagt habe ich mir nie besonders viel aus Fennimore Landor gemacht. Sicher, er ist auf seine Art ein guter Kerl. Aber er hat nicht genug Kampfgeist. Da ist dein Mann schon ein anderes Kaliber. Bestimmt wird's zwischen euch oft Kämpfe geben, Kind. Denk immer dran, daß du meine Tochter bist, und schlag zurück. Sei wie deine Mutter! Die hat bei uns gar nicht so selten die Oberhand.« Offensichtlich hielt er seine Ehe für vollkommen. Eine friedliche Beziehung, wie sie mir sicher mit Fennimore beschieden gewesen wäre, war in seinen Augen wohl langweilig.
Hätte er die Wahrheit gekannt, er hätte anders gesprochen.
Wir hatten ganz recht daran getan, ihn zu belügen.
Nach der Trauungszeremonie hatten Colum und ich einige Zeit an dem üppigen Festgelage teilgenommen, dann waren wir aufgebrochen. Die Gäste feierten noch weiter. Schloß

Paling lag zum Glück nur etwa fünfzehn Meilen von Lyon Court entfernt. Als wir auf mein künftiges Heim zuritten, war meine aufgeregte Erwartung weit größer als meine Ängstlichkeit.
Colum trug ein zufriedenes Lächeln zur Schau, und ich konnte ein Gefühl des Stolzes nicht ganz unterdrücken, daß er so auf unsere Heirat gedrängt hatte. Fast drei Monate waren seit jener Nacht vergangen, die mein Leben so verändert hatte. Mir schienen es ebenso viele Jahre zu sein. Ich konnte mir kaum vorstellen, wie mein Leben gewesen war, als ich Colum noch nicht gekannt hatte.
»Jetzt sind wir gleich auf Schloß Paling angelangt«, rief er vergnügt. »Und dort werden wir von nun an glücklich und zufrieden bis ans Ende unserer Tage leben.«
In seiner Stimme schwang Spott, aber ich kümmerte mich nicht darum. Es war ein wundervoller Februartag, an dem man den Eindruck hatte, der Frühling sei es leid zu warten und komme schon frühzeitig. An den Holundersträuchern zeigten sich die ersten Blattknospen, und hie und da wagte sich ein kleiner gelber Huflattich hervor.
Unwillkürlich lächelte ich. »Du hast dich hoffentlich mit der Heirat ausgesöhnt, die notgedrungen so hastig geschlossen werden mußte«, sagte Colum.
»Ich habe eben die zauberhafte Landschaft bewundert«, erwiderte ich.
»Es heißt, daß die ganze Welt schöner wird, wenn man verliebt ist«, sagte er.
»Ich glaube eher, es liegt am Frühling.«
»Schon bald werde ich dich davon überzeugt haben, was für ein Glück du hast. Eines Tages wirst du die Nacht preisen, in der du zum ersten Mal nach Schloß Paling kamst.«
Ich schwieg. »Ich muß darauf bestehen, daß du mir antwortest, wenn ich mit dir rede«, sagte Colum.
»Ich hatte nicht den Eindruck, daß deine Bemerkung eine Antwort erfordert.«
»Und ob! Du sollst mir leidenschaftlich beteuern, daß du dich an jene Nacht als die glücklichste deines Lebens erinnern wirst . . . später jedenfalls.«
»Ich möchte eine Ehe nicht damit beginnen, daß ich meinen Mann anlüge.«
»Das tätest du ja nicht, denn es wäre die reine Wahrheit.«

»Wie kann ich behaupten, mich zu erinnern, wenn ich mich an gar nichts erinnere?«
»Das stimmt nicht. Es ist genug geschehen, dessen du dir durchaus bewußt warst.«
»Mir wäre es lieber, wir sprächen von etwas anderem.«
»Gut. Ich gewähre dir Aufschub.«
Als wir weiterritten, sang er jenes Jagdlied, das ich schon einmal aus seinem Mund gehört hatte.
»Es klingt sehr fröhlich«, sagte ich.
»Es ist das Lied des Jägers, der seine Braut heimbringt.«
»Dann paßt es ja sehr gut.«
»Ja, sehr gut!« Er lachte überlaut, wie es seine Art war. Ich gewöhnte mich langsam daran. Obgleich ich Mißbilligung heuchelte, war ich doch bester Laune.
Schloß Paling - mein Zuhause! Es ragte grau und abweisend, aber auch geheimnisvoll vor uns auf. Die grauen Mauern, die schon vierhundert Jahre standen, sahen aus, als seien sie uneinnehmbar.
»Willkommen auf Schloß Paling, mein Weib«, sagte Colum, als wir unter dem Fallgitter hindurchritten.
Wie durch Zauberei tauchten mehrere Pferdeknechte auf. Colum sprang vom Pferd und hob mich dann mit Schwung aus dem Sattel.
Seite an Seite schritten wir durch den Hof. Als wir zu einer kleinen Tür kamen, hob er mich hoch und trug mich über die Schwelle.
»Wir drei gemeinsam«, flüsterte er.
Wir stiegen über eine enge Treppe zu der großen Halle hinauf, um die auf halber Höhe eine Galerie führte.
»Dein Heim«, sagte Colum stolz. »Meine Familie haust hier seit den Tagen Wilhelms des Eroberers, denn mit ihm sind sie aus der Normandie herübergekommen. Wir haben uns auch immer zu den Eroberern gezählt, doch in den vergangenen fünfhundert Jahren sind wir echte Einwohner Cornwalls geworden. Von Zeit zu Zeit wurde diese Burg erweitert, und auch ich werde sicher noch einiges dazubauen.«
Er gab mir einen herzhaften Kuß. »Sicher bist du müde nach unserer Reise. Wir werden in aller Ruhe essen und dann zu Bett gehen.«
Als wir zusammen tafelten, erinnerte mich alles ein wenig an jenen anderen Abend.

Das Schlafzimmer, in das er mich brachte, war jedoch wesentlich größer als mein damaliges. Das riesige Bett mit den vier Pfosten hatte einen Baldachin und Vorhänge aus bestickter Seide. Viele Kerzen brannten. Ich konnte mich nicht genauer umsehen, denn mein Mann zog mir eilends das Reitgewand samt den Unterröcken aus und trug mich zum Bett.

Hinterher wußte ich, daß ich eines Tages nicht mehr an jene schicksalsschwere Nacht zurückdenken würde. Viele Nächte würden noch kommen, und mit der Zeit würden sie alle zu einer einzigen verschmelzen. Sicher vergaß ich auch, daß ich mich so dagegen gewehrt hatte. Denn nun war ich auf einmal begierig danach, mit diesem Mann gemeinsam auf Entdeckungen auszugehen. Colum hatte bereits begonnen, mein Leben zu beherrschen und den Kurs zu bestimmen.

Am nächsten Morgen wurde ich mir zum ersten Mal meiner Gefühle ihm gegenüber voll bewußt. Ich beobachtete, wie das Morgenlicht immer heller durch die Seidenvorhänge drang, und lauschte den ersten Vogelstimmen.

Auch Colum war wach. »Ich muß dir etwas gestehen: Ich hatte das alles eingefädelt.«

»Was denn?« fragte ich.

»Ich war fest entschlossen, dich zu bekommen, als ich dich das erste Mal im Gasthof sah. Wie gut behütet du warst! Deine Mutter ist ja wie eine Tigerin, wenn es um dich geht. Ich wußte genau, daß ich in jener Nacht nichts tun konnte, sondern sorgfältig planen mußte.«

Ich stützte mich auf den linken Ellbogen. »Erzähl weiter.«

»Euer Reiseziel erfuhr ich - Trystan Priory. Ich kenne den Besitz der Landors gut. Ihr hattet vor, eine Woche dortzubleiben. Eure Zofe erzählte einem meiner Bediensteten, daß ihr auf dem gleichen Weg zurückreisen wolltet . . .«

»Du meinst . . .«

»Ah, du verstehst mich. Es waren meine Leute, die euch auf der Straße aufgelauert haben.«

»Die Räuber . . .«

». . . waren nichts als gute, brave Diener. Ich wartete darauf, dich retten zu können und hierherzubringen . . . wo schon alles vorbereitet war. Es war nicht euer Geld, hinter dem wir her waren.«

»Du bist ein Schuft!«
»Eine Frau sollte ihren Mann kennen«, erwiderte er lächelnd.
»Du hast alles ganz bewußt geplant ... hast uns soviel Angst eingejagt ... mir ... und vor allem meiner armen Mutter!«
»Manchmal ist es nötig zu leiden, damit man dann glücklich wird. Alles hat ein gutes Ende genommen. Du hast einen starken Mann und ein prächtiges Heim. In sechs Monaten wird unser Sohn geboren, und er wird nicht der einzige bleiben, das verspreche ich dir jetzt schon. Mir gefällt, was ich habe. Ich mochte dich vom ersten Augenblick an. Ich weiß ganz genau, wann ich eine Frau haben will.«
»Du hast zweifellos schon viele haben wollen.«
»Gewiß! Aber du bist die, die ich zur Ehefrau wünschte.«
»Warum ausgerechnet mich?«
»Du bist etwas Besonderes und würdig, die Mutter meiner Söhne zu sein. Außerdem bist du aus guter Familie und bekommst eine anständige Mitgift, denn dein Vater ist ein reicher und großzügiger Mann. Du bist in jeder Hinsicht passend. Aber du wärst nie für mich in Frage gekommen, wenn ich dich nicht so sehr begehrt hätte. Ich könnte mit Leichtigkeit eine reiche Frau auftreiben, wollte aber eine, die mir auch gefällt.«
»Ich müßte dich eigentlich verabscheuen.«
»Aber du tust es nicht, das weiß ich genau. Glaub mir, du kannst mir nichts vormachen. Selbst in jener ersten Nacht habe ich bereits gespürt, wie du mir ... entgegenkamst. Du wolltest mich haben, obgleich du so hilflos und unwissend warst. Du hast doch Bescheid gewußt? Ganz tief in dir war der Gedanke: Er hat alles vorausgeplant, denn er gehört zu den Männern, die sich nehmen, was sie wollen.«
Ich erwiderte nichts. Hatte ich es wirklich vermutet? Schon möglich. Die große Überraschung war für mich jedenfalls nicht, daß Colum den Überfall geplant hatte. Nein, am erstaunlichsten war, daß ich es nun wußte und glücklich darüber war.

In den Wochen nach meiner Ankunft auf Schloß Paling war ich sehr glücklich. Es war kein ruhiges, friedliches Glück, sondern glich eher einem Zustand ständiger freudi-

ger Erregung. Ganz bestimmt hätte ich mit Fennimore Landor niemals etwas Ähnliches erleben können!
Ich war völlig verzaubert von meinem Ehemann. Er war der unumschränkte Herr auf Schloß Paling, und alle bemühten sich, seine Wünsche und Befehle zu erfüllen. Im Zorn konnte er schrecklich sein. Ich sah, wie er Dienstboten, über die er sich geärgert hatte, mit der Reitgerte züchtigte. Jeder zitterte vor ihm. Wenn er nicht im Schloß war, atmeten alle auf, und Ruhe kehrte für kurze Zeit ein. Doch bald konnte man wieder seine laute, herrische Stimme durch die Gänge hallen hören.
Für mich war es ein erhebendes Gefühl, daß ich so wichtig für ihn war. Es war mir immer zum Lachen zumute, wenn ich daran dachte, wie er meine Entführung geplant hatte. Er mußte mich sehr begehrt haben, um so weit zu gehen. Und ich hatte seine Erwartungen nicht enttäuscht. Ich war zwar unerfahren, aber leidenschaftlich, und es bereitete ihm großes Vergnügen, mein Lehrer zu sein. Es gab für mich keinen Zweifel, daß auch er mit mir wunschlos glücklich war. Ich machte mir keine Gedanken darüber, wie lange dieser schöne Zustand wohl anhalten würde . . .
Er freute sich schon sehr auf das Kind. Wie mein Vater wünschte er sich sehnlichst einen Sohn. Er sprach ständig von ›unserem Jungen‹, obwohl ich ihm immer wieder zu bedenken gab, daß es genausogut ein Mädchen werden könnte.
»Nein, nein«, widersprach er dann lächelnd und legte mir die Hand auf den noch kaum gewölbten Leib. »Es wird ein Junge, das weiß ich genau.«
»Wenn es aber trotzdem ein Mädchen wird? Wirst du deine kleine Tochter dann gar nicht mögen?«
»Ich werde mich damit abfinden. Es bleibt ja noch genug Zeit, Söhne zu bekommen.«
Und ohne auf meinen Widerspruch zu achten, redete er weiter von ›unserem Jungen‹.
Er drang darauf, daß ich gut auf mich achtete, denn schließlich sollte ich einen gesunden Nachfolger zur Welt bringen. Nichts durfte meine Schwangerschaft gefährden. »Ein Mann kann genug kräftige Söhne in die Welt setzen, wenn er mit dieser und jener ins Bett geht. Aber manchmal ist das Glück gegen ihn, wenn er einen legitimen Erben zeugen

will. Uns darf so etwas nicht geschehen«, fügte er fast drohend hinzu. Ich hätte schwören mögen, daß zwischen meinen Eltern einst ähnliche Gespräche stattgefunden hatten, und auch meine Mutter hatte nichts sehnlicher gewünscht, als ihrem Mann seinen Wunsch zu erfüllen.

Das Schloß war so groß und die Dienstboten waren so zahlreich, daß ich Mühe hatte, sie mir alle zu merken.

Die vier bewehrten Ecktürme bildeten den wichtigsten Teil des Gebäudes. Im sogenannten Krähenturm, der an der Landseite aufragte, und in Nonnas Turm, an dessen Fundamente das Meer brandete, lebten wir mit unserem Hauspersonal. Über die anderen beiden Türme machte ich mir oft Gedanken. In dem zweiten Turm, der unmittelbar am Meer lag, hausten anscheinend Dienstboten, die in unserem Teil des Schlosses nicht beschäftigt waren.

Manchmal stieg ich zu den Zinnen von Nonnas Turm hinauf und schaute übers Meer. Von hier oben waren bei Ebbe die großen schwarzen Felszacken, *Devil's Teeth* genannt, zu sehen. Es war eine Gruppe scharfkantiger, seltsam geformter Felsen, die die Bezeichnung ›Teufelszähne‹ durchaus verdienten. Bei Flut konnte man sie nicht sehen, da verbargen sie sich tückisch dicht unter der Wasseroberfläche. Sie lagen ungefähr eine halbe Meile vom Ufer entfernt.

Ich empfand meinen Wunsch, hoch oben auf den Zinnen zu stehen und in die Tiefe zu blicken, irgendwie als symbolisch für das Leben, das ich hier führte.

Einmal überraschte mich Colum auf meinem Ausguck, packte mich und hob mich hoch in die Luft. Dabei lachte er auf jene Weise, die ein Böswilliger hätte als satanisch bezeichnen können.

»Was tust du denn hier oben? Du hast dich viel zu weit vornübergebeugt. Wenn du nun hinuntergestürzt wärst! Dann hättest du dich und unseren Sohn getötet. Bei Gott, das hätte ich dir nie verziehen!«

»Da ich dann vor deiner Rachsucht für immer bewahrt gewesen wäre, hätte mir das nichts ausgemacht.«

Er küßte mich heftig auf den Mund. »Ich könnte jetzt nicht mehr ohne dich sein, Frau«, sagte er.

Ich strich ihm über das dunkle Haar. »Warum nennst du mich eigentlich immer ›Frau‹? Das klingt so unromantisch ... so könnte ein Gastwirt sein Weib nennen.«

»Was bist du denn außerdem noch?«
»Linnet.«
»Äh!« Er verzog das Gesicht. »So heißt ein dummer kleiner Vogel.«
»Wenn man jemanden liebt, mag man doch auch seinen Namen! Vielleicht gefällt er dir mit der Zeit besser.«
»Niemals! An dem Tag, an dem ich dich Linnet nenne, habe ich aufgehört, dich zu lieben.«
Es entging ihm nicht, daß ich bei seinen Worten leicht zusammenzuckte.
»Du mußt eben dafür sorgen, daß ich mich bei dir wohl fühle. Tu deine Pflicht als Frau und schenk mir viele, viele Söhne.«
»Allzu viele Schwangerschaften schaden der Schönheit.«
»Kann sein. Aber ein Mann wird durch seine Söhne dafür entschädigt.«
»Was ist, wenn die Frau sein Verlangen nicht mehr erweckt?«
»Dann sucht er bei anderen sein Vergnügen. Das ist ein Naturgesetz«, sagte er kurz angebunden.
»Und wenn sich eine Frau vernachlässigt fühlt und woanders Liebe findet?« fragte ich weiter.
»Falls sie mit mir verheiratet wäre, dann sollte sie sich verdammt in acht nehmen.«
»Was würdest du mit ihr machen, wenn sie dir untreu wäre?«
Er hob mich hoch und setzte mich schwungvoll auf eine der Zinnen. »Mich natürlich rächen«, erwiderte er mit einem bösen Lachen. »Vielleicht würde ich sie in die Tiefe stürzen.«
Er zog mich an seine Brust. »Was fällt mir ein, dich zu ängstigen! Das ist nicht gut für unseren Jungen. Warum redest du überhaupt von solchen Dingen? Habe ich dir nicht Beweise genug gegeben, daß ich nur dich haben wollte?« Er hob mein Kinn hoch. »Wie steht's mit Fennimore Landor? Wolltest du ihn nicht heiraten?«
»Es war einmal die Rede davon.«
»Hat er um deine Hand angehalten?«
»Ja.«
»Merkwürdig, daß du diesen Ausbund an Tugenden nicht genommen hast«, sagte Colum spöttisch.

»Es war nach . . .«
»Nachdem ich dir beigebracht hatte, was es heißt, mit einem richtigen Mann zusammenzusein, wie?« fragte er amüsiert.
»Vergiß nicht, daß ich betäubt war.«
»Wach genug, um vieles zu verstehen, stimmt's?«
»Ich wußte jedenfalls, daß ich entjungfert worden war.«
»Was für ein törichter Ausdruck: entjungfert! Gib doch zu, daß ich dir eine große Ehre angetan habe und daß du verdammt froh darüber bist!«
»Gut«, erwiderte ich lächelnd. »Ich will es hier zugeben, wo es außer dir und den Raben keiner hören kann.«
Er küßte mich von neuem und streichelte mich so zärtlich und sanft, wie dies nur selten geschah. Dann erzählte er mir, wie er als kleiner Junge zwischen diesen Zinnen herumgelaufen sei und davon geträumt habe, einmal der Herr des Schlosses zu sein.
»Es gibt viele Geschichten über meine Vorfahren, die von einer Generation zur nächsten überliefert werden«, sagte Colum. Sicher freute er sich schon darauf, daß unser Sohn später mit großen Augen lauschen würde, wenn er sie ihm erzählte.
»Wir waren immer ein wilder Haufen. Unter der Regierung von König Stephan war einer meiner Ahnen ein richtiger Raubritter. Er lauerte Reisenden auf und brachte sie in sein Schloß. Man nannte ihn den ›Teufel von Paling‹. In diesem Turm« - Colum deutete hinüber - »setzte er seine Opfer gefangen. Dann verlangte er eine bestimmte Summe Lösegeld von ihren Familien. Zahlten sie nicht, wurde der Gefangene gefoltert. Oft gab mein Ahnherr eigens ein Bankett für seine Kumpane und ließ die armen Kerle zur Freude der ganzen Tischrunde quälen. Es heißt, daß man nachts die Schreie längst zu Tode gefolterter Männer und Frauen hören kann.«
Colum warf mir einen raschen Blick zu. Offensichtlich war ihm unser Kind eingefallen. »Du hast nichts zu befürchten«, versicherte er mir. »Das ist schließlich alles lange her. Unter Heinrich II. kehrten Recht und Ordnung im Lande zurück. Er verfolgte mit unerbittlicher Härte die Raubritter, so daß sich die Casvellyns eine neue Geldquelle suchen mußten.«

»Ständig gehen Männer in jenem Turm ein und aus, in dem früher die Gefangenen hausten«, sagte ich neugierig.
»Das sind alles meine Leute, hauptsächlich Fischer, die für unsere Tafel ihre Netze auslegen. Im unteren Teil des Turms liegen die Boote, mit denen sie sich aufs Meer hinauswagen. Hast du schon einmal dabei zugesehen?«
»Nein. Mir ist noch nicht einmal ein Boot zu Gesicht gekommen.«
»Du wirst das noch alles kennenlernen. Jetzt erzähle ich dir von einem anderen Vorfahren, der eine schöne Frau hatte, den jedoch auch andere Frauen nicht kaltließen. Ein typischer Charakterfehler - vielleicht aber auch eine Tugend - der Männer unserer Familie. Sie vergöttern die Frauen.«
»Sagst du mir das, damit ich auf der Hut bin?«
»Man muß immer auf der Hut sein, um etwas Wertvolles nicht zu verlieren . . . aber ich wollte dir von meinem Ahnen berichten. Trotz der Liebe zu seiner schönen Frau verliebte er sich in eine andere, die ebenso anziehend war. Diese zweite Lady war von großer Sittsamkeit, obwohl auch sie ihn begehrte. Casvellyn war klar, daß er sie nur bekommen würde, wenn er sie brutal vergewaltigte oder aber . . . heiratete. Er wollte sich jedoch nicht von seiner Frau trennen, denn die Ehe mit ihr behagte ihm sehr. Was sollte er tun?«
Colum drehte sich herum, so daß wir nun beide auf die Türme schauten, die zum Land hin erbaut waren. »Dort stehen Ysellas und der Krähenturm.«
»Ich wußte gar nicht, das sie alle einen Namen haben.«
»Doch. Den sogenannten Meeresturm und Nonnas Turm, die beide unmittelbar am Meer aufragen, kennst du ja schon. Ysella und Nonna sind die Namen jener schon längst gestorbenen Frauen Casvellyns. Zehn Jahre lang lebte Ysella in ihrem Turm, doch Nonna hatte keine Ahnung von ihrer Anwesenheit im Schloß. Dieser Bursche machte es sehr geschickt. Von Nonna nahm er Abschied und ritt davon. Im Dunkeln kam er zurück, betrat durch eine Geheimtür Ysellas Versteck und benahm sich so, als sei er soeben von einer langen Reise heimgekehrt. Er blieb eine Weile bei ihr, ritt dann angeblich weg und beehrte wiederum Nonna mit seiner Anwesenheit.«
»Das ist ja kaum zu glauben«, rief ich. »Zwei Ehefrauen, die

im gleichen Schloß hausen! Warum haben die beiden denn nicht das ganze Schloß erkundet?«

»Er hat es ihnen verboten, und in jenen Tagen waren die Ladys noch gehorsam. Er erklärte Ysella, daß Nonnas Turm verhext sei, und warnte Nonna vor den bösen Geistern, die in Ysellas Turm spukten. Wenn eine von ihnen sich dem verbotenen Gemäuer nähern würde, käme Unheil über das Schloß. Er behauptete, der Fluch einer Hexe liege darauf. Außerdem erlaubte er keiner von beiden, das Schloß ohne seine Begleitung zu verlassen.«

»Es klingt völlig unglaublich.«

»Wenn jemand meinem Vater mit diesem Einwand kam, dann pflegte er zu sagen, daß man bei den Casvellyns mit allem rechnen müsse.«

»Wie ging es weiter? Haben sie einander doch noch entdeckt?«

»Ja. Eines Tages lehnte Nonna hier an den Zinnen und sah eine Gestalt auf Ysellas Turm. Beiden war es eigentlich untersagt, hier heraufzusteigen . . . Bis Nonna ihre Dienstboten gerufen hatte, war Ysella schon wieder verschwunden. Auf diese Weise verstärkte sich das Gerücht, daß es in jenem Turm spuke. Nonna gestand ihrem Mann, daß sie auf den Zinnen gewesen war, und schlug vor, mit ihm den anderen Turm zu erforschen. Gemeinsam brauchten sie schließlich keine Angst vor Geistern zu haben! Er weigerte sich und machte sie dadurch nur um so neugieriger. Nonna nahm sich fest vor, Genaueres über den Geist herauszufinden. Eines Tages betrat sie mit einer Magd Ysellas Turm, kam aber nicht weiter als bis zu einer verriegelten Tür. Sie wußte natürlich nicht, daß es zwischen den Felsen einen zweiten geheimen Eingang gab.«

Colum machte eine kleine Pause, und meine Spannung wuchs.

»Eines Tages folgte sie ihrem Mann heimlich, als er sich auf eine seiner Reisen machte. Aus einem Versteck konnte sie beobachten, wie er Ysellas Turm durch die Geheimtür betrat. Sie ging ihm nach und stand plötzlich Ysella gegenüber. Beiden Frauen wurde klar, was geschehen war, und ihrem Mann blieb nichts anderes übrig, als seine Schuld einzugestehen. Am gleichen Tag noch stürzte Nonna von Ysellas Turm in die Tiefe. Mein Ahn holte Ysella aus ihrem bisherigen Versteck, erklärte sie zu seiner rechtmäßigen Gemahlin und lebte mit ihr bis an sein Lebensende. Seither soll Nonna angeblich in Ysellas Turm herumgeistern. Was sagst du nun? Dies ist die spannendste unserer Familiensagen. Außerdem ist sie recht lehrreich für ungehorsame Frauen, die zu neugierig sind.«

»Du hältst Nonna also für zu neugierig.«

»Hätte sie sich nicht in Ysellas Turm geschlichen, wäre sie nicht gestorben.«

»Es war also Mord?«

»Was weiß ich? Ich erzähle dir nur, was ich gehört habe.«

»Das ist ja eine gefährliche Familie, aus der du stammst!«

Über uns zogen Schwärme von Krähen ihre Kreise. »Hast du mir die Legende als Warnung erzählt?« fragte ich leise.

»Nun, in gewisser Weise schon. Wir Casvellyns haben es immer für richtig gehalten, unsere Frauen rechtzeitig zu warnen.«

Sein Blick wurde wieder liebevoll.

»Es ist sehr windig hier oben. Du wirst dich erkälten. Komm, suchen wir uns ein wärmeres Plätzchen.«

Als wir Arm in Arm die Wendeltreppe hinunterstiegen, fühlte ich mich froh und glücklich, obwohl mich die Geschichte der beiden Frauen ziemlich erschreckt hatte.

Als meine Mutter zum ersten Mal zu Besuch kam, freute ich mich wie ein kleines Kind. Ich führte sie durch alle Räume und erzählte ihr auch die Geschichte der beiden Türme.

»Du fühlst dich also wohl hier?« fragte sie ganz erstaunt.

»Das Leben ist für mich so spannend und . . . erfüllt«, erwiderte ich mit strahlenden Augen.

Sie stellte mir eine Menge Fragen über meine Gesundheit und schien mit den Antworten zufrieden zu sein.

Es war nun schon gegen Ende April; überall blühten wilde Blumen, und das Wetter war häufig launisch. Oft saß ich nur still da und lauschte auf die Drosseln, die Uferschwalben und den Kuckuck. Auch ich fragte natürlich viel, und meine Mutter gab mir bereitwillig Auskunft. Edwinas Kind sollte im Juni auf die Welt kommen; sie und Carlos konnten es kaum mehr erwarten. Jacko machte einem Mädchen in Plymouth den Hof, und es gab wohl bald eine Hochzeit.

Meinem Vater lag im Augenblick am meisten am Herzen, ob ich ihm einen Enkelsohn bescheren würde.
Ich lachte, fühlte mich aber gleichzeitig ein bißchen schuldbewußt, da ich sie alle sowenig vermißt hatte.
Meine Mutter erwähnte, daß die Landors wieder nach Lyon Court gekommen waren. Sehr bald schon würden ihre ersten Schiffe in See stechen. Plymouth sollte das ›Hauptquartier‹ des ganzen Unternehmens werden.
Noch etwas erzählte sie mir. Fennimore hatte von ihr die Geschichte meiner heimlichen Hochzeit hören wollen. Er war äußerst verwirrt gewesen, was mich nicht wunderte. Da das Gerücht verbreitet worden war, wir hätten bereits im November geheiratet, war ich ja scheinbar bereits Ehefrau, als Fennimore mir seinen Antrag machte.
Meine Mutter seufzte. »Der liebe Kerl war nicht ärgerlich, sondern nur ratlos. Ich mußte ihm die Wahrheit sagen, denn ich wollte nicht, daß er dich für treulos hält. Es traf ihn schwer, Linnet. Und dann meinte er, du hättest es ihm erzählen sollen. Ich bat ihn, nichts von dem zu verraten, was ich ihm anvertraut hatte, und er versprach es mir. Oh, Linnet, ich bin sicher, er hätte dich auch mit dem Kind geheiratet!«
»Es ist besser so, wie es ist«, widersprach ich.
»Du bist also so glücklich, daß du nicht tauschen würdest, auch wenn du könntest?« fragte sie gespannt, und ich nickte.
»Wenig später hörte ich dann, daß er sich mit einem Mädchen verlobt hat, das er schon von Kindheit an kannte. Ihre Eltern sind die Nachbarn der Landors.«
»Er hat sich schnell getröstet«, sagte ich.
»Darüber sollten wir sehr froh sein!«
Ich überlegte, wie verschieden er von Colum war. Welch Glück, daß alles so gekommen war! Ich konnte mir inzwischen keinen anderen als Ehemann vorstellen.
Meine Mutter wurde von Colum sehr bewundert. Sie würde wohl immer eine sehr anziehende Frau bleiben, was weniger auf ihr gutes Aussehen, als auf ihren Charme, Witz und Geist zurückzuführen war.
Meine Mutter machte Colum den Vorschlag, ich solle in der letzten Zeit meiner Schwangerschaft nach Lyon Court kommen, damit sie selbst für mich sorgen könne.

»Ihr meint doch nicht etwa, daß ich meine Frau hergebe?« rief Colum. »Nein, nicht einmal ihren Eltern gönne ich sie. Mein Sohn soll auf Schloß Paling geboren werden.«
»Ich möchte, daß Linnet so gut wie möglich betreut wird«, wandte meine Mutter ein.
»Glaubt Ihr, daß dies hier nicht auch geschehen kann?«
Sie schienen sich kampflustig abzuschätzen, was ihre gute Laune allerdings nicht minderte. Dann schlossen sie einen Vergleich: Im August wollte meine Mutter nach Schloß Paling kommen, um bei der Geburt anwesend zu sein.
Mitte Mai ritt meine Mutter nach Hause, und wir begleiteten sie ein Stück zu Pferd. Als sie sich verabschiedet hatte, erklärte mir Colum, daß ich von nun an nicht mehr reiten dürfe, da sonst Gefahr für das Kind bestünde.
Die Wochen verstrichen rasch. Ich war mit Vorbereitungen für die Geburt beschäftigt. Meine Mutter schickte mir Jennet und meinte, ich solle sie doch ganz behalten, da sie ein ausgezeichnetes Kindermädchen sei.
Ich hatte Jennet immer gern gemocht und fühlte mich nun doppelt wohl, seit ihre vertraute Gestalt immer um mich war.
Es dauerte nicht lange, bis sie sich mit einem der Bediensteten angefreundet hatte. Sie erzählte mir viel von ihm. Er hieß Tobias. Man hätte glauben können, Jennet habe nie einen anderen Mann gekannt, so überschwenglich schwärmte sie von ihm.
»Er wohnt im Meeresturm«, erklärte sie mir. Tobias gehörte also zu jenen Männern, die ich schon oft beobachtet und über deren Beschäftigung ich mir viele Gedanken gemacht hatte.
An einem Junitag brauchte ich Jennet für eine Näharbeit. Da ich sie nicht fand, machte ich mich auf die Suche nach ihr. Ich vermutete, daß sie sich in Tobias' Nähe, also im Meeresturm, aufhielt. Obwohl ich schon seit ungefähr vier Monaten im Schloß wohnte, kannte ich weite Teile des Gebäudes nicht. Natürlich waren mir der Krähenturm und Nonnas Turm vertraut, denn dort wohnten wir ja, aber in die beiden anderen Türme hatte ich noch nie einen Fuß gesetzt. Einmal war ich durch die verschiedenen Höfe geschlendert und hatte plötzlich vor einer eisenbeschlagenen Tür gestanden, die jedoch versperrt war. Daraufhin hatte

ich beschlossen, Colum bald einmal zu bitten, mir das ganze Burggelände zu zeigen.
Ich war gespannt, ob ich Jennet dort finden würde, wo ich sie vermutete. Als ich in die Nähe des Meeresturmes kam, hörte ich Lärm und lautes Gelächter. Ich stieß ein eichenes Tor auf und stieg vorsichtig die steile Treppe hinab, die nach unten führte. Der salzig-würzige Meeresgeruch war hier noch stärker, das gleichmäßige Anbranden der Wellen deutlich zu hören.
Ich gelangte in ein großes Geviert, das als Stall benutzt wurde. Voller Erstaunen musterte ich die vielen Pferde, Maultiere und Esel. Aber wo waren die Leute, deren Stimmen ich vernommen hatte? An der gegenüberliegenden Wand befand sich ebenfalls eine Tür, und als ich sie öffnete, stand ich auf einem schmalen Pfad, der sich zum Strand hinaufwand. Mehrere kleine Boote lagen da an Holzpfählen vertäut.
Es herrschte Ebbe, so daß die scharfen Spitzen der *Devil's Teeth* deutlich zu erkennen waren.
Da ich Jennet auch hier nirgends erblickte, ging ich zurück, betrat abermals den Turm und befand mich wieder in dem engen Vorgemach, von dem aus ich den Stall betreten hatte. Als ich mich im Halbdunkel umsah, entdeckte ich eine niedrige Pforte, die ich zuvor übersehen hatte. Von dort drang Stimmengemurmel zu mir.
Nach kurzem Zögern öffnete ich die Tür. Dahinter befand sich ein hoher Raum mit einem langen Tisch in der Mitte, an dem mehrere Männer und einige Frauen saßen - darunter auch Jennet. Ich erkannte in den Männern jene Fischer, von denen Colum mir erzählt hatte.
Jennets schrille Stimme rief: »Oh, da ist unsere Herrin!«
Die Männer kamen langsam auf die Füße und schienen sich sehr unbehaglich zu fühlen.
»Ich habe dich gesucht, Jennet«, sagte ich.
»Ach, wirklich?« erwiderte sie und errötete leicht.
»Ich will euch bei eurem Mahl nicht stören«, fuhr ich zu den Männern gewandt fort.
Einer, der der Anführer zu sein schien, murmelte etwas vor sich hin, was ich nicht verstand. »Komm, Jennet«, forderte ich sie auf, und sie verließ sofort die Runde.
Mir war nicht klar, warum ich mich eigentlich so beklom-

men fühlte. Schließlich waren dies die Gefolgsleute von Colum, und ich war die Schloßherrin. Wieso hattte ich das Gefühl, daß dies keine gewöhnlichen Dienstboten waren? Obgleich sie sich respektvoll benahmen, wirkten sie so, als seien sie über meinen Besuch erschrocken. Warum? War denn diese Burg nicht mein Heim?

Der Mann, der am Kopfende der Tafel gesessen hatte, trat zu mir. »Ihr solltet Euch mit der Treppe vorsehen, Mistress. Auf den Stufen kann man leicht ausgleiten.«

»Mir ist ganz neu, daß es in diesem Teil der Burg so viele Pferde gibt«, sagte ich. »Auch von dem Pfad, der zur Küste führt, wußte ich nichts.«

»Der Herr will bestimmt nicht, daß Ihr solch steile Treppen benutzt!« wiederholte er warnend.

»Ich werde achtgeben.«

Merkwürdigerweise kam mir dieser Mann bekannt vor. Die Art und Weise, wie er sich bewegte . . .

Ich war mir auf unangenehme Weise der vielen Blicke bewußt. Weshalb konnte ich mich des Eindrucks nicht erwehren, daß hier etwas ganz und gar nicht stimmte?

Sicher liegt es an meiner Schwangerschaft, redete ich mir ein. »Du hast dich ja schon recht gut mit den anderen Dienstboten angefreundet, Jennet«, sagte ich, als wir in den Hof hinausgingen.

Sie kicherte auf ihre mädchenhafte Art. »Ja, Mistress Linnet, ich war schon immer eine, die schnell Freundschaften schließt. So bin ich nun einmal.«

»Und dein Freund . . .?«

Sie errötete. »Das ist ein ganz feiner Mann, Mistress. Ich hab ihm vom ersten Augenblick an gefallen. Und dabei ist es doch schon so lange her . . .«

»Wieso ist es schon lange her? Du bist doch erst seit kurzem hier, Jennet.«

Sie schlug sich mit der Hand auf den Mund, wie immer, wenn sie etwas Falsches gesagt hatte. »Ich erzähl's Euch, Mistress. Er hat mich schon damals gesehen, als . . . ich mit Euch und Eurer Mutter unterwegs war.«

»Sicher auf der Rückreise von Trystan Priory, oder?«

Jennet wirkte so verlegen, daß mir alles klar wurde. Sie wußte also auch über den Plan Bescheid, den Colum ausgeheckt hatte, um mich auf sein Schloß zu locken.

Zuerst war ich sehr ärgerlich, doch dann zuckte ich die Achseln. »Schon gut, Jennet. Ich weiß, wer die Räuber waren. Mein Mann hat mir alles . . . gestanden.«
Jennet war offensichtlich erleichtert. »Du meine Güte, was ist das für ein Herr! Es gibt nur einen, der ihm das Wasser reichen kann, und das ist der Captain.«

Ich erzählte Colum, daß ich im Meeresturm gewesen war und einige seiner Leute kennengelernt hatte, die dort hausten.
»Es sind gute, tapfere Männer.«
»Frauen waren auch dabei«, fuhr ich fort.
»Ja, sie haben sie ständig bei sich. Sie kommen nicht aus ohne sie, verstehst du?«
»Und ob! Meine Jennet hat sich ihnen übrigens zugesellt.«
Er brach in Gelächter aus. »Das wundert mich kein bißchen.«
»Sie hat recht schnell einen Freund unter deinen angeblichen Räubern gefunden.«
»Jennet würde überall einen Liebhaber finden. Wer ist es denn?«
»Ich weiß keinen Namen, aber ich glaubte, den Anführer deiner Räuberbande zu erkennen.«
Colum lachte wieder vergnügt auf, doch ich ärgerte mich.
»Alle hier im Schloß wissen also, wie ich hereingelegt worden bin. Das gefällt mir gar nicht, Colum.«
»Sei ohne Sorge. Sie sind verschwiegen wie ein Grab. Kein Vergleich mit den gewöhnlichen Dienstboten.«
»Gewiß nicht. Mir scheint, sie erledigen auch ganz besondere . . . Arbeiten für dich.«
Er zog die buschigen Augenbrauen in die Höhe. »Was meinst du damit?«
»Nun, sie entführen Frauen auf offener Straße . . .«
»Eine Aufgabe, die sie bewundernswert ausgeführt haben, das mußt du zugeben«, unterbrach mich Colum gut gelaunt.
»Sie werden sich über mich lustig machen . . .«
»Das würden sie nie wagen. Im Gegenteil! Da sie gern meine Diener sind, freuen sie sich, daß sie mir dabei helfen konnten, zu einer Ehefrau zu kommen und glücklich zu werden.«

Colum legte mir mit einer beschützenden Geste die Arme um die Schultern und zog mich eng an sich. »Du sollst nicht allein auf dem Burggelände herumspazieren. Wie leicht könntest du auf einer der Wendeltreppen ausgleiten ... Kurzum, ich verbiete es dir!«
»Sicher hat Nonnas Ehemann ganz ähnlich mit ihr geredet. Herumlaufen soll ich nicht, reiten auch nicht ... was darf ich eigentlich?«
»Du könntest deinem Mann gehorchen. Dem steht nichts im Wege.« - »Du bist ... der reinste Despot!«
»Wenn das Kind geboren ist, hast du genug zu tun. Außerdem können wir dann wieder gemeinsam ausreiten, deine Eltern und vielleicht sogar die Landors besuchen. Ich habe übrigens erfahren, daß sich dein Verehrer recht schnell getröstet hat und bald Hochzeit feiern will.«
»Ich interessiere mich nicht besonders für seine Angelegenheiten«, erwiderte ich achselzuckend.

Noch nie war mir ein Juli so heiß und drückend vorgekommen. Ich kletterte oft zu den Zinnen hinauf, obwohl ich wußte, daß Colum damit nicht einverstanden war. Manchmal nahm ich Jennet mit, deren Blicke dann immer wie magisch angezogen zum Meeresturm schweiften.
Sie erzählte mir einiges über das Leben, das jene Männer und Frauen führten. Ihr Liebhaber hatte sie einmal im Boot mit aufs Meer hinaus genommen, und sie hatten viele Fische gefangen.
Ich fühlte mich allmählich so schwerfällig, daß ich den Tag der Niederkunft kaum noch erwarten konnte. Eines Abends schlenderte ich durch einen Innenhof und kam schließlich zu Ysellas Turm. Ob die Sage wohl der Wahrheit entsprach? Wie konnte ein Mann zehn Jahre lang die Anwesenheit einer Geliebten vor seiner Frau geheimhalten, wenn sie so nahe beieinander lebten?
Eine so wildromantische Geschichte paßte gut in solch alte Gemäuer wie Schloß Paling, dachte ich, als ich die eisenbeschlagene Tür von Ysellas Turm zu öffnen versuchte. Sie ließ sich keinen Zoll bewegen.
Ich fühlte mich plötzlich schrecklich erschöpft und machte mich wieder auf den Rückweg zum Krähenturm.
Endlich kam der August - jener langersehnte Monat! Ein

Bote hatte von Lyon Court die Nachricht gebracht, daß meine Mutter in wenigen Tagen bei mir eintreffen würde.
Eines Nachts fuhr ich erschrocken aus tiefem Schlaf hoch und stellte fest, daß ich allein war. Tagsüber hatte mir die brütende Hitze sehr zu schaffen gemacht, doch nun war es etwas kühler geworden.
Ich zog die Bettvorhänge beiseite und ging ans Fenster. Es regnete und stürmte. Ein greller Blitz beleuchtete die grauen Türme. Fast unmittelbar darauf folgte der krachende Donnerschlag.
Ich schlüpfte wieder ins Bett, konnte aber nicht einschlafen, sondern grübelte darüber nach, warum Colum in einer solchen Nacht das Zimmer verlassen hatte ...
Als ich am Morgen erwachte, lag Colum neben mir. Ich stand möglichst geräuschlos auf und hatte mich schon fertig angekleidet, bevor er sich reckte und laut gähnte.
»Was war denn heute nacht los?« fragte ich.
Bildete ich es mir nur ein, oder schien er plötzlich auf der Hut zu sein? »Einen solch gewaltigen Sturm habe ich lange nicht erlebt«, erwiderte Colum.
»Ich bin durch das Gewitter aufgewacht. Ein Blitz schien in unmittelbarer Nähe eingeschlagen zu haben.«
»Ich bin draußen gewesen«, erklärte Colum. »Ein Schiff war in Seenot geraten.«
»Wie schrecklich!«
»Wir hatten gehofft, helfen zu können.«
»Wie gut von dir, Colum!«
Er lächelte mich auf jene zärtliche Weise an, die ich besonders liebte, da sie bei ihm so ungewöhnlich war.
»Wenn du mich erst richtig kennst, wirst du schon noch merken, daß ich gar kein so übler Bursche bin.«
»Das könnte stimmen«, sagte ich liebevoll.
Den ganzen Tag über fuhren immer wieder Boote zu der Felsgruppe *Devil's Teeth* hinaus, um nach Überlebenden des Schiffes zu suchen, das an den tückischen Klippen zerschellt war.
Colum berichtete mir abends, daß niemand gerettet worden sei.

Wie froh war ich, als ich meine Mutter begrüßen konnte. Ich hatte ihre Ankunft von der Plattform des Turmes aus

beobachtet und stellte voller Stolz fest, wie vornehm sie aussah, als sie mit den Pferdeknechten und zwei Dienern herangeritten kam.
Rasch stieg ich in den Hof hinunter und wartete am Fallgitter auf sie. Sie umarmte mich, bevor sie mich von Kopf bis Fuß einer genauen Musterung unterzog.
»Wie ich sehe, geht es dir sehr gut, Linnet. Ich brauche mir zum Glück also keine Sorgen zu machen.«
Zu Colums Freude bewunderte sie gebührend die Wiege, in der schon unzählige Casvellyns gelegen hatten. Flüchtig überlegte ich, ob Nonna und Ysella wohl Kinder gehabt hatten, und nahm mir vor, Colum danach zu fragen.
In meinem Zustand konnte ich das heiße Wetter nur schwer ertragen. Am angenehmsten war es noch, in einem der schattigen Höfe zu sitzen. Meine Mutter breitete dann auf dem Gras eine Decke aus, auf der ich es mir bequem machen konnte, und wir unterhielten uns.
Sie war inzwischen auch davon überzeugt, daß ich den Richtigen geheiratet hatte, obgleich der Beginn ja alles andere als vielversprechend gewesen war. »Colum und Jake sind von gleicher Art«, sagte sie nachdenklich. »Frauen wie du und ich brauchen solche Männer.«
»Mir kommt es ganz merkwürdig vor, daß ich Colum vor einem Jahr noch nicht einmal gekannt habe.« Mir fiel etwas ein. »Wann will Fennimore Landor eigentlich heiraten, Mutter?«
»Im September.«
»Ich hätte nie geglaubt, daß er zu solch einem raschen Entschluß überhaupt fähig wäre.«
»Mrs. Landor erwähnte mir gegenüber, daß er diese Mistress Lee schon seit seiner Kindheit kennt. Vor eineinhalb Jahren hat er sich dann Hals über Kopf in dich verliebt und wollte dich zur Frau. Als du nicht mehr für ihn in Frage kamst, hat er seine Freundschaft mit Mistress Lee erneuert.«
Ich nickte. Es klang alles so vernünftig, wie von Fennimore nicht anders zu erwarten.
»Jake und Captain Landor hoffen, im nächsten Jahr mit dem Seehandel beginnen zu können. Keiner von uns hätte gedacht, daß die Vorbereitungen so viel Zeit kosten. Du kannst dir vorstellen, wie ungeduldig dein Vater ist. Meiner

Meinung nach geht es ihm bei der ganzen Angelegenheit hauptsächlich darum, den Spaniern eins auszuwischen.«
»Aber die Spanier sind doch ohnehin schon am Ende.«
Meine Mutter machte ein sorgenvolles Gesicht. »Da bin ich nicht so sicher. Admiral Drake hat mit einigen Kriegsschiffen spanische und portugiesische Küstenstädte angegriffen. Warum sollte er das tun, wenn von ihnen nichts mehr zu befürchten wäre? Kurz vor meiner Abreise kam die Nachricht, daß er mit über tausend Männern fortgesegelt ist, aber nur mit rund dreihundert zurückgekehrt sei. Dann haben unsere Leute sechzig Schiffe auf dem Tajo erobert, die Hansestädten gehörten. Man hat festgestellt, daß diese Schiffe Gegenstände und Proviant geladen hatten, um eine Flotte gegen uns auszurüsten.«
»Vater und Colum sind aber beide der Ansicht, daß die Spanier für immer geschlagen sind.«
»Ich kann mir nicht vorstellen, daß ein so mächtiges Reich völlig besiegt werden kann, Linnet. Oh, wie ich ein Ende dieser schrecklichen Auseinandersetzungen und Kriege herbeisehne! Es gibt soviel schönere Dinge als dieses ewige Kämpfen. Ich habe gehört, daß in einem Ort namens Dartford in Kent eine Mühle erbaut worden ist, wo man Papier herstellen kann. Stell dir das vor, Linnet! Wieviel einfacher wird es dann sein, Briefe zu schreiben. Das nenne ich Fortschritt . . . Übrigens soll es auch ein neues Gewürz geben, Safran genannt. Es macht den Kuchen schön gelb und gibt ihm ein ganz besonderes Aroma.«
»Hast du's schon ausprobiert, Mutter?«
»Nein, ich hab's noch nicht mal zu Gesicht gekriegt. Es ist gerade erst nach England eingeführt worden. Aber bei nächster Gelegenheit werde ich versuchen, ob es wirklich so gut ist.«
Und so vergingen unsere Tage friedlich und schön. Meine Mutter hatte viele Kinderkleidchen und neue schmackhafte Rezepte mitgebracht, die mich erfreuten. Aber vor allem empfand ich in ihrer Nähe ein Wohlbehagen, das nur sie mir vermitteln konnte.
Sie erzählte viel von meinem Vater und der kleinen Damask, die eigenhändig eine Puppe für mein Kind angefertigt hatte. Edwina hatte einen Sohn zur Welt gebracht und war sehr glücklich darüber.

Als es dann bei mir soweit war, ging alles viel müheloser, als ich erwartet hatte. Zu meiner großen Freude war auch mein Kind ein Junge.
Nie zuvor hatte ich Colum so erlebt; er schien geradezu außer sich vor Freude. Er nahm meiner Mutter das Kind aus dem Arm und ging damit im Zimmer auf und ab. Dann trat er an mein Bett und schaute mich lange an. Ich war so stolz und zufrieden wie nie bisher.

Wir nannten unser Kind Connell und waren beide ganz vernarrt in den kleinen Kerl. Sobald Colum von einem Ausritt zurückkam, lief er als erstes ins Kinderzimmer, um sich davon zu überzeugen, daß alles in bester Ordnung war. Sein größtes Vergnügen war es, Connell, trotz meines Protests, hoch in die Luft zu schwingen, und seinem Sohn schien dies ebensoviel Freude zu bereiten.
Meine Mutter blieb nach der Geburt Connells noch einen Monat bei uns, bevor sie nach Lyon Court zurückritt. Sie machte mir den Vorschlag, Weihnachten gemeinsam zu feiern, da wir ja zum Glück so nahe beieinander wohnten. Ich sollte Colum zu überreden versuchen, nach Lyon Court zu reisen. Falls dies wegen des Kindes nicht möglich sei, würden sie uns besuchen.
Wir sagten uns Lebewohl. Es war nun September, und schon lag eine Vorahnung herbstlicher Kühle in der Luft. Am Morgen war es häufig dunstig, das Meer ruhig und von einer bleigrauen Färbung. Mir kam in den Sinn, daß in Lyon Court nun bald Äpfel und Birnen geerntet werden würden ... Ich schaute meiner Mutter nach, solange ich sie sehen konnte, doch sie wandte sich nicht um. Wahrscheinlich hatte sie Tränen in den Augen ...
Connells Taufe wurde gebührend gefeiert; Colum hatte zum erstenmal viele Gäste aus der Umgebung geladen. Die meisten waren mir unbekannt. Zwei Tage und zwei Nächte lang wurde im Schloß lärmend getafelt und gezecht.
Ich lebte in einem Zustand ständiger Glückseligkeit, und Colum schien es nicht anders zu ergehen. Die Taufzeremonie in der normannischen Hauskapelle war für mich ein großes, unvergeßliches Erlebnis. Mein Sohn hatte das Taufkleid an, das vor ihm mehrere Generationen von Casvellyns getragen hatten.

Colum hatte als Taufpaten gute alte Freunde gewählt, wie er mir erklärte.
Sir Roderick Raymont gefiel mir leider gar nicht, und aus Lady Alice Warham wurde ich nicht ganz klug. Sie war sehr hübsch und war mit einem unbedeutenden, wesentlich älteren Mann vermählt.
Lady Alice trug meinen Sohn zum Taufbecken. Über uns wölbten sich die normannischen Rundbogen, die auf massiven Steinsäulen ruhten.
Connell ließ alles friedlich über sich ergehen, aber ich mußte den Wunsch unterdrücken, ihn der Frau aus den Armen zu reißen, die nun seine Taufpatin war. Mir war nicht klar, woher diese wilde Eifersucht kam. Wie froh würde ich sein, wenn alle Besucher das Schloß wieder verließen!
Als die Taufe vorüber, der Kuchen angeschnitten und Conell von allen bewundert worden war, trug ich ihn in das Kinderzimmer und betrachtete ihn voller Entzücken. Ich hielt mich für die glücklichste Frau auf Erden, da ich einen Ehemann hatte, der mir mehr bedeutete als alles, und ein Kind, das unsere Verbindung krönte.
Mehrere Gäste blieben noch einige Tage länger bei uns. In dieser Zeit machte ich eine Entdeckung.
Eines Morgens fragte ich Colum, ob unsere Gäste es nicht merkwürdig fänden, daß wir kein großes Hochzeitsfest gefeiert hatten.
»Es ist mir schon immer gleichgültig gewesen, was die Leute denken, vorausgesetzt, es bedeutet keine Beleidigung für mich«, erwiderte Colum.
Gleich darauf kehrte er wieder zu seinem Lieblingsthema zurück: unserem Sohn. Er hielt Connell für schöner, größer und gescheiter als alle anderen Kinder und konnte es kaum erwarten, ihn zu einem richtigen Casvellyn heranwachsen zu sehen.
»Nicht nur unser Kind wird älter, sondern auch du. Vergiß das nicht«, sagte ich.
»Und du ebenfalls«, rief er lachend und zog mich an sich. Ich war bester Stimmung, da ich spürte, wie zufrieden er mit unserer Ehe war.
Vermutlich war dies die letzte Gelegenheit, bei der ich so unbeschwert war, denn noch am gleichen Abend erfuhr ich etwas, wovon ich bisher nichts gewußt hatte. Ich verdankte

dieses Wissen Lady Alice. Später fragte ich mich oft, ob sie es absichtlich getan hatte, weil sie mich um mein sorgloses Glück beneidete.

Wir saßen bei Tisch. Das Wildbret schmeckte besonders gut, die vielen Pasteten waren vortrefflich gelungen, der Wein floß in Strömen. Es wurde viel geplaudert und gelacht. Colum saß in übermütiger Laune am Kopfende der Tafel und brüstete sich immer wieder mit seinem wohlgeratenen Sohn.

Mögen er und ich immer so glücklich sein wie jetzt! dachte ich gerade, als Lady Alice sich mir zuwandte.

»Ihr habt Euren Mann sehr stolz und froh gemacht«, sagte sie.

»Oh, es ist ja auch wunderbar, ein Kind zu haben!«

»Und so rasch nach der Hochzeit«, fuhr sie fort. »Ihr seid wirklich glücklich zu schätzen.«

Sie hatte ausdrucksvolle dunkle Augen, die ich sehr schön fand. Naiv, wie ich war, bemerkte ich die Bosheit in ihrem Blick nicht.

»Ich wundere mich nicht darüber, daß Colum ganz aus dem Häuschen ist«, sagte sie lächelnd. »Wenn man an die bisherigen Enttäuschungen denkt . . .«

»Enttäuschungen?«

»Aber ja! Immer wieder hat er gehofft . . . umsonst. Doch beim zweitenmal ist er ja nun erfolgreich. Es ist noch kein ganzes Jahr vergangen seit Eurer Hochzeit, oder? Man könnte fast sagen, daß es geradezu eine . . . Erlösung gewesen ist, obwohl es natürlich sehr traurig war.«

»Ihr sprecht von . . .?« begann ich zögernd.

»Von Colums erster Ehe. Eine tragische Angelegenheit! Aber nun hat sich ja alles zum besten gewendet, nicht wahr?«

Ich mußte ein Frösteln unterdrücken. Colums erste Ehe! Er hatte nichts davon erwähnt. Was war mit seiner Frau geschehen? Sie mußte wohl tot sein, denn sonst hätte er mich wohl kaum heiraten können.

Ich merkte, daß Lady Alice mich gespannt ansah. Es kam mir so vor, als ob in ihrem Blick leise Belustigung läge. Sicher hatte sie begriffen, daß Colum mir nichts erzählt hatte.

Erst lange nach Mitternacht zogen wir uns zum Schlafen

zurück. Zuvor schauten wir wie immer ins Kinderzimmer, um uns davon zu überzeugen, daß es Connell gutging.
Als wir im Bett lagen und die Vorhänge zugezogen waren, schaute ich Colum etwas vorwurfsvoll an.
»Ich habe vorhin erfahren, daß du schon einmal verheiratet warst.«
»Ach, wußtest du das nicht?«
»Wie sollte ich? Du hast es mir ja nicht erzählt.«
»Dachtest du wirklich, daß ein Mann meines Alters noch nie verheiratet war?«
»Ich finde es sehr merkwürdig, daß es nie erwähnt wurde.«
»Wir kamen auch nie auf dieses Thema«, sagte Colum leichthin.
»Gerade das finde ich so merkwürdig.«
Er zog mich in seine Arme. »Genug von anderen . . .«
Aber ich wollte mich noch nicht zurfriedengeben. »Ich kam mir so töricht vor, Colum. Lady Alice erwähnte deine erste Frau, und ich wußte nicht einmal, wovon sie sprach!«
»Alice ist eine recht durchtriebene Person. Außerdem ist sie natürlich eifersüchtig auf dich.«
»Warum denn? Sie hat schließlich auch einen Ehemann. Haben die beiden eigentlich Kinder?«
Er lachte laut hinaus. »Einen Ehemann hat sie! Einen rechten Stockfisch! Der kann ihr keine Kinder machen!«
»Oh, wie traurig für sie!«
»Verschwende dein Mitleid nicht an Alice. Es stört sie im Grunde gar nicht, vorausgesetzt, sie kann sich ihre Bettgenossen aussuchen, wie sie will, und er macht gute Miene dazu. Ich bezweifle, ob sie sich überhaupt Kinder wünscht. Schließlich könnte sie dabei die Schönheit ihrer Gestalt einbüßen.«
»Du kennst sie . . . gut?«
»Oh, sehr gut sogar.«
»Du meinst also, daß . . .«
»Ganz genau, du hast's erraten.«
In seinem Verhalten war eine Änderung eingetreten. Zum ersten Mal seit der Zeit vor Connells Geburt war er wieder schroff und ungeduldig. Ihn störte offensichtlich, daß ich die Rede auf seine erste Ehe gebracht hatte.
»Sie und du . . .«, begann ich zögernd, wurde jedoch sofort unterbrochen.

»Was soll das? Ich habe viele Weiber gekannt. Glaubtest du, Schloß Paling sei eine Art Kloster und ich ein Mönch?«

»Natürlich nicht, Colum. Aber unsere Gäste . . .«

»Du mußt langsam erwachsen werden und nicht mehr der dumme kleine Hänfling sein, der in seinem Käfig herumzwitschert und denkt, dies sei die ganze Welt. Mir hat es noch nie gepaßt, allein zu Bett zu gehen.«

»Also war es tatsächlich Eifersucht, warum Lady Alice . . .«

»Keine Ahnung. Zweifellos hat sie jetzt einen anderen Liebhaber. Aber was soll's? Diese Unterhaltung langweilt mich.«

»Ich möchte etwas über deine erste Frau erfahren, Colum.«

»Jetzt nicht!« protestierte er nachdrücklich.

Ich kam jedoch einige Tage später auf das Thema zurück. Die Taufgesellschaft hatte sich in alle Winde zerstreut, und wir standen wieder einmal gemeinsam im Kinderzimmer. Das Kindermädchen hatten wir hinausgeschickt, um allein mit Connell zu sein. Colum schaukelte sanft die Wiege hin und her, Connell schaute seinen Vater unverwandt an.

Es war ein rührender Anblick, und mich überkam ein tiefes Glücksgefühl. Dennoch konnte ich nicht aufhören zu grübeln. Ich wußte, daß Colum mehrere Geliebte gehabt hatte, wie nicht anders zu erwarten. Aber eine Ehefrau war etwas anderes. Ich wollte wissen, ob er sie geliebt hatte und wie traurig er über ihren Tod gewesen war. Warum sträubte er sich so sehr, über sie zu reden?

»Colum, ich möchte einiges über deine erste Ehe erfahren«, sagte ich.

Er hielt in der Bewegung inne und starrte mich finster an, doch ich sprach rasch weiter. »Es ist für mich peinlich, wenn die Leute deine frühere Frau erwähnen und ich als einzige nichts darüber weiß. Vermutlich werden wir von nun an häufiger Gäste haben, nicht wahr? Wenn du ein solches Geheimnis daraus machst . . .«

»Es ist kein Geheimnis. Ich heiratete, sie starb, und damit war die Angelegenheit zu Ende.«

»Wie . . . lange warst du verheiratet?«

»Ungefähr drei Jahre.«

»Woran ist sie gestorben, Colum?« fragte ich weiter.

»Sie starb im Kindbett.«

»Starb das Kind ebenfalls?«

Colum nickte, und er tat mir plötzlich sehr leid. Was für Ängste mußte er ausgestanden haben!
Als ich schwieg, machte er eine ungeduldige Bewegung mit den Schultern. »Nun, ist das Verhör vorüber?«
»Entschuldige, Colum, aber ich hielt es für wichtig, Bescheid zu wissen.«
»Es ist aus und vorbei. Zwecklos, noch darüber zu grübeln.«
»Kann ein . . . so wichtiger Teil des Lebens einfach . . . vergessen werden?«
Sein Gesicht verzog sich unmutig. »Es ist vorbei, wie ich dir schon sagte. Laß es endlich gutsein!«
Natürlich hätte ich nun den Mund halten sollen, aber ich brachte es nicht fertig. Ich mußte noch mehr wissen!
»Sicher denkst du manchmal an sie, Colum.«
»Nein«, erwiderte er schroff.
»Aber sie hat doch zu deinem Leben gehört! Ich verstehe dich nicht.«
Er hörte unvermittelt auf, die Wiege zu schaukeln, und kam zu mir. Ich glaubte, er würde mich schlagen, doch er nahm mich nur bei den Schultern und schüttelte mich ein wenig.
»Ich bin mit dem zufrieden, was ich jetzt habe. Meine Frau gefällt mir. Sie kann Lust schenken und empfangen. So war es früher nicht. Außerdem hat sie mir einen Sohn geboren. Sollte ich etwa bereuen, was mir dazu verhalf? Begreif doch endlich, Frau! Ich bin zufrieden und würde es dir ganz bestimmt zu verstehen geben, wenn es nicht so wäre. Laß es dabei bewenden!«
Ich lehnte mich an seine Brust und spürte, wie mir die Tränen in die Augen stiegen. Da ich ahnte, wie ungern er dies sähe, wandte ich mich ab und kniete mich neben die Wiege, um Connell anzusehen.
Colum stellte sich auf die andere Seite und betrachtete uns beide. Endlich kehrte wieder Frieden in mein Herz ein. Was für eine Rolle spielte es, daß er verheiratet und Lady Alices Liebhaber gewesen war? Er war kein Mann, der seine Begierden unterdrückte, und er würde sich wohl nie ändern. Wieder einmal dachte ich an meinen Vater. Wie merkwürdig, daß die beiden sich so ähnelten.
Plötzlich wußte ich, daß seine erste Frau zu sanft und de-

mütig war. Er hatte sie bestimmt weniger geliebt als mich. Colum selbst hatte mir dies gesagt, und ich muß zugeben, daß ich darüber sehr befriedigt war.

Doch ich erfuhr noch mehr, und zwar von Jennet. Sie gehörte zu jenen Frauen, die man mit Leichtigkeit an einen anderen Ort verpflanzen konnte. In der kurzen Zeit, seit sie auf Schloß Paling lebte, hatte sie sich nicht nur einen Liebhaber genommen, sondern auch Freundschaften mit anderen Dienstboten geschlossen. Sie benahm sich, als habe sie ihr ganzes Leben im Schloß verbracht.

Jennet war warmherzig und großzügig und von gewinnendem Wesen, obwohl sie alles andere als tüchtig war. Meine Mutter war oft ungeduldig mit ihr gewesen. Vielleicht hatte sie ihr im Innersten nie die Affäre mit meinem Vater verziehen. Es war ja auch nicht gerade angenehm, die Geliebte des eigenen Mannes und ihr uneheliches Kind bei sich im Haus zu haben. Und mit Romilly verhielt es sich ebenso. Meine Mutter war wirklich eine außergewöhnliche Frau. Ich überlegte, wie mir wohl zumute wäre, wenn Colum seine Mätressen und Kinder aufs Schloß brächte.

Jennet hatte eine verantwortungsvolle Aufgabe als Connells Kindermädchen. Ich kannte ihre große Liebe zu Kindern, und dies schien mir die beste Voraussetzung für diese Stellung.

Eines Tages stand sie an Connells Wiege und schäkerte mit ihm. »Dein Vater hält dich für das schönste Kind auf der ganzen Welt, mein Kleiner. Ja, so steht's mit ihm. Das ist sonnenklar.«

Ich mußte lächeln und stellte mir Jennet als junge Frau und Mutter von Jacko vor.

Jennet redete weiter. »Jungen! Immer wollen sie Söhne haben. Der Captain war genauso. Man mußte ihm bloß einen Jungen zeigen, und schon war er begeistert. Nichts war ihm für die kleinen Kerlchen gut genug. Master Casvellyn ist genauso. Es muß eine schreckliche Enttäuschung für ihn gewesen sein . . .«

»Was denn, Jennet?«

»Na ja, mit seiner ersten Frau konnte er keinen Sohn kriegen. Dabei hat er's immer wieder versucht und war immer wieder enttäuscht.«

»Du scheinst ja viel über die Angelegenheiten deines Herrn zu wissen, Jennet.«
»Ach, in der Küche wird oft darüber geredet, Mistress.«
»Was denn?«
»Daß sie 'n armes krankes Wesen war und der Master sie nicht so behandelt hat wie Euch, Mistress.«
»Dienstboten sollten nicht so reden«, mahnte ich, konnte aber insgeheim ein Gefühl des Triumphes nicht unterdrükken.
Jennet war mein vorwurfsvoller Ton nicht aufgefallen, und ich war froh darüber. Durch Jennet und die Dienerschaft konnte ich vielleicht mehr herausfinden als durch Colum. Es war nur natürlich, daß ich große Neugier beim Gedanken an meine Vorgängerin empfand. Ich konnte nichts Schlimmes dabei finden.
Als Jennet mein Interesse spürte, erwärmte sie sich immer mehr für das Thema, denn es gab kaum etwas, das ihr mehr Spaß machte als Klatschereien.
»Ja, sie war wohl so 'n kleines, schüchternes Ding, das vor seinem eigenen Schatten Angst hatte. Der Master braucht eine, die sich nicht alles bieten läßt, so eine wie Euch, Mistress, sagen die in der Küche. Ihr seid genau die Richtige für ihn, und das weiß er auch. Diese arme blutjunge Lady hatte vor allem Angst, aber am meisten vor ihm.«
»Die Ärmste!«
»Weiß Gott, Mistress. Und der Master wollt' unbedingt einen Sohn haben, aber sie konnt' es anscheinend nicht schaffen. Oft genug haben sie's ja versucht, könnte man sagen. Dann schien sie wieder schwanger zu sein, doch dann hat sie das Kind verloren. Nur einmal dauerte es bis zum Ende . . . und das war das letzte Mal. Die anderen . . . hat sie nie lang behalten können.«
»Wie schrecklich muß das für sie gewesen sein!«
»Ja, Mistress. Und der Master war wie 'n Wahnsinniger. Er schrie herum . . . sagte, sie ist völlig nutzlos. Alle haben's gehört, wie er sie anbrüllte, und in seinem Zorn war er furchtbar. Sie hatten sogar Angst, er würd' sie umbringen. Auch sie selbst hat's wohl befürchtet . . . Das hat sie jedenfalls ihrer Zofe Mary Anne erzählt. Die ist jetzt mit einem der Männer im Meeresturm zusammen und arbeitet auch da.«

Ich hatte mehr als genug gehört. Selbstverständlich wollte ich gern bestätigt bekommen, daß Colum in seiner zweiten Ehe glücklicher war. Aber ich konnte es kaum ertragen, zu hören, wie grausam er das arme Ding behandelt hatte.
»Laß es gut sein, Jennet«, sagte ich. »Dienstboten übertreiben immer, wie du selbst wohl am besten weißt.«
»Nein, Mistress, denn Mary Anne hat ja alles miterlebt. Als die arme Herrin wieder . . . war, Ihr wißt schon, was ich meine, da war sie so furchtsam, daß sie nicht wußte, was sie tun sollte. Sie glaubte nämlich, daß sie das Kind auch diesmal nicht zur Welt bringen könne, weil sie ja immer so krank und schwach war. Sie war nicht fürs Kinderkriegen gemacht. Auch der Doktor hat's gesagt. Sie erzählte Mary Anne, daß sie den Master angefleht hat, sie in Ruhe zu lassen. Aber er hat gesagt, daß sie für ihn völlig überflüssig und nutzlos ist, wenn sie ihm keine Kinder schenkt . . .«
»Ich will nichts mehr von diesem Gewäsch hören, Jennet«, sagte ich scharf.
»Ich bin gleich fertig, Mistress. Die in der Küche wundern sich bloß, warum die arme Herrin nicht zu ihrer Familie heimgerannt ist. Die wohnt ja gar nicht weit weg.«
»So?« sagte ich obenhin.
»Ich hab's kaum glauben können«, sagte Jennet eifrig. »Wir waren doch dort und kennen die Familie gut.«
»Was soll das heißen?«
»Na ja, Mistress, das war so. Die erste Frau vom Master war die Schwester von dem jungen Gentleman, von dem wir alle meinten, Ihr nehmt ihn zum Mann. Sie hieß vor der Heirat Melanie Landor.«
Mir schwindelte. Ich stand wieder in einer kleinen Kammer in Trystan Priory und schaute das Porträt eines schönen jungen Mädchens an.
»Sie wurde gemordet«, hörte ich eine Stimme sagen.
Dieses Mädchen war Colums erste Frau gewesen.

Yssellas Turm

Es verfolgte mich. Ich mußte ständig an sie denken. Da ich ihr Bildnis gesehen hatte, konnte ich sie mir nur zu gut in Schloß Paling vorstellen. Die Angst in den Augen ihrer Mutter und der unterdrückte Haß in ihrer Stimme, als sie sagte: »Sie wurde gemordet«, waren in mein Gedächtnis eingebrannt.

Dazu kam noch Jennets Satz: »Manchmal hatte die arme Lady Angst, der Master würde sie umbringen.«

Warum hatte Colum sie geheiratet? War er in das zarte, blondlockige Mädchen verliebt gewesen? Er liebte die Unschuld, hatte sie auch bei mir gemocht. Es bereitete ihm ein wildes Vergnügen, diese Unschuld zu zerstören, wie es ihm in jener ersten Nacht gelungen war, die ich auf Schloß Paling verbracht hatte.

Ich grübelte über diesen Mann nach, der der Vater meines Kindes war. Wenn ich nun auch versagt hätte wie Melanie Landor? Er war nur deshalb mit mir zufrieden, weil ich ihm gegeben hatte, was er haben wollte.

Während ich auf dem Turm stand und aufs Meer hinausschaute, stellte ich mir Melanie in ihrer panischen Angst vor. Es kam mir manchmal vor, als gehe sie neben mir, als tauche sie in bestimmten Augenblicken auf, um einen Schatten über mein Glück zu werfen. Arme zarte Melanie, der es nicht gelungen war, ihm zu gefallen, und die deshalb sterben mußte.

Unsinn! Sie ist nicht deshalb gestorben, sondern hat die Geburt nicht überlebt wie so viele Frauen. Es wäre ungerecht, dem Ehemann die Schuld daran zu geben . . .

Wie merkwürdig, daß Colums erste Frau ausgerechnet Fennimores Schwester sein mußte! Merkwürdig? Nein. Die Landors wohnten ja nicht weit entfernt. Zwischen Familien dieses Standes wurden oft Heiraten vereinbart.

Was dachten die Landors wohl über mich, die sie als Frau für Fennimore willkommen geheißen hätten? Denn sie

wußten ja, daß ich die Gemahlin des Mannes war, mit dem ihre Tochter verheiratet gewesen war.
Weshalb hatte meine Mutter, die die Landors ja gesehen hatte nach meiner Heirat, nichts davon erwähnt?
Ich nahm großen Anteil am Schicksal der ersten Frau meines Mannes, und Jennet spürte das. Immer wieder brachte sie das Gespräch auf dieses Thema.
»Im Roten Zimmer ist sie gestorben, Mistress«, erzählte sie, und gleich zog es mich wie magisch dorthin.
Wie düster es war, wie voller Schatten! An der einen Wand stand ein breites Bett. Ich ging zum Fenster und schaute hinunter, wo die Wellen eintönig gegen die Felsen schlugen. Fast glaubte ich Melanies Gegenwart zu fühlen, ihr Flüstern zu hören: »Ja, oft war ich nahe daran, mich in die Tiefe zu stürzen. Ein rascher Tod wäre besser gewesen als . . . mein Leben mit ihm.«
Wirre Phantasiegebilde! Was war nur mit mir los? Es lag sicher an dem Raum mit den dunkelroten Bettvorhängen aus schwerer bestickter Seide. Ich stellte sie mir dahinter eingeschlossen vor, wenn sie furchtsam darauf wartete, daß er zu ihr kam. »Dies war ihr Zimmer«, erklärte Jennet. »Hier hat er sie besucht, denn sie hatten kein gemeinsames Schlafzimmer. Man sagt, daß er nur deshalb mit ihr zusammenlag, um einen Sohn zu bekommen.«
Manchmal schämte ich mich, daß ich mir soviel erzählen ließ, aber eine brennende Neugierde trieb mich dazu. Dabei handelte es sich gar nicht in erster Linie darum, möglichst viel über Colums Verhältnis zu seiner ersten Frau herauszufinden. Viel mehr ging es mir darum, neue Einblicke in sein Wesen zu gewinnen.
Ich ahnte, daß er Melanie ihrer Schwäche wegen gehaßt hatte. Am meisten mochte er mich nämlich, wenn ich ihm Widerstand leistete. Sie war zu lieb, zu schwach und verängstigt. Er wollte nur eines: mit ihr einen Sohn zeugen.
Vermutlich empfing er dort, wo ich jetzt mit ihm wohnte, seine Geliebten und besuchte nur ab und zu seine Frau in dem düsteren Roten Zimmer.
Melanie tat mir unendlich leid. Wenn sie schwanger wurde, hatte sie Angst vor dem Sterben, war sie es nicht, fürchtete sie sich vor ihrem unzufriedenen Ehemann.
Sie war so gar nicht gerüstet, gegen ihr Schicksal anzukämp-

fen. Aufgewachsen in einem Elternhaus, wo alle freundlich und höflich miteinander verkehrten, war sie hier hilflos. Ich kam mir ihr gegenüber geradezu erfahren vor. Meinen Vater, der Colum so sehr glich, hatte ich kennen- und liebengelernt. Ich war nicht unvorbereitet gewesen ...
Wenn ich sie nur hätte aus meinen Gedanken verdrängen können! Doch es gelang mir nicht. Immer wieder schaute ich in das Rote Zimmer.
»Arme Melanie, hoffentlich hast du jetzt Frieden«, flüsterte ich dann, als könnte sie mich hören.
Edwina, die mütterlicherseits von einer Hexe abstammte, verfügte über geheimnisvolle Fähigkeiten und konnte manchmal Ereignisse vorhersehen. Eines Tages hatte sie mir erzählt, daß schreckliche Erfahrungen, die ein Mensch an einem bestimmten Ort gemacht hatte, diesen veränderten und daß dies spüren könne, wer dafür besonders empfänglich sei.
Hatte auch Melanie diesen Raum verändert? Mir fehlte Edwinas besondere Begabung, aber weil ich Melanies Platz eingenommen hatte, spürte auch ich etwas davon.
Halb hoffte und halb fürchtete ich, daß Melanie in irgendeiner Gestalt wiederkehren würde. Vielleicht betrat ich deshalb so häufig das Rote Zimmer.
Am liebsten ging ich in der Abenddämmerung dorthin, wenn der Raum am geisterhaftesten wirkte.
Am Jahrestag meines ersten Besuchs auf Schloß Paling im November überraschte mich Colum mit einem Vorschlag.
»Wir wollen heute allein zu Abend essen wie damals. Es handelt sich schließlich um den Tag, den ich als einen der glücklichsten meines Lebens betrachte.«
Ich trug ein rostbraunes Samtgewand. Meine Haare flossen nun in weichen Wellen über den Rücken - eine reichlich unmodische Frisur, aber mir gefiel sie eben am besten. Selbst an diesem Tag zog es mich in das Rote Zimmer.
Ich stand ganz still inmitten der grauen Schatten. Bald würde das Tageslicht dem Dunkel gewichen sein.
»Melanie, bist du da?« flüsterte ich.
Ein eiskalter Schauer überrieselte mich, denn die Tür wurde vorsichtig geöffnet.
Ich konnte den Blick nicht davon wenden. Dann flog sie mit Schwung auf, und Colum stürmte herein.

»Um Gottes willen, was tust du hier drin?« rief er.
Einen Augenblick konnte ich kein Wort herausbringen. Er kam zu mir und schüttelte mich an den Schultern.
»Was fehlt dir? Was ist los?«
»Ich hielt dich für einen Geist«, stammelte ich.
Er wand mein Haar um seine Hand und zog heftig daran. Colum mochte es, wenn seine Liebkosungen etwas schmerzten.
»Wer hat es dir erzählt?« wollte er wisse.
»Oh, ich habe nur hie und da etwas Geschwätz gehört.«
»Ich werde jeden auspeitschen lassen, der dein Gemüt vergiften will.«
»Das wirst du nicht tun, oder du erfährst von mir kein Sterbenswort«, erwiderte ich mit fester Stimme.
»Du wirst mir antworten, wenn ich dich frage!«
»Nicht in diesem Zimmer«, widersprach ich.
»Doch. Hier in diesem Zimmer, wo ein Gespenst in irgendeiner Ecke lauert.«
Es ging eine gewisse Größe von ihm aus. Colum fürchtete wirklich weder Tod noch Teufel, er wollte sein Schicksal immer herausfordern. Also konnte man von ihm auch kaum erwarten, daß er den Geist der armen Melanie scheute, falls ihm überhaupt der Gedanke kam, daß es ihn geben könnte.
»Ich weiß, daß deine erste Frau hier starb«, sagte ich.
»Nun, schließlich mußte sie ja irgendwo sterben.«
»Du hast mir nicht erzählt, daß sie eine Landor war.«
»Warum auch?«
»Aber die Landors . . . Fennimore Landors Schwester!«
»In gewisser Weise war es eine sehr passende Verbindung. Das Mädchen stammte aus guter Familie und brachte eine anständige Mitgift in die Ehe.«
»Du nahmst die Mitgift, hast das Mädchen aber nicht geliebt.«
»Es gab auch keinen Grund, sie zu lieben.«
»Sie war immerhin deine Frau.«
Er zog mich eng an sich und küßte mich leidenschaftlich.
»Es gibt nur eine Frau für mich. Gott sei gelobt, daß ich sie gefunden habe!«
»Ich wünschte, du hättest mir erzählt, daß sie eine Landor war«, murmelte ich.

»Warum denn? Ich hab mich keinen Deut darum geschert, daß du einmal eine Vorliebe für diesen Feigling hattest.«
»Was fällt dir ein, Colum! Fennimore ist alles andere als feige. Außerdem hat er Ideale.«
»Die werden ihm viel einbringen«, meinte Colum verächtlich.
»So kann nur ein Freibeuter reden.«
»Wir leben nun einmal in einer Welt der Freibeuter.«
»Veränderungen sind im Gange«, widersprach ich. »Handel wird an die Stelle räuberischer Auseinandersetzungen treten. Alle, die weiter Krieg führen wollen, werden leiden, während die friedlich Lebenden zu Wohlstand kommen.«
»Du scheinst deine Lektionen ja gut gelernt zu haben«, rief Colum ärgerlich. »Ich will in diesem Haus nichts mehr von Fennimore Landor hören.«
»Warum denn? Macht dir dein Gewissen zu schaffen?«
»Mein Gewissen?«
»Ja. Schließlich hast du den Landors einiges Leid zugefügt.«
»Du bist ja von Sinnen, Frau! Ich habe nichts anderes getan als ihre Tochter geheiratet. Sie starb im Kindbett wie andere vor ihr.«
»Sie war schwach und krank, doch du wolltest ja unbedingt, daß sie einen Sohn zur Welt bringt!«
»Ja, zum Teufel! Hat ein Mann denn kein Recht auf einen Sohn?«
»Nicht, wenn er dabei seine Frau töten muß!«
In dem Schweigen, das nun folgte, schienen die geisterhaften Schatten näher zu kriechen. Einige Augenblicke lang war Colum verwirrt. Ich wußte nun, daß er sich um Melanies Flehen nicht gekümmert und sie vergewaltigt hatte wie mich in jener ersten Nacht. Sein Wille war auf Schloß Paling Gesetz, und wenn er dabei ein hilfloses Wesen zu Boden stampfen mußte, das ihm im Weg stand!
Ich hatte plötzlich eine Vision meiner Zukunft. Es kam mir vor, als ob Melanie mich warnen wollte: Jetzt braucht er dich, und du bist für ihn wichtig . . . aber wie lange noch?
Colum lachte. »Ich sehe schon, daß jemand zuviel geredet hat.«
»Nein, nein«, widersprach ich rasch, denn ich befürchtete eine stenge Bestrafung der Dienerschaft. »Ich habe mir das

alles ganz allein zusammengereimt. Dies war das Zimmer, in dem sie litt und starb. Spürst du nicht auch, daß sie noch hier ist?«

»Du hast ja den Verstand verloren! Sie liegt im Grab und ist genausowenig hier wie dein hübscher Fennimore.«

»Die Toten kehren manchmal zurück, Colum«, sagte ich leise.

»Unsinn!« schrie er wütend. »Unsinn!«

Sein Blick wanderte durch das dunkle Zimmer, das voller Erinnerungen für ihn sein mußte. Seine Schritte im Gang, Melanies Zusammenzucken, die körperliche Überwältigung, die auf ein so zartes, hilfloses Wesen brutal und gemein wirken mußte ...

Ich war voller Mitleid für sie.

»Du bist überempfindlich«, sagte er.

»Ich fühle mich zu diesem Raum hingezogen.«

»Und ausgerechnet heute nacht?«

»Ja, gerade deshalb ...«

»Du willst wohl, daß ich in diesem Zimmer Vergebung von ihr erbitte? Wofür denn? Weil ich von ihr verlangt habe, daß sie ihre ehelichen Pflichten erfüllt? Weil ich Söhne haben wollte? In Gottes Namen! Aus welch anderem Grund hätte ich sonst ein dummes, albernes Mädchen heiraten sollen, das mir kein Vergnügen bereiten konnte?«

»Du hast mit dieser Heirat einen Fehler gemacht, doch man muß sich zu seinen Fehlern bekennen, Colum.«

»Nein! Wenn man einen falschen Schritt getan hat, dann wechselt man die Richtung. Genug davon!« In seinen Augen funkelte es böse, als er mich zum Bett zerrte.

»Nein, Colum! Bitte nicht hier ... bitte!«

Aber er hörte nicht auf mich. »Ja, ja und nochmals ja. Ich sage ja, und bei Gott und all seinen Engeln werde ich auch meinen Willen durchsetzen.«

Später saßen wir uns an jenem Tisch gegenüber, an dem wir in meiner ersten Nacht auf Schloß Paling soupiert hatten. Plötzlich stand Colum auf und kam zu mir herüber. In seinen Händen funkelte eine Kette, die mit Diamanten besetzt war und an der ein Medaillon aus Rubinen und Diamanten hing. Er legte sie mir um den Hals.

»Sie steht dir gut«, sagte er anerkennend. »Dies ist mein Geschenk für dich, mein Lieb. Ein Dank dafür, daß du mir einen Sohn geboren hast und mir all das gibst, was ich bei einer Frau gesucht habe.«

Ich streichelte seine Hand und sah zu ihm auf. Was in dem Roten Zimmer geschehen war, hatte mich erschreckt. Colum hatte die Geister bannen wollen, die meine Einbildungskraft heraufbeschwor. Das war seine Art, gegen einen Feind vorzugehen, in diesem Fall gegen die Erinnerung an Melanie.

Ganz sicher ging ich nun nicht so bald wieder in das Rote Zimmer. Ich wollte nicht daran denken, wie wir auf dem Bett gelegen hatten, in dem Melanie gestorben war.

»Gefällt dir der Schmuck?« fragte er.

»Oh, er ist wundervoll, Colum!«

Darauf küßte er mich mit jener Zärtlichkeit, die mich immer so tief bewegte.

»Bist du froh, daß dich ein Bandit in dem Gasthaus gesehen und sofort beschlossen hat, daß du die Seine werden mußt?«

Ich nickte, nahm seine Hand und küßte sie liebevoll.

»Ich will dir etwas sagen: Noch keine Frau hat mir so gut gefallen wie du.«

»Hoffentlich wird das immer so sein.«

»Dafür mußt du eben sorgen«, meinte er leichthin.

»Ich werde älter werden«, sagte ich. »Du allerdings auch . . .«

»Bei Frauen geht es schneller als bei Männern.«

»Ich bin aber zehn Jahre jünger als du, Colum.«

»Zehn Jahre sind nichts . . . jedenfalls für einen Mann. Nur die Frauen müssen das Alter bekämpfen.«

»Du bist überheblich.«

»Zugegeben.«

»Eingebildet!«

»Stimmt.«

»Selbstsüchtig und manchmal sogar grausam!«

»Ich erkläre mich für schuldig.«

»Und du erwartest, daß ich solch einen Mann liebe?«

»Ich erwarte und verlange es sogar.«

»Wie könnte ich?«

»Das will ich dir sagen. Du liebst mich, weil du mußt. Du kennst mich gut, und es stimmt alles, was du eben aufge-

zählt hast. Du weißt aber auch, daß ich meinen Willen durchsetze. Wenn ich fordere, daß eine Frau mich lieben soll, dann kann sie nicht anders.«
»Du hältst dich wohl für einen Gott, neben dem alle anderen Männer nichts wert sind?«
»Ich weiß, daß es so ist.«
»Du glaubst also wirklich, daß du einer Frau nur zu befehlen brauchst, sie solle dich lieben, und schon tut sie es?«
Er nickte nachdrücklich. »Du hast mich anfangs gehaßt, doch nun bist du ebenso voll Begierde wie ich. Ist das etwa kein Beweis?«
Ich lächelte ihn an. »Es muß wohl so sein.«
Ich war an diesem Abend sehr glücklich. Erst am nächsten Morgen dachte ich wieder an Melanie und überlegte, ob sie zu Beginn ihrer Ehe auch zu zweit getafelt und von Liebe gesprochen hatten.
Hatte er sie erst dann verachtet, als sie ihm nicht geben konnte, was er haben wollte?
Ein unangenehmer Gedanke ließ mich nicht mehr los: Was wird, wenn du aufhörst, ihm zu gefallen?

Weihnachten kam heran. Mein kleiner Connell war nun vier Monate alt. Er war kräftig und munter und tat all das, was nach Jennets Ansicht kleine Jungen tun sollten. Ich erlaubte es nicht, daß er fest gewickelt wurde, und Colum war zum Glück ganz meiner Meinung. Sonst hätte es nämlich eine heftige Auseinandersetzung zwischen uns gegeben. Ich war strikt dagegen, daß mein Kind wochenlang in Binden eingeschnürt wurde. Wir sahen ihm gern zu, wenn er strampelte, und seine Beinchen waren so gerade gewachsen wie eine Tanne.
Wir feierten das Fest in großem Stil, denn meine Eltern, die kleine Damask, Penn und Romilly besuchten uns im Schloß. Edwina wagte die Reise nicht, da ihr Sohn noch zu klein war. Jacko hatte vor, die Festtage mit der Familie seiner Verlobten in Plymouth zu verbringen, begleitete aber die anderen mit zu uns, da er seine Mutter Jennet wiedersehen wollte. Er blieb jedoch nur eine Nacht bei uns.
Es machte mir viel Spaß, als Hausherrin die Halle mit Stechpalmen und Efeu zu schmücken und in der Küche Befehle zu erteilen. Für meinen Vater sollten ganz bestimmte Paste-

ten hergestellt werden, und in Backwerk und Puddings wurden die obligaten Münzen versteckt.
Ich freute mich sehr, endlich auch meinen Vater zu Gast zu haben. Er verlangte kategorisch, sogleich zu seinem Enkel geführt zu werden. Er hatte ihm ein geschnitztes Schiffchen mitgebracht - eine Nachbildung seines Viermasters ›Der springende Löwe‹. Lachend meinte ich, daß Connell für solch ein Spielzeug noch viel zu klein sei, doch mein Vater war ganz anderer Ansicht.
Er stand an der Wiege und streckte dem Kind seine große Hand hin, und Connell klammerte sich mit seinen winzigen Fingern daran fest. Ich hatte meinen Vater noch nie so gerührt gesehen. Mir schien, als habe er sogar Tränen in den Augen.
Er wandte sich unvermittelt mir zu. »Meine Tochter Linnet hat also einen gesunden, prächtigen Sohn. Gott segne dich, Mädchen! Du hast mich zu einem glücklichen Mann gemacht.«
Als wir am nächsten Tag zusammen ausritten, was uns immer großes Vergnügen bereitete, seit wir unsere gegenseitige Zuneigung entdeckt hatten, wirkte mein Vater ungewöhnlich nachdenklich. »Jahrelang habe ich mich erbittert gegen das Schicksal aufgelehnt, das mir einen ehelichen Sohn verweigert hat. Als du geboren wurdest, verfluchte ich Gott, weil du nur ein Mädchen warst. Ich weiß inzwischen, wie unrecht ich hatte. Mit der Zeit erkannte ich nämlich, daß du es mit jedem Jungen aufnehmen kannst. Und nun hast du mir einen Enkel geschenkt.«
Ich war sehr bewegt von seinen Worten und vertraute ihm eine Sorge an. »Ich muß darauf achten, daß mein Sohn von Colum nicht zu sehr verwöhnt wird. Auf keinen Fall soll er in dem falschen Glauben aufwachsen, daß er nur zu lächeln braucht und die ganze Welt liegt ihm zu Füßen.«
»Keine Angst, Kind. Dieser Junge gerät nach seinem Großvater, das habe ich gesehen. Er wird Seefahrer . . . er hat schon den gewissen Ausdruck in den Augen.«
Ich lachte meinen Vater aus, doch er blieb ernst.
»Ich bin froh, daß du einen Mann bekommen hast, der ein wirklicher Mann ist. Fennimore Landor hatte es mir nie besonders angetan. Er hat zuviel von einem Gecken.«
»Du bist ungerecht. Er ist ein tüchtiger, guter Seemann.«

»Er ist viel zu zimperlich«, entgegnete mein Vater. »Kannst du ihn dir vielleicht vorstellen, wie er auf Deck herumläuft und das Blut von seinem Entermesser tropft?«
»Ich fände das nicht bewunderungswürdig.«
»Er ist ein hübscher Kerl, das gebe ich ja zu. Aber du hast einen ganzen Mann, und ich bin stolz auf dich.«
Kein Zweifel, mein Vater mochte Colum. Die beiden ritten mehrmals zusammen aus und unterhielten sich häufig.
Meine Mutter schien sich auch wohl zu fühlen, und Damask war wieder völlig hingerissen von Colum. Ihm machte das zwar Spaß, im übrigen aber kümmerte er sich kaum um das kleine Mädchen. Das schien Damask jedoch nicht zu stören. Ihr genügte es, wenn sie in seiner Nähe sitzen und ihn ansehen konnte.
Unsere Feier ähnelte den Weihnachtsfesten in Lyon Court, worauf ich großen Wert gelegt hatte. Die Diener kamen mit ihren Familien in die große Halle, aßen Weihnachtskuchen und tranken Wein dazu. Man sang viele Lieder, und auch Maskeraden wurden aufgeführt.
Als meine Mutter und ich allein waren, erzählte ich ihr meine Neuigkeiten. »Colum war schon einmal verheiratet, und zwar mit Melanie Landor, Fennimores Schwester. Hast du das gewußt?«
»Wir erfuhren es erst nach deiner Hochzeit. Was war das für eine aufregende Zeit! Zuerst die geheime Zeremonie und später dann noch das offizielle Hochzeitsfest. Alles ging ja ziemlich drunter und drüber, weil es so eilig sein mußte.«
»Wann hast du erfahren, daß Colums erste Frau Melanie Landor war, Mutter?«
»Nach deiner Hochzeit, als du mit Colum nach Schloß Paling aufgebrochen warst. Die Landors kamen zu einem vereinbarten Besuch, doch Mistress Landor blieb zu Hause, da sie angeblich krank war. Später gestand sie mir dann, sie habe uns nicht gegenübertreten wollen, da sie inzwischen wußte, daß du den früheren Ehemann ihrer Melanie geheiratet hattest.«
»Es muß ein schwerer Schlag für sie gewesen sein.«
»Ganz sicher. Wie hast du es eigentlich herausgefunden, Linnet? Vermutlich hat es dir Colum selbst gesagt, oder?«
»Nein, ich habe es von Jennet gehört.«

»Das ist echt Jennet«, sagte meine Mutter, zwischen Ärger und Nachsicht schwankend. »Hast du dann mit Colum darüber gesprochen?«
Die Erinnerung an den dämmrigen Raum mit den dunkelroten Bettvorhängen und den unheimlichen Schatten überfiel mich.
»Ja. Er war ganz und gar nicht angetan davon.«
»Wollte er denn nicht, daß du es erfährst?«
»Ich weiß nicht. Er hat seine erste Frau einfach nicht erwähnt. Für ihn war alles vorbei, sie war tot und nun war er mit mir verheiratet. Erzähl mir doch, was Mistress Landor gesagt hat, als sie von meiner Hochzeit mit Colum erfuhr.«
»Der Tod eines geliebten Menschen läßt die Hinterbliebenen oft verbittert werden. Mistress Landor war immer gegen eine Schwangerschaft ihrer Tochter Melanie gewesen, da sie überzeugt davon war, diese würde das nicht überstehen. Natürlich gibt sie nun Colum die Schuld . . .«
»Sie erwähnte einmal, daß ihre Tochter gemordet worden sei. Es war für mich furchtbar, als ich entdeckte, daß Colum . . .«
»Du darfst nie vergessen, daß sie Melanie über alles geliebt hat. Deshalb muß sie jemandem die Schuld am Tod ihrer Tochter zuschieben. Vielleicht wurde ihr Kummer durch den Zorn auf den Schwiegersohn etwas gemildert. Manchmal ist Wut sehr heilsam, wenn der Schmerz über einen Verlust unerträglich wird.«
Ich nickte. »Haben die Landors gar keine Verbindung mehr zu Schloß Paling gehabt, seit Melanie tot ist?«
»Nein. Aber vielleicht wird sich das mit der Zeit ändern. Am wichtigsten ist für mich, daß du glücklich bist! Du hast einen prächtigen Jungen und einen Ehemann, der dich liebt. Wenn ich daran denke, daß alles erst vor einem Jahr begann . . . Gott segne dich, Linnet. Mögest du immer so zufrieden sein wie jetzt.«
Meine Mutter wollte im Schloß herumgeführt werden, und ich erzählte ihr von Ysella und Nonna. »Ysellas Turm ist uns nicht zugänglich. Er wird als eine Art Vorratshaus benutzt, und im Meeresturm leben einige der Dienstboten.«
»Haben sie den ganzen Turm für sich?«
Ich nickte. »In so einem Schloß gibt es viel Platz, Mutter.«

Als ich ihr alles zeigte, kamen wir auch zu dem Roten Zimmer. Ich sah es zum ersten Mal seit der Nacht, in der mich Colum hier gefunden hatte. Eine dünne Staubschicht lag auf allen Möbeln.
Auch meiner Mutter entging dies nicht, und sie zog fragend die Augenbrauen hoch. Mit zunehmendem Alter war sie eine sehr ordentliche und gewissenhafte Hausfrau geworden.
»Die Dienstboten kommen nicht gern hier herein«, erklärte ich.
»Dann ist dies wohl das Spukzimmer? Was für eine schaurige Sage hängt denn damit zusammen?« fragte meine Mutter neugierig.
»Hier ist Colums erste Frau gestorben.«
»Ach so. An deiner Stelle würde ich die roten Draperien und die Bettvorhänge abnehmen lassen und eine andere Farbe dafür verwenden.«
»Auf diesen Gedanken bin ich noch gar nicht gekommen.«
»Man sollte nur glückliche Geschichten im Gedächtnis bewahren, Kind.«
»Ich werd's mir überlegen«, sagte ich. In gewisser Weise hatte meine Mutter natürlich recht. Andererseits würden andere Vorhänge und neue Möbel nichts daran ändern, daß Melanie in diesen vier Wänden gelitten hatte und gestorben war.
Nach Neujahr kehrten meine Eltern nach Lyon Court zurück. Ich vermißte sie zuerst sehr, war andererseits aber viel zu glücklich darüber, wie prächtig Connell sich entwikkelte, als daß ich lange hätte traurig sein können. Noch immer übte das Rote Zimmer auf mich diese schaurige Anziehungskraft aus. Ich stattete ihm mehrere Besuche ab. Ernsthaft überlegte ich, ob die Vorhänge ausgewechselt werden sollten, und einmal nahm ich sogar meine Näherin mit, um mich mit ihr darüber zu beraten.
Mir fiel sofort auf, wie zögernd sie auf meine Vorschläge einging. Sie schien sogar vor der Aufgabe Angst zu haben.
Schließlich gab sie auf meine Frage widerstrebend zu, daß sie fürchtete, dies könne Unglück bringen.
»Unsinn!« rief ich. »Wieso denn?«
»Es könnte doch sein, Madam, daß sie wünscht, alles solle so bleiben wie es war.«

In diesem Augenblick erkannte ich, daß meine Mutter recht gehabt hatte. Ich müßte das Zimmer so vollständig verändern, daß keiner mehr an die arme tote Melanie denken würde, wenn er hereinkam.

Aber ich fand nicht den Mut dazu. Außerdem redete ich mir ein, daß ich dem Aberglauben zuviel Gewicht beimessen würde, wenn ich das Zimmer neu gestalten ließe. Aber das war nicht die ganze Wahrheit.

Im Innersten glaubte ich, daß von Melanie etwas zurückgeblieben war. Vielleicht würde ich eines Tages ihre Hilfe brauchen.

Was geschah, wenn Colum irgendwann meiner überdrüssig würde, wie es ihm mit Melanie ergangen war? Meiner überdrüssig, der Mutter seines Sohnes und der anderen Kinder, die wir noch bekommen würden. In diesem Punkt war ich mir nämlich genauso sicher wie Colum ... Ich mußte unbedingt noch viel über meinen Mann dazulernen. Bisher wußte ich sowenig über ihn. Aber wahrscheinlich machte gerade das seinen Reiz aus.

Er war rücksichtslos, das wußte ich. Wie sehr, mußte ich noch herausfinden. Auch brutal konnte er sein. Ich war nur sicher, da ich ihm gefiel. War er zu Melanie wenigstens anfangs liebevoll gewesen? Ich konnte mir gut vorstellen, wie gleichgültig er gegenüber ihrem Leiden gewesen war. Zu genau erinnerte ich mich noch an die Szene im Gasthaus! Nichts als nackte Gier hatte in dem Blick gelegen, mit dem er mich von Kopf bis Fuß gemustert hatte.

Colum erregte und faszinierte mich, aber ich war mir sicher, daß ich ihn nicht verstand. Ich wußte auch, daß er nur so lange gut zu mir sein würde, wie er mich begehrte.

Ich beschloß, das Rote Zimmer in seinem alten Zustand zu belassen und auf irgendeine Weise mehr über meinen Mann herauszufinden. Was unternahm er eigentlich, wenn er nicht im Schloß war? Schließlich wollte ich sein Leben teilen und nicht ausgeschlossen sein.

Ich mußte alles in Erfahrung bringen! Merkwürdigerweise erfüllte mich dieser Vorsatz mit einer gewissen Besorgnis. Wie recht ich damit hatte, sollte sich bald herausstellen.

Der Frühling kam, und ich wußte, daß ich wieder schwanger war. Colum schien darüber noch beglückter als ich.

»Hab ich's dir nicht prophezeit, daß wir eine ganze Kinderschar kriegen«, sagte er. »Schenk mir noch einen Sohn! Wenn wir ein halbes Dutzend beisammen haben, können wir uns ja ein oder zwei Mädchen leisten.«

»Ich habe nicht vor, mein Leben lang schwanger zu sein«, gab ich zurück.

»Nein? Ich dachte, dies gehöre zu den Pflichten einer Frau.«

»Sicher, sie soll einige Kinder bekommen, braucht aber auch einmal eine Ruhepause.«

»Meine Frau nicht«, erwiderte er, hob mich hoch und schaute mich voller Liebe an.

Ich war glücklich. Alle düsteren Gedanken waren verschwunden. Ich malte mir die Zukunft aus: Colum und ich als etwas gereifteres Paar inmitten seiner spielenden Kinder.

Sobald ich wußte, daß ich wieder ein Kind erwartete, war mein Wunsch, Neues über Colum zu erfahren, nicht mehr so stark. Es gab Zeiten, da er mehrere Tage unterwegs war, und ich gab es vorübergehend auf zu überlegen, wo er wohl sein mochte. Er war alles andere als mitteilsam, was seine Angelegenheiten anging, und haßte es, ausgefragt zu werden. Als ich einmal vorsichtig nachgeforscht hatte, waren die Antworten unbestimmt und nichtssagend gewesen, aber sein Blick wirkte dabei unheilverkündend. Ich hatte schon miterlebt, wie er durch Dienstboten zu einem Wutausbruch gereizt worden war, und fürchtete mich vor seinem Jähzorn. Einmal kam mir der Gedanke, ob er wohl eine Geliebte besuchte, hielt es dann aber für unwahrscheinlich, da er immer eine Schar Diener mitnahm, wenn er ausritt.

Wieder war es Jennet, durch die ich etwas erfuhr. Sie sollte eigentlich im Dienstbotenquartier des Krähenturms schlafen, aber ich wußte, daß sie meistens zum Meeresturm hinüberlief, um ihren Geliebten zu treffen. Eines Nachts entdeckte ich, daß sie ausnahmsweise nicht im Meeresturm schlief.

Colum hatte mir erklärt, daß er früh am nächsten Morgen aufbrechen würde - noch bevor ich aufstand. Er hatte wieder irgendwelche Geschäftsangelegenheiten zu erledigen. Da fiel mir ein, daß Jennet schon früher einmal, als Colum weggeritten war, nicht im Meeresturm übernachtet hatte. Ich beschloß, sie behutsam auszufragen. Vielleicht wußte sie mehr über die Reisen meines Mannes als ich.

Als ich am nächsten Morgen erwachte, sandte ich nach Jennet. »Du hast heute anscheinend einsam und allein geschlafen«, neckte ich sie lächelnd.

Sie errötete. »Der Master hat angeordnet, daß ich hierbleibe.«

»Eigentlich müßte diese Anordnung immer gelten, Jennet.«

»Ja, Mistress. Aber er befiehlt es nur in den Nächten, bevor er eine Reise macht. Er muß dann viele Vorbereitungen mit seinen Leuten treffen und bricht immer bei Morgengrauen auf.«

»Hat er dir verraten, wohin er reitet?«

»Nie sagt er was, Mistress. Er ist ein guter Herr, aber er wird zornig, wenn ich's nur erwähne. ›Halt deinen Mund, Weib‹, brummt er dann, ›oder du sollst was erleben!‹«

Ich fand das alles sehr merkwürdig. Weshalb mußte ein solches Geheimnis daraus gemacht werden? Colum gehörte schließlich nicht zu den Männern, die etwas in aller Stille taten. Falls die anderen seine Handlungsweise nicht guthießen, so scherte er sich keinen Deut darum. Warum also hielt er ausgerechnet diese ganze Angelegenheit so geheim?

Wenn er von einer Reise zurückkam, war er immer guter Laune und schien froh, mich wiederzusehen. Warmer Junisonnenschein flutete durch die Fenster des Schlosses. Ich war nun im dritten Monat schwanger und hatte die erste unangenehme Zeit, in der einem leicht übel wird, hinter mir. Ich fühlte mich so wohl und unternehmungslustig, daß Colum und ich gemeinsam einen Ausritt machen wollten. Wir würden sogar über Nacht wegbleiben, da er am Abend eine geschäftliche Besprechung habe, erklärte er mir.

Ich freute mich, da ich annahm, daß er mich zu guter Letzt nun doch in sein Vertrauen zöge. Mir schien der Juni immer schon der schönste aller Monate zu sein. Der Himmel leuchtete kobaltblau hinter hauchzarten weißen Wolkenschleiern. Möwen kreisten über dem Meer und stürzten sich gelegentlich senkrecht hinab. Als wir weiter ins Landesinnere kamen, entzückte mich die anmutige Landschaft. Der weißblühende Kerbel auf den Böschungen sah wie Spitze aus, und die Wiesen waren mit blauen Vergißmeinnicht und roten Lichtnelken gesprenkelt.

Colum sang lauthals jenes Jagdlied, das er besonders gerne mochte. Ich erkannte den Weg erst, als wir schon fast an dem Gasthaus ›Wanderers Ruh'‹ angelangt waren. Vor der Tür stand der Wirt, den wir damals in solche Verlegenheit gebracht hatten. Nun strahlte er übers ganze Gesicht.

Colum sprang vom Pferd und hob mich aus dem Sattel. Zwei Pferdeknechte nahmen uns die Zügel ab.

»Das Eichenzimmer, Wirt«, rief Colum.

»Es steht Euch zur Verfügung, Mylord.«

Wir stiegen die Treppe hinauf, und ich trat in das Zimmer, an das ich mich so gut erinnerte.

»Das Wildbret ist so zubereitet, wie Ihr es gerne mögt, Mylord«, sagte der Wirt. »Verschiedene würzige Pasteten werden hoffentlich Eurem Gaumen munden. Und wenn Mylord es wünscht, gibt's auch einen guten Tropfen, um alles hinunterzuspülen.«

»Tisch alles auf«, rief Colum in bester Laune. »Wir haben einen langen Ritt hinter uns und sind hungrig.«

Der Wirt verbeugte sich und schlurfte hinaus. Einen Augenblick lang standen wir still da und sahen uns nur an. Dann kam Colum zu mir und legte die Hände auf meine Schultern. »Ich hatte mir fest vorgenommen, daß wir einmal zusammen in diesem Bett schlafen.«

»Du verträgst es nicht, zurückgewiesen zu werden, nicht wahr?«

»Welcher richtige Mann verträgt das schon?«

»Die meisten Männer erkennen aber, daß es im Leben einiges gibt, was sich nicht erringen läßt.«

»Dieser Mann hier nicht«, gab er zurück.

Ich lachte, und Colum zuckte die Achseln. »Ich habe eine geschäftliche Verabredung hierher verlegt, damit wir zusammen das Eichenzimmer bewohnen können. Dadurch wird meine Frau wieder auf die Tatsache hingewiesen, daß sie einen Mann hat, der seinen Willen früher oder später immer durchsetzt.«

»Ich werde nie begreifen, warum einer, der als unumschränkter Herr in seinem Schloß residiert, solche Mühen

auf sich nimmt, um seine Macht immer wieder neu zu beweisen«, erwiderte ich kopfschüttelnd.
»Weil er nicht so sicher ist, daß eine gewisse Person dies voll und ganz begreift. Und ehrlich gesagt, ist es gerade diese Person, bei der er am meisten Wert darauf legt.«
Ich lehnte meinen Kopf an seine Brust. »Ich bin zufrieden mit dem Leben, das ich führe, Colum. Du bist sehr stark, und ich wäre die letzte, dies zu bestreiten. Aber ich werde immer meine eigenen Ansichten haben ... und dir gefällt das ja auch ganz gut, nicht wahr?«
»Ich möchte um nichts auf der Welt ein dummes, albernes Wesen ... wie ...«
Ich war froh, daß er mitten im Satz abbrach. Sicher hatte er Melanie gemeint.
Ich wollte das Thema wechseln. »Du willst hier irgend etwas Geschäftliches erledigen?« fragte ich. »Erzähl mir doch davon. Ich bin sehr gespannt, um was es sich handelt.«
Colum trat zum Fenster und schaute hinaus. Als er sich wieder umwandte, war sein Gesicht finster. »Was weißt du von meinen Geschäften?«
»Bisher noch nichts. Und das bedaure ich sehr.«
»Da gibt's nicht viel zu wissen. Ich möchte einem Händler Ware zeigen und habe mich zu diesem Zweck hier mit ihm verabredet.«
»Was für Ware willst du denn verkaufen, Colum? Und woher stammt sie?«
Er umging die Beantwortung meiner Frage. »Bald werden zwei meiner Leute mit Packpferden hier eintreffen. Sie bringen die Ware.«
»Aber was ist es denn?« fragte ich beharrlich.
»Oh, einmal dies, einmal jenes ...«
Er zog mich zum Bett und nahm mir den Umhang ab. »Weißt du, was?« sagte er, als er das Netz löste, das mein langes Haar bändigte. »Du brauchst nur zu wissen, wie du mir gefällst. Dann bist du ein gutes und liebenswertes Eheweib.«
»Natürlich möchte ich dir gefallen, Colum. Auf jede Art und Weise! Aber ich will dir auch helfen.«
Er küßte mich sanfter, als ich es von ihm gewöhnt war. »Du machst mir viel Freude, Frau. Aber die meiste Freude

machst du mir, wenn du abwartest, bis ich dir sage, was ich will.«
»Deine Geschäfte sind also ein Geheimnis?«
»Wer spricht denn von Geheimnis! Du hast wirklich eine Vorliebe dafür, aus simplen Dingen ein Drama zu machen. Du bevölkerst das Rote Zimmer ja sogar mit Geistern.«
»Du hast mir viel zuviel verschwiegen!«
»Verschwiegen! Ausgerechnet ich! Ich vergaß etwas längst Vergangenes, das für keinen mehr von Wichtigkeit ist. Du solltest froh sein, daß meine erste Ehe ein Fehlschlag war, denn deshalb bin ich ganz besonders zufrieden mit meiner zweiten.«
»Ich weiß, daß du zufrieden bist, Colum. Aber ich will doch so gern alles . . . verstehen, um dir zu helfen.«
Er lachte und drückte mich in die Kissen. Dann küßte er mich auf den Hals. »Das Essen wartet schon auf uns. Danach werde ich mich meinem Geschäft widmen, und dann . . . dann werden wir hier im Eichenzimmer zusammen im Bett liegen, wie ich es mir schon beim ersten Mal ersehnt habe, als ich dich hier sah.«
Er stand auf und zog mich hoch.
»Aber Colum . . .«, begann ich.
»Ihr habt einen hungrigen Mann, Madam«, erklärte er mit energischer Stimme. »Er muß sich erst stärken, bevor er weitere Fragen beantworten kann.«
Wir stiegen in die Gaststube hinunter, und ich entsann mich, wie Colum hier am Tisch gesessen und mich am Rock gepackt hatte, als ich an ihm vorbeigehen wollte. Wie sehr hatte ich ihn damals gehaßt! Es war unglaublich, daß in so kurzer Zeit aus Haß leidenschaftliche Liebe geworden war. Er aß mit herzhaftem Appetit die Pastete, die aus den Innereien von Lämmern mit Sahne sauer zubereitet war - ein kornischer Brauch, den wir in Devonshire nie angenommen hatten, obwohl wir wegen unserer dicken Sahne ebenso gerühmt wurden wie die Leute aus Cornwall. Er trank für seine Verhältnisse wenig Wein; das fiel mir auf. Als wir noch bei Tisch saßen, steckten zwei Männer den Kopf zur Tür herein.
Colum erwiderte ihren Gruß, stellte sie mir aber nicht vor. Die beiden gingen wieder hinaus und warteten vermutlich in der Diele, bis wir mit dem Abendessen fertig waren. Sie

sahen wie Handelsherren aus, die sich in Sonntagsstaat geworfen hatten. Der eine trug eine rostbraune Jacke mit gebauschten Ärmeln und Zinnknöpfen, der andere einen braunen Spenzer und eine graue wollene Kniehose. Beide hatten spitze, hohe Hüte auf.
»Sind das Freunde von dir, Colum?« fragte ich.
»Es sind die Männer, derentwegen ich hergekommen bin.«
»Geschäftlich?«
»Ja, geschäftlich.«
»Ich habe dich für einen wohlhabenden Mann gehalten, nicht für einen Kaufmann.«
»Aber Handelsleute sind wohlhabende Männer. Ich habe gutes Land, ein Schloß und viele Dienstboten. Einen solchen Besitz und eine Frau zu unterhalten, ist heutzutage kostspielig. Daher bin ich ab und zu ein Kaufmann, wenn mich die Laune ankommt.«
»Was für Waren hast du?«
»Was sich eben so ergibt.«
»Also verkaufst du gar keine bestimmte Ware?«
»Genug der Fragerei! Diese üble Neugier wird sonst bald einen Hausdrachen aus dir machen.«
»Nur weil ich meinem Mann helfen will, möchte ich etwas über seine Gepflogenheiten erfahren.«
»Er wird dir rechtzeitig Bescheid sagen, wie du ihm am besten hilfst. Jetzt bringe ich dich ins Eichenzimmer, und du legst dich lieber gleich hin. Sobald ich fertig bin, komme ich zu dir.«
Nachdem Colum mich im Eichenzimmer allein gelassen hatte, setzte ich mich aufs Bett und überlegte. Was hatten die zwei Fremden mit den Packpferden wohl gebracht? Es war eigenartig, daß ein Schloßherr wie Colum Casvellyn, der als Herrscher der ganzen Gegend galt, Handel trieb. Warum wollte er mit mir nicht darüber reden? Mir fielen zwei Gründe ein. Er fand, wie so viele, daß Frauen ihre Nase nicht in die Angelegenheiten der Männer stecken sollten, da sie ohnehin nichts begreifen würden. Doch weder meine Mutter noch ich waren gewillt, dies hinzunehmen. Ich wußte, daß Colum einerseits Vergnügen an meiner aufgeweckten Art fand, andererseits aber fest entschlossen war, mir einen Dämpfer aufzusetzen. Er wollte, daß ich da blieb, wo es sich für eine gehorsame Frau geziemte. Es schien ihm

nicht klar zu sein, daß er bestimmt das Interesse an mir verlöre, wenn ich brav und folgsam würde. Wer weiß? Vielleicht wäre ihm das sogar recht. Vielleicht fände er es am besten, mich als Mutter seiner Kinder zu behalten und amouröse Abenteuer mit anderen Frauen zu suchen. In gewisser Weise störte ihn die Leidenschaft zwischen uns. »Keine kann mich jetzt mehr befriedigen außer dir«, hatte er einmal fast empört gesagt. Colum war ein Mensch, der es zutiefst verabscheute, gebunden zu sein. Möglicherweise versuchte er, mich von seinen Geschäften fernzuhalten, weil er fürchtete, daß ich zu wichtig für ihn wurde.
Ein zweiter möglicher Grund für seine Geheimnistuerei war der, daß es sich um etwas handelte, dessen er sich schämte. Nein, ausgeschlossen! Colum würde sich niemals schämen, sagte ich mir gleich darauf.
So überlegte ich hin und her und wäre am liebsten die Treppe hinuntergeschlichen, um an der Tür zu lauschen.
Statt dessen rückte ich einen Stuhl ans Fenster und dachte noch einmal an alle Einzelheiten unserer ersten Begegnung in diesem Gasthof. Es war in gewisser Weise der wichtigste Tag meines Lebens gewesen. Wäre ich nicht hier vorbeigekommen, hätte ich Colum vermutlich nie kennengelernt.
Erst nach einer geraumen Weile hörte ich im Hof Stimmen. Als ich hinunterschaute, erkannte ich die beiden Männer, die in die Gaststube gekommen waren. Ein Knecht führte zwei Packpferde heran, die offensichtlich den Kaufleuten gehörten, mit denen Colum sich noch unterhielt. Gleich darauf verabschiedeten sie sich und ritten davon.
Rasch ging ich zum Bett hinüber und setzte mich. Nach wenigen Minuten kam Colum hereingestürmt. »Was? Du bist noch auf? Höchste Zeit, sich hinzulegen!«
Ich schlief schlecht und hatte unangenehme Träume, an die ich mich allerdings nur unklar erinnern konnte, da alle Ereignisse sich vermengten. Auf jeden Fall spielten Colum, die beiden Handelsherren und die Packpferde eine Rolle darin. Ganz plötzlich tauchte auch Melanie auf, und ich befand mich auf einmal im Roten Zimmer. »Sei nicht zu neugierig«, warnte sie mich. »Du könntest sonst etwas aufdekken, was dir gar nicht recht wäre.«
Am nächsten Morgen ritten wir nach Hause. Es war ein herrlicher Tag, und die nächtlichen Ängste wurden vom

Sonnenlicht weggezaubert. In sechs Monaten würde mein zweites Kind geboren werden, und nun war ich auf dem Weg nach Schloß Paling, wo mein kleiner Sohn auf mich wartete. Was wollte ich mehr?

Im August kamen mir die Tage lang und drückend vor, denn ich durfte kaum noch etwas unternehmen. Als eines Nachts ein heftiger Sturm tobte, erwachte ich und sah, daß Colum sich hastig ankleidete.

Ich setzte mich im Bett auf, doch er befahl mir, ruhig liegen zu bleiben und die Vorhänge geschlossen zu lassen. Er selbst wolle hinaus, da er glaube, ein Schiff sei in Seenot.

Als ich fragte, ob ich nicht doch aufstehen solle, da ich ja vielleicht in irgendeiner Weise helfen könne, verbot er es mir. Ich müsse an das Kind denken, das ich in mir trage.

Trotzdem schlüpfte ich aus dem Bett und ging in den angrenzenden Raum, in dem Connell schlief, der inzwischen ein Jahr alt war. Ich war etwas in Sorge, daß ihn Donner und Blitze erschrecken könnten, doch das Gegenteil war der Fall. Er jauchzte vor Vergnügen, wenn das Zimmer taghell erleuchtet wurde, und glaubte, daß das Krachen des Donners zu einem Spiel gehörte, das eigens für ihn ersonnen worden war.

Als ich mich wieder hingelegt hatte, dachte ich an jene andere Nacht, als es auch so gestürmt und Colum nachgesehen hatte, ob er irgendwie helfen könnte.

Er hatte mir erklärt, daß er in dunklen Nächten Laternen in den Turmgemächern, die aufs Meer hinausblickten, aufstellen ließe, um die Seeleute wissen zu lassen, daß sie sich ganz in der Nähe der *Devil's Teeth* befänden.

»Es ist ein alter Brauch unserer Familie, den Schiffern diesen Dienst zu erweisen. In allen mondlosen Nächten brennen Lichter in Nonnas Turm und auch im Meeresturm!« hatte er damals gesagt.

Ich betete für die Besatzung des Schiffes, das gegen den wütenden Sturm ankämpfen mußte, um sicher an den *Devil's Teeth* vorbeizukommen.

Der Sturm ließ nach, und ich schlummerte ein. Es war schon fast hell, als ich dadurch aufwachte, daß Colum ins Zimmer kam.

Seine Kleidung war vom Regen völlig durchnäßt, sein Gesicht vor Anstrengung gerötet.
»War tatsächlich ein Schiff in Seenot?« fragte ich als erstes.
Er nickte. »Es ist an den Felsen zerschellt.«
»Die Mannschaft hat das Licht in den Türmen also nicht rechtzeitig gesehen?«
Colum begann, sich die nassen Kleider auszuziehen. »Wir haben alles nur Menschenmögliche getan. Du kannst das Wrack übrigens sehen, wenn es etwas heller wird. Was für eine furchtbare Nacht!«
Ich sah die armseligen, traurigen Überreste eines einst stolzen Schiffes und konnte lange den Blick nicht abwenden. Mir fiel mein Vater ein, der gerade eine Handelsfahrt zu den Westindischen Inseln unternahm. Auch Fennimore und Carlos waren auf hoher See. Jedem von ihnen konnte solch ein Unglück zustoßen.
Als ich noch am Fenster lehnte, trat Colum neben mich und legte mir den Arm um die Schultern.
»Geh heute lieber nicht hinaus«, sagte er.
»Warum?«
»Mußt du eigentlich immer Fragen stellen?« erwiderte er ärgerlich. »Warum kannst du mir nicht einfach gehorchen wie eine gute Frau?«
»Aber wieso soll ich nicht hinausgehen?«
»Weil der Boden durch den Regen glatt und schlüpfrig geworden ist. Ich würde es dir nie verzeihen, wenn dem Kind etwas zustieße.«
Am Nachmittag brach Colum überraschend zu einer kurzen Geschäftsreise auf. Ich schaute ihm nach. Die Sonne schien von einem wolkenlosen Himmel, das Meer ließ nicht mehr erkennen, wie gefährlich es nachts gewesen war. Warum sollte ich eigentlich nicht meinem Wunsch nachgeben, im Freien etwas herumzuspazieren?
Ich nahm mir vor, nicht den Klippenpfad zu benutzen, wo es vermutlich sehr schlüpfrig war, sondern nur ein bißchen innerhalb der Burgmauern herumzuschlendern.
Ich ging durch den kopfsteingepflasterten Hof vor Ysellas Turm. Als ich an dem grauen Gemäuer hochsah, überlegte ich mir wieder einmal, wie es möglich gewesen war, daß ein Mann zwei Frauen in dieser Burg beherbergt hatte, die nichts voneinander wußten. »Aberwitzig!« sagte ich laut.

Plötzlich fiel mir auf, wieviel Sand zwischen den gepflasterten Steinen lag. Ich dachte darüber nach, wie er wohl hierhergekommen war. Konnte ihn der Sturm hergeweht haben? Unmöglich! Die einzig logische Erklärung war, daß Leute, die am Strand entlanggelaufen waren, ihn an ihren Stiefeln hereingetragen hatten. Sehr merkwürdig! Ich war am Vortag hiergewesen und hatte nichts bemerkt.
Auf der Steinstufe vor der eisenbeschlagenen Tür glitzerte etwas. Ich bückte mich und hob ein Amulett auf, das aus Gold zu sein schien.
Ich betrachtete es ganz genau. Es war oval, etwa einen Zoll breit, zwei Zoll lang und kunstvoll graviert. Der abgebildete Gegenstand fesselte meine Aufmerksamkeit: Es war die Gestalt eines schönen Jünglings mit einem Heiligenschein, zu dessen Füßen ein gehörnter Ziegenbock lag. Der Jüngling hatte dem Bock einen Fuß auf den Nacken gesetzt, als sei dieser von ihm besiegt worden. In winzigen Buchstaben war ein Name eingeritzt, den ich zuerst nicht lesen konnte. Ich nahm das Amulett mit in mein Zimmer, wo ich schließlich den Namen *Valdez* entzifferte. Es stammte also aus Spanien. Jemand mußte es verloren haben, der kurz zuvor am Strand gewesen war. Ich legte das Amulett in eine Schublade. Colum kam zwei Tage später zurück. Ich sah ihn schon von weitem, als er mit seinen Männern und den Packpferden auf das Schloß zugeritten kam. Die Pferde waren unbeladen.
Ich ging in die Küche und befahl, daß in aller Eile eine kräftige Mahlzeit zubereitet werden solle. Dabei durften natürlich auch Colums Lieblingspasteten nicht fehlen.
Wir speisten zu zweit in dem kleinen Raum, in dem wir unser erstes gemeinsames Mahl eingenommen hatten. Colum wollte nach einer Trennung immer, daß wir auf diese Weise feierten, und bewies damit eine Gefühlsseligkeit, die man bei ihm nicht erwartete.
Ich hatte das Diamanthalsband mit dem Anhänger aus Rubinen umgelegt, und wir verbrachten einen sehr vergnügten Abend. Als ich die Kette vor dem Zubettgehen weglegen wollte, öffnete ich den Anhänger, weil mir plötzlich der Einfall kam, ich könnte darin eine Miniatur meines kleinen Sohnes aufbewahren.
Ich lächelte, als ich mir überlegte, was Colum wohl von

meiner Idee hielte. Vielleicht würde er sogar ein klein wenig enttäuscht sein, daß ich nicht sein Bild haben wollte ...
Ich mußte wohl in Gedanken an dem Anhänger herumgespielt haben, denn zu meinem Erstaunen sprang der für die Miniatur vorgesehene Teil auf. Ich blickte in das Gesicht einer wunderschönen Frau mit olivfarbenem Teint, schwarzen Locken und sehnsüchtigen dunklen Augen. Das Bildnis war so vollkommen gemalt, daß trotz seiner Winzigkeit alles deutlich zu erkennen war.
Wie seltsam, daß das Gesicht einer unbekannten Frau in einem Anhänger abgebildet war, den mir mein Ehemann geschenkt hatte! Es konnte eigentlich nur bedeuten, daß dieses Medaillon vor mir einer anderen gehört hatte.
Colum kam ins Zimmer, während ich das Schmuckstück noch immer betrachtete.
»Sieh nur, Colum«, sagte ich und reichte es ihm.
Als er das Gesicht der Frau erblickte, war er sichtlich überrascht.
»Das ist aber höchst merkwürdig!«
»Das finde ich auch, Colum. Wo hast du das Medaillon eigentlich her?«
Ich merkte, daß er nicht wußte, was er sagen sollte. Doch rasch fing er sich wieder. »Es kann nicht der Anhänger sein, den ich für dich anfertigen ließ. Der Goldschmied hat mich belogen. Viele Leute veräußern ihre Wertsachen, und diese goldenen oder silbernen Gegenstände und kostbaren Steine werden als neu verkauft. Wie kann man also sicher sein, ob der Schmuck eben erst angefertigt wurde oder nicht?«
»Der Goldschmied hat dir diesen Anhänger als neu verkauft?«
»Und mich hereingelegt«, fuhr Colum fort. »Ich werde mir den Burschen einmal vornehmen. Nun sag mir aber ehrlich deine Meinung! Magst du den Schmuck tragen, obwohl er nicht für dich angefertigt wurde?«
»Ich würde mich nur ungern von dem Medaillon trennen. Vielleicht begegne ich sogar eines Tages der geheimnisvollen Dame. Der Maler muß sehr begabt gewesen sein, der so ein exquisites Kunstwerk zustande brachte.«
»Gib's her«, sagte Colum. »Die Miniatur wird entfernt. Statt dessen lasse ich deine Initialen eingravieren. Dieser Bursche von einem lügnerischen Goldschmied soll es kostenlos tun,

da er mir dieses gebrauchte Schmuckstück als neu verkauft hat.«

»Ich behalte es lieber so, wie es ist«, erwiderte ich nach kurzem Nachdenken. »Vielleicht kann ich eine Miniatur meiner Kinder darin aufbewahren. Oh, das erinnert mich an etwas.« Ich öffnete eine Schublade und zog das Amulett hervor. »Sieh, was ich gefunden habe, Colum.«

Er runzelte die Stirn und riß mir das kleine goldene Schmuckstück fast aus der Hand. »Wo?« fragte er scharf.

»Im Hof bei Ysellas Turm.«

Colum betrachtete es schweigend von allen Seiten, und ich überlegte mir, ob er wirklich so daran interessiert war oder nur seinen Zorn zügeln wollte.

»Ich habe dir doch verboten, dorthin zu gehen«, sagte er schließlich gereizt.

»Dabei konnte mir nicht das geringste passieren, Colum«, protestierte ich. »Irgendwie muß ich mir schließlich Bewegung verschaffen, wenn ich schon nicht mehr ausreiten kann. Es ist ein Amulett, nicht wahr?«

Er nickte. »Ich glaube, es gehörte einem Katharer.«

»Was sind das für Leute?« fragte ich neugierig.

»Es ist eine Sekte, die es seit vielen Jahren gibt und deren Ursprünge sogar in vorchristlicher Zeit liegen. Sie bekennen sich in ihrer Glaubenslehre zu zwei Göttern, einem guten und einem bösen.«

»Wie die Christen auch.«

»Stimmt. Aber man nimmt allgemein an, daß diese Leute dem Teufel dienen. Sie streiten dies natürlich entschieden ab und tragen diese Art von Amulett bei sich - als eine Art Beweis. Doch sie treffen sich um Mitternacht zum sogenannten Hexensabbat und beten den Gehörnten an. Auf dieser Darstellung hier siegt das Gute über das Böse. Ich habe solche Amulette schon früher gesehen.«

»Wem gehört es wohl? Glaubst du, daß bei uns im Schloß einer von diesen Katharern haust?«

»Das werde ich schon noch herausfinden, verlaß dich darauf.«

»Es ist höchst kunstvoll gearbeitet. Hast du schon entdeckt, daß der Name Valdez eingraviert ist? Das ist doch spanisch, oder?«

»Ja, bei Gott! Ich möchte darauf schwören, daß auch dies

Schmuckstück aus zweiter Hand ist.« Er steckte es rasch in die Tasche.
»Sag's mir bitte, wenn du den Eigentümer herausgefunden hast. Ich möchte gerne wissen, wer es ist.«
Ich spürte deutlich, daß Colum beunruhigt war.
Etwas später am gleichen Nachmittag ging ich zur Küste hinunter. Hauchfeiner Dunst lag in der Luft. Ich konnte das Wrack des Schiffes erkennen, das an der Felsgruppe *Devil's Teeth* zerschellt war und nun wie betrunken auf den Wellen hin- und herschwankte.
Zersplitterte Schiffsplanken trieben immer noch auf dem Wasser - nutzlose Holzstücke . . . Wieder mußte ich an meinen Vater denken, der über die Meere segelte, die so trügerisch ruhig und sanft und im nächsten Moment so mörderisch sein konnten. Aber Männer wie Jake Pennlyon, die ihr Leben sozusagen auf See verbracht hatten, hielten sich selbst für unbesiegbar.
Ein Stück Holz wurde immer näher ans Ufer gespült, da Ebbe war. Ich beobachtete es und hatte plötzlich große Lust, es in der Hand zu halten.
Endlich schwemmte eine größere Welle es fast vor meine Füße. Ich hob es auf und sah, daß Buchstaben eingekerbt waren: ›San Pedro‹.
Also stammte das zerstörte Schiff aus Spanien. Mir schoß sofort durch den Kopf, daß ja auch das Amulett spanisch gewesen war.
Ein bedeutsamer Zusammenhang schien zwischen diesen beiden Tatsachen zu bestehen, aber ich war mir trotz vieler Grübelei nicht sicher, welcher . . .

Der Zeitpunkt meiner Niederkunft kam näher, und meine Mutter war mit Damask zu uns aufs Schloß gezogen. Diesmal wurde sie sogar von Edwina und ihrem kleinen Jungen begleitet, denn bald schon kam Weihnachten, das wir gemeinsam feiern wollten. Mein Vater, Carlos und auch Jacko, der inzwischen geheiratet hatte, waren auf hoher See. Sie waren noch nicht aus Ostindien zurückgekehrt. Meine Mutter sagte mir, daß Entscheidendes vom Erfolg dieses ersten Unternehmens abhänge.
Ich war so mit den Vorbereitungen für mein zweites Kind beschäftigt, daß ich kaum noch an das Amulett und den

Anhänger dachte. Colum hatte das Amulett nicht mehr erwähnt, und ich nahm an, er habe es schon längst vergessen. Er machte von Zeit zu Zeit kurze Reisen, auf denen er Geschäftliches erledigte. Ich hatte ihn kein zweites Mal begleitet.

An diesem Weihnachtsfest weilten unsere Gedanken häufig bei den Männern auf See. Meine Mutter schien voller Gottvertrauen, daß mein Vater alle Gefahren überlebte, während Edwina sichtlich in großer Angst um Carlos war.

Ich erfuhr von meiner Mutter, daß Fennimores Frau im September einen Sohn zur Welt gebracht hatte, der nach seinem Vater genannt worden war.

Sie und Edwina schmückten die Halle des Schlosses, denn ich war inzwischen viel zu schwerfällig dazu. Die Geburt wurde fast stündlich erwartet.

Am Heiligen Abend des Jahres 1590 wurde mein Kind geboren - diesmal ein Mädchen. Ich fürchte, Colum war etwas enttäuscht, aber nur vorübergehend. Schließlich war ich erst zwanzig und bereits Mutter von zwei gesunden Sprößlingen.

»Töchter können oft ein großer Trost sein«, sagte meine Mutter und küßte mich liebevoll.

Damask war derart in das Kind vernarrt, daß sie am liebsten bei uns geblieben wäre, als es Zeit für die Heimkehr nach Lyon Court wurde. Kurz nach Neujahr war ich mit Colum und den beiden Kindern wieder allein.

In den nächsten Monaten wurde ich völlig von den Kindern mit Beschlag belegt. Connell war äußerst lebhaft, und ich stellte mir vor, daß Colum in seinem Alter sicher genauso gewesen war. Colum gebärdete sich ganz närrisch mit dem Kleinen und schien es kaum erwarten zu können, daß er erwachsen werde.

Man glaubt stets, daß Mütter ihre Kinder alle gleich lieben. Doch ich war meiner kleinen Tochter mit solcher Hingabe zugetan, wie ich sie vermutlich keinem anderen Kind gegenüber hätte empfinden können. Vielleicht kam das zum Teil auch daher, daß Colum weniger Teilnahme für sie zeigte als für den Jungen. Oder es lag daran, daß sie viel verletzlicher wirkte als Connell. Dieser schien bereits mit jenem großen Selbstvertrauen auf die Welt gekommen zu

sein, das auch seinen Vater auszeichnete. Wir nannten unser Töchterchen Tamsyn, die weibliche Form von Thomas, dem Namen von Colums Vater. Zusätzlich nannte ich sie nach meiner Mutter Catherine.
Den Winter, Frühling und Sommer hindurch nahm ich kaum etwas von der Außenwelt wahr, so wurde ich von meinen Mutterpflichten in Anspruch genommen.
Jennet erwies sich als vorzügliches, hingebungsvolles Kindermädchen, und wir wurden bessere Freundinnen als je zuvor. Ich war sehr froh darüber, daß sie nun ständig bei uns lebte.
Im August kam meine Mutter wieder zu Besuch. Sie hatte sich nach ihren Enkelkindern gesehnt. Tamsyn war nun fast acht Monate alt und zeigte bereits einen recht eigenwilligen Charakter. Sie würde ein aufgewecktes Mädchen werden, davon war ich überzeugt.
Die Neuigkeiten aus Lyon Court klangen etwas zwiespältig. Mein Vater, Mr. Landor und Fennimore, Carlos und Jacko waren alle heil und gesund von ihrer Ostindienfahrt zurückgekehrt. Sie hatten wertvolle Waren nach England gebracht und Handelsbeziehungen mit jenem Teil der Welt aufgenommen. Doch eine solche Reise barg immer viele Gefahren, und nicht alle Schiffe waren wieder an Englands Küsten gelandet. Aus der Flotte von fünfzehn Fregatten waren einige mitsamt der Mannschaft gesunken; zwei waren von Piraten gekapert worden; drei hatten sich in Kampfhandlungen mit Schiffen unbekannter Nationalität eingelassen, doch waren dies ebenfalls Handelsschiffe gewesen. Folglich waren nur acht Fregatten wieder in den Heimathafen eingelaufen, diese allerdings reich mit Gewürzen, Elfenbein und Gold beladen. Daher konnte man das Unternehmen letzten Endes doch als erfolgreich bezeichnen.
»Ich danke Gott, daß unsere Männer gesund zurückgekommen sind«, sagte meine Mutter. »Und ich bete für jene armen Seelen, die nicht so glücklich waren.«
Ich nickte, und mir fiel plötzlich wieder die ›San Pedro‹ ein, die an den Felsklippen vom Sturm zerschmettert worden war.
»Manchmal wünschte ich, daß mein Vater und die anderen keine Seeleute wären, sondern einem Beruf auf dem Land nachgingen!«

»Welch Glück, daß Colum mit seinen Ländereien beschäftigt ist«, stimmte meine Mutter zu. »Ich bin froh für dich, daß er keine langen und abenteuerlichen Seefahrten unternimmt.«
Meine Mutter blieb bis Ende September bei uns, und ich vermißte sie hinterher mehr als nach ihren bisherigen Besuchen. Eine gewisse Ruhelosigkeit überkam mich. Und in dieser Stimmung wurde es für mich zur Gewißheit, daß auf Schloß Paling eine Menge vor sich ging, wovon ich keine Ahnung hatte.
Es war inzwischen Oktober geworden. Die Tage wurden merklich kürzer. Bald würden die tückischen Herbststürme einsetzen ... Ich mußte immer wieder an das spanische Schiff denken, das seine Heimat nicht mehr erreicht hatte.
Eines Nachmittags stand ich vor Ysellas Turm, wo ich das Amulett gefunden hatte, und bemerkte, daß die eisenbeschlagene Tür nur angelehnt war.
Ich konnte meine Neugier nicht bezähmen, stieß die Tür ganz auf und ging hinein. Als erstes fiel mir der Geruch auf; es roch nach Meerwasser, Seegras und modrigen, verschimmelten Wänden.
Ich kam in ein weitläufiges Gemach, das der Halle in den anderen Türmen glich. Es war sehr düster. Das kam nicht nur daher, daß kaum Tageslicht hereindrang, sondern lag auch daran, daß der Raum mit Gegenständen vollgestopft war, sperrigen Kisten und aufeinandergehäuften Waren aller Art. Ich stieß mit dem Fuß an etwas Weiches und schrie auf, da ich zuerst glaubte, ein Mann liege dort. Doch es war nur ein Tuchballen. Ich bückte mich. Der Salzwassergeruch war hier noch stärker, und der Stoff fühlte sich feucht an.
Ich wanderte kreuz und quer durch die Halle und betrachtete alles voller Erstaunen. Was hatte das zu bedeuten? Ich verstand nichts mehr. Wie lange lagen diese Waren schon hier, und woher stammten sie?
Ich stieg eine Treppe hinauf und ging die Galerie entlang, wo es noch stärker nach Meerwasser roch. Aufs Geratewohl stieß ich eine Tür auf. In dem kleine Zimmer stand eine hölzerne Truhe; ich entdeckte mehrere Schmuckstücke aus Gold und Silber. Eine der Ketten erinnerte mich an das Halsband mit dem rubinbesetzten Anhänger, den Colum mir geschenkt hatte.

Während ich den kostbaren Schmuck betrachtete, hörte ich ein Geräusch. Mir lief es kalt über den Rücken. Plötzlich wurde mir wieder bewußt, daß ich in Ysellas Turm war, der als verhext galt . . . der Turm, in dem Ysella vor so langen Jahren ein geheimes Dasein geführt hatte.
Doch schnell überwand ich meinen ersten Schrecken. Jemand hatte die Halle unter mir betreten und wollte vermutlich etwas herausholen.
Ich lief die Galerie entlang bis zur Treppe. Von dort aus war kein Mensch zu sehen. Hastig stieg ich hinunter und erschrak abermals, denn der Raum schien noch dunkler als zuvor. Im nächsten Augenblick sah ich auch, weshalb. Die schwere, eisenbeschlagene Tür, die ich offengelassen hatte, war nun geschlossen.
Ich versuchte sie zu öffnen, doch vergeblich. Sie war verriegelt. Die Erklärung war höchst einfach. Entweder war schon jemand hier gewesen, als ich hereinkam, hatte mich aber nicht gesehen, oder der Betreffende hatte die Halle kurz verlassen, ohne die Tür zu verschließen, und das hatte man nun nachgeholt.
Aber wie auch immer: Ich war in Ysellas Turm gefangen.
Mit beiden Fäusten schlug ich gegen die Tür, da ich hoffte, daß jemand in der Nähe sein könnte. Doch bald gab ich es auf, da ich mir dabei nur die Hände aufschürfte. Ich rief mehrere Male laut um Hilfe, meine Stimme drang jedoch nicht durch die dicken Mauern.
Was konnte ich tun? Gab es vielleicht noch einen anderen Ausgang? Ich durfte auf keinen Fall in blinde Panik geraten, sondern mußte ruhig überlegen. Ich kannte den Grundriß, da er derselbe war wie bei den anderen Türmen. Der unangenehme Schimmelgeruch schien immer durchdringender zu werden. Ich ging mit Herzklopfen in den Raum, wo einst die Küche gewesen war. Ja, die große Feuerstelle, der riesige Herd und die Bratspieße waren noch vorhanden und zeugten von früherer Tätigkeit. Einige Kessel waren bis zum Rand mit den verschiedensten Dingen angefüllt. In dem einen fand ich ausländische Münzen, in einem zweiten lag kostbarer Schmuck.
Mir schoß ein Gedanke durch den Kopf . . . Wenn Colum seiner Frau ein Geschenk machen wollte, kam er einfach hierher und suchte sich ein passendes aus.

In dem engen Durchgang neben der Küche entdeckte ich eine Tür, doch auch sie war verschlossen. Also tastete ich mich wieder in die Halle zurück. An dem diffusen Licht merkte ich, daß es bald Abend werden würde. Eine fürchterliche Vorstellung! Doch dann tröstete ich mich damit, daß man mich gewiß suchen würde. Ob man allerdings auf den Gedanken kam, auch in Ysellas Turm nachzusehen, war äußerst fraglich ...

Wieder und wieder schlug ich mit aller Kraft gegen das Eingangstor und schrie, so laut ich konnte. Als nichts geschah, stieg ich erneut die Treppe hinauf. Vielleicht konnte ich auf die Turmplattform gelangen und mich von dort durch ein Zeichen bemerkbar machen.

Die Wendeltreppe war ziemlich eng und verlangte große Vorsicht beim Hinauf- und Hinuntersteigen. Ein dickes Seil an der Mauer diente als Geländer. Unentwegt ging es rund herum, bis mir schwindelte und ich mir plötzlich einbildete, im nächsten Augenblick irgend etwas Furchtbares zu Gesicht zu bekommen.

Es hieß, daß hier Nonnas Geist umgehe, da sie die Geliebte ihres Mannes entdeckt hatte und gleich darauf gestorben war.

Sie hätte eben nicht so neugierig sein dürfen, hatte Colum leichthin gemeint. Weil ich ebenso neugierig gewesen war, befand ich mich jetzt in dieser abscheulichen Lage.

Ich schaute in mehrere Zimmer; sie hatten alle schmale, tief in die dicken Mauern eingelassene Fenster. Es war sehr kalt, und auch hier roch es nach Salzwasser.

Zu meiner Erleichterung war die Tür zur Turmplattform nicht versperrt. Ich stieß sie auf und atmete in tiefen Zügen die frische Luft ein, nach dem muffigen Geruch ein wahres Labsal für mich. Zwischen den Zinnen sah ich den Meeresturm vor mir aufragen. Ich beugte mich weit über die Mauerbrüstung und schaute hinunter in den Hof, wo ich das Amulett gefunden hatte. Mir war völlig klar, daß dieses kleine Schmuckstück jetzt in einer der Holzkisten oder einem großen Kessel mit dem anderen Geschmeide läge, wäre es nicht auf irgendeine Weise - wahrscheinlich beim Transport - auf das Pflaster gefallen.

Am Himmel zogen dicke Wolken eilends dahin. Wind war aufgekommen und verschluckte meinen Hilferuf:

»Ich bin hier oben! In Ysellas Turm! Holt mich heraus!«
Ich zog meinen Unterrock aus und schwenkte ihn in der Hoffnung, jemand würde das weiße Geflatter sehen. Doch nichts geschah.
Ich rief wieder und wieder . . . Über mir kreisten Schwärme von Möwen. Sie flogen vom Meer aufs Land, was angeblich bedeutete, daß der Wind stärker wurde. Vielleicht tobte auf hoher See sogar schon ein Sturm. Die melancholischen Schreie der Vögel paßten gut zu meiner düsteren Stimmung.
Ich bekam es langsam mit der Angst zu tun, als all meine Versuche, mich bemerkbar zu machen, keinen Erfolg hatten. Das Tageslicht schwand zusehends, und ich fürchtete, daß abends keiner mehr in Ysellas Turm gehen würde, um etwas zu holen.
Ich begann zu frieren. Unmöglich konnte ich hier oben in der Kälte bleiben, bis jemand kam. Andererseits widerstrebte mir die Vorstellung, in den unheimlichen Turm zurückzukehren.
Wie töricht hatte ich mich verhalten! Warum war ich nicht an der Tür stehengeblieben, um mich etwas umzusehen! Wenn dann jemand gekommen wäre - wie es ja tatsächlich der Fall war -, hätte ich ihn bitten können, mich im Turm herumzuführen und mir alles zu zeigen.
Ich lief weiter an den Zinnen entlang, bis ich an eine Stelle kam, wo die Brüstung ziemlich niedrig war. Ich lehnte mich weit hinüber, wurde aber sofort sehr schwindlig.
Nonna war gestorben, nachdem sie Ysella gefunden hatte. Sie hätte nicht so neugierig sein sollen . . . Mir kam es vor, als lachten die bösen Fratzen, die aus den steinernen Zinnen herausgemeißelt waren, mich aus.
Plötzlich hörte ich einen schrillen, durchdringenden Schrei und sah eine Dienerin durch den Torbogen laufen, der von Ysellas Hof in den nächsten führte.
Ich rief, so laut ich konnte, doch sie war schon verschwunden, und meine Worte wurden vom Wind verweht.
Wahrscheinlich hatte sie mich hier zwischen den Zinnen gesehen und mich für den Geist Nonnas gehalten. Bestimmt würde sie gleich ihr Erlebnis weitererzählen, und jemand würde kommen. Ich lauschte erwartungsvoll.
Niemand kam, und es wurde immer dunkler. Ich konnte

unmöglich die Nacht hier oben verbringen. Da war es immer noch besser, wieder hinunterzugehen, so sehr mir davor graute. Einer plötzlichen Eingebung folgend warf ich meinen Unterrock über die Brüstung. Das sah geradezu unheimlich aus. Fast hätte man glauben können, eine weibliche Gestalt stürze hinab. Was hatte Nonna wohl empfunden, als sie entdeckte, daß ihr Ehemann ihr untreu gewesen war? Das Leben war ihr sinnlos vorgekommen, und sie hatte beschlossen zu sterben.
Sicher lag es an dem spärlichen Licht und an meiner inneren Spannung, daß ich eine so lebhafte Einbildungskraft entwickelte, aber es kam mir wirklich vor, als falle ein Mensch in den Hof hinunter. Lautes Kreischen ließ mich zusammenzucken. Natürlich waren es nur die Möwen, die das weiße Gebilde, das für sie wie ein unheimlicher Riesenvogel aussehen mochte, aufgescheucht hatte.
Bald wird jemand meinen Unterrock finden und mich hier herausholen, redete ich mir zu.
Stufe um Stufe tastete ich mich die Wendeltreppe hinunter, bei den schlechten Lichtverhältnissen ein ziemlich schwieriges Unterfangen. Endlich kam ich auf der Galerie an, und von dort stieg ich in die Halle hinab.
Durch die wenigen Fenster, die eher Mauerschlitzen glichen, sickerte kaum noch Licht. Da der Turm als Bollwerk gegen angreifende Feinde erbaut worden war, hätten größere Öffnungen eine Gefahr bedeutet.
Ich bahnte mir meinen Weg zwischen durchnäßten Tuchballen, Kleidungsstücken, Gewürzen, Gold, Silber und Elfenbein ... Kurz, es waren genau die Waren, mit denen mein Vater und die Landors Handel trieben.
So vieles erkannte ich nun in seiner wahren Bedeutung: Colum, der in Sturmnächten nicht im Bett blieb und dann morgens durchnäßt zurückkehrte; Ysellas Turm, der verschlossen blieb; der Hof, in dem ich nicht spazierengehen durfte; Jennet, die nicht im Meeresturm bleiben konnte, wenn Colum und einige seiner Leute ausritten; die Männer, die im Meeresturm wohnten und anders waren als die übrigen Dienstleute. »Es sind Fischer, die für uns ihre Netze auslegen«, hatte Colum mir erklärt. In Wirklichkeit wohnten nur Seeleute im Meeresturm. Und dort gab es eine Menge Boote, Pferde und Esel - Packtiere ...

Ich fühlte mich elend. Ob es nun an dem modrigen Geruch lag, an der neuen Erkenntnis, die ich gewonnen hatte, oder an der Angst vor Colums Zorn, wenn er erfuhr, daß ich Ysellas Turm betreten hatte, wußte ich nicht. Sicher suchte man inzwischen schon nach mir und würde meinen Unterrock im Hof entdecken.

Alles war nun klar, schrecklich klar. Die Waren, die sich hier im Turm stapelten, stammten aus Schiffswracks. Wenn in stürmischen Nächten ein Schiff an unserer Küste zerschellte, waren Colum und seine Leute sofort zur Stelle. Sie retteten die Fracht aus den Fluten, brachten sie an Land, verstauten sie im Turm ... Und dann machte Colum Geschäfte mit Leuten wie jenen beiden, die er im Gasthaus ›Wanderers Ruh'‹ getroffen hatte.

Und das ganze Unternehmen sollte geheimgehalten werden!

Verstieß man gegen das Gesetz, wenn man Schiffsfracht aus dem Meer barg? Mußte deshalb alles so still und heimlich ablaufen? Colum war wütend geworden, als ihm mein Interesse an Ysellas Turm aufgefallen war. Bestimmt hatte er mir jene alte Familiensage deshalb erzählt. Ich sollte Angst vor dem angeblich verhexten Turm bekommen und ihm fernbleiben.

Er hatte verhindern wollen, daß ich hinter das Geheimnis dieses Turmes käme. Als ich ihm das spanische Amulett zeigte, wußte er ganz genau, daß es beim Transport irgendeiner Schiffsladung vor dem Turm herausgefallen war. Die Kette, die er mir geschenkt hatte, stammte auch aus diesem ›Warenlager‹, da war ich mir sicher. Er suchte einfach etwas aus, das wie neu aussah ... Hätte ich nicht zufällig das winzige Geheimfach in dem Anhänger entdeckt, in dem sich die Miniatur einer fremden Frau befand, ich hätte nie Verdacht geschöpft.

Ein Mann, der sich am Unglück anderer bereicherte und mit diesen Besitztümern Geschäfte machte, war schrecklich.

Ich fröstelte. Tief in meinem Herzen wußte ich, daß Colum etwas Furchteinflößendes an sich hatte. Hätte ich Fennimore Landor geheiratet, mein Leben wäre friedlich und glücklich verlaufen. Die einzige Sorge wäre gewesen, ob er heil und gesund von seinen Seefahrten zurückkäme ...

Was für ein merkwürdiger Gedanke! Aber mir war, als sei ich plötzlich hellsichtig, als wäre ein verstaubter Spiegel blank gerieben worden, so daß ich nunmehr klarsah.
Auf welche Weise würde sich wohl Colums Ärger und Wut äußern? Wenn er rasend vor Zorn wäre oder mich sogar - zum ersten Mal - schlüge? Es wäre mir, glaube ich, lieber gewesen, als wenn er schweigend hingenommen hätte, was ich getan hatte.
Bestimmt würde er irgendeine Erklärung bereit haben. Aber das war völlig unnötig, denn ich kannte nun die Wahrheit, hatte die wahre Tätigkeit meines Mannes endeckt. Er besaß zwar viel Land, und es hieß, daß er sehr wohlhabend sei. Doch vielleicht stammte sein Reichtum hauptsächlich aus dem Verkauf von Juwelen und anderen Kostbarkeiten, die er aus sinkenden Schiffen barg.
Kein Wunder, daß er die Handelspläne meines Vaters und der Landors etwas verächtlich abtat. Er hatte eine einfachere Methode gefunden, zu Waren zu kommen. Er brauchte nicht die Meere zu befahren; denn er fand alles vor der eigenen Haustür.
Ich konnte kaum noch die Umrisse der verschiedenen Gegenstände wahrnehmen und mußte an die Menschen denken, die an Bord der verunglückten Drei- und Viermaster gewesen waren. Ich stellte mir vor, wie die vom Sturm gegen die Felsen getriebenen Schiffe dort zerschellten, wie die Kisten mit Waren aus den Schiffsrümpfen herausgeschleudert und von den Wogen schließlich an Land gespült wurden, wo die ›Altwarenhändler‹ sie einsammelten.
Altwarenhändler! Ja, dafür hielt ich ihn. Ich haßte diesen Geldverdienst meines Mannes, und anscheinend schämte auch er sich dessen, sonst würde er wohl kaum versuchen, das Ganze geheimzuhalten.
Ich sah mich in der Halle um. Wenn ich doch nur etwas Licht machen könnte! In dieser Düsternis wirkte alles unheimlich und gespenstisch.
Ich ließ mich matt auf einen Stoffballen sinken und schloß die Augen. »Bitte, kommt und holt mich hier raus«, flüsterte ich flehend. »Ich kann doch nicht die ganze Nacht hier sitzen!«
Auf der Treppe raschelte und schurrte es. Vermutlich waren es Mäuse . . . vielleicht auch Ratten. Ich schauderte.

Ratten, die sich in einen der Tuchballen hineingefressen und deshalb den Schiffsuntergang überlebt hatten.
Wie man sich doch einbilden konnte, Geräusche zu hören! Eben hatte ich geglaubt, Schritte auf der Treppe zu vernehmen. War es vielleicht Nonnas Geist? Die Ärmste hatte ihre Neugier nicht bezähmen können und war kurz darauf gestorben. Sie war wegen ihrer Neugier gestorben, war gemordet worden. Nonna war die unerwünschte Ehefrau ... Wenn jener Vorfahr von Colum zufrieden mit seiner Frau gewesen wäre, hätte er Ysella bestimmt nicht in einem zweiten Turm einquartiert.
Der Wind wurde immer heftiger. Deutlich konnte ich die schweren Brecher hören, die an die Fundamente der Burg brandeten. Bei diesem Sturm lagen die *Devil's Teeth* vollständig unter der Wasseroberfläche. Vielleicht geriet auch heute wieder ein Schiff in Seenot, und Colum hielt schon Ausschau, damit er und seine Leute zur Stelle waren, wenn es zum Ärgsten kam.
Wie sehr ich das alles haßte! Dabei war doch auch mein Vater ein Pirat gewesen, der es für sein gutes Recht hielt, die spanischen Galeonen auszuplündern, die seinen Weg kreuzten. Wie oft war er zu Hause angekommen, das Schiff mit Schätzen vollbeladen, die er den Spaniern weggenommen hatte.
Meine Mutter hatte ihrem Mann deutlich ihre Meinung gesagt. »Das ist nichts anderes als Raub, Jake. Du bist ein Bandit, ein Freibeuter.«
»Wir leben in einer Zeit der Freibeuter«, war seine Antwort gewesen.
Windböen fegten um die Turmmauern. Dann war es für einen Augenblick ganz still, und ich hörte von oben ein Geräusch. Was war das? Mäuse oder Ratten ... oder etwa der Schritt einer längst Gestorbenen, die nicht zur Ruhe kommen konnte?
Ich wußte, daß ich eine blühende Phantasie hatte; aber was sollte ich dagegen tun? Ich starrte ins Dunkel und erwartete jeden Augenblick, eine geisterhafte Erscheinung auf der Treppe zu sehen. Nonna, die langsam auf mich zu schreitet, eine schreckliche Kälte mit sich bringt ... und mir zuflüstert: »Ich warne dich. Ich bin hier, um dich zu warnen ...«

Das war natürlich alles Einbildung. Nichts war zu sehen als die Halle mit ihren helleren und dunkleren Schatten, die ich nun undeutlich erkennen konnte, da meine Augen sich an das Dämmerlicht gewöhnt hatten.
Wieviel Uhr mochte es wohl sein? Ich war auf jeden Fall lange genug weg, um von den anderen vermißt zu werden ...
Wie oft hatte ich den Wunsch verspürt, einen Blick in Ysellas Turm zu werfen. Nun hatte ich es gewagt und war schrecklich dafür bestraft worden. Wie eine Gefangene mußte ich hier womöglich die ganze Nacht verbringen.
Ich zitterte vor Furcht, denn ich war mir sicher, nicht allein in dem feuchten, modrigen Gemäuer zu sein. Was hatte Nonna empfunden, als sie erkannte, daß ihr Mann seine Geliebte in diesem Turm versteckt hielt? Ich konnte mir ihren Kummer und ihr tiefes Erschrecken gut vorstellen. Und gleich darauf war sie gestorben.
War sie freiwillig aus dem Leben geschieden, oder hatte jemand nachgeholfen?
Wieder überlegte ich, wie lange ich nun schon im Turm war. Ich war gegen drei Uhr hergekommen und meiner Schätzung nach bereits zwei Stunden hier. Also mußte es jetzt ungefähr fünf Uhr sein.
Wenn ich doch nur eine Kerze auftreiben könnte! Dann würde ich sie anzünden und in eines der Fenster stellen. Konnte ich auf die Dienerin hoffen, die mich zwischen den Zinnen hatte stehen sehen? Nein. Selbst wenn sie den anderen davon erzählt hatte, würde man sie doch nur auslachen. Schließlich hatte immer wieder einmal einer der Bediensteten steif und fest geschworen, den Geist in Ysellas Turm gesehen zu haben.
Vielleicht sollte ich wieder zur Turmplattform hinaufsteigen? Wenn jemand in den Hof käme, könnte ich laut um Hilfe rufen.
Ich stand auf. Die Furcht umschlang mich wie ein dunkler Mantel. Im nächsten Augenblick fiel ich fast über einen Ballen, den ich nicht bemerkt hatte.
Meine Schritte hallten auf den Steinstufen, als ich mich zur Galerie hinauftastete. Endlich hatte ich die enge Wendeltreppe gefunden und griff nach dem dicken Seil, das als Geländer diente.

Das Hinaufsteigen war das furchtbarste von allem bisher Erlebten. Ich war überzeugt, daß etwas Unheimliches hinter der nächsten Biegung auf mich lauerte. Dennoch ging ich weiter. Oben auf dem Turm würde man mich eher entdekken. Sicher hatte man schon mit der Suche nach mir begonnen, und irgend jemand würde mich hören, wenn ich immer wieder so laut wie möglich schrie.
Hoffentlich war ich bald ganz oben! Ich berührte die Wand, die sich feucht und rissig anfühlte. Die Wendeltreppe kam mir plötzlich weniger eng vor . . . Vorsichtig tastete ich mit der Schuhspitze vor mir die Stufen ab und machte erst dann einen Schritt, wenn ich sicher war, festen Halt zu haben.
Ein kalter Lufthauch strich über mich hin. Mein Herz drohte vor Entsetzen stillzustehen, als bei einem jähen Blitz die Szenerie vor mir gespenstisch beleuchtet wurde. Die gräßliche in Stein gemeißelte Fratze eines Wasserspeiers starrte mich an. Ich schrie auf und taumelte zurück.
Zum Glück fiel ich nicht tief, da mich die engen Mauern der Wendeltreppe auffingen. Unfähig, mich zu bewegen, lag ich auf den kalten Steinstufen und fühlte nur noch, wie mich das Dunkel der Bewußtlosigkeit umfing.

Lärm - Stimmen. Starke Arme hoben mich hoch.
»Colum?« flüsterte ich.
»Alles ist gut. Du bist in Sicherheit.«
An dem Salzgeruch erkannte ich, daß ich mich immer noch in Ysellas Turm befand. Es war ziemlich hell, da mehrere Männer mit Laternen uns umstanden.
Colum brachte mich in die Halle hinunter. »Ich muß meine Frau hinübertragen«, sagte Colum zu zwei Männern. »Leuchtet mir! Sie hat sich offensichtlich den Knöchel verletzt.« Erst da spürte ich den pochenden Schmerz im Fußgelenk.
Jennet kleidete mich aus und hüllte mich in ein warmes Nachtgewand. Dann zog sie die Bettvorhänge zu. Zwei heilkundige Frauen wurden zu mir geschickt und untersuchten meinen Fuß. Eine dicke Paste wurde aufgetragen und ein fester Verband angelegt. Die Ältere erklärte mir, daß ich nicht aufstehen dürfe.
Wie benommen lag ich da und erlebte noch einmal die quälenden Augenblicke, als ich voller Angst die Wendeltreppe

hinaufgestiegen war. Kurz darauf flößte mir Jennet einen Schlaftrunk ein.
Den ganzen nächsten Tag über blieb ich im Bett, da mir jeder Schritt große Schmerzen bereitete. Erst gegen Abend kam Colum zu mir ins Schlafzimmer.
Er zog die Bettvorhänge zurück und schaute mich an. »Ich möchte gerne wissen, was du in Ysellas Turm zu suchen hattest.«
»Als ich die Tür offen fand, sah ich eben hinein.«
Er beugte sich mit finsterem Gesicht über mich. »Du wußtest genau, daß du nicht hineingehen solltest.«
»Die Tür stand offen«, wiederholte ich. »Es kam mir nicht in den Sinn, daß ich etwas Verbotenes tue, wenn ich einen Blick hineinwerfe.«
»Ich habe mich schon mit dem Schuldigen befaßt«, sagte Colum grimmig.
»Was meinst du damit?« fragte ich.
»Derjenige, der die Tür offenließ, wurde bestraft.«
»Bestraft? Wie denn?«
»Du stellst zu viele Fragen.«
»Aber es war doch meine Schuld, daß ich hineinging, Colum.«
»Stimmt. Du hattest kein Recht dazu.«
»Ich wollte endlich wissen, was dort drinnen ist.«
»Wenn ich gewollt hätte, daß du es weißt, hätte ich es dir dann nicht selbst erzählt?«
»Falls es sich um etwas Unwichtiges gehandelt hätte, wärst du sicher mitteilsamer gewesen. Da du es verschwiegst, mußte es etwas von Bedeutung sein«, wandte ich ein. »Natürlich ließ mir das keine Ruhe.«
»Ich verlange, daß du mir gehorchst! Hast du dir eigentlich je Gedanken darüber gemacht, was geschieht, wenn du mich zornig machst?«
»Du könntest mich ebenso umbringen wie dein Vorfahr seine Frau Nonna.«
Das Schweigen schien den Raum zu füllen. Colum stand mit verschränkten Armen so unbeweglich wie eine steinerne Statue da.
»Reiz mich nicht zu sehr«, sagte er schließlich. »Du begreifst anscheinend nicht, daß ich sehr unduldsam sein kann.«

»Oh, das ist mir nicht entgangen. Schließlich habe ich einige deiner Wutausbrüche miterlebt.«
»Das war noch gar nichts.«
In diesem Augenblick hatte ich das Empfinden, daß ich Colum kaum kannte. Ein Fremder schien vor meinem Bett zu stehen, obwohl er der Vater meiner Kinder war. Ich spürte, daß er die Maske langsam ablegte und sein wahres Gesicht enthüllte.
Merkwürdigerweise hatte ich keine Angst, obwohl mir der Gedanke durch den Kopf schoß: Er ist durchaus dazu imstande, mich zu töten, wenn ich ihn erzürne oder wenn er mich loswerden will!
Ich empfand eine geradezu tollkühne Lust, Colum meine Entdeckung mitzuteilen. Warum sollte ich ihm etwas vortäuschen?
Er stand immer noch mit verschränkten Armen vor mir, als wolle er sich auf diese Weise gewaltsam im Zaum halten. Ob er mich im nächsten Augenblick umarmen oder aber packen und würgen würde, wußte ich nicht. Nur eines wußte ich: dieser Mann war mir wie ein Fremder.
»Du hättest nicht in den Hof und schon gar nicht in den Turm gehen sollen«, sagte er. »Im schlimmsten Fall wärest du dort tagelang von niemand entdeckt worden. Hätte die Magd nicht wie eine Verrückte geschrien wegen eines angeblichen Gespenstes auf den Zinnen und wäre dein Unterrock nicht gefunden worden, hätten wir dich nie in Ysellas Turm vermutet. Du hast mich in große Unruhe versetzt.«
»Das tut mir leid . . .«
»Das soll es auch! Tu so was nie wieder, oder es wird dir noch viel mehr leid tun!«
»Das hört sich ja an, als könntest du mich eines Tages töten.«
»Du sollst mich ruhig fürchten.«
»Ich habe nicht behauptet, daß ich dich fürchte, Colum. Ich habe lediglich gesagt, daß du wohl imstande wärst, mich zu töten. Vielleicht haßt du mich jetzt sogar, weil ich nun über deine sogenannten Geschäfte Bescheid weiß.«
»Was hast du denn entdeckt?«
»Im Turm lagern unzählige Waren, die aus dem Meer geborgen wurden.«
»Und?«

»Verrate mir doch, warum du sie so verborgen hältst.«
»Findest du nicht, daß es besser ist, wenn ich sie an mich nehme, statt sie dem Meer zu überlassen?«
»Es geht um die Fracht von gestrandeten Schiffen, Colum. Gehören diese Schiffe denn dir?«
»Bergungsgut gehört denen, die es an Land schaffen.«
»Bestimmt gibt es doch ab und zu auch Überlebende. Was ist dann?«
»Dann würden die Sachen natürlich ihnen gehören. Falls sich aber keine lebende Seele entdecken läßt, holen eben wir die Fracht aus dem Wasser.«
»Wenn das alles so einfach ist, hättest du mir doch davon erzählen können. Warum hast du es nicht getan?«
»Ich denke nicht daran, weitere Fragen zu beantworten. Nun bin ich an der Reihe. Hast du deiner Mutter schon davon berichtet?«
»Wie könnte ich? Ich habe sie doch seither nicht gesehen.«
»Vielleicht hattest du bereits zuvor einen gewissen Verdacht?«
»Ich habe ihr nichts gesagt.«
Er beugte sich plötzlich zu mir und packte mich beim Handgelenk. »Du wirst auch mit keinem darüber sprechen! Hast du mich verstanden?«
»Oh, sehr gut.«
»Was in meiner Burg geschieht, geht nur mich etwas an. Vergiß das nicht!«
»Ich will den Rubinanhänger nie mehr tragen.«
»Und ob du ihn tragen wirst!«
»Die Kette gehörte einer Frau . . . . die mit einem Schiff untergegangen ist. Hast du sie der Leiche vom Hals gerissen?«
»Still, törichtes Weib! Sei froh, daß du einen Mann hast, der dich genug mag, um dir Geschenke zu machen.«
»Ich will keine Geschenke, die Toten weggenommen wurden!«
Er drehte sich um und ging zu meiner Schmuckschatulle. Als er wieder zu mir ans Bett trat, hielt er die Diamantkette mit dem Anhänger in der Hand.
»Leg sie an!« befahl er.
»Ich möchte lieber nicht.«
»Du tust sofort, was ich dir sage!«
Ich schüttelte den Kopf. Darauf legte er sie mir selbst mit

einer heftigen Bewegung um. Das Metall fühlte sich kalt auf der Haut an.
Ich schloß die Augen und lag ganz still, hilflos wie ich war.
Colum warf sich neben meinem Lager nieder, streichelte meinen Hals und spielte mit der Kette.
»Du gefällst mir heute ebenso gut wie früher«, sagte er. »Noch nie war ich so lange mit derselben Frau zufrieden. Du kannst dich wirklich glücklich schätzen! Doch auf einem bestehe ich: Du sollst nur tun, was ich will, und das gut finden. Du mußt sagen: ›Ich habe keinen anderen Willen als er. Was immer er auch tun mag, ich werde es für richtig halten.‹ Sag es, sag's jetzt gleich!«
»Nein! Du kannst mir eine Kette umlegen, die ich nicht tragen will, du kannst auch das tun, was du damals in jener Nacht getan hast, als du ein Schlafmittel in meinen Wein mischtest. Aber auf meine Gefühle hast du keinen Einfluß. Wenn mir nicht paßt, was du tust, dann wird nichts meine Meinung ändern. Es kann höchstens sein, daß ich es nicht laut ausspreche . . .«
Er lachte schallend.
»Du hast Verstand. Das gefällt mir, denn auch meine Söhne sollen Verstand haben. Wie schlimm wäre es, wenn sie den duckmäuserischen Charakter einer törichten Frau geerbt hätten! Du gefällst mir verdammt gut, wie du bist.« Er biß mich plötzlich äußerst schmerzhaft ins Ohr. »Aber eins muß dir immer klar sein: Ich tue, was ich will, und du wirst weder hinter mir her spionieren noch ein Sterbenswörtchen über das verlieren, was hier vor sich geht. Verstanden? Du kannst ja die Augen schließen, wenn du so zimperlich bist!«
»Ich verstehe deine Worte.«
»Verstehst du auch, daß von dir Gehorsam erwartet wird?«
»Und wenn ich nicht folge?«
»Dann wirst du die volle Wucht meines Zornes zu spüren bekommen, der fürchterlich sein kann. Vergiß das nie!«
Furcht überkam mich. Mir war, als hätte ich mich bisher selbst um die Wahrheit betrogen. Als Colum kurze Zeit später mit mir schlief, fehlte alle Zärtlichkeit. Ich wußte, daß er mich nur gefügig machen wollte.
Die Kette der Toten schien mir ins Fleisch zu schneiden. Ständig glaubte ich die schönen dunklen Augen der Frem-

den auf mich gerichtet. Ob Colum sie wohl gesehen hatte? Oder war ihr die Kette etwa vom Hals gerissen worden, als sie noch am Leben war?
Zum ersten Mal wünschte ich, daß ich nie den Fuß in Ysellas Turm gesetzt hätte. In meiner Unwissenheit war ich glücklicher gewesen. Andererseits war es gewiß besser, wenn man das Böse erkannte. Das Böse! Paßte dieses Wort auch auf das Leben mit meinem Ehemann?
Etwas hatte sich verändert, das war mir klar. Ich war nun hellwach und auf der Hut. Ich wartete auf etwas . . . nur wußte ich nicht, worauf.

Die Frau aus dem Meer

Ich versuchte, mir nicht allzu viele Gedanken darüber zu machen, was in den Nächten geschah, wenn Colum und seine Diener aus dem sturmgepeitschten Meer angeschwemmte Frachtgüter bargen. Wie erstarrt lag ich dann im Bett und wartete darauf, daß Colum wiederkam.

In jenen Tagen verschloß ich absichtlich meine Augen, denn ich wollte so vieles einfach nicht wissen. Ich liebte Colum vielleicht nicht mehr, doch er blieb sehr wichtig für mich. Die Nächte schenkten uns nach wie vor Erfüllung. Colum bezauberte mich immer noch, und seine unbändige Lebenskraft übte eine starke sinnliche Anziehungskraft auf mich aus. Es war für mich auch erregend, mich gegen seine Herrschsucht zur Wehr zu setzen. Mir gefielen sogar seine Bemühungen, mich zu unterjochen, und wenn es ihm auch oftmals gelang, über mich zu siegen, so wußte ich doch, daß ich mir stets einen Teil meiner Freiheit bewahren würde, gleichgültig, was er sagte oder tat.

Colum war sich dessen natürlich auch bewußt. Es ärgerte, reizte und faszinierte ihn zugleich.

So vergingen die Monate. Gelegentlich besuchte uns meine Mutter, doch erzählte ich ihr nichts von dem, was ich in Ysellas Turm entdeckt hatte.

Sie berichtete mir jedesmal ausführlich von dem Unternehmen, das mein Vater und die Landors gemeinsam aufbauten. Es gab verständlicherweise auch Rückschläge, doch im großen und ganzen verlief alles recht erfolgreich.

»Ich wünschte nur, die Landors wären nicht so dagegen, mit euch zusammenzutreffen! Dich möchten sie natürlich nur zu gern wiedersehen, auf keinen Fall jedoch deinen Mann«, berichtete sie mir einmal.

»Geben sie Colum immer noch die Schuld am Tod ihrer Tochter?«

Meine Mutter nickte. »Ich habe ihnen klarzumachen versucht, wie häufig Frauen im Kindbett sterben. Das ist trau-

rig, läßt sich aber leider nicht verhindern. Doch sie wollten nicht auf mich hören.«
»Wie geht's Fennimore?«
»Er lebt mit Frau und Kind in Trystan Priory, ist allerdings meist auf hoher See. Sein kleiner Junge scheint sich prächtig zu entwickeln.«
»Der Enkel wird die Landors sicher über den Verlust der Tochter hinwegtrösten.«
»Gewiß. Aber das hindert sie nicht daran, Melanie weiterhin zu betrauern.« Sie wechselte das Thema. »Nun steht übrigens fest, daß die Spanier durch die Niederlage der Armada doch nicht völlig von den Meeren vertrieben wurden. Sie haben immer noch viele Hochburgen in Amerika ... Sir Walter Raleigh und der Earl of Cumberland stellen mit Unterstützung der Londoner Geschäftswelt eine Kriegsflotte zusammen, um die spanischen Siedlungen in Amerika anzugreifen.«
»Das bedeutet also wieder Krieg?«
»Dein Vater meint, daß wir mit den Spaniern immer im Kampf liegen werden. Sie sind ja über die ganze Welt verstreut und haben überall Besitzungen.«
»Und dennoch konnten wir die große Armada besiegen.«
»Ja, gottlob! Ich wünschte so sehr, daß Schiffe nur noch für Handelszwecke benutzt würden!« seufzte sie.
»Du verlangst etwas Unmögliches, Mutter. Leider sind nicht alle gegen den Krieg wie du. Übrigens fürchte ich, daß auch aus dem angeblich friedlichen Seehandel Schwierigkeiten entstehen werden.«
Im September kehrte meine Mutter nach Lyon Court zurück. Am 31. Oktober, dem Abend vor Allerheiligen, trat die Frau aus dem Meer in mein Leben.

Diese eine Nacht sollte mein weiteres Leben entscheidend beeinflussen. Am Abend vor Allerheiligen, an Halloween, gab es immer eine gewisse Aufregung. Wie so häufig herrschte in Cornwall zu diesem Zeitpunkt warmes, nebliges Wetter. Jeder Busch schien von silbrigen Spinnweben überzogen, in denen winzige Wassertropfen wie Juwelen funkelten. Auf den Wegen lag ein Teppich aus goldgelben, braunen und roten Blättern.
Jennet plapperte unaufhörlich darüber, wie unruhig und

ängstlich sich das Gesinde verhielt. Angeblich war es diese Nacht, in der die Hexen auf Besenstielen ritten, um am Hexensabbath teilzunehmen. Und wehe dem, der sich um Mitternacht hinauswagte und in ihre Runde verirrte!
Vor Jahren soll dies einer der Frauen aus dem Meeresturm geschehen sein. Kein Mensch hat sie je wieder in ihrer ursprünglichen Erscheinung gesehen, aber es gab da eine schwarze Katze, die seither auf unheimliche Weise herumstrich.
»Geht an Halloween nicht vor die Tür, Mistress«, warnte mich Jennet.
»Das habe ich auch nicht vor«, erwiderte ich.
»Ich glaube, es wird einen furchtbaren Sturm geben«, prophezeite Jennet schaudernd. »Aber den Hexen ist das Wetter ja gleichgültig.«
Als es dunkelte, wurde auf einem kleinen Hügel außerhalb der Befestigungen ein großes Feuer entfacht. Ich hüllte mich in meinen Umhang und ging mit den Kindern hinaus, ließ sie jedoch nicht nahe an die Flammen heran, da der aufkommende Wind glühende Funken in alle Richtungen trieb. Mein dreijähriger Connell war ein mutiger kleiner Kerl, und ich hatte Jennet mitgenommen, damit auch sie auf ihn aufpaßte.
Die Dienstboten tanzten um den hochauflodernden Holzstapel. Als das Feuer heruntergebrannt war, sammelten sie die Asche ein, um sie aufzubewahren.
»Die Asche bringt Glück und schützt gegen den bösen Blick«, sagte Jennet. »Ich hole Euch ein bißchen davon, Master Connell und Mistress Tamsyn.«
Die Kinder beobachteten alles mit großen Augen, und Connell stellte einige Fragen nach den Hexen. Ich ließ Jennet nicht antworten, da ich fürchtete, sie würde den beiden nur Angst und Schrecken einjagen. Vielmehr erklärte ich ihnen, daß es auch gute Hexen gäbe, die kranke Leute heilten.
»Ich möchte eine böse schwarze Hexe sehen«, erklärte Connell.
Es kostete mich meine ganzen Überredungskünste, bis ich die beiden später zum Einschlafen brachte. Heftiger Wind heulte um die Mauern; es klang unheimlich.
Dies war wieder eine jener Nächte, in denen Colum nicht

bei mir blieb. Das bedeutete, daß ein Schiff in Seenot war.
Ruhelos wälzte ich mich im Bett. Es war inzwischen kurz vor Mitternacht, und ich mußte ständig an die Menschen auf dem sinkenden Schiff, aber auch an Colum und seine Leute denken, die hinausruderten, um das Treibgut aufzusammeln.
Warum gab es eigentlich nie Überlebende?
Ein unwiderstehlicher Zwang trieb mich aus dem Bett. Ich wollte endlich wissen, was da draußen vor sich ging. Rasch zog ich mir einen Umhang mit Kapuze über und schlüpfte in derbe Stiefel.
Als ich ins Freie kam, zerrte der Sturm an meinem weiten Mantel. Ich hielt mich möglichst dicht an den Mauern und kämpfte mich den Pfad zum Ufer hinauf. Es war unmöglich, aufrecht zu gehen. Ich kroch beinah zum Strand. Im Windschatten des Schlosses war es besser. Ich sah dunkle Gestalten hin und her laufen. Die Wogen donnerten wie riesige, gefährliche Ungeheuer ans Ufer. Ich hörte Colums Stimme: »Jetzt können wir noch nicht hinausrudern. Wartet!«
Dies bedeutete, daß ein Schiff auf die *Devil's Teeth* aufgelaufen war. Der nächste Windstoß riß mir die Kapuze vom Kopf; mein langes Haar flatterte wild um meinen Kopf, Regen lief mir in die Augen, so daß ich einige Zeit nichts sah.
Plötzlich tauchte vor mir eine hohe Gestalt auf. »Großer Gott! Was hast du denn hier zu suchen, Frau?« rief Colum.
»Können wir denn nichts tun, um dem Schiff dort draußen zu helfen?« schrie ich zurück.
»Was denn tun? Bei so schwerer See ist nichts zu machen. Geh sofort zurück ins Schloß!«
Er nahm mich bei den Schultern. Ich konnte ihn nicht deutlich sehen, hatte aber den Eindruck, daß sein Gesichtsausdruck geradezu teuflisch war.
»Komm ja nicht wieder hierher! Geh endlich! Tu, was ich dir sage!«
«Ich möchte helfen . . .«
»Geh hinein, in Gottes Namen! Das ist das einzige, womit du uns helfen kannst.« Er stieß mich von sich, und ich stolperte über den unebenen Boden auf das Burgtor zu.
Ich wußte, daß ich nichts tun konnte, um den armen Schiffbrüchigen beizustehen. Nichts . . .

Als ich die Mauer erreicht hatte, lehnte ich mich erschöpft mit dem Rücken dagegen. Ich fror und zitterte am ganzen Leib, denn meine Kleidung war völlig durchnäßt.

Während ich noch dort stand, tauchten Männer mit Packeseln und Laternen auf. Zum Glück sah mich keiner von ihnen. Die kleine Prozession zog den Pfad zum Meeresturm entlang und verschwand.

Als ich wieder im Schlafzimmer war, zerrte ich die nassen Sachen herunter und rieb mich trocken. Mir war ganz elend vor Entsetzen. Nun war ich sicher, daß ich immer noch nicht alles wußte, was in Nächten wie dieser geschah ...

Vom Fenster aus war nur pechschwarze Dunkelheit zu sehen, und außer dem Brausen des Sturmes und dem Krachen der Wogen konnte ich nichts hören.

Ich ging nicht wieder zu Bett, denn ich hätte ja doch kein Auge zutun können. Colum blieb die ganze Nacht weg. Gegen Morgen ließ der Sturm endlich nach.

Ich wußte, daß die kleinen Boote eilfertig hin und her fuhren und alles an Land brachten, was sie im Wasser fanden. Danach schaffte man alles in Ruhe in den Meeresturm. Und in ein paar Tagen würde Colum ausreiten und einen Käufer für die gerettete Fracht finden.

Vielleicht kämpften immer noch schiffbrüchige Männer mit den mörderischen Fluten, doch keiner würde sie retten. Menschenleben waren unwichtig, es ging nur um die Schiffsladung. Schließlich hätte es ja Schwierigkeiten geben können, wenn man ein Menschenleben rettete. Was, wenn die Überlebenden das zurückverlangten, was von ihrem Schiff und seiner Fracht übriggeblieben war? Für Colum konnte es nichts Besseres geben, als daß alle ertranken.

Meine Gedanken kamen davon nicht los.

Kurz nach Tagesanbruch zog ich mich an und ging wieder zur Küste hinunter. Und dort fand ich sie. Sie lag im seichten Wasser und ihr langes schwarzes Haar umfloß sie. Das Gesicht sah so wächsern aus, daß ich sie für tot hielt.

Ich watete hinaus, ergriff ihren Arm und versuchte sie ans Ufer zu ziehen. Mit der nächsten Woge wäre ich beinahe mit ihr zusammen ins Meer hinausgeschwemmt worden. Doch schließlich schaffte ich es, sie auf den feuchten Sand zu schleppen.

Ich kniete mich neben sie und tastete nach ihrem Handgelenk. Ganz schwach konnte ich den Pulsschlag spüren. Als ich sie genauer betrachtete, stellte ich zu meinem Entsetzen fest, daß sie hochschwanger war.

Mein Vater hatte mir eine Art von künstlicher Beatmung beigebracht, und ich versuchte sofort mein Glück. Nachdem ich den leblosen Körper auf den Bauch gedreht hatte, legte ich ihr beide Hände flach auf den Rücken und preßte mit aller Kraft das Wasser aus der Lunge. Vermutlich hat ihr das tatsächlich das Leben gerettet.

Fieberhaft rieb ich ihre eiskalten Hände, dann wickelte ich sie in meinen warmen Umhang ein. Dabei beobachtete ich ängstlich ihr Gesicht. Ich war unendlich erleichtert, als ich ihre Atemzüge hörte.

Sie mußte unbedingt ins Schloß geschafft werden, wo sie alle nötige Pflege bekommen konnte. Ich ließ sie allein liegen, um einige Dienstboten zu holen. Wir brachten ein Maultier zum Strand, und es gelang uns, die immer noch halb bewußtlose Frau in den Sattel zu heben und sie in den äußeren Burghof zu schaffen. Dort befahl ich einigen Männern, sie in ein Zimmer zu tragen.

Sie brachten sie ausgerechnet in das Rote Zimmer und legten die reglose Gestalt auf das Bett. Es war mir zwar gar nicht recht, aber ich hielt es für besser, sie dort vorerst ruhig liegen zu lassen.

»Wir dürfen sie noch nicht stören«, sagte ich zu Jennet. »Hol einige Sachen aus meinem Schlafzimmer. Ihr Zustand ist besonders gefährlich, da sie zu allem auch noch schwanger ist.«

»Du liebe Güte! Die arme Frau wird sicher ihr Kind verlieren.«

»Wir werden alles tun, um das zu verhindern«, erwiderte ich.

Als erstes schickte ich einen der Männer aus, um meinen Arzt zu holen, der ungefähr fünf Meilen entfernt lebte. Inzwischen wurde auf meinen Befehl in der Küche heiße Suppe bereitet, und Jennet und ich machten uns daran, die Fremde zu entkleiden.

Ich schätzte, daß sie mit mir gleichaltrig war. Die weiße Haut war makellos, und trotz ihrer Schwangerschaft bestand kein Zweifel daran, daß diese Frau außerordentlichen Liebreiz besaß. Sie war immer noch nicht bei vollem Be-

wußtsein, schien aber unsere Fürsorge dankbar zu empfinden. Ihre Hände waren zart und edel - nicht zum Arbeiten geschaffen. Das Gesicht strahlte Vornehmheit und eine fast unirdische Schönheit aus. Vielleicht lag dies auch daran, daß sie dem Tode so nahe gewesen. Ihr dichtes langes Haar war von jenem Blauschwarz, das man in England fast niemals sieht. Die Wimpern, schwarz wie ihr Haar, betonten die wächserne Blässe ihrer Gesichtszüge.
»War sie auf dem Schiff?« flüsterte Jennet.
»Ganz bestimmt. Wie wäre sie sonst ins Wasser geraten in einer solchen Nacht.«
Es war erstaunlich, wie rasch sie sich erholte. Ich konnte ihr einige Löffel heißer Brühe einflößen, und bald schon trat eine feine Röte in ihre Wangen. Es sah aus, als sei ein Licht hinter weißem Alabaster entzündet worden. Mir schoß es durch den Kopf, daß ich nie im Leben eine schönere Frau gesehen hatte.
Mir graute davor, Colum gegenübertreten zu müssen. Ich wußte schon im voraus, wie wütend er sein würde. Was hätte er wohl mit der Schiffbrüchigen getan? Sie vermutlich mitleidlos dem Meer überlassen.
Als ich in unser Schlafzimmer kam, wartete er schon auf mich. »Du hast also eine fremde Frau ins Schloß gebracht?«
»Sie war halb ertrunken, und ich werde sie gesund pflegen. Sie bekommt außerdem ein Kind, Colum.«
Er packte mich am Arm. »Und was geht das dich an?«
»Wenn ich eine Sterbende finde, tue ich natürlich alles, um ihr nach besten Kräften zu helfen.«
»Und schaffst sie in mein Schloß!«
»Es ist auch mein Zuhause.«
»Vergiß nicht, daß du durch meine Gnade hier lebst.«
»Und vergiß du nicht, daß meine Mitgift dir dabei geholfen hat, deinen Besitz zu erhalten.«
Er kniff die Augen zusammen. Ich wußte ganz genau, welch großen Wert er auf irdische Güter legte. Bestimmt hatte er mich nicht nur aus reiner Leidenschaft geheiratet, sondern auch, weil ich eine ansehnliche Geldsumme mit in die Ehe brachte. Meine Mutter hatte meinen Vater dazu überredet, sich in diesem Punkt besonders großzügig zu zeigen.
Ich fand unser Gespräch sehr unerquicklich, doch Colum

schien das nicht zu berühren. »Du entwickelst dich allmählich zu einem Zankteufel«, sagte er unfreundlich.
»Und ich lerne dich allmählich immer besser kennen.«
»Dann lerne gefälligst auch dies, daß ich allein entscheide, wer in meinem Haus Gast sein darf.«
»Und was schlägst du vor? Willst du die Frau vor die Tür setzen? Sie ist krank . . . Was soll aus ihr werden?«
»Das ist nicht meine Sache.«
»Das sollte es aber sein, denn schließlich eignest du dir ja auch die Waren an, die ihr Schiff geladen hatte. Willst du das leugnen?«
»Soll ich vielleicht zusehen, wie sie im Meer versinken?«
»Du könntest die Fracht retten und ihren rechtmäßigen Eigentümern zurückgeben. Ein Ehrenmann würde so handeln.«
Er brach in Gelächter aus. »Ich seh schon, daß meine tüchtige Frau die Geschäfte allein führen sollte.« Er hörte auf zu lachen. »Besser ist's aber wohl, ich bringe ihr endlich bei, sich um ihre eigenen Angelegenheiten zu kümmern. Das heißt, daß sie sich nicht in etwas einmischen soll, was sie nichts angeht. Tut sie's trotzdem, wird sie's mit Sicherheit bereuen.«
»Was hast du dann vor? Willst du mich halbnackt an den Schandpfahl binden, als sei ich ein ungehorsamer Dienstbote? Wirst du mich eigenhändig auspeitschen, oder ist das für einen so edlen Herrn eine zu gemeine Aufgabe?«
Er machte einen Schritt auf mich zu und hob die Hand. Das war schon mehrmals passiert, doch auch diesmal bezähmte er sich.
»Nimm dich in acht, Frau! Wenn ich einmal ernsthaft böse mit dir werde, ist mit mir nicht zu spaßen«, sagte Colum drohend.
Ich schaute ihm gerade in die Augen. »Das weiß ich.«
»Und dennoch forderst du meinen Zorn heraus?«
»Ich will nicht dein willenloses Geschöpf sein. Lieber tot . . .«
Er lachte, und sein Gesicht entspannte sich etwas. Dann drückte er mich schmerzhaft fest an seine Brust. »Du bist meine Frau und hast mir den besten Sohn geschenkt, den man sich vorstellen kann. Ich bin nicht unzufrieden mit dir. Trotzdem dulde ich keinen Widerstand. Mein Wille ist

Gesetz. Du hast nach wie vor meine Gunst. Keine Frau hat mir je so lange Zeit gefallen. Lassen wir es dabei.«

»Und was geschieht mit der Fremden aus dem Meer? Willst du sie hinauswerfen?«

Er dachte einen Augenblick nach. Es störte ihn natürlich, daß ich die einzige Überlebende des Schiffbruchs gerettet hatte. Ihm wäre es lieber gewesen, sie wäre gestorben, damit es keine Zeugen gab. Er konnte sie zwar immer noch wegjagen, doch dann bestand die Gefahr, daß sie die Geschichte des Schiffsunglücks herumerzählte.

»Nun gut. Sie kann eine Weile hierbleiben«, sagte Colum.

»Sie ist schwanger.«

»Und wann wird das Kind kommen?«

»Ich weiß es nicht genau. Vermutlich in zwei Monaten.«

»Also gut. Auf jeden Fall kann sie im Schloß bleiben, bis das Kind geboren ist. Hast du schon mit ihr gesprochen?«

»Sie ist noch viel zu schwach. Außerdem sieht sie . . . sehr ausländisch aus.«

»Bestimmt eine Spanierin«, sagte Colum und verzog den Mund.

»Ach, es war also ein spanisches Schiff?« fragte ich rasch.

Er überging meine Frage einfach.

»Wir müssen ja nicht gleich entscheiden, was mit ihr geschieht«, sagte er kurz.

»Ich bin sicher, daß sie von edler Herkunft ist.«

»Dann lassen wir sie am besten niedrige Küchenarbeit verrichten, damit sie's rasch vergißt.«

Ich war sehr erleichtert, daß für die Fremde wenigstens bis zu ihrer Niederkunft keine Gefahr bestand, in diesem fremden, feindseligen Land ausgesetzt zu werden. Wenn ich mir vorstellte, daß sie mit einem Kind im Arm um Brot betteln müßte, wurde mir ganz kalt vor Entsetzen.

»Du sagst, sie sehe fremdländisch aus«, wandte sich Colum wieder an mich. »Wo ist sie eigentlich untergebracht?«

»Im Roten Zimmer.«

»Das Zimmer meiner ersten Frau - von dem du glaubst, daß es dort spukt. Nun, vielleicht wird der Geist unseren ungebetenen Gast vertreiben. Ich will mir die Lady einmal ansehen. Komm mit.«

Gemeinsam gingen wir zum Roten Zimmer. Colum stieß die Tür auf und trat an das breite Bett.

Sie sah aus wie aus Alabaster gemeißelt. Die glänzenden langen Locken breiteten sich auf dem Kissen wie ein dunkler Seidenvorhang aus. Das vollkommene Edelmaß ihrer Züge trat nun deutlich in Erscheinung. Die Lider bedeckten immer noch die Augen, aber ich war davon überzeugt, daß diese ebenfalls wunderschön waren.
Colum betrachtete sie stumm.
»Mein Gott,was für eine schöne Frau!« sagte er schließlich.

Nach einigen Tagen konnte sie schon aufstehen und etwas herumgehen. Ich ließ die Hebamme aufs Schloß holen, die mir bei der Geburt meiner beiden Kinder beigestanden hatte. Sie untersuchte die junge Frau und erklärte, daß sie in guter Verfassung sei. Anscheinend hatte das schreckliche Schiffsunglück keinerlei böse Folgen für ihren Gesundheitszustand.
Sie sprach nur stockend englisch. Wie ich vermutet hatte, war sie Spanierin. Das war schlimm für sie. Der Haß auf dieses Volk hielt bei uns Engländern unvermindert an, obwohl wir doch die Armada besiegt hatten.
Sie konnte uns nur wenig erzählen. Als ich ihr Fragen stellte, schüttelte sie den Kopf, da sie sich nicht daran erinnern konnte, was geschehen war. Sie wußte lediglich, daß sie auf einem Schiff gewesen war.
Auch ihres Namens konnte sie sich nicht mehr entsinnen.
In der ersten Novemberwoche ließ ich mich an einem völlig windstillen Tag von einem der Bediensteten zu den *Devil's Teeth* hinausrudern.
Tückisch verborgen unter der Wasseroberfläche ragten die spitzen Felsnadeln empor. Zwischen ihnen - in der Mitte auseinandergebrochen - lag das Wrack. Ich konnte am Bug den Namen entziffern: ›Santa Maria‹.
Ich überlegte, warum die geheimnisvolle Fremde wohl an Bord gewesen war . . . vielleicht die Frau des Kapitäns? Wie merkwürdig, daß sie sich an nichts mehr erinnern konnte! Doch vielleicht würde sich ihr Erinnerungsvermögen mit der Zeit wieder einstellen.
Andererseits war es sogar ganz gut, daß ihr die Vergangenheit verschlossen war. Dann gab es wenigstens nichts zu betrauern...
Die Hebamme erklärte mir, daß das Kind wohl gegen Ende

Dezember zur Welt kommen würde. Ich empfand große Verantwortung gegenüber der Fremden und war fest entschlossen, ihr alles so schön wie möglich zu machen. Ein Bild peinigte meine Vorstellung wieder und wieder: der lange Zug der Bediensteten, der mit den beladenen Maultieren und den Laternen zum Meeresturm zurückkehrte. Wo waren die Männer gewesen? Ich hatte wohl einen Verdacht, wagte aber nicht, ihn mir einzugestehen, weil ich fürchtete, meines Bleibens hier sei dann nicht länger.
Nach dem spanischen Schiff nannte ich die Fremde Maria. Natürlich fragte ich sie zuerst, ob es ihr recht sei.
»Maria«, wiederholte sie langsam und schüttelte den Kopf.
Ich wußte nicht, was sie damit ausdrücken wollte, aber schon bald hieß sie bei allen im Schloß nur noch Maria.
Im Dezember war es offenkundig, daß die Niederkunft kurz bevorstand. Meine Mutter, Edwina und Romilly kamen, um Weihnachten bei uns zu feiern. Penn war mit einem der Handelsschiffe auf hoher See, worauf er sich besonders gefreut hatte, da es für ihn die erste lange Reise war. Nachdem sich das Handelsunternehmen als Erfolg erwiesen hatte, waren alle begeistert bei der Sache.
Wir sprachen allerdings nicht viel über die Ostindienfahrt, denn diese Reisen machten uns immer etwas Angst. Und ich wollte, daß alle die Weihnachtsfeierlichkeiten fröhlich und unbeschwert genießen sollten.
Wir erwarteten täglich, daß Marias Kind geboren würde. Ich hatte dafür gesorgt, daß die Hebamme im Schloß blieb, denn ich fürchtete immer noch, daß die abenteuerliche Rettung schädliche Nachwirkungen haben könnte. Es lag mir sehr daran, daß alles seine Ordnung hatte, obwohl ich keine übermäßige Zuneigung für Maria empfand; sie machte es einem schwer, sich mit ihr anzufreunden. Ihre Zurückhaltung konnte natürlich an der mangelnden Beherrschung unserer Sprache liegen, aber ich zweifelte daran. Sie nahm unsere Sorge und Hilfsbereitschaft an, als ob sie ihr rechtmäßig zustünden, und zeigte sich keineswegs besonders dankbar.
Als meine Mutter Maria kennenlernte, schien sie einen Augenblick fast sprachlos zu sein. Ich hatte sie ihr gegenüber nur flüchtig in einem Brief erwähnt. Inzwischen wußte ich, daß jeder von Marias Aussehen völlig überwältigt wurde.

Das lag nicht nur an ihrer außergewöhnlichen Schönheit, doch ich hätte nicht zu sagen gewußt, woran.

»Wie schön sie ist«, sagte meine Mutter bewundernd, als wir allein waren. »Eines steht für mich fest, Linnet. Maria ist von hoher Geburt, Aristokratin bis in die Fingerspitzen. Wohin will sie sich eigentlich wenden, wenn das Kind geboren ist?«

»Ich weiß es nicht. Sie erinnert sich ja nicht mehr, woher sie eigentlich stammt.«

»Recht eigenartig, daß jemand wie sie auf diesem Schiff fuhr.«

»Vielleicht war sie die Frau des Kapitäns, Mutter. Übrigens hege ich die Hoffnung, daß sie ihr Gedächtnis nach der Niederkunft zurückgewinnt.«

»Bestimmt will sie dann sofort zu ihrer Familie zurück.«

»Falls sie wirklich Spanierin ist, könnte das sehr schwierig werden.«

»Für mich besteht daran kein Zweifel, Linnet. Vielleicht kann ich noch genug Spanisch, um mich mit ihr zu unterhalten. Da mein erster Mann Spanier war, wie du weißt, habe ich einiges von der Sprache gelernt.«

»Oh, darüber wäre Maria sicher sehr glücklich«, stimmte ich zu. »Es muß ja furchbar für sie sein, mit niemand reden zu können.«

»Ich will sehen, ob ich etwas in Erfahrung bringe.«

Als sie etwas später mit Maria zusammensaß, war diese zwar offensichtlich froh, endlich wieder ihre Muttersprache zu hören, erzählte aber nichts Neues. Nur undeutlich schien sie sich an den furchtbaren Sturm zu erinnern und an ihre Versuche, an Land zu kommen. Warum sie auf dem Schiff gewesen war, blieb für uns ebenso unerklärlich wie bisher.

Am Nachmittag des Heiligen Abends setzten bei Maria die Wehen ein. Jennet teilte es mir sofort aufgeregt mit. Als die Hebamme mit mir zu Marias Zimmer eilte, war das Kind schon geboren - ein wunderhübsches kleines Mädchen.

Wir konnten es kaum fassen. »Ist denn wirklich alles in Ordnung?« fragte ich die Hebamme besorgt.

»Solch eine leichte Geburt habe ich noch nie erlebt«, erwiderte sie kopfschüttelnd.

Maria lag wunderschön und vollkommen gelöst in den Kis-

sen. Die roten Vorhänge waren zurückgezogen, und ich mußte plötzlich an die arme Melanie denken, die auf diesem Bett so viele Fehlgeburten gehabt hatte. Nach all diesen Qualen war sie bei dem Bemühen gestorben, Colum den langersehnten Erben zu schenken. Und nun hatte hier eine Fremde mühelos ein gesundes und kräftiges Kind geboren!
Es herrschte in meiner Familie eine eigenartige Stimmung. Wir hielten zwar die üblichen Festlichkeiten ab, aber weder ich noch meine Mutter, noch Edwina konnten vergessen, daß soeben ein Kind unter unserem Dach zur Welt gekommen war.
Bei den Spielen, den Gesängen und Tafeleien waren meine Gedanken immer wieder im Roten Zimmer, wo Maria im Bett lag. Dicht neben ihr stand die Wiege, in der auch meine Kinder gelegen hatten.
Am Tag nach Weihnachten begegnete ich auf der Treppe Edwina. Sie wirkte anders als sonst. »Was ist dir, Edwina? Du siehst irgendwie . . . beunruhigt aus«, sagte ich.
»Oh, nichts, Linnet. Reine Einbildung, sonst gar nichts.«
»Aber irgendwas macht dir Sorgen, gib's zu.«
»Nun, ich spüre, daß sich hier etwas verändert hat . . . daß hier etwas ist, daß . . .«
Sie brach ab, und ich starrte sie an. Meine Mutter hatte mir öfter versichert, daß Edwina über außergewöhnliche Wahrnehmungsfähigkeiten verfügte, weil eine ihrer Urahninnen eine Hexe gewesen war.
Plötzlich fühlte ich mich unbehaglich, obwohl ich früher eher dazu geneigt hatte, Edwinas Kräfte als Einbildung abzutun.
Sie schüttelte mich leicht am Arm. »Gib gut acht, Linnet! Etwas Böses ist in diesem Haus.«
»Was, in aller Welt, meinst du denn damit?«
»Ach, nichts. Ich hätte lieber den Mund halten sollen. Vergiß es. Mir war nur plötzlich ein Gedanke gekommen . . .«
»Spielt dir deine Phantasie wieder einmal einen Streich? Ich ahne schon, woran das liegt . . . an den heiseren Möwenschreien, aus denen man Warnungen heraushören kann.«
Ich wußte jedoch genau, daß Edwina am Meer lebte und folglich an die Möwenschreie gewöhnt war. Nein, sie konnte etwas Böses fühlen und hatte recht damit. O ja, ich hatte schon lange vor Marias Auftauchen und jener Nacht,

in der die Männer mit den Maultieren zum Meeresturm zurückkehrten, den Verdacht gehabt, daß hier schlimme Dinge vor sich gingen.
Ich ließ Edwina meine Ängste nicht merken. Sie hatte diese besondere Gabe, vor der sie sich sogar etwas fürchtete, wie so viele, die ihre eigenen geheimnisvollen Kräfte nicht verstanden. Edwina war immer nur zu gern bereit, alles als Einbildung abzutun ...
Also taten wir beide so, als dächten wir nicht mehr daran. Doch ich konnte ihre Warnung nicht vergessen.

Maria hatte so gut wie keine Erholung nötig. Sie überraschte uns aber nicht nur durch ihre schnelle Genesung, sondern auch durch ihre mangelnde Anteilnahme an dem Kind.
Jennet sorgte für die Kleine und brachte sie nur dann zu ihrer Mutter, wenn sie gestillt werden mußte. Sie achtete streng darauf, daß dies in regelmäßigen Abständen geschah.
»So ein unnatürliches Verhalten!« schimpfte Jennet. »Sie ist eben eine Ausländerin!«
Das Kind war gesund und wohlgebaut. Als ich es meinen beiden Kindern zeigte, blieb Connell völlig unbeeindruckt, doch die inzwischen zweijährige Tamsyn war ganz entzückt. Sie lief hinter Jennet her und schaute voller Wonne Marias Kind an.
»Was für Pläne habt Ihr eigentlich?« fragte ich eines Tages Maria, die mich jedoch entweder nicht verstand oder nicht antworten wollte.
»Natürlich müßt Ihr Euch zuerst von der Geburt erholen«, fuhr ich fort. »Dann können wir immer noch entscheiden, was zu tun ist.« Maria machte nicht den Eindruck, als ob sie sich die leiseste Sorge über ihre Zukunft machte.
»Die Kleine muß einen Namen bekommen. Wie möchtet Ihr sie gerne nennen, Maria?«
»Nennen?« wiederholte sie und zuckte die Achseln.
Ich wartete auf einen Vorschlag von ihr, doch sie blieb stumm. Daraufhin fragte ich sie, ob sie dem Kind vielleicht einen unserer kornischen Namen geben wolle.
Sie lächelte. In solchen Augenblicken verzauberte sie einen völlig. Man glaubte, eine herrliche Statue erwache zum Le-

ben. Mit jedem Tag schien Maria wundervoller aufzublühen.
Endlich beschloß ich, selbst für das Kind einen Namen auszuwählen, und bat sie um Erlaubnis. Als sie zustimmte, suchte ich nach etwas Passendem. Dabei stieß ich auf Senara, eine Heilige, von der man nur äußerst wenig wußte. Das erschien mir sehr passend.
Und so wurde aus der Kleinen Senara.

Die Stimmung im Haus war unmerklich anders geworden. Auch Colum hatte sich verändert. Ich glaube, er haßte Maria, und dieses Gefühl übertrug er zum Teil auf mich, denn ich hatte Maria ja gerettet und ins Schloß gebracht.
Den ganzen Januar hindurch, der bitterkalt war und ausnahmsweise Schnee brachte, kam Maria kaum aus dem Roten Zimmer heraus. Sie hatte angeordnet, daß tagsüber und auch nachts im Kamin ein Feuer loderte, und ich hatte nichts dagegen eingewandt. Wenn ich ab und zu Lust dazu verspürte, dachte ich daran, wie sie halb tot im Wasser gelegen hatte, und unterließ jeden Einspruch.
Meine Mutter blieb bis Mitte Februar bei uns, da das Wetter zu schlecht für den Heimritt war. Erst nach ihrer Abreise erkannte ich, wie sehr sich vieles geändert hatte.
Durch Jennet erfuhr ich, daß dies auch den Dienstboten nicht verborgen geblieben war.
»Sie mögen es gar nicht, wenn man sie ins Rote Zimmer schickt«, verriet sie mir. »Sie huschen rein und raus, so schnell wie's geht. Sie sagen, wenn sie aufschauen, sieht die Maria sie immer starr an. Ihnen kommt's vor, als ob sie einen verzaubert.«
»Verzaubert? Was für ein Unsinn, Jennet!« sagte ich.
»Na ja, sie ist schließlich an Halloween gekommen, Mistress.«
Ich war etwas beunruhigt. Bald schon würde Maria als ›Hexe‹ gelten, wenn das so weiterging.
Ich vermutete, daß Maria unter anderen Umständen ganz gut für sich selbst hätte sorgen können, aber hier in England würde sie ein gefährliches Dasein führen. Hexen wurden auf den geringsten Verdacht hin aufgeknüpft oder verbrannt. Ich wollte auf keinen Fall, daß irgendein Hexenspuk mit meinem Heim in Verbindung gebracht würde.

»Sie kam nur deshalb an Halloween, weil damals das Schiff verunglückte«, erklärte ich Jennet ungehalten.
»Ja, so hat's wenigstens den Anschein, Mistress.«
»Es hat nicht den Anschein, sondern es war so«, entgegnete ich scharf.
»Na ja, die meinen, daß sie's als Hexe schon fertigbringt, so aufzutauchen, als ob's natürlich wäre. Wenn nötig, kann so eine sogar einen Sturm auf dem Meer hervorrufen.«
»Du redest gefährliches Zeug, Jennet.«
»Und sie tut so, als ob sie nicht sprechen kann, damit wir nichts aus ihr herausholen können.«
»Da sie aus dem Ausland stammt, spricht sie natürlich eine andere Sprache als wir, Jennet.« Meine Geduld war fast erschöpft.
»Bei Fremden kann man nie sicher sein, Mistress.«
»Wenn man Maria beschuldigt, eine Hexe zu sein, wird es auch Senara übel ergehen«, gab ich zu bedenken.
»Sie ist doch nur ein kleines Kind«, protestierte Jennet erschrocken.
»Das ist den Leuten doch gleichgültig. Wenn sie sich Maria holen, nehmen sie Senara gleich mit.«
Jennet straffte die Schultern und nahm eine so resolute Haltung ein wie immer, wenn es um ein hilfloses Kind ging.
»Das ist alles ein Haufen Unsinn, was die in der Küche so reden«, sagte sie abfällig. »Schließlich gab's ja das Schiffswrack, und Maria ist von dort gekommen. Zufällig war's gerade Halloween, das ist aber auch alles.«
Offensichtlich hatte ich also die richtigen Argumente vorgebracht, dachte ich erleichtert.
Ich war überzeugt, daß Jennet einen gewissen Einfluß auf die Meinung der anderen haben würde, aber auch ihr gelang es sicher nicht, den Verdacht ganz zu beseitigen. Maria war an Halloween aufgetaucht. Das war für Menschen, die immer stärker vom Gedanken an Hexerei besessen waren, höchst bedeutungsvoll.
Der März war in diesem Jahr besonders mild und frühlingshaft. Es schien viel mehr Gänseblümchen als je zuvor zu geben. Alle Wiesen und Hügel waren mit weißgoldenem Schimmer überzogen. Ich hatte von meiner Großmutter die Liebe zu Blumen geerbt und freute mich immer wieder aufs neue, wenn nach dem Winter die ersten Blüten erschienen.

Um diese Zeit machte ich besonders gern lange Ausritte und suchte wilde Narzissen, Waldanemonen und Weidenkätzchen. Doch in diesem Jahr war alles anders. Bei meinen Ausflügen grübelte ich über Maria und ihre Zukunft, denn sie konnte schließlich nicht ständig mit Senara bei uns auf Schloß Paling bleiben.
Wohin sollte Maria sich wenden? Wie konnte sie nach Spanien gelangen? Am ehesten kam noch in Betracht, sie von einem Schiff meines Vaters mitnehmen zu lassen, doch auch das würde schwer zu bewerkstelligen sein, da die beiden Länder immer noch verfeindet waren.
Am eigenartigsten berührte es mich, daß Colum Marias Anwesenheit gar nicht zu beachten schien, obwohl sie sich manchmal fast als Hausherrin aufspielte. Colum war sonst der letzte, der so etwas duldete, doch er hatte nach seinem ersten Wutanfall keine weiteren Einwände gegen Marias Anwesenheit erhoben.
Eines Tages war ich von einem Ritt heimgekehrt, führte mein Pferd in die Stallungen und wollte gerade durch einen engen Torweg in den nächsten Hof gehen, als ich die Stimmen von Colum und Maria hörte. Dies überraschte mich so, daß ich unwillkürlich stehenblieb.
Sie waren offenbar mitten in einem hitzigen Streit, und ich merkte, daß Colum seinen Zorn nur mühsam unterdrückte.
»Verschwinde«, sagte er gerade. »Ich will dich nicht unter meinem Dach haben! Verschwinde und nimm dein Balg mit.«
Marias Lachen klang haßerfüllt und böse. Sie sprach wie immer unsicher und langsam, doch an der Bedeutung ihrer Worte konnte kein Zweifel bestehen. »Du schuldest es mir. Solange ich will. Du zerstörst unser Schiff, du ... du Mörder! Du nimmst unsere Fracht ... unser Leben. Nur ich lebe ... und mein Kind ... und deshalb schuldest du uns alles, was wir wollen.«
»Ich schulde dir nichts.«
»Überlege, Schloßherr, überlege! Ich gehe von hier weg. Ich erzähle ...«
»Unsinn! Was willst du schon erzählen?«
»Wie du reich wirst ...«
Ich zuckte zusammen und zog mich tiefer in den dunklen

Torweg zurück. Mir war schlecht vor Angst. Ich dachte an jene stürmischen Nächte und an die Männer, die mit den Packeseln zum Meeresturm zurückgekehrt waren.

»An manches erinnere ich mich«, sagte Maria. »Das Schiff ... die Lichter ... dort sind böse Felsen im Meer. Es gab Lichter, um uns zu warnen. Aber die Lichter waren nicht da, wo die Felsen sind ... ich weiß, was du tust. Du lockst das Schiff zu den Felsen und raubst unsere Sachen.«

»Wer würde solch einen Unsinn glauben?« schrie Colum wutentbrannt, worauf Maria wieder höhnisch lachte.

Ich wagte nicht länger zu bleiben, denn schon im nächsten Augenblick konnte Colum aus dem Hof kommen und mich beim Lauschen überraschen.

Wie gehetzt rannte ich die Treppe hinauf und flüchtete mich ins Schlafzimmer. Nicht, daß ich besonders erschrokken gewesen wäre, denn ich hatte längst schon schreckliche Vermutungen gehabt.

So etwas Abscheuliches brachte mein Mann also fertig! Er schickte seine Leute mit Laternen und Maultieren aus, damit sie einige Meilen entfernt durch die Lichter signalisierten, daß sich dort Schloß Paling befand. Die Seeleute wußten, daß unmittelbar vor dem Schloß die tödliche Falle der *Devil's Teeth* lauerte. Beim Versuch, dieser Gefahr zu entgehen, liefen sie geradewegs auf den Felsen auf.

Welch teuflischer Plan!

Und Colum tat dies nur, um die Fracht der Unglücklichen zu bergen und zu verkaufen. Wie viele Schiffe hatten dieses Schicksal wohl erlitten? Ich konnte mich an fünf stürmische Nächte erinnern, in denen Colum nicht im Bett geblieben war. Was sollte ich bloß tun? Er war schließlich mein Mann, der Vater meiner geliebten Kinder ...

Es war ein Fehler gewesen, mich im Schlafzimmer zu verkriechen, denn schon nach wenigen Minuten flog die Tür auf, und Colum kam mit hitzig gerötetem Gesicht hereingepoltert.

Es war mir unmöglich, so zu tun, als ob ich nichts gehört hätte. »Ich stand im Hof, Colum, und habe zufällig belauscht, was du mit Maria geredet hast.«

Er sah mich aus zusammengekniffenen Augen erstaunt an.

»Ja und?«

»Ich weiß, daß sie die Wahrheit sagt. Oh, es ist unfaßbar!«

»Du also auch noch! Nur zu, sprich weiter! Ich bin genau in der richtigen Stimmung, um ... euch beiden was anzutun!«

»Gib es doch zu, Colum! Du hast das Schiff auf die Felsen gelockt, um die Fracht an dich zu bringen. Durch Zufall hat sie den Untergang überlebt. Ich ...«

»Und du mußtest sie ja unbedingt herbringen! Hätte ich geahnt, was du vorhast ...«

»Dann hättest du sie bestimmt ins Meer zurückgestoßen. Das paßt zu dir; du hast keinerlei Achtung vor einem Menschenleben. Weg damit, wenn es dir im Weg steht! Es wird mir ganz schlecht, wenn ich nur daran denke.«

»Dann mußt du dich eben daran gewöhnen, daß dir schlecht wird. Wenn ich einen Angsthasen von Frau geheiratet habe, dann helf ihr Gott, denn ich werde sie dazu bringen, mir zu gehorchen und den Mund zu halten, weil ich es will.«

»Ich habe schon längst etwas Ähnliches vermutet.«

Er trat dicht an mich heran und packte mich beim Arm. »Hast du deine ... Vermutung irgend jemandem mitgeteilt?«

»Wem denn?«

»Vielleicht deiner Mutter?«

»Das brächte ich nicht fertig. Sie wäre angeekelt und würde darauf bestehen, daß ich mit ihr nach Lyon Court zurückkehre.«

Er ließ mich los. »Hier ist dein Zuhause, und du wirst bei Gott so lange hierbleiben, wie ich dich hierhaben will. Was den Ekel deiner Mutter betrifft, so kann ich darüber nur lachen. Dein Vater ist schließlich alles andere als zimperlich. Es würde mich interessieren, wie viele Spanier er schon auf dem Gewissen hat.«

»Wir haben immer mit Spanien im Krieg gelegen ...«

»Lag's am Krieg, daß diese Spanier sterben mußten, oder nicht vielmehr daran, daß sie Gold und andere Schätze an Bord hatten? Antworte mir!«

Ich konnte nicht antworten, denn er hatte leider recht. Und ich wußte auch, daß meine ehrenhafte und friedliebende Mutter bei meinem Vater blieb und ihn auf ihre Weise liebte, obwohl er blutbefleckte Hände hatte.

Ich mußte unbedingt allein sein, um in Ruhe nachdenken

zu können! Trotz allem wollte ich bei Colum bleiben, denn körperlich befriedigte er meine Wünsche vollkommen. Wenn ich mit ihm zusammen war, konnte ich alles vergessen. Manchmal sehnte ich mich sogar danach, von ihm bezwungen zu werden, und mir gefiel seine ungestüme, oft sogar grobe Art, mit mir zu schlafen. Doch wenn ich von ihm getrennt war und über ihn nachgrübelte, fühlte ich mich abgestoßen und wollte am liebsten nach Lyon Court zurück.

Colum beobachtete mich. Seine dunklen Augen glänzten, und ich entdeckte in ihnen eine Leidenschaft, wie ich sie aus den ersten Monaten unserer Ehe kannte.

»Du sollst mir antworten!« rief er.

»Was andere Männer verbrochen haben, tut hier nichts zur Sache«, erwiderte ich ausweichend.

»Ach nein?« sagte er sarkastisch. »Du hast doch eine gute Meinung von deinem Vater, oder? Ich verlange, daß du von deinem Mann genausoviel hältst.«

»Du kannst Menschen nicht zu irgendwelchen Meinungen zwingen.«

»Das werden wir ja sehen.« Colum kam wieder zu mir und packte mich an den Schultern. »Nun weißt du also über meine Geschäfte Bescheid. Und was hast du nun vor?« Ich schwieg. »Nun gut, dann werde ich's dir sagen. Du wirst es hinnehmen und mir bei allem helfen, wie es sich für eine gute Frau geziemt.«

»Ich würde dir nie dabei helfen zu . . . morden.«

Er schüttelte mich wie einen jungen Hund. »Ein Schiff sinkt . . . Ich habe ebensoviel Recht auf seine Ladung wie jeder andere.«

»Es geht um ein Schiff, das man zum Sinken . . . gebracht hat.«

»Bin ich vielleicht daran schuld, wenn ein Kapitän nicht richtig navigiert?«

»Wenn du ihn mit falschen Signalen in die Irre leitest, bist ganz eindeutig du daran schuld, Colum. Du hast den Tod unzähliger Menschen verursacht . . . und das alles nur, um dich an ihren Besitztümern zu bereichern.«

»Schluß jetzt, du Närrin! Warum mußtest du bloß dieses Weib aus dem Meer fischen!«

»Weil ich kein . . . Mörder bin wie du.«

»Jetzt sitzt sie hier bei uns mit ihrem Balg! Was erwartest du dir davon?«

»Immerhin sind wenigstens zwei Leben gerettet worden - zwei von all denen, die du genommen hast.«

»Du zeterst wie der schlimmste Zankteufel!«

»Das ist doch nichts Neues für dich«, erwiderte ich spöttisch.

»Und du hältst dich jetzt wohl für zu tugendhaft, um weiter unter meinem Dach zu bleiben?«

»Ich glaube . . . ich würde gerne zu meiner Mutter ziehen.«

»Du willst tatsächlich Mann und Kinder verlassen?«

»Ich könnte Connell und Tamsyn ja mitnehmen.«

Er lachte.

»Niemals! Glaubst du, ich erlaube den Kindern oder dir, mein Haus zu verlassen? Sie werden hier so erzogen, wie ich es will, und damit Schluß.«

»Du willst aus meinem Sohn auch einen Mörder machen!«

»Ich mache aus ihm einen Mann nach meinem Geschmack.«

Mutlosigkeit überfiel mich. »Ich muß erst über das nachdenken, was ich heute entdeckt habe, Colum.«

»Du solltest endlich einmal eines verstehen, Frau. Ich bin nicht nur der Herr dieses Schlosses, sondern auch dein und der Kinder Herr. Du warst ungehorsam, als du diese Fremde herbrachtest.«

»Ihr hattet es nicht ausdrücklich verboten, o Herr«, sagte ich sarkastisch.

»Du bist eine Törin und wirst deine gutmütige Dummheit noch tief bereuen.«

»Weshalb nennst du mich gutmütig und dumm?«

»Weil dieses Weib so ist, wie es ist . . .«

Ich schüttelte verständnislos den Kopf. »Laß mich jetzt bitte allein. Ich will nachdenken.«

» . . . um deine Abreise zu planen? Du bleibst hier! Zieh dein Reitkleid aus!«

»Ich bin nicht in Stimmung!« protestierte ich.

»Aber ich!« Er riß mir den Hut vom Kopf und warf ihn auf den Boden. Dann nestelte er die vielen Nadeln aus meiner Frisur und zog mich wie üblich schmerzhaft an den langen Haaren. Ich spürte in seinen Bewegungen wachsende Lei-

denschaft. Doch es ging ihm um etwas anderes: Er wollte mir eine Lektion erteilen. Ich sollte lernen, daß ich ihm gehörte und ihm zu Willen sein mußte, wann und wo es ihm gerade gefiel. Solche Umarmungen fanden häufig statt, nachdem ich mich ihm auf irgendeine Weise widersetzt hatte. Dies war seine Art, mich zu unterwerfen, und sie war wirkungsvoll, denn er hatte von Anfang an in mir ein Verlangen erweckt, das dem seinen nicht nachstand. Colum hatte sofort meine starke Sinnlichkeit gespürt, von der ich nichts gewußt hatte, bis ich ihn kennenlernte.
Soeben hatte ich vom Weggehen gesprochen. Nun wollte er mir beweisen, daß ich ihn ebenso begehrte wie er mich . . .
Es war so herrlich wie immer - und doch war da ein Unterschied. Vielleicht hätte ich es gleich merken sollen. Aber wie so viele wichtige Dinge im Leben fiel es mir erst später auf.

Maria blieb bei uns. Sie spielte jetzt die Rolle eines Gastes, der uns auch bei Tisch Gesellschaft leistete. Ihre Tochter wurde im Kinderzimmer mit meinen beiden Kleinen versorgt.
Ich war mir nicht sicher, wie es eigentlich dazu gekommen war. Colum und ich speisten nur selten allein und benutzten bei diesen Gelegenheiten die sogenannte Winterstube, einen gemütlichen kleinen Raum.
Bei bestimmten Festlichkeiten oder bei den Besuchen der zahlreichen Freunde und Nachbarn aßen wir in der großen Halle. Ich hielt es für selbstverständlich, daß sich Maria dann unserer Runde zugesellte. Doch sie war auch immer dabei, wenn wir in der Winterstube aßen. Ich verstand nicht, weshalb Colum nichts dagegen hatte. Vielleicht machte ihm sein schlechtes Gewissen doch zu schaffen? Dies schien mir allerdings zweifelhaft. Oder aber Maria erpreßte ihn auf die eine oder andere Art.
Colum sorgte nach unserer Auseinandersetzung dafür, daß ich mich viel in seiner unmittelbaren Nähe aufhielt. Er schien mich dazu bringen zu wollen, daß ich ihn so nahm, wie er war. Einmal warnte er mich. Er würde mich aus Lyon Court zurückholen, falls ich dorthin zu fliehen versuchte. Er fügte hinzu, daß es ihm gleichgültig sei, ob er meinen Vater zu diesem Zweck umbringen müsse oder nicht.

»Fordere mich nie zu weit heraus, Frau! Ich würde vor nichts zurückschrecken, um mir Genugtuung zu verschaffen. Hast du das inzwischen begriffen?«
»Ich fange langsam an, es zu lernen.«
»Wenn du tust, was ich verlange, werde ich gut für dich sorgen. Ich möchte noch mehr Kinder haben.«
»Das liegt nicht in meinem Ermessen«, erwiderte ich.
»Connell wurde in unserer ersten gemeinsamen Nacht gezeugt, weil du und ich füreinander bestimmt waren. Du hast das sofort gemerkt.«
»Wie hätte ich, da du mich doch betäubt hattest!«
»Und doch hast du es getan! Von da an wußte ich, daß ich dich zur Frau nehmen wollte.«
»Ich dachte, dieser Wunsch habe etwas mit meiner Mitgift zu tun gehabt«, sagte ich spöttisch.
»Das kam später hinzu.« Er schaute mich forschend an. »Warum bist du seit unserer kleinen Tochter nicht mehr schwanger geworden?« fragte er dann.
»Da mußt du einen Höheren fragen.«
Er schüttelte den Kopf. »Du hast dich mir entzogen, tadelst mich häufig. Das werde ich nicht dulden. Gib gut acht, Frau!«
»Worauf denn?«
»Darauf, daß du mir weiterhin so gefällst wie bisher.«
Was meinte er wohl? Stimmte es, daß ich ihn im ersten Jahr unserer Ehe nicht nur mit der körperlichen Leidenschaft liebte, die ich auch jetzt noch für ihn empfand? Hatte ich damals tiefere Gefühle für ihn gehabt? War er damals für mich ein Mann gewesen, den ich achten konnte?
Warum erlaubte er Maria, mit uns zu soupieren? Diese Abendessen *à trois* waren alles andere als angenehm. Colum und ich unterhielten uns recht gezwungen, während Maria uns nachdenklich beobachtete und nur wenig zum Gespräch beitrug.
So konnte es unmöglich weitergehen. Irgend etwas mußte geschehen. Und dann wurde mir plötzlich manches klar.
Ich bemerkte durch Zufall einen Blick, mit dem Colum Maria ansah. Er hatte genau den gleichen Gesichtsausdruck wie in jener denkwürdigen Nacht, als ich ihn zum erstenmal im Gasthaus ›Wanderers Ruh'‹ getroffen hatte.
Ich war wie vor den Kopf geschlagen.

Immer mehr fand ich über das Spiel heraus, mit dem die beiden sich ›vergnügten‹. Maria zeigte sich hochmütig, distanziert, ablehnend ihm gegenüber, und ihn brachte dieses Verhalten zur Raserei. In gewisser Weise stellte es eine Wiederholung dessen dar, was er und ich miteinander erlebt hatten.

Es kam ein Abend, als Maria in ihrem Zimmer blieb und ein Mädchen mit der Nachricht schickte, sie sei unpäßlich. Colum und ich speisten allein. Er war denkbar schlechter Laune und äußerte kaum ein Wort.

Maria hatte sich eins der Pferde ausgesucht, das nun zu ihrer alleinigen Verfügung stand. Ich hatte ihr Reitkleidung geschenkt und meiner Näherin den Auftrag gegeben, alles sonst Nötige für sie anzufertigen.

Maria zierte sich nicht im mindesten, etwas anzunehmen. Sie entwarf ihre Kleider selbst und gab ganz genaue Anweisungen. Als alles fertig war, hatte sie eine wundervolle Garderobe, die fremdartig und zauberhaft anmutete. Sie bewegte sich sehr graziös und hatte eine geradezu königliche Haltung.

Colum beobachtete sie auch weiterhin auf Schritt und Tritt, doch zwischen uns wurde ihr Name kaum noch erwähnt.

Wenn wir Gäste bewirteten, nahm sie mit uns an dem Tisch auf der Empore Platz. Obwohl Colum und ich in der Mitte der langen Tafel saßen, hätte ein Fremder durchaus den Eindruck gewinnen können, sie sei die Herrin des Hauses - nicht ich.

Manchmal drückte sich in Marias Auftreten eine übermütige Unbeschwertheit aus, die den Anschein erweckte, als ob sie sich insgeheim köstlich amüsierte. Einer der Ritter aus der Umgebung hatte sich in sie verliebt und flehte sie an, ihn zu heiraten. Sie gab ihm keine eindeutige Antwort, so daß er einen Vorwand nach dem anderen ersann, um uns einen Besuch abzustatten.

»Der junge Madden ist schon wieder hier«, sagte Colum bei solchen Gelegenheiten. »Der arme liebeskranke Narr! Glaubt er vielleicht, sie will ihn haben?«

Einmal hielt ich es nicht mehr aus. »Colum, wie lange soll Maria eigentlich noch hier bleiben?«

Er fuhr ärgerlich herum.

»Ich dachte, es sei dein Wunsch gewesen, sie hier zu haben. Du warst ja so begierig darauf, meine Grausamkeit wiedergutzumachen, oder?«
»Stimmt. Aber sie gehört nicht hierher.«
»Wer kann schon genau sagen, wer wohin gehört? Einst hast du auch nicht hierher gehört, jetzt aber . . .«
»Das ist doch etwas ganz anderes. Ich bin schließlich deine Frau.«
»Denk öfter daran«, erwiderte Colum recht mißmutig.

Der Sommer war ungewöhnlich heiß, das Meer lag so ruhig wie ein See da und sah von den Zinnen wie ein schimmerndes Seidentuch mit blauen und grauen Lichtern aus. Oft schaute ich zu den scharfen Felsspitzen der *Devil's Teeth* hinaus, die bei Ebbe aus dem Wasser ragten. Dazwischen steckten immer noch Wrackteile. Was dachte Maria wohl, wenn sie hinüberblickte und Überreste der ›Santa Maria‹ sah? Erinnerte sie sich dann an ihren Ehemann, der auf immer für sie verloren war? Es blieb ein unlösbares Rätsel, welche Gedanken sie bewegten.
Colum sprach oft von seinem Wunsch, ein weiteres Kind zu haben. Was war nur mit mir? Weshalb wurde ich nicht schwanger? Sein Verhalten mir gegenüber hatte sich gewandelt, und ich war empfindsam genug, um dies zu spüren. Seiner Leidenschaft fehlte das Spontane, und ich glaubte auch den Grund dafür zu kennen.
Im Juni schrieb ich meiner Mutter, wie sehr ich sie vermißte, und lud sie ein, uns wieder zu besuchen. Mein Brief hatte wohl wie eine flehentliche Bitte auf sie gewirkt, denn sie teilte mir unverzüglich mit, daß sie bereits Vorbereitungen treffe, zu uns zu kommen. Ich fühlte mich sehr erleichtert, denn ich hatte beschlossen, ihr alles anzuvertrauen. Mir war klar, daß ich damit Colums Wunsch zuwiderhandelte, aber das war mir nun gleichgültig. Ich mußte mit jemandem reden! Doch ihre Ankunft zögerte sich hinaus. Damask hatte eine fiebrige Erkrankung, so daß sie es nicht wagte zu reisen.
»Wenn Damask wieder gesund ist, besuchen wir dich, liebe Linnet«, schrieb sie mir und berichtete ausführlich, was zu Hause vor sich ging. Mein Vater war soeben von seiner zweiten Ostindienfahrt zurückgekehrt, ohne auch nur ein

einziges Schiff verloren zu haben. Die Landors waren zu Besuch in Lyon Court gewesen, und man hatte hauptsächlich über den Erfolg des gemeinsamen Unternehmens gesprochen.
»Fennimores kleiner Sohn ist sein ganzer Stolz«, schrieb sie. »Er heißt Fenn und ist etwa einen Monat älter als dein Töchterchen Tamsyn.«
Ich dachte oft an meine so sehr verschiedenen Eltern und war der Meinung, daß Colum und ich ihnen in vielem glichen. Ihre Ehe hatte die Jahre überdauert, und sie konnten offensichtlich ohne einander nicht glücklich sein. Bei uns würde es genauso sein, versicherte ich mir etwas allzu nachdrücklich.
Ich beobachtete manchmal Maria, wenn sie leichtfüßig zu den Stallungen hinüberlief. Hoch zu Roß sah sie wie eine der Göttinnen aus der griechischen Mythologie aus. Eigentlich war es ungerecht, daß soviel Schönheit in einer Person vereinigt war . . .
Oft fragte ich mich, wohin ihre langen Ausritte führten. Es war abermals ein Geheimnis, und Geheimnisse gehörten nun einmal zu Maria.
Im Juli wurde es drückend schwül. »Es wird ein erfrischendes Gewitter geben«, prophezeiten die Wetterkundigen, doch sie irrten sich. Die Hitze stieg eher noch. Der St.-Swithin's-Tag kam, und wir hielten nach Regenwolken Ausschau - vergeblich.
Ich erinnerte mich an einen Reim, den meine Mutter mir vorgesprochen hatte:

»Wenn's an St. Swithin regnen mag,
dann regnet's weiter vierzig Tag.
Strahlt an St. Swithin heller Sonnenschein,
läßt der Himmel das Regnen vierzig Tage sein.«

Im August waren die Nächte so unerträglich schwül, daß wir die Bettvorhänge nicht zuzogen, um ein wenig frische Luft atmen zu können. Im einen Hof hing ein Wespennest, und Connell wurde gestochen. Ich behandelte den Stich mit einer Salbe, die Edwina mir gegeben hatte. Wie gerne hätte ich sie wiedergesehen! Dabei fiel mir ein, daß sie von etwas Bösem hier im Schloß gesprochen hatte . . .
Böse? Ja, hier war etwas Böses, daran bestand kein Zweifel.

Im tiefsten Inneren dachte ich: Die Frau aus dem Meer hat es mitgebracht.

Ich wachte nachts auf. Colum lag nicht neben mir. Wie viele Male war es so gewesen! Ich ging zum Fenster und schaute aufs Meer hinaus. Der Widerschein des Mondes zeichnete auf dem stillen Wasser einen silbrigen Pfad. Die Spitzen der *Devil's Teeth* waren deutlich zu sehen. Kein Schiff war in Sicht.

Einem plötzlichen Einfall folgend, nahm ich einen Umhang, öffnete die Tür und trat in den schmalen Korridor hinaus, wo es völlig dunkel war, da es keine Fenster gab, die das helle Mondlicht eingelassen hätten. Rasch zündete ich eine Kerze an.

Wenn ich etwas entdecken würde, was ich nicht für ausgeschlossen hielt, was sollte ich dann tun? Ich würde zu meiner Mutter ziehen ... das Haus heimlich verlassen und die Kinder mit mir nehmen. Oder ich würde sie brieflich um ihr Kommen bitten, da ich sie ebenso dringend brauchte wie Damask.

Das Kerzenlicht warf zitternde Schatten an die grauen Steinmauern. Ich stand vor der Tür zum Roten Zimmer, brachte es aber nicht gleich über mich, sie zu öffnen. Vor meinem geistigen Auge sah ich die beiden deutlich. Es würde genauso sein wie damals bei uns, denn sie hatte ihn behext.

Warum gebrauchte ich dieses Wort? Behext. Nein, das stimmte nicht. Es war keine Frage der Hexerei. Sie war eine schöne, sinnliche Frau und er ein lüsterner Mann. Er begehrte sie, wie er früher mich begehrt hatte. Ich wußte es ja schließlich am besten, wie wenig er es zuließ, daß sich der Erfüllung seiner Wünsche etwas in den Weg stellte.

Das Zimmer der Geister und Schatten, dachte ich. Die zarte, schwache Melanie hatte dort drinnen gelitten. Was empfand der arme Geist Melanies, falls Colum Maria hier besuchte? Stimmte es, daß unglückliche Tote ›umgingen‹, wie die Dienstboten behaupteten? Hofften sie, auf diese Weise noch etwas Glück zu erhaschen? Oder suchten sie sich an denen zu rächen, die sie zum Leiden gebracht hatten?

Wie ähnlich sähe es ihm, mit Maria in dem Bett zu schla-

fen, in dem Melanie gestorben war. Mich hatte er ja auch schon dazu gezwungen.
Vorsichtig öffnete ich die Tür. Die Bettvorhänge waren zurückgezogen, und ein breiter Streifen des blassen Mondlichts beleuchtete das Lager.
Es war leer.
Ich schämte mich, als ich auf Zehenspitzen zu unserem Schlafzimmer zurückschlich. Nachdem ich mich hingelegt hatte, überlegte ich mir, wie seltsam es doch war, daß Colum und Maria in dieser mondhellen Nacht draußen waren. Zusammen . . .?

Auch im September hielt die Hitze an. Das Verlangen, meine Mutter zu sehen, wurde immer größer. Ich erklärte Colum, daß ich zu ihr reisen würde, wenn sie nicht bald zu uns käme. Er gab mir keine Antwort, sondern schien mit den Gedanken ganz woanders.
Während der Sommermonate hatte es kein Schiffsunglück gegeben. Colum ritt häufig tagelang allein aus und verriet mir nie, wo er gewesen war.
Maria wirkte wie immer verschlossen, ja sogar grüblerisch, doch manchmal entdeckte ich auf ihrem Gesicht ein geheimnisvolles Lächeln.
An einem Septembertag - es war nun fast ein Jahr her, seit ich Maria vor dem Ertrinken gerettet hatte - kam Colum von einem seiner Ausritte zurück. »Ich habe meiner Mutter geschrieben«, erzählte ich ihm nach der Begrüßung. »Mir kommt es wie eine Ewigkeit vor, seit ich sie das letzte Mal gesehen habe.«
Er schaute mich an. In seinem Blick lag keine Wärme.
»Du hast es also noch nicht erfahren? Ich wollte dich bisher nicht beunruhigen, aber in Plymouth wütet die Pest.«
»Wie? Die Pest?« rief ich entsetzt. »Dann muß sie unverzüglich die Stadt verlassen. Hier ist sie in Sicherheit.«
»Auf keinen Fall! Die Kinder könnten sich anstecken.«
»Aber . . . vielleicht ist sie krank.«
»Wenn es so wäre, hätte man's dir bestimmt mitgeteilt.«
»Ich muß zu ihr!«
»Du bleibst hier!«
»Wenn sie aber in Gefahr ist?«
»Ich glaube nicht, daß sie krank ist. Aber sie lebt ganz in der

Nähe des Seuchenherds, und die Krankheit breitet sich mit rasender Eile aus. Du mußt dich fernhalten!«
»Ich habe solche Sehnsucht danach, sie zu sehen, Colum!«
»Du redest wie ein verzogenes Kind. Du mußt zuallererst an uns, deine Familie, denken. Damit du eines weißt: Deine Mutter kommt nicht hierher, und du reist nicht zu ihr!«
Ich machte mir schreckliche Sorgen wegen meiner Mutter, doch zum Glück kam bald eine beruhigende Botschaft von ihr. Viele Nachbarn waren schon erkrankt, und sie hielt sich klugerweise von der Stadt fern. Vorübergehend hatte sie Angst gehabt, Damask habe sich angesteckt, doch es war zum Glück nur ein Aufflackern der fiebrigen Erkrankung gewesen, die sie bereits vor einiger Zeit geplagt hatte. Meine Mutter teilte Colums Ansicht, daß es unvorsichtig wäre, wenn wir uns gegenseitig besuchten.
»Ich werde oft von mir hören lassen, liebes Kind«, schrieb sie mir. »Solange diese schreckliche Seuche wütet, müssen wir uns leider mit Briefen begnügen.«
Sie schickte mir ein Paar neuartiger Strümpfe, wie ich sie noch nie gesehen hatte. Die Webart war von einem Gentleman aus Cambridge, Reverend Lee, entwickelt worden. Meine Mutter war ganz begeistert darüber.
»Sieh selbst, wie sich diese Strümpfe an das Bein anschmiegen«, schwärmte sie. »Deine Großmutter behauptet, daß die Adligen in London nur noch solche Strümpfe tragen. Bald wird es wohl die bisherigen gar nicht mehr geben. Ich hörte übrigens noch weitere Neuigkeiten aus London, Linnet. Ein Mr. Jansen, der bisher Brillen hergestellt hat, erfand ein Gerät, mit dem man Dinge wie von nahem sehen kann, die aber in Wirklichkeit weit entfernt sind. Er nennt es Teleskop. Was wird wohl noch alles passieren? In was für einer Zeit leben wir! Ich wünschte, man könnte endlich irgendein Mittel finden, um dieser schrecklichen Krankheit vorzubeugen, die alle paar Jahre von neuem ausbricht, und eine Methode, sie zu kurieren . . .«
Es war für mich immer wieder schön, Briefe von meiner Mutter zu bekommen, doch viel lieber hätte ich mich natürlich mit ihr unterhalten. Ich wollte ihr von der seltsamen Atmosphäre berichten, die sich bei uns immer mehr ausbreitete.
Es bestand für mich kein Zweifel, daß Maria etwas damit zu

tun hatte. Und auch Colum trug dazu bei. Waren die beiden etwa schon ein Liebespaar? fragte ich mich ständig. Wenn ja, so würde das vieles erklären.

Wieder nahte Halloween. Das Wetter war umgeschlagen, es regnete leicht.

»Genau ein Jahr ist es jetzt her, daß sie gekommen ist«, sagte Jennet zu mir, und ich fragte mich, wieviel sie wohl von den Schwierigkeiten ahnte, die es seit einiger Zeit bei uns auf dem Schloß gab. »Dies Jahr ist mir besonders lang vorgekommen«, fuhr Jennet fort. »Viel Merkwürdiges ist passiert . . .« Ihr Gesicht war sorgenvoll.

»Und die kleine Senara ist gerade zehn Monate alt«, fügte ich hinzu, worauf Jennets Augen zu leuchten anfingen.

»Eine süße kleine Miss«, sagte sie. »Es ist zu nett, wenn unsere Tamsie mit ihr spielt. Und Senara scheint sie auch zu erkennen und schreit nach ihr. Ich könnt schwören, daß sie neulich ›Tamsie‹ gebrabbelt hat. Glaubt mir, Mistress! Das wird bestimmt das erste Wort sein, was sie sprechen kann.«

Ich freute mich, daß meine Tochter so lieb mit dem Kind umging, denn darin zeigte sich Tamsyns guter Charakter. Offensichtlich kannte sie keine Eifersucht.

An Halloween hing der Nebel so tief, daß er die Zinnen und Türmchen einhüllte und in die Zimmer drang. Das Meer verbarg sich hinter dem weißen Dunst. Für die Schiffe, die in der Nähe unserer Küste kreuzten, bedeutete diese Witterung schwieriges, gefahrvolles Navigieren. Heute waren die Laternen von Colums Leuten nicht nötig, um sie in die Irre zu leiten, weil der Nebel so dicht war.

Wir waren von einer lautlosen, düsteren Welt umgeben. Ich mußte an den tosenden Sturm denken, der vor einem Jahr gewütet hatte. Ob sich Maria wohl auch daran erinnerte?

An diesem Abend wurde kein Freudenfeuer entzündet.

Als ich Jennet nach dem Grund dafür fragte, klang ihre Antwort ausweichend. »Das Wetter taugt nicht dafür.«

Ich war überzeugt, daß es nicht nur am Wetter lag. Viele der Dienstboten glaubten, daß eine Hexe unter uns lebte, und fürchteten möglicherweise, sie mit dem Entzünden des Scheiterhaufens zu erzürnen.

Am nächsten Morgen konnten wir Maria nirgends finden. Ihr Bett im Roten Zimmer war unberührt. Den ganzen Tag über warteten wir darauf, daß sie wieder auftauchte, doch sie kam nicht. Mit der Zeit hörten wir auf, an ihre Rückkehr zu glauben.

Sie hatte uns Senara als Erinnerung an jene stürmische Nacht hinterlassen und war ebenso plötzlich verschwunden, wie sie damals in unserem Leben aufgetaucht war.

Weihnachten im Schloß

Diesmal verlief das Weihnachtsfest nicht so, wie ich es mir eigentlich gewünscht hätte. Meine Mutter konnte uns nicht besuchen, da die Seuche noch immer viele Opfer forderte. Bei uns im Schloß war Stille eingekehrt. Die Dienstboten flüsterten und tuschelten miteinander. Keiner von ihnen wagte es, das Spukzimmer zu betreten.
Tag um Tag wartete ich darauf, daß etwas passierte. Manchmal ging ich zu jenem Zimmer, öffnete leise die Tür und glaubte, Maria dort zu sehen. Der Raum war immer leer, und doch spürte ich die Anwesenheit irgendeines Wesens. War es Melanie, oder hatte Maria eine geheimnisvolle Aura hinterlassen?
Die Dienerschaft war fest davon überzeugt, daß Maria eine Hexe war. Schließlich war sie ja an Halloween gekommen und auch wieder gegangen. Ich hielt es nicht für ausgeschlossen, daß dies ein schlechter Scherz Marias war. Oft hatte ich nämlich den Eindruck gehabt, als mache sie sich insgeheim über uns lustig und verachte uns.
In den ersten Stunden nach ihrem Verschwinden hatte ich angenommen, daß sie mit James Madden auf und davon gegangen sei. Als er dann jedoch völlig verstört im Schloß auftauchte, um sich selbst davon zu überzeugen, daß seine heißgeliebte Maria nicht mehr da war, wurde das Rätsel noch größer. Einen Monat später nahm Madden sich das Leben. Man fand ihn erhängt in seinem Schlafzimmer.
Als wir diese schreckliche Nachricht im Schloß erfuhren, geriet die Dienerschaft noch mehr in Angst und Schrecken. Maria hatte den armen Kerl sicherlich verhext ...
Auch ich machte mir meine Gedanken und unterhielt mich einmal mit Colum. Ihn schien Marias Verschwinden nicht zu betrüben, ganz im Gegenteil! Manchmal hatte ich sogar den Eindruck, als sei er froh und erleichtert darüber. Zweifellos war er von ihr hingerissen gewesen, kein Wunder bei dieser ungewöhnlichen und fremdartigen Schön-

heit. Kein Mann hätte ihrem Zauber widerstehen können! Ich empfand wieder liebevollere Gefühle für Colum und wunderte mich selbst, wie leicht mir das fiel. Nur zu gern redete ich mir ein, daß er gegen seinen Willen von Maria angezogen worden war und nun froh war, weil die Versuchung nicht mehr bestand.

Mit jedem Tag merkte ich, daß sich mein Abscheu und mein Entsetzen über die Art und Weise, wie Colum zu Geld kam, verringerten. Konnte man sich etwa an solche Lebensumstände gewöhnen? Meine Mutter hatte es fertiggebracht. Ähnelte ich ihr auch hierin?

Vermutlich lag es daran, daß wir beide von starker Sinnlichkeit waren und keine zimperlichen Weibchen, die vor der körperlichen Liebe zurückschraken. Sie bereitete uns im Gegenteil großes Vergnügen, während sie verfeinerte Naturen angeblich abstößt. Colum konnte mir volle körperliche Befriedigung verschaffen wie auch ich ihm. Mein Verhältnis zu ihm schien sich auf zwei Ebenen abzuspielen. Eigentlich hätte ich entsetzt sein müssen über das, was er tat - und im Grunde war ich es ja auch -, und doch verließ ich ihn nicht, selbst wenn ich Mittel und Wege gefunden hätte. Außerdem würde dies ja den Verlust meiner Kinder bedeuten. Vielleicht war ich schwach, weil ich meinen Abscheu unterdrückte. Seit ich sein Geheimnis entdeckt hatte, war ich nicht mehr glücklich, und mein Leben war vergiftet, das spürte ich genau. Dennoch brachte ich es nicht fertig, ihn zu verlassen.

In diesem Jahr verlief unser Leben ziemlich einförmig. Einoder zweimal lief ein Schiff auf die Felsen auf, aber ich versuchte, nicht daran zu denken. Wenn der Sturm tobte, lag ich bei geschlossenen Vorhängen im Bett und verdrängte die schrecklichen Visionen. Mir war inzwischen noch einiges bekanntgeworden. Colum hatte Agenten in verschiedenen ausländischen Häfen - natürlich auch in englischen -, die ihm darüber berichteten, wann Frachtschiffe ausliefen. Er erfuhr, welche Route sie nehmen würden und ob sie möglicherweise in die Nähe unserer Küste kämen. Dann hielt er Ausschau nach ihnen, und seine Leute standen an der Küste Wache. Falls das Wetter günstig für ihn war, versuchte er das bedauernswerte Schiff auf die *Devil's Teeth* zu locken.

Manchmal konnte ich die schwarzen Gedanken nicht verjagen und lag zitternd im Bett. »Du bist ein Teufel, Colum«, flüsterte ich dann vor mich hin. »Grausam und tückisch! Ich sollte dich mitsamt meinen Kindern verlassen! Was wird aus ihnen werden - bei solch einem Vater?«
Meine kleine Tochter hatte zum Glück wenig zu befürchten. Colum war zwar stolz auf ihr gesundes Aussehen, kümmerte sich aber wenig um sie. Der Junge war sein ein und alles. Der fünfjährige kleine Kerl zeigte erste Ähnlichkeit mit seinem Vater. Colum nahm ihn auf vielen Ausritten mit, und ich beobachtete ihn, wenn er auf seinem Pony neben Colum galoppierte. Connell entzückte seinen Vater durch die schrankenlose Bewunderung, die diesem so viel bedeutete. Bestimmt liebte Colum seinen Sohn mehr als alles andere auf der Welt. Er war entschlossen, ›einen Mann aus ihm zu machen‹, was bedeutete, daß er ihn nach seinem Vorbild formen wollte. Er machte darin große Fortschritte. Der Junge kam nur zu mir, wenn er krank wurde, aber das war sehr selten der Fall. Nur dann verhielt er sich wie jedes andere Kind, das seine Mutter brauchte.
Meine kleine Tamsyn war ein sehr anschmiegsames und dazu noch aufgewecktes Ding. Mit ihren knapp vier Jahren zeigte sich bereits, daß sie klüger werden würde als Connell. Sie war von rascher Auffassungsgabe und stellte unaufhörlich Fragen. Hübsch war sie allerdings nicht besonders; sie hatte eine Stupsnase und nicht die schönen dunklen Haare ihres Vaters - Connell hatte sie geerbt -, sondern brünette Locken und große haselnußbraune Augen. Ihr Mund war zu groß, die Stirn zu hoch, aber für mich war sie trotz allem vollkommen.
Tamsyn hatte schon jetzt beschützerische Instinkte. Vielleicht spürte sie unklar, daß in der Beziehung zwischen mir und ihrem Vater nicht alles so war, wie es wünschenswert gewesen wäre. Wenn Colum ins Kinderzimmer kam, hatte ich immer den Eindruck, daß Tamsyn nur darauf wartete, mich irgendwie zu beschützen. Es rührte mich tief, wenn ich das winzige tapfere Persönchen vor mir stehen sah, bereit, für mich zu kämpfen. Die gleiche Haltung zeigte sie auch Senara gegenüber. Allem Anschein nach würde sie einmal zu den Menschen gehören, die für die Rechte anderer eintreten.

Senara war zehn Monate alt, als ihre Mutter spurlos verschwand, und vergaß sie rasch. Zum Glück hatte Maria ohnehin nie eine wichtige Rolle in ihrem Leben gespielt. Jennet und ich gaben ihr die Zuneigung und das Gefühl von Sicherheit, die Kinder brauchen.
Sehr früh schon ließ sich erkennen, daß sie eine Schönheit werden würde, wie bei einer so reizvollen Mutter nicht anders zu erwarten. Sie hatte ebenso seidiges schwarzes Haar, mandelförmige dunkle Augen, eine Haut wie Magnolienblüten und einen lieblich geschwungenen Mund. Sie strahlte eine Unschuld aus, die Maria - ich war mir da ganz sicher - wohl nicht einmal in der Wiege gehabt hatte.
Als es nach Marias Verschwinden viel Gerede über Hexerei gab, fürchtete ich für Senara, denn schließlich war sie ja die Tochter der angeblichen Hexe. Einige der Dienstboten wagten nicht, sich ihr zu nähern, und ich hielt es für angebracht, mich mit Jennet ernsthaft darüber zu unterhalten.
»Du mußt mir immer erzählen, was die Leute so reden, Jennet. Was halten sie denn davon, daß Maria plötzlich verschwunden ist?«
»An Halloween ist sie gekommen, und das heißt was! Sie ist 'ne Hexe, Mistress. Woher kam sie denn, und wo ist sie jetzt?«
»Wir wissen, daß sie eine Schiffbrüchige war, Jennet. Wohin sie sich nun gewendet hat, ist uns unbekannt, aber solche Dinge geschehen gar nicht so selten. Leute verschwinden ganz überraschend, und keiner weiß, wohin.«
»Bestimmt zu 'nem Liebhaber, darauf möchte ich wetten«, sagte Jennet und fuhr sich mit der Zunge über die Lippen. »Die gehört zu der Sorte, die 'nen Mann verhext. Schließlich hat sie auch . . .«
Ich unterbrach sie, denn ich wußte, daß sie jetzt den Verdacht äußern wollte, Maria habe auch den Schloßherrn verzaubert.
»Um Senara mache ich mir große Sorgen, Jennet.«
»Um Senara?« Sofort waren Jennets mütterliche Gefühle hellwach. »Was ist mit Senara nicht in Ordnung?«
»Es hat nichts mit ihrer Gesundheit zu tun«, beruhigte ich Jennet rasch. »Du hast wie eine Mutter für sie gesorgt.«
»Es läßt einen wieder richtig jung werden, wenn man so 'n Kleines im Arm hält, Mistress.«

»Paß gut auf, daß ihr kein Leid geschieht!«
»Was denn, Mistress? Wo sie doch nur 'n kleines Kind ist . . .«
»Die Leute werden sagen, daß sie ein Hexenkind ist.«
»Aber einem kleinen Kind werden die nichts tun.«
»Sorg dafür, Jennet! Du mußt sie vor allem Bösen behüten.«
»Du liebe Güte, Mistress! Keiner wird dem süßen Dingelchen was tun, solange ich da bin.«
»Und wie steht's mit den Nächten, wenn du im Meeresturm bei deinem Freund bist?«
Jennet errötete wie ein junges Mädchen. »Na ja, das ist so 'ne Sache. Aber da gibt's dieses Mädchen Amy. Ich hab mit ihr geredet . . . wenn meinen kleinen Lieblingen was zustößt, dann brech ich ihr jeden Knochen im Leib. Außerdem liegt ja unsere kleine Tamsie dicht neben ihr und paßt auf. Sie hält die ganze Nacht durch ihr Händchen. Und wenn das Baby schreit, tröstet Tamsie sie . . . wie 'ne richtige kleine Mutter. Nein, nein, Senara passiert schon nichts.«
»Achte trotzdem auf das, was die Leute so reden, Jennet. Sie machen sich so leicht selber verrückt, und Hexerei jagt den meisten ohnehin Angst und Schrecken ein. Maria ist verschwunden. Nun gut. Falls sie wirklich eine Hexe war, dann wirken ihre Kräfte jetzt woanders.«
»Gerade noch rechtzeitig ist sie verschwunden. Ich hab deutlich gemerkt, daß sie 'nen bösen Einfluß hatte.«
Ich wußte, daß Jennet an Colum dachte. Da sie viel von Männern verstand, hatte sie bestimmt die wachsende Spannung zwischen ihm und Maria gespürt.
Die Monate verstrichen. Das Gesinde weigerte sich zwar auch weiterhin, das Rote Zimmer zu betreten, und bekreuzigte sich, wenn es daran vorbeiging, aber ich war sicher, daß es in der Küche nicht mehr so viel Geschwätz über Hexerei gab wie zuvor.

Erst im August konnte meine Mutter endlich zu uns kommen. Ich erzählte ihr alles über Maria und ihr plötzliches Verschwinden. »Gut, daß sie weg ist«, sagte sie. »Eine solche Frau bringt immer große Unruhe in einen Haushalt.«
Meine Mutter brachte viele Neuigkeiten aus London mit,

wo achtundzwanzigtausend Einwohner der Pest zum Opfer gefallen waren.
»Werden diese furchtbaren Seuchen denn niemals ein Ende haben?« sagte sie seufzend. »Wenn man doch nur ein Heilmittel dagegen fände!« Dann wechselte sie das Thema. »Du mußt bald zu uns nach Lyon Court kommen, Linnet. Dein Vater beschwert sich schon darüber, wie selten er dich zu sehen bekommt.«
»Warum begleitet er dich dann nicht hierher?«
»Er ist entweder unterwegs oder bereitet die nächste Schiffsreise vor.«
»Kommt er gut mit den Landors aus, Mutter?«
»So gut es bei ihm eben möglich ist. Du kennst ja deinen Vater . . . es ist weiß Gott nicht einfach, mit ihm zusammenzuarbeiten. Immer will er alles nach seinem Willen durchsetzen.«
»Und Fennimore . . .?«
Meine Mutter warf mir einen forschenden Blick zu. Sie spürte sicher, daß sich bei uns einiges geändert hatte, und fragte sich vermutlich, ob ich die Heirat mit Colum etwa bedauerte. Ich hätte nicht zu sagen vermocht, ob dem so war. Ab und zu dachte ich an Fennimore, an sein offenes freundliches Gesicht und seinen idealistischen Schwung. Er wollte das Seine tun, um eine bessere Welt zu schaffen. Colum war die Welt völlig gleichgültig, ihn interessierte nur sein eigener Profit. Bisweilen malte ich mir aus, wie anders mein Leben wohl verlaufen wäre, wenn ich Colum nicht kennengelernt hätte.
Beklagte ich mein Schicksal? Vielleicht manchmal . . . Aber mit einem anderen Mann hätte ich auch andere Kinder gehabt, und wie konnte ich das wollen, da ich Connell und Tamsyn doch so sehr liebte?
»Fennimore ist noch mit derselben Begeisterung bei der Sache wie früher«, sagte meine Mutter. »Erfreulicherweise ist jetzt auch dein Vater mit ganzem Herzen dabei. Sie haben ein neues Schiff bauen lassen und es ›Landors Löwe‹ genannt. Anfang nächsten Jahres soll es auf große Fahrt nach Ostindien auslaufen.«
»Und Fennimores kleiner Sohn . . .«
»Oh, er lebt mit seiner Mutter in Trystan Priory.«
»Siehst du die Familie Landor ab und zu?«

Meine Mutter nickte.
Ich hätte zu gern recht viel über Fennimores Frau erfahren, darüber, ob er glücklich mit ihr war und ob er vielleicht manchmal an mich dachte. Ich fragte jedoch nur wenig, denn es war sicher besser für uns beide, wenn wir nicht mehr aneinander dachten.
»Hat er noch mehr Kinder?«
»Nach dem kleinen Fenn ist noch ein Mädchen gekommen.«
»Wie heißt es?«
»Melanie«, erwiderte meine Mutter nach kurzem Zögern.
»Oh, sie haben es also nach Fennimores Schwester genannt! Mutter - sie sind doch sicher glücklich?«
»Ja. Sie leben sehr ruhig und zurückgezogen. Fennimore ist natürlich ebenso oft auf See wie dein Vater, Carlos oder Jacko. Auch Penn segelt jetzt ständig mit deinem Vater. Romilly ist deshalb oft traurig, denn sie vermißt ihren Sohn sehr.«
»Wie schön, daß sich dieses Handelsunternehmen als so erfolgreich erwiesen hat«, meinte ich.
»Erfolgreich oder nicht - sei froh, daß dein Mann nicht zur See fährt, Linnet. Bei jeder Fahrt deines Vaters bange ich, ob er lebend zurückkehrt.«
Ich schwieg und dachte daran, wie Colum in seinem kleinen Boot mit den stürmischen Wogen kämpfte und viele Seeleute in den Tod lockte, um sich ihre Schiffsfracht anzueignen.
Ich war nahe daran, meiner Mutter alles zu enthüllen, unterließ es aber wie schon oft zuvor in letzter Minute.

Die Zeit verging, und von Maria wurde kaum noch gesprochen. Ob Colum wohl an sie dachte?
Merkwürdigerweise widersetzte Colum sich entschieden, daß ich meine Eltern in Lyon Court besuchte. Vielleicht fürchtete er, daß ich nicht zu ihm zurückkehren könnte. Ständig brachte er neue Einwände vor, warum ich nicht reisen durfte: Er hatte gehört, daß unterwegs Räubergesindel lauerte; er konnte mich nicht begleiten, da er zuviel zu tun hatte - wie sollte ich mit drei kleinen Kindern die große Entfernung bewältigen? Es gab immer irgendeinen Grund . . . Ich durfte mich auf keinen Fall allein auf den

Weg machen, sondern mußte warten, bis er mitkommen konnte.
»Vagabunden und Räuber werden aus den Städten verjagt«, erklärte er mir. »Wohin werden die sich wohl wenden? Natürlich aufs Land! Der Bürgermeister von London und die Sternkammer sind fest entschlossen, die Hauptstadt vom Gesindel zu befreien. Viele Strolche baumeln schon an Londons Galgen zur Abschreckung für die anderen Bettler. Aus Angst strömen sie in Scharen aufs Land und betteln am Wegesrand. Wenn man ihnen freiwillig nichts gibt, nehmen sie's sich notfalls durch Mord und Totschlag. Glaubst du wirklich, daß ich da meine Kinder reisen lasse?«
Einiges davon stimmte tatsächlich, denn meine Mutter schrieb mir, daß in London auf Anordnung des Magistrats jeder aufgehängt wurde, der immer noch bettelte.
Also mußte meine Mutter stets zu uns kommen, wenn wir uns sehen wollten. Sie ließ sich immer von einem Trupp bewaffneter Bediensteter begleiten, die es mit jedem Räuber aufgenommen hätten. Ich schlug Colum vor, mich ebenfalls mit Begleitschutz ziehen zu lassen, doch er wollte auch davon nichts hören.
Erst zu Weihnachten war er endlich damit einverstanden, nach Lyon Court aufzubrechen. Wir nahmen die drei Kinder, Jennet, zwei weitere Mägde und vier oder fünf Diener mit.
Auch mein Vater war zu Hause und freute sich sehr, die Kinder wiederzusehen. Connell gefiel ihm ausnehmend gut, und es machte ihm großen Spaß, wie der Kleine breitbeinig die Haltung von Vater und Großvater nachahmte. Mich betrübte dieser Anblick eher, denn ich ahnte, daß er genau wie sie werden würde.
Mein Vater nahm Connell auf seine Schiffe mit und bemühte sich, ihn schon jetzt für die Seefahrt zu begeistern. Ich unterstützte dies. Es war mir schließlich weit lieber, er trat beruflich in die Fußstapfen seines Großvaters als in die seines Vaters. Tamsyn war der Liebling meiner Mutter. Es war rührend mitzuerleben, wie meine kleine Tochter darauf achtete, daß Senara nicht ausgeschlossen wurde. Wo Tamsyn war, da konnte man mit Gewißheit auch Senara finden.
Die Kleine war nun drei Jahre alt und von einer frühreifen

Schönheit. Mein Vater betrachtete sie sehr genau und nickte ihr dann freundlich zu. Bestimmt nahm er an, daß sie ein uneheliches Kind von Colum war.
Er lauschte aufmerksam, als ihm die Geschichte von Marias Rettung aus stürmischer See und von ihrer Niederkunft bei uns auf der Burg erzählt wurde. Ich sah deutlich, daß er Colum verständnisinnig zuzwinkerte. Seiner Ansicht nach hatte Colum sein Kind auf diese Weise äußerst geschickt ins Schloß geschmuggelt.
Er hätte nicht so gedacht, wenn er das arme, halbertrunkene Wesen gesehen hätte, das ich am Strand entdeckt hatte. Seinem Kennerblick entging Senaras anmutiger Reiz nicht.
»Die Kleine wird später eine Schönheit«, lautete sein Kommentar, und er lachte schallend dabei. Es gefiel ihm immer, wenn andere Männer einen Fehltritt begingen. Wahrscheinlich erschienen ihm dann seine eigenen als nichts Ungewöhnliches.
Ich erinnere mich noch gut an die hitzigen Dispute während dieser Weihnachtsfeiertage. Mein Vater wütete gegen die Spanier wie früher. Er schien fast an seinem Zorn zu ersticken, wenn er von dem feindlichen Angriff redete, der in diesem Juli gegen Penzance in Cornwall geführt worden war.
»Bei Gott, diese Dons haben unsere Küste verwüstet. Wie konnten sie bloß vergessen, wie wir sie von den Meeren vertrieben haben?«
»Stimmt das denn?« wandte meine Mutter spöttisch ein. »Wenn ja, wie sind sie dann überhaupt nach Penzance gelangt?«
»Uns im eigenen Land frech anzugreifen!« polterte mein Vater. »Was meinst du, Schwiegersohn? Findest du nicht auch, daß wir sie mit unseren Schiffen verfolgen sollten?«
»Und ob ich das finde!«
»Handel«, sagte mein Vater geringschätzig. »Dafür ist Zeit, wenn wir die Dons vernichtet haben. Solange diese Burschen so unverschämt sind und unsere Küsten verwüsten, gibt's nur eins: ihre eigenen Küsten verwüsten!«
»Du kannst ihnen viel mehr schaden, wenn du sie mit Hilfe des Seehandels ausstichst«, gab meine Mutter zu bedenken.

»Schaden! Das genügt mir nicht! Ich will den ganzen Haufen am liebsten umbringen, ihn von der See verjagen.«
Mein Vater war dafür, seine Schiffe nicht mehr für den Seehandel einzusetzen, sondern mit ihnen gegen die Spanier zu kämpfen.
Colum und mein Vater waren sich in ihrer Verachtung der Spanier völlig einig. Mein Vater konnte nur nicht begreifen, warum Colum nicht zur See fahren wollte.
Penn war von der Abenteuerlust der Jugend erfüllt. »Wenn ich doch nur eine Goldmine entdecken könnte wie Sir Walter Raleigh!«
»Er hat sie ja noch gar nicht gefunden«, widersprach meine Mutter lächelnd.
»Er wird's aber«, rief Penn. »Das weiß ich ganz genau.«
»Er muß es jedenfalls, wenn er die Gunst der Königin wiedergewinnen will. Er ist in Ungnade, seit er eine der Hofdamen verführt hat.«
»Armer Raleigh!« sagte mein Vater mitfühlend. »Bestimmt wollte die betreffende Lady verführt werden. Keine Frau kann gegen ihren Willen genommen werden, soviel steht für mich fest.«
»Ihr Männer haltet euch alle für unwiderstehlich«, sagte meine Mutter. »Doch ab und zu habt ihr auch Opfer, die ganz und gar nicht willig sind.«
Mein Vater warf seiner Frau einen amüsierten Blick zu. Ich sah hoch und merkte, daß Colum mich beobachtete.
Wenn ich nur mit meinen Kindern hierbleiben könnte, schoß es mir durch den Kopf. Hier fühlte ich mich sicher und geborgen.
Edwina und ihr kleiner Sohn lebten immer in Lyon Court, wenn Carlos auf See war. Meine Mutter wußte genau, welche Angst Edwina um ihn hatte. Und durch ihre meist unheilvollen Vorahnungen wurde diese Angst noch verstärkt.
Edwina und ich unterhielten uns öfter miteinander. »Ich habe jetzt ein viel besseres Gefühl, was dich und dein Schicksal betrifft«, sagte sie bei einer dieser Gelegenheiten. »Du weißt ja, daß ich bei meinem letzten Besuch etwas Böses bei euch auf der Burg spürte.«
»Das hatte sicher etwas mit Maria zu tun. Sie verschwand übrigens ebenso plötzlich, wie sie aufgetaucht ist.«

»Es war ein höchst beunruhigender Einfluß ... unbestimmt und schwer zu erfassen. So ist es häufig. Aber jetzt sind meine bösen Ahnungen zum Glück vergangen.«
»Also bin ich jetzt in Sicherheit«, sagte ich leichthin.
»Es kommt mir so vor, als ob sich das drohende Unheil zurückgezogen hätte. Genauer kann ich es dir leider nicht erklären.«
Bestimmt war es Marias Aura gewesen, die auf Edwina unheilvoll gewirkt hatte. Oft grübelte ich darüber nach, was wohl aus ihr geworden war. Sie hatte nichts mitgenommen ...
Edwina umarmte mich liebevoll.
»Paß gut auf, Linnet.«
Bedeutete dieser Rat, daß sie immer noch nicht ganz beruhigt war?

Das Jahr verging wie im Fluge. Ich war froh, daß Maria völlig vergessen zu sein schien. Für Senara war es sicher besser so. Doch das Rote Zimmer galt immer noch als verhext.
Senara entwickelte sich zu einem kleinen Mädchen wie andere auch, nur war sie von außergewöhnlicher Schönheit. Die Zuneigung zwischen ihr und Tamsyn hatte sich sogar noch vertieft, und Tamsyn war die einzige, der Senara aufs Wort gehorchte.
Ich verbrachte viel Zeit bei den Kindern, um sie zu unterrichten. Vermutlich war ich wie fast alle Mütter voreingenommen, aber ich hielt Tamsyn für außergewöhnlich klug. Sie war ein warmherziges kleines Ding und fühlte sich nach wie vor als Beschützerin von mir und Senara.
Wenn ich die Wahrheit über Colums Reichtum nicht entdeckt hätte, wäre ich in diesem Abschnitt meines Lebens bestimmt sehr glücklich gewesen. Erst nach zwei weiteren Jahren erkannte ich, daß dies nur eine Ruhepause vor dem Sturm gewesen war, der jederzeit über mich hereinbrechen konnte.
Bei uns an der Küste blieb es in jener Zeitspanne ruhig, obwohl immer wieder größere und kleinere Seegefechte stattfanden. Der Sieg über die Armada hatte uns eine Invasion der Spanier erspart, den Feind jedoch nicht völlig vernichtet.
Es kam ein trauriger Tag für England - ganz besonders für

das West Country –, als sich die Kunde verbreitete, daß Sir Francis Drake tot war. Er und Sir John Hawkins waren mit einer Kriegsflotte aufgebrochen, um die spanischen Niederlassungen in Westindien anzugreifen. Beide waren dabei gestorben. Es kam uns allen schrecklich sinnlos vor, daß Sir Francis, der so viel Gutes bewirkt hatte, in die Fremde gezogen war, um dort zu sterben. Er hatte die Wasserversorgung der Stadt durch den Fluß Meavy in die Wege geleitet und sechs Getreidemühlen bauen lassen. Er besaß einen Sitz im Parlament – natürlich als Vertreter von Plymouth – und hatte den Bau von Wällen und Befestigungen veranlaßt.
Meine Mutter war wütend und traurig zugleich. »Im Frieden hat er so viel Gutes geschaffen! Warum mußte er unbedingt diesen Kriegszug unternehmen? Was macht es schon, daß die Spanier in jenem fernen Kontinent eine Art Schatzhaus haben? Sollen sie ihre Schätze doch behalten! Es lohnt sich wahrhaft nicht, wenn viele Männer ihr Leben verlieren, nur weil sie diese Reichtümer erobern wollen.«
»Er starb genauso, wie er es sich gewünscht hat«, wandte mein Vater brummig ein.
Wir machten uns große Sorgen, als wir erfuhren, daß die Spanier Calais eingenommen hatten. Bedeutete dies, daß sich der Feind mit neuer Kraft gegen uns erhob? Die Königin ging ein Bündnis mit den Franzosen ein, die bei uns allerdings kaum beliebter waren als die Spanier.
Alle atmeten erleichtert auf, als Admiral Howard Cadiz plünderte. Mein Vater sprach noch das ganze folgende Jahr begeistert davon. »Die Verluste der Spanier belaufen sich auf zwanzig Millionen Dukaten«, prahlte er.
Inzwischen machte ich ziemlich regelmäßig Besuche in Lyon Court. Meine Beziehung zu Colum hatte sich verändert. Ich war nun nicht mehr so wichtig für ihn. Zwar flammte gelegentlich noch zwischen uns die alte Leidenschaft auf, doch manchmal behandelte er mich mit völliger Gleichgültigkeit. Er war auch viel mehr unterwegs als früher, und ich wollte gar nicht mehr wissen, wo er sich dann aufhielt. Ich zog mich in mich selbst zurück. Was für einen Ausweg konnte es aus meiner Lage geben? Entweder mußte ich mich mit Colum und seinen Handlungen abfinden oder aber ihn verlassen. Das jedoch würde bedeuten, daß ich meine Kinder verlor, und dies brachte ich nicht über mich.

Also tat ich das einzige, was mir in meiner Lage übrigzubleiben schien. Ich verschloß meine Augen vor dem, was ich nicht sehen wollte, und blieb.
Die Besuche bei meiner Mutter waren meine Rettung. Der Handelsgesellschaft war so großer Erfolg beschieden, daß sie inzwischen über eine ganze Flotte verfügte.
»Natürlich ist es immer noch Fennimore Landor, der die wichtigste Rolle bei dem ganzen Geschäft spielt«, sagte meine Mutter einmal. »Dein Vater ist manchmal begeistert, dann wieder gelangweilt. Sein Herz hängt nun einmal an der Freibeuterei. Wenn ich ihm erkläre, daß unserem Land durch den Handel ein weit besserer Dienst erwiesen würde als durch diese ständigen Kämpfe, dann widerspricht er hitzig und führt als Beweis den großen Sieg über die Armada an. Auch ich weiß, daß dies ein Tag des Sieges für uns war, aber die Ausgaben haben unser Land fast ebenso sehr ausgeblutet wie Spanien.«
Ich wußte, daß sie recht hatte, die Zustimmung meines Vaters jedoch nie erringen würde.
Für Colum wie mich war es überraschend, daß ich nach Tamsyns Geburt nicht wieder schwanger wurde. Ich hielt es durchaus für möglich, daß dies etwas mit meinem Seelenzustand zu tun hatte, der mir nicht gestattete, noch ein Kind zu bekommen. Vielleicht wollte ich nicht, daß das arme Ding einen Mörder zum Vater haben würde. Doch wer von uns konnte schon mit gutem Gewissen behaupten, daß sein Vater ein Ehrenmann war? Ich jedenfalls nicht, denn Jake Pennlyon hatte viele Spanier getötet, weil er sie als seine Feinde ansah. Immerhin hatte er dabei sein eigenes Leben gewagt, Colum dagegen lockte unschuldige Opfer in den Tod, um sich ihren Besitz anzueignen. Im tiefsten Inneren würde ich mich wohl nie damit abfinden können, ich glaubte auch, daß ich insgeheim nur auf eine Gelegenheit zur Flucht wartete.
Könnte ich aber wirklich ganz von vorne anfangen und glücklich werden, wenn ich mich von Colum befreite? Ich wußte es nicht, spürte nur deutlich, daß dies eine Wartezeit war. Meine Kinder wuchsen schnell heran. »Sobald sie nicht mehr so hilflos sind, wird mir eine Entscheidung leichter fallen«, redete ich mir ein.
Dann geschah etwas sehr Seltsames.

Nach mehrwöchigem Aufenthalt in Lyon Court kehrte ich auf die Burg zurück.

Es war ein heißer, ruhiger Tag. Die Kinder freuten sich, wieder nach Hause zu kommen. Als ich zu den Ecktürmen aufschaute, erfaßte mich eine gewisse Erregung wie immer, wenn ich einige Zeit fortgewesen war.

Connell war schon sehr gespannt darauf, ob der Diener Jerry gut für die Hunde und Falken gesorgt hatte. Tamsyn und Senara wurden gleich von Jennet ins Kinderzimmer gebracht, und ich betrat unser Schlafgemach. Als ich mich umsah, fühlte ich mich etwas fremd. So ging es mir eigentlich immer nach längerer Abwesenheit. Lyon Court war ja, verglichen mit dieser alten Burg, sehr viel wohnlicher.

Aus irgendeinem Grund zog es mich schon kurz nach meiner Ankunft wieder zum Roten Zimmer. Vielleicht lag es an der eigenartigen Atmosphäre, die Schloß Paling ausstrahlte. Die kleinen, eher düsteren Räume, die vielen Wendeltreppen und die unzähligen Ecken und Winkel schienen voller Geheimnisse zu stecken.

Ich blieb einige Atemzüge lang vor dem Roten Zimmer stehen. Edwina hätte sicher behauptet, eine übernatürliche Macht habe mich hierhergeführt.

Als ich die Tür schließlich öffnete, überlief es mich kalt, und ich hatte das unangenehme Empfinden, daß meine Haare tatsächlich zu Berge standen. Das Zimmer war wie immer ziemlich dunkel, doch ich wußte, daß ich nicht allein war. Plötzlich schien ein Schatten Gestalt anzunehmen, als löse er sich von den schweren Fenstervorhängen.

Ich hielt den Atem an. Meine Knie zitterten.

Dann kam sie auf mich zu, glitt völlig geräuschlos näher. Moschusduft hüllte mich ein. Und schon war sie an mir vorbei und auf den Korridor hinausgegangen.

Einen Augenblick war ich so entsetzt, daß ich mich nicht rühren konnte. Ich stand unbeweglich und atmete den unverwechselbaren Geruch ein.

»Maria! Was tut Ihr hier?« brachte ich schließlich heraus.

Das Schweigen war fürchterlich. Endlich gehorchten mir meine Beine wieder. Ich eilte aus dem Raum. Niemand war zu sehen.

»Ich bin einem Geist begegnet«, sagte ich laut.

Ich konnte mein Erlebnis nicht für mich behalten und erzählte es Colum. »Glaub mir, ich habe sie so deutlich vor mir gesehen wie jetzt dich.«
»Unmöglich! Wo soll sie sich denn verstecken?«
»Aber ich schwöre dir, sie war's! Sie kam auf mich zu und ging an mir vorbei. Ich konnte deutlich ihr Parfüm riechen!«
»Warum hast du sie nicht festgehalten? Das wäre doch das Vernünftigste gewesen.«
»Ich war viel zu überrascht. Du kannst dir anscheinend nicht vorstellen, wie entsetzt ich war.«
Colum packte mich bei den Schultern und schüttelte mich. »Du bist ja schon ebenso abergläubisch wie die Dienstboten! Wenn Maria hiergewesen wäre, hätte sie unmöglich das Schloß verlassen können, ohne daß jemand sie gesehen hat. Nimm doch Vernunft an!«
Zuerst war ich mir ganz sicher, doch dann begann ich zu zweifeln. Wohin war Maria gegangen? Wohl hatte sie einen kleinen Vorsprung, da ich wie angewurzelt stehengeblieben war. Aber wohin hatte sie sich dann gewandt, ohne bemerkt zu werden? Colum hatte recht ...
Ich erzählte niemandem außer Colum, was ich erlebt hatte.
Jennet gestand mir kurz darauf, daß die Dienstboten überzeugter denn je waren, das Rote Zimmer sei verhext.
»Hat denn einer von ihnen tatsächlich etwas gesehen, Jennet?« fragte ich.
»Gehört haben sie etwas. Der junge Jim mußte einmal nachts am Zimmer vorbei, und er hat etwas gehört ... er sagte, da könnten einem die Haare zu Berge stehen.«
Edwina würde der Erscheinung sicher große Bedeutung beimessen. War der gefährliche Einfluß wieder da? Drohte mir neuerlich Unheil, wie schon einmal?
Inzwischen war ich der festen Überzeugung, einem Geist begegnet zu sein.
Dennoch zog mich das Rote Zimmer nach wie vor magisch an. Ständig glaubte ich, den Moschusduft zu riechen. Er schien aus den Kissen aufzusteigen. Immer wieder drehte ich mich jäh um und erwartete, daß Maria hinter mir stand.
Unruhe und Unsicherheit beherrschten mich wiederum.

Meine Mutter berichtete mir weiterhin alle Neuigkeiten. In Lyon Court und Trystan Priory herrschte großer Jubel. Das gemeinsame Unternehmen war so erfolgreich, daß es urkundlich in die große Gesellschaft aufgenommen wurde, die Handel mit Ostindien trieb.
Fennimore ist darüber begeistert, schrieb meine Mutter. Dein Vater ist eher dagegen, weil er keine Einmischung von außen will. Aber auch er weiß, daß dies ein Fortschritt ist. Fennimores Pläne sind viel weiter gediehen, als er es sich je hätte träumen lassen. Diese Ostindische Gesellschaft wird überall in der Welt Agenturen und Handelsniederlassungen haben. Du kannst dir sicher vorstellen, wie glücklich Fennimore darüber ist.
Als ich Colum davon erzählte, lächelte er zynisch.
»Viel Mühe und Anstrengung«, sagte er abfällig. »Und was wird damit erreicht? Die Seeleute tun wie immer die ganze Arbeit, und den Gewinn stecken andere ein.«
»Man scheint anzunehmen, daß die Handelsgesellschaft dazu beiträgt, England mächtig zu machen.«
»Wer ist ›man‹? Dein Fennimore etwa? Findest du, daß du doch lieber ihn hättest heiraten sollen?«
Ja, ich war dieser Ansicht. Warum sollte ich mir etwas vormachen? Ich hatte damals über Fennimore sehr wenig gewußt, eigentlich nur, daß er ein großer Idealist war. Bestimmt hätte es mir Freude bereitet, mit ihm gemeinsam Pläne zu schmieden, um Englands Ruhm zu vergrößern.
Was wäre, wenn ich Colum nicht kennengelernt hätte? Ich stellte mir ihn und mich in Lyon Court vor: Die lange Tafel in der Halle war festlich gedeckt, es gab alle möglichen Köstlichkeiten zu essen und zu trinken, da wir ja schließlich den Erfolg des Unternehmens feiern wollten, das Fennimore so sehr am Herzen lag.
Ich fand, daß das Schicksal gegen mich entschieden hatte. Ich hätte Fennimore Landor heiraten und seinen Triumph mit ihm zusammen erleben sollen! Colums Erfolge wollte ich nicht teilen, denn sie bedeuteten immer das Unglück anderer Menschen. Es war ein Fehler gewesen, Colum zu heiraten, sagte ich mir verzweifelt - ein tragischer Irrtum.

In diesem Jahr setzten die Herbststürme sehr früh ein. Bereits Anfang Oktober wühlten sie die Meere auf und brachten schwere Regenfälle. Ab und zu trafen Besucher im Schloß ein, die von Schiffen berichteten, die nahe an unserer Küste vorbeisegeln würden. Inzwischen wußte ich ganz genau, wie vollkommen Colums diabolisches Unternehmen aufgebaut war.

Wenn ich in stürmischen Nächten angstvoll allein im Bett lag, nahm ich mir immer wieder fest vor, Colum zu verlassen, sobald die Kinder etwas älter waren. Ich würde abreisen, als ob ich wie üblich einen Besuch bei meinen Eltern machen wollte. Auf Connell würde ich verzichten müssen, denn er war der wahre Sohn seines Vaters und würde nie mit mir ziehen. Tamsyn, die inzwischen zehn Jahre alt war, und die etwas jüngere Senara konnte ich mitnehmen. Und dann wollte ich meiner Mutter erklären, warum ich nie mehr zu Colum zurückkehren konnte.

Mir war klar, daß dies nur Träumereien oder eine Art von Besänftigung meines schlechten Gewissens war, denn ich fühlte mich von Colums Mordtaten wie besudelt. Manchmal hielt ich mich sogar für mitschuldig, da ich nicht gutheißen konnte, was Colum tat, und trotzdem seine Frau blieb.

War das Wetter längere Zeit gut, dann beruhigte sich mein Gewissen wieder. Ich sagte mir, daß eine Frau immer an die Seite ihres Mannes gehörte. Sie habe schließlich das Gelübde getan, in guten wie in schlechten Tagen bei ihm auszuharren. Am merkwürdigsten fand ich, daß ich tief im Innersten auch wirklich bei Colum bleiben wollte.

Mitte Oktober kam ein Tag, an dem der Sturm gegen Abend immer stärker tobte. Mir wurde ganz elend, als ich die ersten Anzeichen für die abscheuliche nächtliche Tätigkeit bemerkte. Die Laternen in den beiden Türmen wurden gelöscht. Das bedeutete, daß die Dienstboten Maultiere mit Lichtern einige Meilen weit entfernt auf den Klippen postieren würden. Colum hatte offensichtlich Nachricht erhalten, daß ein reichbeladenes Schiff in der Nähe unserer Küste vorbeisegeln sollte.

Ich lag im Bett und grübelte. Was konnte ich nur tun, um das Unglück zu verhindern? Nichts . . . Ich konnte nur beten, daß der Kapitän in einem weiten Bogen um die *Devil's Teeth* herumfahren würde.

Fast die ganze Nacht wälzte ich mich ruhelos von einer

Seite auf die andere, und schon bei Morgengrauen zog ich mich an und ging zur Küste. Colum und seine Leute waren eifrig damit beschäftigt, das Treibgut in Ruderbooten an Land zu schaffen. Als ich einem der Diener begegnete, hielt ich ihn an.

»Was für ein Schiff war es diesmal?« fragte ich.

»Ein besonders prächtiges, Mistress.« Sein Blick war verschlagen, er leckte sich aufgeregt die Lippen. Zweifellos überlegte er bereits, welchen Gewinn ihm so reiche Beute einbringen würde. »Es is' ein Schiff von den Ostindienfahrern«, fuhr er fort. »Eins von den ›Löwen‹.«

Die ›Löwen‹! Das waren die Schiffe meines Vaters! Wußte er das denn nicht? Ich begann zu zittern. »Wißt ihr den Namen des Schiffes?«

Er nickte. »›Landors Löwe‹, Mistress.«

Mir drohte das Herz stehenzubleiben. Doch gleich darauf schlug es so dröhnend, daß ich seinen Schlag in den Ohren zu hören glaubte.

Der Mann warf mir einen schiefen Blick zu, in dem Verlegenheit lag. Offensichtlich hatte er in der Aufregung einen Augenblick lang vergessen gehabt, daß mein Vater Jake Pennlyon war, der Besitzer der Schiffahrtslinie.

Er tippte sich hastig an die Mütze und eilte davon. Bestimmt war er nun zu Tode erschrocken, weil er mir etwas verraten hatte, das hätte geheimgehalten werden sollen.

Ich schaute aufs Meer hinaus. Die Wellen gingen so hoch, daß ich kaum etwas sehen konnte. Irgendwo dort draußen lag ein Schiff meines Vaters hilflos gestrandet, von meinem Teufel von Ehemann in die tödliche Falle gelockt.

Doch schon peinigte mich der nächste schreckliche Gedanke. Wer befand sich auf dem Schiff?

Konnte ich mit einem Boot zu dem Wrack hinausrudern? Nein, das war bei diesem Wellengang völlig unmöglich. Einer von den Leuten mußte mich dorthin bringen. Diese Ungewißheit ertrug ich nicht länger. Wenn nun mein eigener Vater auf dem Schiff gewesen war? Nein, nein . . . er kannte die ganze Küste wie seine Westentasche.

Ich lief ins Schloß und kletterte zu den Zinnen hinauf, von wo ich einen weiten Ausblick hatte. Die Sonne stieg gerade am Horizont empor, und ich konnte die *Devil's Teeth* erkennen. Auf den Wellen trieb Ladung . . . und auch

menschliche Körper glaubte ich zu sehen. Was geschah eigentlich mit Überlebenden - wenn überhaupt jemand überlebt hatte?
Ich fühlte mich dem Ansturm meiner Gefühle gegenüber ebenso hilflos wie den tobenden Wellen.
Später am Tag wurde ein Toter angespült - und ich war es, die ihn fand. Ich war stundenlang die Küste entlanggewandert und hatte versucht, Ordnung in meine wirren Gedanken zu bringen. Was konnte, was sollte ich bloß tun? fragte ich mich immer wieder.
Er lag im nassen Sand. Ich sank auf die Knie und schaute in sein Gesicht. Es war Fennimore. Tot.
Wie viele Jahre war es her, seit ich diese edlen Züge gesehen hatte! Oh, Fennimore! Du hattest große Träume, du warst ein Idealist, dem es gelungen war, ein großes Unternehmen zu beginnen und auszubauen . . . ein Unternehmen, das unserem Land viel mehr Ehre einbringen konnte, als diese Kriege es vermochten.
Ich sah den hochherzigen Reformer vor mir, der eine Idee mehr als alles geliebt hatte und der mein Mann hätte sein können.
Ich bettete seinen Kopf in meinen Schoß und strich ihm das blonde Haar aus der Stirn. Wie hatten diese toten Augen einst vor Begeisterung und auch vor Liebe geleuchtet!
Ich dachte darüber nach, wie merkwürdig das Leben mir mitgespielt hatte. Wenn Fennimore nicht zu meinem Vater gekommen wäre, hätte ich seine Familie nie besucht und wäre folglich Colum nicht begegnet. In gewisser Weise war sein Dasein mit dem meinen eng verknüpft.
Ich konnte ihn nicht allein lassen.
Colum fand mich. Ich sah, wie sich sein Blick verdunkelte, als er mich mit dem Toten im Schoß da sitzen sah.
»In Gottes Namen . . .«, schrie er mich an.
»Ja, er ist auch eins deiner Opfer«, sagte ich.
»Schon wieder mischst du dich ein! Bleib gefälligst bei den Kindern!«
»Nein! Du hast ein Schiff meines Vaters zerstört.«
»Wenn der Kapitän besser navigiert hätte . . .«
»Hör auf! Hier liegt dieser Kapitän vor dir. Das Schiff hieß ›Landors Löwe‹, gebaut von meinem Vater und den Landors . . . Es kam mit reicher Ladung aus Ostindien zurück,

und du, in deiner Gier, wolltest sie haben. Das böse Werk einer einzigen Nacht verschafft dir das, wofür sie monatelang geplant und gearbeitet haben. Ich hasse dich und alles, was du verkörperst!«

»Wirklich hübsch, wenn die eigene Frau am Strand ihren Liebhaber beweint.«

»Er war nicht mein Liebhaber.«

»Nein, dazu hatte er nicht das Zeug. Er wollte dich zwar haben, überließ dich aber kampflos einem anderen, weil er ein feiger Geck war. Und dann hat er sich eben eine andere genommen. Meinst du vielleicht, du hättest mit ihm so viel Spaß im Bett gehabt wie mit mir?«

Ich bettete Fennimore sanft auf den Sand und stand auf.

»Er muß ein anständiges Begräbnis bekommen«, sagte ich. »Darauf bestehe ich.«

»Wer bist du, daß du auf etwas bestehen kannst?« fragte er mich herausfordernd.

»Nicht deine Sklavin, sondern deine unglückselige Frau.«

»Ich werde ihn ins Meer zurückwerfen lassen!«

»Wage es nicht! Wenn du das tust, soll jeder wissen, wie du zu deinem Reichtum gekommen bist.«

»Das wagst du mir zu sagen! Du hast überhaupt nichts zu befehlen. Ich werde meinen Willen durchsetzen, und du wirst gehorchen.«

»Warum sollte ich?«

»Weil du es sonst den Rest deines Lebens bereuen wirst.«

»Das ist mir gleichgültig. Tu mit mir, was du willst . . . töte mich doch! Ich bin nicht die erste, an deren Tod du schuld bist!«

»Geh zurück ins Schloß!«

»Ich bleibe bei Fennimore Landor, bis er in die Kapelle getragen wird. Dort soll man ihn aufbahren und einen Sarg für ihn zimmern. Begraben wird er neben seiner Schwester, jenem armen Mädchen, das einmal deine Frau war.«

Colum betrachtete mich mit einer Art widerwilliger Bewunderung.

»Ich bedaure jetzt, daß ich stets so sanft mit dir umgegangen bin«, sagte er kurz. Ich schwieg. »Und wenn ich nun nein sage?« fragte er.

»Dann werde ich das Schloß verlassen und nach Lyon Court reiten. Dort erzähle ich als erstes meinem Vater, was sei-

nem Schiff ›Landors Löwe‹ und dessen Kapitän zugestoßen ist.«
»Du willst gegen deinen eigenen Mann aussagen, dem du vor dem Altar Gehorsam geschworen hast? Du würdest deinen Schwur brechen?«
»Ohne das geringste Zögern«, erwiderte ich mit fester Stimme.
»Und du glaubst, ich würde das zulassen?«
»Auf jeden Fall ließe ich es auf einen Versuch ankommen.«
»Bei Gott, ich glaube tatsächlich, du brächtest es fertig. Du bist widerspenstig und schenkst mir keine Kinder mehr. Dennoch habe ich dir noch eine gewisse Zuneigung bewahrt. Also gut, du sollst deinen Willen haben. Er bekommt neben seiner Schwester ein Grab. Auf seinem Grabstein wird nichts stehen, und ich will den Namen seines Schiffes nie mehr von deinen Lippen hören. Man soll glauben, daß er fern von hier umgekommen ist. Nun, war ich jetzt nachgiebig genug?«
Ich gab keine Antwort, sondern kauerte mich wieder neben Fennimore in den Sand.
Colum ließ mich allein, und kurz darauf kamen vier Dienstleute, um Fennimore in die Kapelle zu tragen.
Am nächsten Tag wurde er neben Melanie beigesetzt. Die Grabstätte lag dicht bei Ysellas Turm.

Dies war das Ende eines Lebensabschnitts; ich konnte nie mehr so sein wie früher. Fennimores totes Gesicht schien mich zu verfolgen. Was würde geschehen, wenn meine Mutter uns besuchte? Es war mir klar, daß ich ihr die Greueltaten nicht länger verschweigen konnte. Fast war ich froh, daß wir uns vorläufig nicht sahen, denn sie hätte die Veränderung in mir bestimmt sofort gespürt.
Die Sturmnacht lag nun schon lange zurück. Colum hatte sich erstaunlicherweise sehr darum bemüht, meine Zuneigung wiederzugewinnen, doch vergeblich. Der Anblick von Fennimores Leiche hatte etwas in mir für immer getötet.
Wieder einmal kam Halloween heran, die Nacht, in der die Hexen angeblich auf dem Besen reiten. Tagsüber war das Wetter wie immer um diese Jahreszeit und in dieser Gegend – warm und neblig.

Es war nun genau sieben Jahre her, seit Maria verschwunden war. Jennet hatte den Kindern anscheinend von Hexen erzählt. Senara stellte viele Fragen und Tamsyn beantwortete sie so, daß Jennets Einfluß deutlich erkennbar war.
»Sie gehen zum Hexensabbat«, erklärte Tamsyn gerade, als ich hereinkam.
»Was ist Hexensabbat?« fragte Senara.
»Da fliegen sie auf Besenstielen hin, und dort ist auch ihr Herr, der Teufel. Manchmal ist er eine große schwarze Katze, und manchmal ist er ein Ziegenbock. Er ist riesig groß . . . größer als jeder. Und dort tanzen sie dann.«
»Ich möchte dorthin«, sagte Senara.
»Wenn du's tust, bist du eine Hexe«, sagte Connell. «Dann fangen wir dich, binden dich an deinesgleichen und werfen dich ins Meer.«
»Was sind denn meinesgleichen?«
»Vielleicht eine Katze.«
»Kann's auch ein Hund sein?«
»Ja, auch ein Hund«, rief Connell. »Manchmal ist's eine Maus oder ein Käfer . . . oder auch ein Pferd.«
»Und wenn's nun Nonna ist?« meinte Senara nachdenklich. Nonna war ihre Lieblingspuppe, die sie nach dem Turm genannt hatte.
»Ausgeschlossen«, protestierte Tamsyn. »Wenn sie's wäre, müßten dich die anderen für eine Hexe halten.«
»Und dann würden wir dich an einem Galgen aufhängen«, rief Connell begeistert. Er war wirklich ganz seines Vaters Sohn.
»Connell darf dir nichts tun«, sagte Tamsyn besänftigend. »Ich werd's nicht zulassen.«
»Eher würd ich ihn aufhängen«, erwiderte Senara.
»Versuch's doch!« Und schon hatte Connell Senara bei den Haaren gepackt, während sie versuchte, ihn gegen das Schienbein zu treten. Es war höchste Zeit für mich, einzugreifen. Ich wunderte mich selbst darüber, weshalb ich die Unterhaltung nicht schon längst unterbrochen hatte.
»Genug!« sagte ich streng. »Ihr redet schrecklichen Unsinn. Niemand wird hier aufgehängt, und es gibt auch keine Hexen.«
»Jennet sagt . . .«, begann Tamsyn.
»Und ich sage, daß ihr auf die Geschichten von ungebilde-

ten Dienstboten nicht hören sollt! Mögen sie ruhig an Hexen glauben. Wir lassen uns auf solchen Unsinn nicht ein.«

Ich forderte sie auf, ihre Bücher zu holen, und wir lasen in dem Werk ›Utopia‹ von Sir Thomas More, das nicht das geringste mit dem unangenehmen Thema ›Hexen‹ zu tun hatte. In jener Nacht kam Maria zurück.

Colum und ich speisten in der Winterstube. Es war wieder ein recht schweigsames Mahl, doch war uns dies schon zur Gewohnheit geworden. Colum tat nichts, um eine Unterhaltung in Gang zu bringen.

Vermutlich hatte er sich inzwischen damit abgefunden, daß seit Fennimores Tod eine unüberwindliche Schranke zwischen uns bestand. Es herrschte eine ungute Spannung. Colum schlief auch nicht mehr ständig bei mir. Mehrere Nächte hatte er auswärts verbracht, wohl um Fracht von Fennimores Schiff zu verkaufen. Wenn er mich nahm, spürte ich, daß er vor allem seine Rechte geltend machen wollte. Ich haßte es, wenn er zu mir kam, und dennoch erregte er mich auch jetzt noch körperlich. Ich spürte sogar eine gewisse Enttäuschung, wenn er nicht bei mir war.

So stand die Sache zwischen uns an jenem Abend.

Maria mußte geradewegs zur Winterstube gekommen sein. Jedenfalls stand sie plötzlich vor uns.

Im ersten Augenblick glaubte ich, wieder einen Geist zu sehen.

»Ich bin zurück«, sagte sie ruhig.

Colum starrte sie an, offensichtlich nicht weniger überrascht als ich.

»Zurück?« rief Colum. »Großer Gott, Maria!«

»Ja, ich bin zurück und will wie früher hier leben.«

»Aber . . .«, begann Colum.

Ich stand mit zitternden Knien auf. »Wo seid Ihr gewesen?« fragte ich. »Und warum kommt Ihr wieder her?«

»Es geht Euch nichts an, wo ich gewesen bin«, erwiderte sie in stockendem Englisch. »Es spielt keine Rolle. Ich bin zurück.«

»Wenn Ihr glaubt, Ihr könntet hier so einfach hereinspazieren«, sagte Colum aufgebracht.

»Ja, das glaube ich! Ihr habt mein Schiff genommen . . . meine Freunde getötet. Ihr schuldet mir ein Heim. Ich bleibe. Versucht nicht, mich wegzuschicken. Wenn Ihr's tut . . . Ihr werdet es bereuen!«

»Aber das ist unmöglich«, brachte ich mühsam heraus.

»Doch, es ist möglich.« Sie schaute Colum unverwandt an.

Maria war noch schöner, als ich sie in Erinnerung hatte. Sie trug einen Samtumhang mit Kapuze, die zurückgestreift war. Das glänzende schwarze Haar war zu einer kunstvollen Frisur hochgesteckt, die dunklen, mandelförmigen Augen hatten eine fast magische Wirkung. Etwas Überirdisches umgab sie. Ich muß träumen, dachte ich.

»Ich gehe in mein Zimmer, das Rote Zimmer«, kündigte sie an.

»Ihr könnt nicht hierbleiben«, begann ich.

Sie beachtete mich nicht und wandte sich an Colum. »Mein Gepäck wird bald eintreffen. Ich werde für eine Weile hier wohnen.«

Damit ließ sie uns allein.

»Was soll das heißen?« fragte ich völlig verwirrt. »Was will sie hier? Woher kommt sie?«

»Sie bleibt jedenfalls hier«, sagte Colum.

»Ist das der Preis, den du dafür zahlen mußt, daß du ihre Leute umgebracht hast?«

»Sag, was du willst. Sie bleibt hier.«

Und somit war Maria wieder auf Schloß Paling.

Die gesamte Dienerschaft war in Aufruhr. Die ›Hexe‹ war zurückgekehrt. Maria hätte ihr Auftauchen zeitlich nicht besser planen können, um den Hexenglauben zu stärken. Das erste Mal war sie an Halloween erschienen und auf den Tag genau ein Jahr später verschwunden. Und nun war sie, sieben Jahre später, ausgerechnet an Halloween zurückgekommen.

Außerdem lebte sie wieder in dem Roten Zimmer, aus dem angeblich seltsame, beunruhigende Geräusche gedrungen waren, in dem Zimmer, in dem ich selbst ihren Geist gesehen oder es mir zumindest eingebildet hatte.

Ich ließ Jennet kommen. »Du weißt, daß Maria zurück ist. Sicher gibt es viel Gerede darüber, ob sie eine Hexe ist, stimmt's?«

Jennet nickte.

»Ich will nicht, daß dieses Geschwätz den Kindern zu Oh-

ren kommt. Erst neulich habe ich gehört, daß sie über Hexen sprachen. Sie sollen von all diesen Dingen verschont bleiben.«
»Maria ist Senaras Mutter«, wandte Jennet ein.
»Senara darf gerade deshalb nichts von diesen Gerüchten erfahren!«
»Das wird sie auch nicht«, versprach Jennet.
»Ich wußte, daß ich dir vertrauen kann«, sagte ich erleichtert.
Die Dienstboten lebten in panischer Angst vor Maria. Wenn sie etwas befahl, beeilten sie sich, es zu tun, denn sie fürchteten sich vor dem bösen Blick.
Maria ritt jeden Tag allein aus. Als ich ihr einmal begegnete, grüßte sie mich nicht, sondern galoppierte in die entgegengesetzte Richtung davon. Das lange dunkle Haar wehte wie ein Schleier hinter ihr her.
Kurz vor Weihnachten erhielt ich einen Brief meiner Mutter, der mich tief betrübte:

»Liebste Linnet, die Landors verbringen das Weihnachtsfest bei uns. Wie Du weißt, haben sie einen schrecklichen Schicksalsschlag erlitten. Fennimore ist verschollen, und das Schiff ›Landors Löwe‹, das vor über einem Monat eintreffen sollte und schon zehn Meilen vor der Küste gesichtet wurde, bleibt spurlos verschwunden. Wir fürchten, es könnte in jenem schrecklichen Sturm Ende Oktober untergegangen sein. Dein Vater und Captain Landor haben viel zu besprechen. Schon der Verlust des Schiffes ist ein harter Schlag. Daß aber Fennimore tot sein könnte, ist für seine arme Mutter kaum zu ertragen. Sie ist völlig außer sich. Ich werde sie alle hier bei uns haben - auch Fennimores junge Frau und seine Kinder. Ich will versuchen, sie ein wenig auf andere Gedanken zu bringen. Das heißt, mein liebes Kind, daß wir diesmal auf ein gemeinsames Fest verzichten müssen. Du kannst ja schließlich nicht ohne Colum kommen, und er ist aus Gründen unerwünscht, die Du sehr wohl kennst. Fennimores Verlust hat die Erinnerung an Melanies Tod wieder aufgerührt und Mrs. Landor noch mehr verbittert. Sobald sie wieder abgereist sind, eile ich zu Dir. Oder vielleicht kannst auch Du uns besuchen. Deine Dich liebende Mutter.«

Die Tage kamen mir lang vor, obgleich es so spät hell wurde und so früh dunkelte. Ein unguter Einfluß machte sich im Haus geltend, das merkte ich deutlich. Wäre Edwina hier, sie würde mich bestimmt wieder warnen.
Ich spürte, daß eine bedrohliche Kraft vom Roten Zimmer ausging, eine Kraft, die sich gegen mich richtete.
Vielleicht stimmte es doch, daß Maria eine Hexe war. Vielleicht war sie gar nicht auf dem Schiff gewesen, sondern hatte im Meer gelegen und darauf gewartet, daß ich sie fände. Wilde Vorstellungen bedrängten mich.
Es wurde allmählich offenbar, welch wichtige Rolle Maria bei uns spielte. Was für eine schöne Frau sie war! Möglicherweise war es die Schönheit des Bösen, die aber dadurch nichts von ihrem Zauber verlor. Sie schien über viele Persönlichkeiten zu verfügen, die sie so rasch wechselte wie eine Schlange die Haut. Und so schätzte ich sie auch ein - als schönes, geschmeidiges Reptil.
Selbst die Kinder waren wie verzaubert von ihr.
»Bleibt Senaras Mutter jetzt bei uns?« fragte Tamsyn.
Ich nickte.
»Ja, für eine Weile.«
»Die meisten Mütter leben doch immer bei ihren Kindern, nicht wahr? Aber Senaras Mutter ist ja auch anders als andere . . .«
»Du bist meine wirkliche Mutter«, sagte Senara zu mir. »Sie ist meine Traummutter. Ich schaue sie gern an, aber am wichtigsten ist mir, daß du da bist.«
»Ich bin immer für dich da, Senara«, sagte ich gerührt.
»Sie ist jedenfalls die schönste Mutter von der Welt«, mischte sich nun Connell ein.
Tamsyn wurde rot, als sie mich forschend musterte. »Das stimmt nicht«, protestierte sie und errötete noch mehr, weil sie log. »Meine Mutter ist am schönsten.«
Wie immer war Tamsyn meine Beschützerin. Liebe Tamsyn . . .
Da Kinder sich ohnehin mit unerwarteten Ereignissen besser abfinden als Erwachsene, nahmen die drei es hin, daß Senaras Mutter plötzlich aufgetaucht war und bei uns lebte. Nach kurzer Zeit hatten sie sich völlig an sie gewöhnt. Maria zeigte sich nun sehr an ihrer Tochter interessiert, die ihr im Aussehen geradezu verblüffend glich. Ihr fehlte ledig-

lich das Geheimnisvolle; Senara war ein fröhliches, bildhübsches Mädchen.
Maria zeigte jetzt eine Seite ihres Wesens, die uns allen an ihr unbekannt war. Sie verhielt sich wie jede andere Mutter auch, besuchte das Schulzimmer und hörte den Kindern beim Unterricht zu. Sie hätschelte Senara und machte ihr Geschenke. Das Gepäck war inzwischen im Schloß eingetroffen, darunter auch wundervolle Stoffe. Sie ließ die Näherin Kleider für sich selbst und ihre Tochter anfertigen, worüber Senara natürlich sehr stolz war. Meine kleine Tamsyn, die neben Senaras außergewöhnlicher Schönheit eher farblos wirkte, freute sich neidlos mit ihr.
Ich war sehr froh, daß Marias Erscheinen nichts an der Freundschaft der beiden Kinder geändert hatte. Sie schliefen immer im selben Zimmer und waren unglücklich, wenn sie einmal für längere Zeit getrennt wurden.
Maria gab sich große Mühe, meine Tochter zu bezaubern. Ab und zu hatte ich den Verdacht, daß sie versuchte, die tiefe Zuneigung zwischen uns zu zerstören, doch gelang ihr dies nicht. Tamsyn schien eher noch stärkere Beschützerinstinkte mir gegenüber zu entwickeln.
Am meisten beunruhigte mich Marias Wirkung auf Colum. Da ich ihn so gut kannte, spürte ich, daß er sie nun ebenso leidenschaftlich begehrte wie früher mich. Wir speisten wieder zu dritt bei flackerndem Kerzenlicht. Mir fiel auf, daß die beiden mir immer weniger Beachtung schenkten.
Es ist einfach unerträglich, hämmerte ich mir immer wieder ein. Ich muß zu meiner Mutter ziehen. Längst schon hätte ich mich ihr anvertrauen, mich von ihr beraten lassen müssen! Manchmal nahm ich an, daß die beiden schon miteinander geschlafen hatten. Dann wieder war ich mir dessen nicht sicher. Wo war Colum in den Nächten, in denen ich allein im Bett lag? War er im Roten Zimmer?
Wilde, phantastische Träume verfolgten mich. Maria tauchte immer darin auf, manchmal auch Colum. Ich sah die beiden eng umschlungen und erwachte dann schweißgebadet und benommen.
»Dir geht's gar nicht gut, Mutter«, sagte Tamsyn zu mir. »Soll ich dir eine Arznei aus Kräutern bereiten, wie Tante Edwina es uns beigebracht hat? Ich weiß, wie man's macht.«

»Was möchtest du mir denn zusammenbrauen, Tamsyn?«
»Die Pimpernelle bringt Fröhlichkeit, also würde ich dir das am liebsten geben, Mutter. Aber es ist noch nicht die richtige Zeit dafür. Mohn verschafft guten Schlaf, aber Mohn gibt's auch noch nicht. Aber ich habe einen Eschenzweig ... Wenn wir den unter dein Kopfkissen legen, vertreibt er die bösen Geister.«
»Mein gutes Kind, ich bin schon glücklich, mit dir zusammenzusein«, sagte ich liebevoll.
»Du magst mich wirklich am liebsten«, erwiderte sie. »Ich weiß es und bin glücklich darüber. Ich werde immer auf dich aufpassen, Mutter.«
»Gott segne dich, mein Kind.«
Sie schwieg nachdenklich. »Wenn ich älter wäre, würdest du mir verraten, was dir Kummer macht, oder?«
»Nichts ...«
»Doch, ich glaube, daß dir etwas Sorgen macht. Aber ich werde mich schon um dich kümmern.«
Ich drückte sie fest an mich. »Dann wird bald alles wieder gut sein«, flüsterte ich.

Maria kam in den Hof geritten, wie ich von meinem Fenster aus beobachten konnte. Sie sprang aus dem Sattel, übergab einem Knecht die Zügel und betrat das Schloß. Sicher ging sie gleich ins Rote Zimmer, überlegte ich. Zehn Minuten später tauchte Colum auf.
Ich wußte, daß auch er auf dem Weg ins Rote Zimmer war.
Was sagte er wohl zu Maria? Nein, nein, Worte waren überflüssig, denn die beiden waren ein Liebespaar. Seit zwei Wochen war er nicht mehr zu mir gekommen. Ich empfand Zorn und Ekel, weil Maria schöner und begehrenswerter für ihn war als ich.
Ich haßte und fürchtete ihn. Und doch sehnte ich mich auch nach ihm. Es war unerklärlich, aber wahr.
Könnte ich doch nur mit meiner Mutter darüber reden! Ich weiß, daß sie mich verstanden hätte. Wie gern würde ich ihr davon erzählen, daß mich manchmal unvermutet panische Furcht erfaßte.
Sie liebten sich im Roten Zimmer. Hinterher unterhielten sie sich vermutlich ... vielleicht sogar über mich! Aber

warum sollten sie? Ich war ihnen doch gleichgültig. Es sei denn, ich stand ihnen im Weg, weil sie heiraten wollten.
Colum hatte mich satt, das wußte ich genau. Er war nicht mehr nachgiebig, wie er es früher mir gegenüber gewesen war. Ich reizte und ärgerte ihn. War es so auch mit Melanie gewesen? Er hatte sie verabscheut. Hatte er damals seine jeweilige Geliebte mit ins Schloß gebracht?
Soweit durfte es mit uns nicht kommen! Vor gar nicht langer Zeit hatte er mich so glühend begehrt, daß er viel gewagt hatte, um mich zu bekommen.
Vielleicht würde er nie mehr mit mir schlafen wollen. Ich hatte ihm nicht die vielen Kinder geboren, die er sich so sehr gewünscht hatte. Nur zwei . . . und eins davon war ›nur‹ ein Mädchen.
Er sehnte sich nach Söhnen, die einst sein grausiges Handwerk von ihm erlernen würden.
Ich ging zu Bett und ließ die Vorhänge offen. Waren sie geschlossen, malte ich mir aus, daß die schrecklichsten Dinge im Zimmer vor sich gingen.
Plötzlich hörte ich auf dem Korridor Schritte . . . langsame schleifende Schritte, die vor meiner Tür anhielten.
Der Schnappriegel wurde gehoben. »Wer ist da?« rief ich erschrocken. Es kam keine Antwort.
»Wer ist da?« wiederholte ich.
Zitternd wartete ich ab. Wer konnte es sein? Vor wem hatte ich Angst? Vor Maria? Vor Colum?
Schließlich hielt ich es nicht mehr aus, ging auf Zehenspitzen zur Tür und öffnete sie.
Niemand war zu sehen.

Die Kinder schmückten die Halle mit Stechpalmenzweigen und Efeu.
Ich ging mit ihnen ins Freie, um das Weihnachtsscheit zu holen. Sie lachten und schrien vor Vergnügen, und ich wurde vorübergehend auch besserer Stimmung. Die feuchte Luft ließ mein Gesicht rosig glühen, und ich fühlte mich besser als seit langem.
Selbst das Schloß kam mir weniger kalt und abweisend vor. Endlich war Weihnachtsstimmung eingekehrt. Ich hatte mir fest vorgenommen, nach dem Fest zu meiner Mutter zu reisen und ihr alles zu erzählen. Insgeheim hoffte ich, daß

sie mir den Rat geben würde, nicht ins Schloß zurückzukehren.
Ich war immer sehr vorsichtig gewesen, was mein Tagebuch - falls man es so nennen konnte - betraf. Der Gedanke, daß Colum es lesen könnte, hatte mich von Anfang an entsetzt. Doch nun wäre es eine Katastrophe gewesen! Folglich versteckte ich es immer sorgfältig an einer geheimen Stelle, wo nur ich es finden konnte.
Seit Maria zurückgekommen war, hielt ich es natürlich für noch wichtiger, meine Aufzeichnungen geheimzuhalten. Nur so hatte ich das Gefühl, völlig frei und offen schreiben zu können. Und nur so sollte ein Tagebuch ja geführt werden.
Je näher Weihnachten kam, desto mehr zeigte sich, wie verändert Colum und Maria waren. Hätte ich nicht alles genau aufgeschrieben, könnte ich mir nun fast einreden, daß ich maßlos übertrieben hatte. Doch so las ich immer wieder nach, was bisher geschehen war. Es war wirklich erstaunlich, wie sehr mir dies half, meine Lage richtig einzuschätzen.
Erstaunlicherweise war Colum äußerst wohlwollend, und auch Maria wirkte menschlicher und nicht mehr so verschlossen wie früher.
»In diesem Jahr haben wir weder deine Familie zu Besuch, noch reisen wir nach Lyon Court«, sagte Colum zu mir. »Da müssen wir uns schon was Besonderes einfallen lassen. Wir laden ein paar Komödianten ein, die uns etwas vorspielen sollen. Nun, wie findet ihr das?«
Alle waren natürlich begeistert. Die beiden Mädchen machten eine hübsche Krippe, und Tamsyn beschloß, mit Kindern aus der Nachbarschaft ein Weihnachtsspiel aufzuführen. Wir Erwachsenen waren als Zuschauer geladen.
Tamsyn war im Unterricht die Beste, und so fiel ihr die Aufgabe zu, das Stück zu verfassen. Es sollte als Pantomime aufgeführt werden, denn Connell weigerte sich hartnäckig, einen Text auswendig zu lernen. Zwei oder drei der Ritter aus der Nachbarschaft wurden dazu eingeladen, und deren Kinder durften auch Rollen übernehmen.
Senara sollte zuerst die Jungfrau Maria spielen, doch stellte sich heraus, daß sie dafür gar nicht geeignet war. Als Hirte, der den Stern im Osten sieht, bot sie dagegen einen entzük-

kenden Anblick. Schließlich bekam Tamsyn zu meiner Freude die Rolle der Maria. Trotz des etwas zu großen Mundes und des kecken Näschens strahlte sie Lieblichkeit und Reinheit aus. Ich machte mich daran, für sie ein Kostüm zu nähen. Wieder einmal überraschte mich Maria, weil sie Stoffe für die Kleider beisteuerte und sogar beim Nähen half. Connell spielte einen der Heiligen Drei Könige.

Tänze, Musik und Gesänge standen auf dem Programm. Die Kinder solten Madrigale singen, und wir würden alle einstimmen. Hinterher wollten wir hören, wie gut sie schon Laute spielen konnten.

Aus der Küche drang der köstliche Duft nach Gebratenem und Gesottenem. Es sollte gefeiert werden wie nie zuvor.

Ich gab mich tagsüber fast einem Gefühl der Sicherheit und des Wohlbehagens hin. Doch sobald ich mich in mein Schlafzimmer zurückzog, fielen mir wieder die Blicke ein, die Colum und Maria miteinander gewechselt hatten. Oder bildete ich mir dies nur ein?

Lag ich dann im Bett, überfiel mich schreckliche Angst. Ich fuhr immer wieder aus wirren, üblen Träumen auf. Es war, als ließe ein sechster Sinn mich nicht schlafen, als warne er mich, daß es gefährlich für mich sei.

In einer Nacht, etwa eine Woche vor dem Weihnachtsfest, war ich noch furchtsamer als sonst. Nachdem ich mich schlaflos bis Mitternacht herumgewälzt hatte, zog ich mir ein Morgengewand über und setzte mich ans Fenster.

Ich konnte gerade noch die Spitzen der *Devil's Teeth* sehen, da Flut herrschte. Das sanfte Plätschern der Wellen schläferte mich ein.

Doch plötzlich war ich hellwach. Ein Geräusch hatte mich geweckt. Im Halbschlaf glaubte ich zu erkennen, daß die Tür geöffnet wurde. Jemand sah zu meinem Bett hinüber. Der Riegel klickte, als er einschnappte.

Wie früher schon einmal lief ich zur Tür und schaute hinaus. Niemand war zu sehen. Vielleicht war alles nur ein böser Traum gewesen. Ich zitterte am ganzen Leibe und wagte es nicht, mich ins Bett zu legen. Eine innere Stimme riet mir, auf keinen Fall einzuschlafen.

Am Morgen sah ich bleich und übernächtigt aus. Tamsyn musterte mich mit großen, besorgten Augen. »Geht's dir nicht gut, Mutter?«

»Ich hatte böse Träume, Kind.«
Am Abend kam Jennet mit einem Schlaftrunk herein. »Der Master meint, daß Ihr dies nehmen sollt, Mistress.«
»Warum denn?«
»Er findet, Ihr habt zuviel zu tun gehabt und seid jetzt erschöpft. Er sagt, er macht sich Sorgen um Eure Gesundheit. Wenn es nicht bald besser mit Euch wird, will er den Doktor holen.«
Diese Besorgnis rührte mich zuerst, doch dann mußte ich an jenen anderen Trank denken, der mich in meiner ersten Nacht auf Schloß Paling zu Colums willenlosem Opfer gemacht hatte.
»Hat der Master den Schlaftrunk selbst zubereitet, Jennet?« fragte ich ängstlich.
»Aber nein, Mistress. Er sagte mir, ich soll ihn machen.«
»Dann weißt du also, was darin ist?«
»Freilich, Mistress. Den mach ich immer, wenn die Kinder unpäßlich sind. Ich hab die Kräuter selbst getrocknet und in gut duftenden Gläsern verschlossen, wie ich's von Eurer Mutter gelernt habe, und die hat's von ihrer eigenen gelernt. Er tut sehr gut, wenn Ihr Euch schlecht fühlt.«
»Nun gut, ich will dein Gebräu trinken, Jennet. Und schon morgen werde ich sicher wieder ganz gesund sein.«
Das Getränk hatte auf mich eine so beruhigende Wirkung, daß ich fast unmittelbar darauf einschlief.
Doch schon bald fuhr ich voller Schreck aus tiefem Schlaf auf. Jemand stand neben meinem Bett. Ich hatte das Gefühl, als ob Tausende von Ameisen über meine Haut liefen. Es war kaum etwas zu sehen, der Mond schien von Wolken verdunkelt zu sein. Hände tasteten nach mir . . .
»Nein!« schrie ich in Panik.
»Ich bin's, Mutter«, sagte eine sanfte Stimme.
»Tamsyn?«
Sie lachte, als sie zu mir unter die Decke schlüpfte. »Ich habe dir Furcht eingejagt, stimmt's?«
Ich drückte sie eng an mich. »Sicher habe ich vorher böse geträumt«, erwiderte ich.
»Ich hätte dich anders wecken sollen. Wie du zitterst, Mutter!«
»Warum bist du eigentlich gekommen, Tamsyn?«
»Ich machte mir Sorgen um dich und konnte nicht schla-

fen. Du sahst gestern so schrecklich erschöpft aus. Dann dachte ich mir, ich will zu ihr gehen und bei ihr sein. Vielleicht braucht sie mich. Und ohne weiter nachzudenken, bin ich hierhergekommen.«

»Oh, Tamsyn, ich bin sehr froh, daß du bei mir bist.«

Sie schmiegte sich an mich. »Geht es dir wirklich besser, weil ich hier bin, Mutter?«

»Viel, viel besser. Ich bin sehr glücklich . . .«

»Eigentlich dachte ich, daß auch mein Vater hier wäre«, sagte sie nach einer Weile leise.

»Nein. Er ist nicht immer hier, Kind.«

Sie schien nachzudenken. »Er ist viel unterwegs«, meinte sie dann zögernd. »Aber bestimmt will er dich nicht beunruhigen.«

»Damit magst du recht haben, Tamsyn.«

»Wirst du schon ein bißchen müde, Mutter?«

»Ja . . .«

»Dann wollen wir jetzt schlafen, denn du hast es nötig. Bald wirst du wieder so fröhlich sein wie früher.«

Schon kurz darauf schlummerte ich ein, und am nächsten Morgen fühlte ich mich tatsächlich wohler.

»Ich werde so lange bei dir im Zimmer schlafen, bis du wieder ganz gesund bist, Mutter«, sagte Tamsyn. »Ich glaube, daß du mich wirklich brauchst.«

Es war natürlich unsinnig, aber mich überkam große Erleichterung. Wenn meine kleine Tochter neben mir lag, fühlte ich mich tatsächlich sicher.

Der Weihnachtstag kam heran, und die Weihnachtssänger wurden von uns willkommen geheißen. Es gab eine große Kanne mit Glühwein, von dem alle ein Glas tranken. Wir überreichten unsere Gaben und versicherten einander, die Geschenke hätten gar nicht besser ausgesucht werden können.

Am Nachmittag führten die Kinder ihr Weihnachtsspiel auf. Ich war sehr gerührt, mit welchem Ernst Tamsyn ihre Rolle spielte. Alle Darsteller erhielten viel Beifall.

Ich saß inmitten unserer Gäste und beobachtete Colum und Maria. Vielleicht war ihr Verhältnis für andere nicht so offenkundig, für mich dagegen schon. Die beiden bemühten sich, einander nicht anzusehen, schienen es dann aber nicht lassen zu können. Alles sprach für eine tiefe Leidenschaft zwischen ihnen. Nachdem die Kinder einige Stücke auf der Laute gespielt hatten, begann der große Festschmaus. Es gab Rindfleisch, Hammel, Spanferkel und Schweinskopfsülze, allerhand Pasteten und verschiedene Weine.

Alle ließen es sich nach Herzenslust schmecken. Nach dem Essen wurde getanzt. Ich fühlte mich plötzlich fast glücklich.

»Bisher ist alles gutgegangen, nicht wahr?« meinte Colum.

»Den Kindern macht alles große Freude, und das ist ja die Hauptsache«, erwiderte ich.

»Ach was! Wir haben ebensoviel Recht darauf, an Weihnachten vergnügt zu sein, wie unsere Kinder. Komm, wir wollen allein sein!« Wir streiften durchs Schloß und kletterten schließlich zu den Zinnen hinauf.

Die Aussicht war einzigartig schön. Das Meer lag ruhig da, die obersten Spitzen der *Devil's Teeth* bildeten ein bizarres Muster, und links von uns ragte der Meeresturm mit seinen brennenden Laternen auf.

Colum lehnte sich über die Brüstung. »Wie tief unten das Wasser ist«, sagte er nachdenklich.

»Ja, sehr tief«, stimmte ich zu.

Unvermittelt trat er auf mich zu und faßte mich um die Mitte. Eine Schreckenssekunde lang glaubte ich, er wolle mich hinunterstürzen. Ich versteifte mich in seinen Armen.

»Ja«, sagte er langsam. »Es geht tief, sehr tief hinunter.«

Ich beugte mich etwas zurück und schaute ihn im Mondlicht an. Seine Augen leuchteten. Jetzt wird er mir erzählen, daß er Maria liebt, dachte ich.

»Meinst du nicht, wir sollten wieder zu unseren Gästen zurückkehren?« sagte ich und wunderte mich selbst darüber, wie ruhig meine Stimme klang.

»Was immer ich heute nacht haben will, bekomme ich.«

»Bist du nicht immer Herr in deinem Schloß?«

»Solltest du das endlich begriffen haben?« fragte er.

Ich lachte, und wir stiegen wieder in die Halle hinunter.

Senara hatte offensichtlich zuviel gegessen, denn es wurde ihr schlecht, und Tamsyn erbot sich, sie zu Bett zu bringen.

Einige unserer Gäste wollten für mehrere Tage im Schloß bleiben und wurden von Dienstboten zu ihren Zimmern geleitet.
Sobald ich im Schlafzimmer allein war, konnte ich dem Wunsch nicht widerstehen, rasch alles aufzuschreiben, was an diesem Tag geschehen war. Als ich Schritte vor meiner Tür hörte, legte ich hastig die beschriebenen Seiten weg.
Es war Tamsyn, die seit einer Woche jede Nacht gekommen war, um bei mir zu schlafen.
»Senara fühlt sich sehr schlecht«, sagte sie. »Sie möchte gern, daß ich bei ihr bleibe, weil's ihr dann bessergeht.«
»Natürlich, mein Liebes. Geh gleich wieder zu ihr.«
»Du bist heute fröhlicher gewesen als seit langem, Mutter.«
»Du hast recht. Nun lauf, und mach dir meinetwegen keine Sorgen.«
»Jennet bereitet für Senara gerade eine Arznei. Sie behauptet, damit kann man alles kurieren.«
»Morgen wird sie schon wieder obenauf sein.«
Tamsyn klammerte sich einen Augenblick an mich. »Macht es dir auch sicher nichts aus, wenn ich dich allein lasse?«
»Aber nein, Liebling. Gute Nacht. Paß gut auf Senara auf.«
Ich gab ihr einen liebevollen Kuß, und sie verließ mein Zimmer.
Dann setzte ich mich wieder hin und schrieb weiter. Ich wollte alles genau bis zu dem Augenblick schildern, in dem ich Tamsyn geküßt hatte und sie mich allein ließ. Dann würde ich meine Aufzeichnungen wie immer verstecken und zu Bett gehen.

Das Grab des unbekannten Seemanns

Die Weihnachtstage sind für mich keine glückliche Zeit: Ich kann nicht vergessen, daß meine Mutter an Weihnachten starb. Obgleich es nun schon sechs Jahren zurückliegt, erinnere ich mich so deutlich daran, als sei es erst gestern passiert.

Damals war ich zehn Jahre alt. Wir hatten einen heiteren Tag verlebt, hatten eine Pantomime aufgeführt, den Komödianten zugeschaut, gesungen und getanzt.

Immer wieder denke ich mir, daß meine Mutter nicht gestorben wäre, hätte ich in jener Nacht wie in den vorhergehenden Nächten bei ihr geschlafen. Doch leider war Senara krank geworden, und ich blieb bei ihr. Ich entsinne mich auch jener Nächte, in denen meine Mutter so froh gewesen war, mich bei sich zu haben. Ich war damals noch sehr jung und unerfahren ...

Am nächsten Morgen war sie tot. Ich weiß noch genau, wie alles war. Jennet heulte und schrie, als sie zu mir gerannt kam. Sie brachte keinen vernünftigen Satz heraus. Völlig verstört lief ich ins Zimmer meiner Mutter. Dort lag sie im Bett und sah gar nicht mehr so aus wie sonst, sondern starr und bleich. Ihre Wange war eiskalt, als ich darüberstrich. Das merkwürdigste war, daß es keinerlei Anhaltspunkt dafür gab, woran sie gestorben war.

Der herbeigerufene Arzt meines Vaters meinte, ihr Herz habe versagt, da auch ihm kein besserer Grund einfiel.

Mein Vater erklärte, daß sie sich schon seit Wochen unpäßlich gefühlt habe. Er sei sehr besorgt um sie gewesen. Das konnten wir alle bestätigen.

Ich war ganz krank vor Zorn auf mich, denn ich war überzeugt davon, daß sie am Leben geblieben wäre, wenn ich sie nicht allein gelassen hätte. In der Zeit vor Weihnachten hatte ich gespürt, daß meine Mutter Angst hatte.

Unter den Dienstboten gab es viel Gerede und Geflüster, das jedoch immer verstummte, sobald ich in die Nähe kam.

Sie sagten dann rasch etwas ganz Unwichtiges, so daß ich sicher war, sie hatten schnell das Thema gewechselt.
Meine Großmutter kam aus Lyon Court herübergeritten. Sie war ebenso verzweifelt und verwirrt wie ich. Sie nahm mich in die Arme, und wir weinten gemeinsam. »Es darf nicht sein«, wiederholte sie immer wieder. »Linnet war doch viel zu jung. Wie konnte das bloß geschehen?«
Mein Großvater und meine Onkel Carlos, Jacko und Penn waren auf hoher See. Nur Tante Edwina kam, die anscheinend unter großer Anspannung stand. Sie sagte schluchzend, daß sie etwas hätte unternehmen müssen, denn sie habe es ja kommen sehen. Da sie nichts weiter erklärte, wußten wir nicht, was sie damit meinte. Sie war zu traurig und auch zu aufgeregt, um sich klar zu äußern. Ich fühlte mich besonders zu ihr hingezogen, da sie sich auf ganz ähnliche Weise mit Gewissensbissen herumzuschlagen schien wie ich.
In unserer alten normannischen Schloßkapelle wurde ein Gottesdienst abgehalten, und man begrub meine Mutter neben dem Grab eines unbekannten Mannes, der nach einem Schiffsunglück an Land geschwemmt worden war. Auf der anderen Seite lag die erste Frau meines Vaters.
Ich hatte meine Mutter mehr als jeden anderen Menschen geliebt. Ich sagte meiner Großmutter, daß ich über dieses Unglück bestimmt nie hinwegkommen würde.
Sie strich mir liebevoll übers Haar. »Der Schmerz wird mit der Zeit erträglicher werden, Tamsyn, für dich wie für mich, obwohl wir uns das jetzt nicht vorstellen können.«
Ich sollte mit ihr nach Lyon Court reiten, denn dort würde die erste schwere Zeit leichter für mich zu ertragen sein, wie sie meinte. Ich war gern damit einverstanden. Immer wieder sah ich meine Mutter so vor mir wie an jenem letzten Abend, als ich in ihr Zimmer gekommen war. Es hatte mir geschienen, als habe sie gerade etwas versteckt. Aber vielleicht bildete ich mir das auch nur ein.
Senara meinte, ich solle mir keine Vorwürfe machen. Da ihr so übel geworden war, sei es doch ganz natürlich gewesen, daß ich bei ihr blieb. Meine Mutter sei ja nicht wirklich krank gewesen. Jedenfalls habe niemand etwas davon gewußt.
»Was hättest du denn schon tun können?« fragte sie. Ich

konnte Senara nicht erklären, weshalb ich ein solch ungutes Gefühl hatte. Eins war mir klar: Meine Mutter hatte mir irgend etwas verschwiegen. Hätte sie es mir verraten, wäre vielleicht alles anders gekommen.

Als meine Großmutter mir vorschlug, sie nach Lyon Court zu begleiten, erklärte ich ihr, daß ich Senara nicht allein lassen wolle. Sie sah dies sofort ein und meinte, auch Senara könne gerne mitkommen. Senara war begeistert, denn auch sie fühlte sich nicht mehr wohl auf Schloß Paling. Mein Vater hatte nichts dagegen einzuwenden. Er war überhaupt so ruhig und freundlich, wie ich ihn nie zuvor erlebt hatte.

Es war für mich tatsächlich ein Trost, in Lyon Court sein zu können. Dort wirkte alles offener, fröhlicher und fortschrittlicher als bei uns im Schloß. Meine Großmutter lachte, weil ich so sehr von Lyon Court schwärmte. Ihrem Geschmack nach war es viel zu überladen. Doch für mich war es ein Haus, das stolz auf sich zu sein schien, und das gefiel mir gut.

Der Garten war wegen seiner Schönheit in der ganzen Gegend berühmt, und mein Großvater legte großen Wert darauf, daß es auch so blieb. Natürlich war jetzt nichts von all der Blumenpracht zu ahnen, doch ich wußte ja von früher, wie wundervoll die Anlagen im Frühling und Sommer blühen würden.

Vom Haus aus konnten wir bis nach Plymouth hinübersehen und beobachten, wie die Schiffe ein- und ausliefen. Senara trauerte natürlich nicht so sehr um meine Mutter wie ich, obwohl auch sie ihr von Herzen zugetan gewesen war. Ab und zu mußte sie über etwas lachen, dann schaute sie mich immer ganz schuldbewußt an, doch ich beruhigte sie. Meiner Mutter wäre es bestimmt nicht recht gewesen, wenn wir nur getrauert hätten.

Meine Tante Damask war erst fünfzehn und kümmerte sich rührend um uns. Aber sie wirkte oft geistesabwesend, da sie an ihre Schwester - meine Mutter - denken mußte, die sie sehr geliebt hatte.

Wenn ich mich an jene Zeit in Lyon Court zurückerinnere, ist mir deutlich bewußt, wie traurig wir alle waren. Senara und ich konnten unserem Kummer nicht entfliehen, indem wir Schloß Paling verließen. In Lyon Court erinnerte alles viel zu sehr an meine Mutter.

Im Februar wurden die Landors erwartet, die auf einer Reise einen kurzen Abstecher zu uns machen wollten. Ich wußte, daß die Landors mit meinem Großvater geschäftlich verbunden waren. Ich wußte auch, daß mein Vater der ganzen Sache zweifelnd gegenüberstand, denn mir war sein spöttisches Lächeln nicht entgangen, als die Rede auf das Unternehmen gekommen war.

Senara und ich saßen im Garten bei Damask, die ein neues Lied auf der Laute einübte. Sicher wollte sie mich dadurch auch ein wenig von meinem Kummer ablenken. Plötzlich hörten wir Hufschlag und fremde Stimmen. Damask brach mitten in der Melodie ab.

»Wer das wohl ist?« meinte sie neugierig.

Senara sprang auf und wollte gleich selbst nachsehen, was los war, denn sie war sehr lebhaft und etwas unbeherrscht.

»Wir sollten lieber warten, bis man uns ruft, nicht wahr?« fragte ich Damask.

Damask nickte. »Wir bekommen viel Besuch. Wie ist das eigentlich bei euch auf dem Schloß?«

Ich dachte an unsere Besucher. Zu Weihnachten und bei anderen Festlichkeiten wurden die Ritter der Umgebung eingeladen. Es gab allerdings auch überraschenden Besuch. Doch das waren dann Männer, die mit meinem Vater über geschäftliche Angelegenheiten sprechen wollten. Meine Mutter schien immer unruhig zu werden, wenn sie im Haus waren.

»Wenn mein Vater nicht auf See ist, haben wir meistens Gäste von morgens bis abends«, fuhr Damask fort.

Ich war froh, daß er nicht da war, denn er würde seinem Kummer über den Tod der Tochter sicher lautstark Ausdruck gegeben haben. Bestimmt würde er auch nach einem Schuldigen suchen und wahrscheinlich wissen wollen, warum keine Ärzte gerufen worden waren. Und ganz sicher gab er dann meinem Vater die Schuld.

Ich bin heute der Meinung, daß es mir damals am meisten geholfen hat, Fenn Landor kennenzulernen. Er war wie ich zehn Jahre alt, hatte ein hübsches, offenes Gesicht und ernste blaue Augen. Vermutlich wählte er mich zu seiner bevorzugten Spielkameradin, weil ich gleichaltrig war. Senara war zu jung, Damask etwas zu alt. Durch Fenn begann ich wieder Teilnahme am Leben zu gewinnen.

Er war gern mit mir allein, weil wir uns gut unterhalten konnten. Am meisten ärgerte es ihn, daß er noch so jung war. Wir lagen oft auf den Klippen über dem Meer und ritten manchmal auch gemeinsam aus. Meine Großmutter schien unser Zusammensein zu billigen, vielleicht auch deshalb, weil ihr klar war, daß Fenn mehr für mich tun konnte als alle anderen. Er gehörte nicht zu meinem bisherigen Leben und erinnerte mich folglich nicht an meine Mutter.

Fenn erzählte viel von seinem Vater, der seiner Meinung nach der beste aller Männer gewesen sei. »Er war nicht so grob und prahlerisch wie viele Seeleute. Nein, er war gut und edel. Am meisten haßte er das Morden. Daher hat er auch in seinem ganzen Leben niemanden getötet. Er wollte den Menschen nur Gutes tun.«

»Was ist mit ihm geschehen?«

»Es heißt, er sei für immer verschollen, aber ich glaub's nicht. Bestimmt kommt er eines Tages wieder nach Hause. Wir haben bisher täglich auf ihn gewartet . . . Jeden Morgen beim Aufwachen sage ich mir: Heute ist der große Tag, an dem ich ihn wiedersehe!«

Ich konnte Fenn die Verzweiflung anmerken und hätte ihn zu gern getröstet. Obwohl er behauptete, sein Vater sei noch am Leben, befürchtete er insgeheim doch, daß es nicht so war.

»Das Schiff meines Vaters hieß ›Landors Löwe‹. Es gehörte zu einer gemeinsamen Handelsschiffsflotte der Pennlyons und Landors.«

»Schiffe verspäten sich oft monatelang.«

»Das ist richtig. Aber dieses wurde schon im Oktober in Küstennähe gesichtet. Und kurz darauf gab es einen gewaltigen Sturm.«

»Ja, ich erinnere mich an den Sturm«, erwiderte ich. »Trotzdem darfst du nicht die Hoffnung aufgeben! Vielleicht hat man gar nicht das Schiff deines Vaters, sondern ein anderes gesehen. Da kann man nie sicher sein.«

Er nickte und erzählte mir gleich darauf von der Ostindischen Gesellschaft, die vor kurzem gegründet worden war und an deren Erfolg Captain Landor maßgeblich beteiligt war.

»Weißt du, es war nämlich seine Idee. Lange vor meiner Ge-

burt fing das Ganze schon an. Nach dem Sieg über die Armada fand er, daß friedliche Handelsbeziehungen viel besser seien, statt ständig neue Kriege zu führen.«
»Wie lange mußt du noch warten, bis du bei deinem Vater mitmachen kannst?« fragte ich absichtlich, um ihn in dem Glauben zu bestärken, Captain Landor lebe noch.
Ein plötzliches Lächeln verzauberte sein Gesicht. Wie schön er aussah, wenn er an etwas Beglückendes dachte!
»Mit sechzehn kann ich anfangen ... also in sechs Jahren.«
Da auch er einen geliebten Menschen verloren hatte, konnte ich ihm leichter vom Tod meiner Mutter erzählen als jedem anderen. Es schien uns beide etwas zu trösten, daß wir in gewisser Weise das gleiche Schicksal hatten.
Ich brachte ihn dazu, mir immer mehr über die Schiffe und die Gesellschaft zu berichten. Sein Vater hatte anscheinend viel mit seinem Sohn besprochen. Ich konnte mir den Captain gut vorstellen. Sicher war er ein Vater, vor dem Kinder keine Angst haben, für den sie aber viel Liebe und Achtung empfinden. Einen solchen Vater zu haben war ein großes Glück, ihn zu verlieren dafür um so schrecklicher.
Einmal überlegten Fenn und ich, warum wir uns nicht eigentlich schon früher kennengelernt hatten, obwohl wir doch beide häufig in Lyon Court zu Besuch waren.
Während meines Aufenthaltes passierte etwas sehr Merkwürdiges, das ich nie mehr vergessen konnte.
Senara, Damask und ich schliefen in einem großen Zimmer mit drei Betten. Eines Nachts lag ich wieder einmal schlaflos da - seit meiner Mutter Tod geschah dies sehr häufig -, denn ich träumte oft von ihr und wachte dann ganz verzweifelt auf. Ich war aus einem Alptraum hochgefahren und wußte nicht gleich, wo ich mich eigentlich befand. Dann erkannte ich die vertraute Umgebung wieder und beruhigte mich etwas.
In der Stille glaubte ich leises Weinen zu hören. Ich stand auf, hüllte mich in einen Umhang und ging auf den Korridor. Das Weinen schien aus dem Nachbarzimmer zu kommen. Ich klopfte leise an, bekam aber keine Antwort. Als ich vorsichtig die Tür öffnete, sah ich Fenns Großmutter am Fenster sitzen. Über ihr Gesicht liefen helle Tränen, wie ich im Mondlicht deutlich sehen konnte.

Sie zuckte zusammen, als sie mich bemerkte. »Entschuldigung«, sagte ich rasch. »Ich hörte Euer Schluchzen. Kann ich Euch irgendwie helfen?«
»Tamsyn«, flüsterte sie. »Habe ich dich aufgeweckt?«
»Ich konnte ohnehin nicht schlafen«, beruhigte ich sie.
»Armes Kind, dich plagt auch ein großer Kummer. Du hast deine Mutter verloren und ich Tochter und Sohn.«
»Vielleicht ist er gar nicht ertrunken . . .«
»O doch! Fennimore erscheint mir oft im Traum. Seine Augenhöhlen sind leer, und Fische schwimmen um ihn herum. Er liegt tief auf dem Meeresgrund, und ich sehe meinen geliebten Sohn nie wieder!«
Ihr starres Gesicht wirkte fast beängstigend auf mich. Ich spürte, daß ihre Trauer wie eine Krankheit war, die sie fest in den Klauen hielt.
»Mein Sohn . . . und meine Tochter«, flüsterte sie vor sich hin.
»Eure Tochter ist auch tot?«
»Meine Tochter ist ermordet worden«, stieß sie hervor.
»Ermordet!« wiederholte ich entsetzt.
Sie hielt den Atem an. »Mit dir darf ich nicht über meine Tochter reden, kleine Tamsyn Casvellyn«, sagte sie dann.
»Ihr könnt mit mir über alles sprechen, wenn es Euch etwas tröstet«, widersprach ich.
»Mein liebes, armes Kind.«
Ich mußte plötzlich weinen. Sie brachte mir im Gegensatz zu Fenn meinen schrecklichen Verlust überdeutlich zu Bewußtsein. Ich stand wieder an jenem Weihnachtsmorgen vor dem Bett meiner Mutter, auf dem sie bleich und tot lag.
Fenns Großmutter zog mich in die Arme und wiegte mich wie ein kleines Kind hin und her. »Das Leben ist zu uns beiden grausam gewesen, grausam . . .«
»Wann ist Eure Tochter gestorben?« fragte ich nach einer Weile.
»Bevor du geboren wurdest . . . es mußte sein, bevor du geboren wurdest.«
Ich verstand nicht, was sie meinte.
»Sie wurde von ihrem Mann gemordet. Er ist ein Mörder. Eines Tages wird ihn sein Schicksal ereilen. Du wirst es sehen. Ich bin ganz sicher. Und nun ist mir auch noch mein

wunderbarer Sohn genommen worden ... vom Meer. Er war viel zu jung. Warum mußte das nur geschehen? Er war schon in sicherer Nähe der Küste ...«

»Vielleicht wird er doch noch zurückkommen.«

»Niemals. Ich werde sein Gesicht nie wiedersehen.«

»Immerhin habt Ihr noch Hoffnung«, wandte ich ein.

Ich dagegen habe keine Hoffnung, dachte ich trostlos. Ich war dabei, als meine Mutter ins Grab gelegt wurde. Deutlich sah ich plötzlich die Familiengrabstätte neben dem Turm vor mir ...

Mrs. Landor begann nun Näheres von ihrem Sohn und ihrer Tochter zu erzählen und steigerte sich immer mehr in Erregung. Ich versuchte sie zu trösten, doch sie jammerte nur um so lauter.

Ich wußte nicht, was ich tun sollte. Sie war so aufgeregt, daß ich fürchtete, sie sei ernsthaft krank. Zuletzt klammerte sie sich an mich, doch es gelang mir schließlich, mich loszureißen. Dann lief ich zum Zimmer meiner Großmutter.

Ich weckte sie und erzählte ihr, was geschehen war.

»Die arme Frau! Das spurlose Verschwinden ihres Sohnes hat den Verlust ihrer geliebten Tochter natürlich noch unerträglicher gemacht. Sie gibt sich zu sehr ihrem Schmerz hin. Ich fürchte, ihr Geist ist bereits gestört.«

Als wir gemeinsam zu ihr gingen, hatte sie die Hände vors Gesicht geschlagen und weinte immer noch vor sich hin.

»Geh wieder ins Bett, Tamsyn«, sagte meine Großmutter, doch ich gehorchte nicht. Ein Gefühl sagte mir, ich könnte vielleicht etwas für Mistress Landor tun.

»Komm, Janet«, bat meine Großmutter und nahm die Weinende beim Arm. »Du mußt dich jetzt hinlegen. Ich werde dir etwas bringen, damit du schlafen kannst.« Ich stützte die alte Frau von der anderen Seite, und es gelang uns, sie zum Bett zu führen.

»Versuch zu schlafen«, fuhr meine Großmutter fort. »Grüble nicht dauernd! Wir können uns selbst und anderen am besten dadurch helfen, daß wir unseren Kummer zu unterdrücken versuchen.«

Ich war sehr stolz auf sie, da ich genau wußte, wie sehr sie unter dem Tod ihrer Tochter litt. Ich wollte gern ebenso tapfer sein wie sie.

»Ist die Mutter dieses Kindes auch ermordet worden?« brachte Janet Landor stockend heraus.
Meine Großmutter ergriff mich beim Arm. »Sie phantasiert«, flüsterte sie mir zu. »Geh jetzt bitte, Tamsyn! Ich kümmere mich schon um Janet. Gute Nacht.«
Ich lief in mein Zimmer hinüber. Ein Satz ging mir nicht aus dem Kopf: »Ist die Mutter dieses Kindes auch ermordet worden?«
Sie hatte damit anscheinend meine Mutter gemeint. Aber was konnte das bedeuten?
Nein, sie mußte doch von einer anderen gesprochen haben. Außerdem war sie nicht mehr ganz bei sich und phantasierte, wie meine Großmutter mir erklärt hatte.
Ich bekam Mistress Landor einige Tage lang nicht zu Gesicht. Als ich das nächste Mal mit ihr sprach, war sie wieder ruhig und teilnahmslos. Erst viel später habe ich mich überdeutlich an diesen nächtlichen Zwischenfall erinnert.
Senara und ich blieben bis zum Frühling in Lyon Court. Als wir im Mai aufs Schloß zurückkehrten, erwartete uns eine Überraschung. Mein Vater hatte wieder geheiratet. Senaras Mutter war nun meine Stiefmutter.

Nach der Zeit in Lyon Court wirkte Schloß Paling auf mich völlig fremd. Alles schien sich während unserer Abwesenheit geändert zu haben, und der Einfluß meiner Mutter war nun kaum noch zu spüren. Etwas anderes, aber ich hätte nicht zu sagen gewußt, was es war, war an seine Stelle getreten.
Auch die Einrichtung war nicht mehr die gleiche. Das Schlafzimmer, das meine Mutter und mein Vater bewohnt hatten, sah nun ganz anders aus. Am Bett und an den Fenstern hingen schwere Samtvorhänge, die dem Raum einen düsteren Reiz verliehen. Das Rote Zimmer war im Gegensatz dazu völlig unberührt gelassen worden, und auch das kleine Kabinett meiner Mutter, in dem sie sich so gern aufgehalten hatte, war unverändert. Auf dem schweren Eichentisch stand wie eh und je ein Schreibpult aus Sandelholz.
Senara war insgeheim stolz darauf, daß ihre Mutter nun nicht mehr ein etwas geheimnisvoller Gast war, sondern die unumstrittene Herrin des Hauses. Senara war sich frü-

her als nicht ganz dazugehörig vorgekommen, weshalb ich ihr immer wieder versichert hatte, daß sie meine Schwester sei.
Die Dienstboten schienen auch nicht mehr die alten. Sie flüsterten in den Ecken miteinander und bekreuzigten sich ständig, als suchten sie auf diese Weise Schutz vor dem bösen Blick. Ich wußte, daß sie vor meiner Stiefmutter Maria Angst hatten. Manchmal glaubte ich, daß sogar mein Vater sie etwas fürchtete.
Ich konnte ein gewisses Gefühl der Abneigung nicht ganz unterdrücken. Erstens schmerzte es mich, eine andere Frau an Stelle meiner Mutter zu sehen. Zweitens fand ich, daß alles zu schnell gegangen war. Bereits drei Monate nach dem Tod seiner Frau hatte mein Vater Maria geheiratet! Daß sie schon davor im Schloß bei ihm gelebt hatte, berührte mich besonders unangenehm.
Mein Vater hatte mich nie besonders beachtet. Sein Liebling war Connell. Um Mädchen kümmerte er sich nicht - das galt auch für seine eigene Tochter. Er ging mir soviel wie möglich aus dem Weg, als bringe ihn meine Anwesenheit in Verlegenheit. Schließlich wußte er ja, wie sehr ich meiner Mutter zugetan gewesen war.
Zuerst versuchte Senara sich wichtig zu machen, aber das gab sich bald wieder. Unsere Freundschaft war zu fest, als daß sie ernstlich hätte gestört werden können.
Mein Vater hatte für einen Lehrer gesorgt, der uns an Stelle meiner Mutter unterrichten sollte. Er hieß Master Eller und kam mir sehr alt vor, dabei war er wohl nicht älter als fünfundvierzig. Er war gewissenhaft und streng. Selbst Connell wurde zur Aufmerksamkeit gezwungen, obwohl er die Unterrichtsstunden haßte und fand, daß er mit seinen zwölf Jahren schon darüber erhaben sei.
Jennet hatte sich kaum verändert, nur schien sie gealtert. Sie war ja nur ein Jahr jünger als meine Großmutter und hatte meine Mutter wohl wie eine eigene Tochter geliebt. Sie redete jetzt viel mit sich selbst und konnte, wie es schien, meine Stiefmutter nicht leiden, wagte allerdings nicht, dies offen zu zeigen.
Viele Leute hatten Angst vor meiner Stiefmutter. Sie war eben an Halloween aufgetaucht - wenn die Hexen unterwegs sind. Es war für jeden offenkundig, daß sie sich von

anderen Menschen unterschied. Sie schien nie ärgerlich zu werden. Wenn ihr etwas mißfiel, dann begannen ihre Augen jedoch auf eine Weise zu glitzern, die genauso beängstigend war wie die lauten Wutausbrüche meines Vaters.
Das Schloß schien jetzt mehr denn je voll düsterer Schatten, und Jennet, die so fröhlich und zufrieden mit dem Leben gewesen war, lief nun ständig trübsinnig herum.
Einmal ließ sie sich in meiner Anwesenheit gehen und weinte.
»Ich habe deine Mutter in den Armen gehalten, als sie ein kleines Kind war. Deine Großmutter war zwar gut zu mir, aber oft auch sehr streng. Mehr als einmal hat sie die Hand gegen mich erhoben. Aber Mistress Linnet . . . die nie, nein, niemals.«
Im nächsten Augenblick bekreuzigte sie sich. »Gott helfe uns allen«, sagte sie mit dumpfer Stimme. »Der Platz der guten Mistress Linnet - eingenommen von einer . . .«, dann schaute sie furchtsam über ihre Schulter und biß sich auf die Lippen, ». . . von einer anderen.«
Einmal hörte ich einen Dienstboten von meinem Vater sagen: »Der Master ist verhext von ihr.«
Ab und zu fühlte ich den Blick von Marias schwarzen Augen auf mir ruhen. Vermutlich war ich ihr ein Rätsel. Sie hatte sicher erwartet, daß ich offen meinen Haß zeigte, weil sie den Platz meiner Mutter eingenommen hatte. Haß auf sie würde jedoch nicht meine geliebte Mutter zurückbringen. So gab ich auch niemandem die Schuld an meinem Kummer. Als Maria das begriffen hatte, übersah sie mich meist, und ich war froh darüber. Obgleich sie Senara nie offen ihre Zuneigung zeigte, schien sie doch sehr besorgt um ihre Zukunft und legte großen Wert darauf, daß Master Eller eine gebildete Lady aus ihr machte. Sie stellte zudem einen jungen Mann ein, der uns in Gesang und Tanz unterrichten sollte. Er hieß Richard Gravel, doch wir nannten ihn alle Dickon. Er spielte Laute und Virgnal mit einer Meisterschaft, die einen entweder zu Tränen rührte oder aber in heiterste Stimmung versetzte. Außerdem tanzte er mit solcher Eleganz, daß man den Blick nicht von ihm wenden konnte. Senara war besonders begeistert von ihm und zeigte sich als eifrige Schülerin. Es kam mir in den Sinn, daß Maria wohl nicht glaubte, Senara werde ihr ganzes Leben

auf dem Lande verbringen. Sie wurde erzogen wie eine künftige Hofdame.

Es ist wirklich erstaunlich, wie rasch junge Menschen sich in eine neue Lage fügen. Bevor noch das Jahr um war, hielt ich Schloß Paling nicht mehr für ein merkwürdiges, befremdliches Zuhause. Es war jedoch nicht etwa so, daß ich meine Mutter vergessen hätte. Ich ging sehr häufig an ihr Grab und brachte Blumen dorthin. Da es mir unrecht erschienen wäre, die anderen beiden Gräber ungeschmückt zu lassen, legte ich auch dort einige Blüten nieder.

Als besondere Zierde pflanzte ich auf das Grab meiner Mutter einen Rosmarinstrauch. Als ich ihn einsetzte, hatte ich plötzlich den Eindruck, daß meine Mutter nicht ganz verloren für mich war. Sie schien mir allzeit nahe zu sein, besonders, wenn ich ihre Hilfe brauchte.

Unser Tag war nun ganz anders eingeteilt. Den größten Teil verbrachten wir mit den Unterrichtsstunden von Master Eller und Dickon. Wir ritten auch viel in Begleitung von Pferdeknechten aus und besuchten regelmäßig Lyon Court. Meine Großmutter kam nie zu uns. Vermutlich wollte sie die dritte Frau meines Vaters nicht sehen. Wenn ich einen Besuch in Lyon Court machte, begleitete Senara mich jedesmal, denn es war für uns beide undenkbar, getrennt zu werden. Wir stritten uns allerdings ab und zu, da wir von sehr unterschiedlichem Naturell waren, ich ruhig, ernst und nicht leicht zu ärgern, Senara fröhlich und alles andere als geduldig. Sie haßte ernsthaften Unterricht, und Master Eller verzweifelte schier an ihr. Virginal und Laute spielte sie ausnehmend gut, sie sang schön und tanzte so graziös, daß es ein Vergnügen war, sie dabei zu beobachten.

Da ich leidenschaftlich gern Bücher las, fühlte sich Senara manchmal ausgeschlossen und war geradezu eifersüchtig auf meine Lektüre. Trotz all dieser Unterschiede waren wir sehr glücklich miteinander.

Als ich dreizehn Jahre alt war, starb die Königin. Ich war damals, im März des Jahres 1603, gerade zu Besuch bei meinen Großeltern. Ich war sehr traurig, weil mir durch den Tod der Königin zum ersten Mal bewußt geworden war, wie alt meine Großeltern waren. Meine Urgroßmutter war in hohem Alter kurz nach meiner Mutter gestorben. Dies war ein zweiter schwerer Schlag für meine Großmutter ge-

wesen, da sie ihre Mutter im fernen London trotz der seltenen Zusammenkünfte sehr geliebt hatte.
Vielleicht würden noch mehr sterben? »So was passiert nicht nur einmal«, prophezeite Jennet.
Mein Großvater, der unternehmungslustige Kapitän, fuhr nicht mehr zur See. Er war nun schon über siebzig, saß stundenlang am Hafen und schaute aufs Meer hinaus. Sicher dachte er dann an seine vielen abenteuerlichen Reisen. Er mußte am Stock gehen, da sein linkes Bein steif wurde.
Meine Onkel Carlos und Jacko saßen oft mit ihrem Vater zusammen in Lyon Court und berichteten ihm von ihren letzten Unternehmungen. Sie waren ihrem Vater in tiefer Liebe und Verehrung zugetan. Auch Edwina war mit ihren Söhnen oft zu Besuch in Lyon Court. Damask stand kurz vor der Hochzeit mit einem Kapitän der Handelsgesellschaft. Mit einer gewissen Traurigkeit merkte ich, daß sich alles änderte - ein bißchen hier und ein bißchen da, bis das ganze Bild plötzlich anders war. - Am Todestag der Königin saßen wir mit einigen Gästen am großen Tisch in der Halle. Der zukünftige Ehemann von Damask war mit seinen Eltern und einigen anderen Seeleuten, die für die Handelsgesellschaft arbeiteten, zum Essen geladen.
Das Gespräch drehte sich natürlich um die Königin. Was war sie doch für eine große Herrscherin gewesen! Nach ihrem Tod würde sich bestimmt vieles ändern . . . Im Grunde konnte sich keiner vorstellen, wie es ohne sie weitergehen sollte. England ohne Königin Elisabeth - undenkbar!
Mein Großvater hatte sie immer verehrt. Für ihn war sie das lebende Symbol Englands. Sie hatte ihn einst zu sich rufen lassen, und er war die Themse flußaufwärts nach Greenwich gesegelt, wo sie ihn huldvoll empfangen hatte. Dies war noch vor dem Sieg über die Armada gewesen. Die Königin wußte genau, von welchem Nutzen Männer wie Jake Pennlyon für sie sein konnten. Sie hatte ihn wegen seiner Seefahrten gerühmt und durchblicken lassen, sie erwarte von ihm, daß er weiterhin die Spanier ausplündere, die erbeuteten Schätze nach Hause bringe und dafür sorge, daß auch das Land seinen Teil davon bekomme. Zur gleichen Zeit machte sie die Spanier glauben, daß sie ihre räuberischen Seeleute scharf bestrafe. Meinem Großvater hatte das natürlich imponiert, und es hatte auch seiner Eitelkeit

geschmeichelt. Er hatte immer wieder erklärt, daß er für Königin Elisabeth sein Leben geben würde.
Nun war sie tot. Wir hatten immer gespannt den vielen Geschichten gelauscht, die über sie erzählt wurden. Sie war so eitel, daß sie, obwohl sie gemalte Wangen hatte und Perükken trug, den Höflingen geglaubt hatte, die ihr einredeten, sie sei die schönste Frau der Welt. Sie hatte den Grafen von Essex glühend geliebt und dennoch hinrichten lassen. Bis zu ihrem Tod hatte sie erwartet, daß Männer in Liebe zu ihr entbrannten. Taten sie es nicht, hielt sie die Unglücklichen für Verräter. Wie wütend war sie immer gewesen, wenn diese Männer heirateten oder sich Geliebte nahmen, obwohl sie selbst nie die Absicht gehabt hatte, auch nur das kleinste Stück ihrer Herrschaft durch eine Heirat aufzugeben. Sie hatte dreihundert Gewänder in ihren Schränken, war cholerisch, schlau und gerissen, grausam, aber auch liebenswürdig. Wie auch immer sie gewesen war - auf jeden Fall war sie eine große Königin!
»Wir werden nie wieder eine Herrscherin haben wie sie«, murmelte mein Großvater trübsinnig.
Sie war nach Richmond gefahren, als sie schwer erkrankte, denn sie hoffte, daß die Ruhe dort und die gute Luft ihr Genesung bringen würden. Zuerst schien es auch so, doch dann war eine schwere Benommenheit über sie gekommen. Sie hatte die fixe Idee, sie könne nie wieder aufstehen, falls sie sich ins Bett legte. Deshalb ließ sie die Dienstboten viele Kissen auf dem Boden ausbreiten.
Captain Stacy, der Vater von Damasks Verlobtem, war erst kürzlich aus London gekommen und wußte daher das Neueste. Angeblich hatte die Königin eindeutig bestimmt, wer ihr Nachfolger werden solle. Sie hatte zu ihrem Minister Cecil gesagt: »Mein Thron ist der Thron von Königen gewesen, und ich will von keinem Gauner abgelöst werden.«
»Ihre Majestät meinte mit ›Gauner‹ jemanden, der nicht königlichen Geblüts ist«, erklärte Stacy. »›Niemand als ein König soll mein Nachfolger werden‹, hat die Königin noch gesagt.«
»Sie bezog sich dabei sicher auf König Jakob von Schottland, den Sohn ihrer alten Feindin Maria Stuart«, sagte meine Großmutter. »Ich halte dies für eine ausgezeichnete Wahl, denn er ist ja wirklich der rechtmäßige Erbe.«

»Außerdem ist er trotz seiner papistischen Mutter ein guter Protestant«, fügte mein Großvater hinzu.
Königin Elisabeth war siebzig Jahre alt geworden und hatte fünfundvierzig Jahre lang regiert.
Nun bekamen wir einen neuen Monarchen: König Jakob I., der Jakob VI. von Schottland gewesen war.
»Ich wünschte, meine Mutter hätte diesen Tag noch erleben können«, sagte meine Großmutter. »Diese Verbindung von England und Schottland wird uns vielleicht den Frieden bringen. Ihr Leben lang sehnte sie sich nach Frieden, doch immer waren Kriege im Land - Religionskriege.«
»Glaubst du, daß das nun ein Ende hat, Großmutter?« fragte ich.
Sie schaute mich traurig an und schüttelte den Kopf.

Es wurde viel von unserem neuen König und dessen Gemahlin gesprochen. Zu Beginn einer neuen Regentschaft ist jeder Bürger hoffnungsvoll gestimmt. Und so glaubte man nun auch in England, daß die früheren Mißstände verschwinden würden. Die Nachrichten, die wir über unseren neuen König erhielten, waren sehr unterschiedlich. Die einen hielten ihn für klug und weise; er galt gar als ein ›britischer Salomon‹. Einige erhofften von ihm auch, daß die grausamen Gesetze gegen die Katholiken gemildert würden, da ja seine eigene Mutter eine glühende Katholikin gewesen war. Es würde sich natürlich erst mit der Zeit herausstellen, was für einen König wir bekommen hatten. Als er mit seiner Frau nach England kam, lebte leider Gottes das Interesse an Hexen wieder neu auf.
Dreizehn Jahre zuvor hatte Anna von Dänemark nach England reisen wollen, um dort als Gemahlin König Jakobs von Schottland zu residieren. Sie war ihm bereits durch einen Stellvertreter angetraut worden, und eine große Flotte wurde aufgeboten, um sie zu ihrem Gemahl zu bringen. Im September 1589 verließ sie mit dem Großzeremonienmeister und elf Begleitschiffen den dänischen Heimathafen. Als sie sich der schottischen Küste näherten, brach ein schrecklicher Sturm los, so daß die Schiffe in Seenot gerieten. Sie wurden an die norwegische Küste abgetrieben. Nach einiger Zeit beruhigte sich das Wetter, und sie machten sich zum zweiten Mal auf. Doch kaum näherten sie sich

Schottland, als wieder ein Sturm aufkam und sie erneut zurücktrieb.
Peter Munch, der dänische Admiral, hegte von da an keinen Zweifel mehr daran, daß Hexerei im Spiel war. Er brachte Königin Anna nach Dänemark zurück und begann darüber nachzusinnen, wer der Schuldige sein könnte. Er hatte verschiedene Leute im Verdacht. Da diese jedoch allesamt Männer waren, Hexerei üblicherweise aber dem weiblichen Geschlecht zugeschrieben wurde, ließ er die Frauen der Verdächtigen verhaften. Nachdem sie lange genug gefoltert worden waren, gestanden sie ihre Schuld ein und wurden lebendig verbrannt.
Wieder machten sich die Schiffe nach Schottland auf den Weg, und wieder brachen Stürme los, sobald die neue Heimat Königin Annas in Sicht kam. Erneut wurden sie nach Norwegen abgetrieben.
Da es inzwischen Winter geworden war, wagte der Admiral keinen vierten Versuch.
Aber es gab noch einen anderen Zwischenfall. Jane Kennedy, die Maria Stuart, Königin von Schottland, lange Jahre gedient hatte, heiratete Sir Andrew Melville, einen treuen Anhänger der verstorbenen Königin. Beide wurden von Jakob hoch geachtet und geschätzt, und er ernannte Jane sofort zur ersten Hofdame seiner jungen dänischen Gemahlin, die bald eintreffen sollte. Die frischgebackene Lady Melville machte sich unverzüglich auf den Weg zum Königspalast, mußte dabei aber den Leith Ferry überqueren. Kaum hatte sie die kurze Überfahrt angetreten, als sich starker Wind erhob; ihr Schiff wurde von einem anderen gerammt und sie ertrank.
Dies alles konnten keine Zufälle sein - es war Hexerei. Daraufhin wurde in Schottland auf Hexen Jagd gemacht, und mehrere alte Frauen wurden gefoltert und verbrannt. Kurze Zeit später war der König selbst nach Dänemark gereist, um seine Braut nach Hause zu holen, und es war ihm auch tatsächlich gelungen. Jene langen Monate waren als die ›Zeit der Hexen‹ in die Geschichte eingegangen. Als Jakob nun mit seiner Frau nach England reiste, dessen König er geworden war, erinnerte man sich daran, daß sie beide das Opfer von Hexenkünsten gewesen waren.
Obwohl ich noch so klein war, machte mir die erste Hexe,

die ich zu sehen bekam, einen gräßlichen und unauslöschlichen Eindruck. Es war eine alte Frau, die an einem Alleebaum hing und einen makabren, zugleich aber grotesken Anblick bot. Senara, Damask, ihr Verlobter, dessen Vater und ich machten gerade einen Ausritt, als wir die Alte sahen.

Ich hielt mein Pferd an. Im ersten Augenblick erkannte ich gar nicht, was dort an dem Baum hing. Dann überkam mich ein Gefühl der Übelkeit. Ich konnte nicht glauben, daß dieses armselige, hin und her schwankende Etwas je einem Menschen Leid zugefügt haben sollte. Keiner von uns sprach ein Wort. Wir kehrten um und ritten so schnell wie möglich weg.

Senara wurde in dieser Nacht von Alpträumen geplagt und kam zu mir unter die Decke gekrochen. »Was ist los?« flüsterte ich, um Damask nicht aufzuwecken, die im gleichen Zimmer schlief.

»Ich habe von der Hexe geträumt, Tamsyn.«

»Es war ja auch ein furchtbarer Anblick.«

»Aber . . .« Sie machte eine kleine Pause. »Ich habe auch noch geträumt, daß es meine Mutter war.«

»Es ist doch nur ein dummer Traum«, versuchte ich sie zu beruhigen.

»Ich habe gehört, was die Dienstboten über meine Mutter flüstern. Und . . . und es ist ja wirklich etwas Seltsames an ihr.«

»Sie ist jedenfalls die schönste Frau, die ich je gesehen habe.«

»Die Leute sagen, daß solche Schönheit vom Teufel kommt. Bisher war ich stolz auf sie. Aber seit heute nachmittag . . .«

»Die Menschen sind immer neidisch auf andere, die mehr haben als sie selbst«, wandte ich ein.

»Mein Traum war so deutlich, Tamsyn. Wir ritten . . . wie wir es heute in Wirklichkeit auch taten. Und dann zwang ich mich dazu, die Hexe genauer anzuschauen, und sah, daß es meine Mutter war.«

»Das könnte nie geschehen«, meinte ich beruhigend.

»Doch, es wäre wohl möglich!«

»Nein, nein, sie ist viel zu klug, um sich erwischen zu lassen . . .« Ich war ganz entsetzt über meine Äußerung und

sprach hastig weiter: »Ich meine natürlich ... wenn sie eine Hexe wäre. Aber das ist deine Mutter ja nie und nimmer.«
»Sie ist auch deine Stiefmutter, Tamsyn.«
Ich nickte. »Es ist alles bloß dummes Dienstbotengeschwätz und kommt daher, daß sie soviel schöner als alle anderen ist.« Wir schwiegen eine Weile. »Selbst wenn sie eine wäre, Tamsyn, würde das doch nichts zwischen uns ändern, oder?« fragte Senara ängstlich.
»Nichts kann je zwischen uns treten«, versprach ich ihr. Senara schien etwas getröstet zu sein, wollte aber trotzdem nicht in ihr eigenes Bett zurückschlüpfen, sondern schlief bei mir.

Als ich fünfzehn war, entstand im Lande große Unruhe und Aufregung unter den Katholiken. Für uns, die wir fern vom Hof lebten, hatte die zweijährige Herrschaft des neuen Königs wenige Veränderungen gebracht. Es gab allerdings eine Neuerung, die wieder einmal die Hexerei betraf.
Es wurden mehr Hexen entdeckt denn je zuvor. Ständig wurden alte Frauen Untersuchungen unterzogen. Durch bestimmte Male an ihrem Körper sollte sich feststellen lassen, ob sie mit dem Teufel verkehrt und dadurch die Kräfte des Bösen erworben hatten. Beim Ausreiten trafen wir ab und zu auf eine Gruppe lärmender Leute. Ich wandte mich dann immer rasch ab und ritt davon, da ich wußte, daß sich in ihrer Mitte irgendeine arme alte Frau befand. Ich konnte den Gedanken nicht loswerden, daß man nur alt, häßlich oder bucklig zu sein brauchte, um als Hexe angeklagt zu werden. War man erst einmal beschuldigt worden, dann gab es so gut wie keine Möglichkeit, seine Unschuld zu beweisen. Unser neuer König verabscheute Hexen in ganz besonderem Maße, was auf seine Untertanen natürlich nicht ohne Einfluß blieb.
Wenn ich meine Stiefmutter betrachtete - es war ein Vergnügen, sie anzuschauen, da sie sich mit unvergleichlicher Anmut bewegte -, dachte ich oft, wie verschieden sie von jenen alten Weibern war, die verdächtigt, gefoltert und schließlich getötet wurden.
Am meisten litt Senara unter dieser Hexenverfolgung. Sie hatte Angst und versuchte jeden Gedanken an Hexen zu

verdrängen. Sobald die Sprache darauf kam, holte sie ihre Laute oder ließ sich einen neuen Tanz beibringen - kurz, sie lenkte sich selbst ab.
England hatte sich jedoch nicht nur mit den Hexen herumzuschlagen. Eine größere Bedrohung sah man in den ›gefährlichen Katholiken‹. Das ganze Land geriet in Aufruhr, als ein geheimer Anschlag mit dem Ziel, das Parlamentsgebäude in die Luft zu sprengen, entdeckt wurde.
Senara und ich hatten die Erlaubnis, in der großen Halle zu speisen, wenn Gäste geladen waren. Dann lauschten wir aufmerksam der Unterhaltung und schauten hinterher beim Tanz zu. Dickon wurde häufig hereingerufen, um einige Tänze vorzuführen, und erhielt immer viel Applaus dafür. Mehrere Male durfte Senara als seine Partnerin mittanzen. Darüber freute sie sich immer besonders, da sie ständig nach Bewunderung lechzte. Unentwegt mußte man ihr versichern, wie schön, reizvoll und begehrenswert sie sei.
Ich erinnere mich noch gut an jenen Abend, an dem über die sogenannte ›Pulververschwörung‹ diskutiert wurde.
Wenn mein Vater sprach, drang seine dröhnende Stimme bis ans unterste Ende der Tafel, und die meisten Leute unterbrachen ihre Gespräche, um zuzuhören. Zu seiner und Marias Seite saßen die Ehrengäste. Dienstboten wurden bei Tisch nicht mehr geduldet; diesen Brauch hielt man inzwischen für veraltet.
»Guy Fawkes hat nach der Streckfolter ausgepackt«, sagte mein Vater. »Er hat alle Namen seiner Mitverschworenen verraten, und sie werden ihr Leben dafür lassen müssen.«
Senara und ich lauschten mit aufgerissenen Augen. Anscheinend waren ein gewisser William Catesby und seine Komplizen Sir Everard Digby und Francis Tresham die Rädelsführer. Ihnen hatten sich ein Verwandter der berühmten Percys von Northumberland und der ›Glücksritter‹ Guy Fawkes angeschlossen. Tresham schrieb seinem Schwager Lord Monteagle einen Brief, in dem er ihn davor warnte, an einem bestimmten Tag ins Parlament zu gehen. Monteagle zeigte dieses Schreiben Lord Cecil, der daraufhin die dortigen Kellergewölbe durchsuchen ließ, wobei man zwei Oxhoftfässer und große Mengen Schießpulver entdeckte. Dies geschah um zwei Uhr früh. Man nahm Guy Fawkes fest, als

er kam, um das Schießpulver anzuzünden. Erst nach stundenlanger Folter verriet er seine Komplizen. Das Parlament blieb unbeschädigt, und überall im Land sprach man von der wundersamen Entdeckung des Komplotts.
Natürlich richtete sich jetzt die volle Wut des Volkes gegen die Katholiken. Auch an unserem Tisch erregten sich einige über deren Niedertracht. »Nie werden wir hier Papisten dulden!« schrie Squire Horgan, einer unserer Nachbarn, dessen Gesicht vom Wein und auch vom Zorn gerötet war. »Verlaßt euch darauf!«
Meine Stiefmutter lächelte auf ihre geheimnisvolle Weise, und ich überlegte, von wo sie wohl in jener Nacht gekommen war, als meine Mutter sie am Meeresufer gefunden hatte. Ein hochmütiger Zug lag um ihren Mund, als ob sie ihre Tischgenossen verachtete. Es hieß allgemein, daß sie aus Spanien stammte, wo es besonders strenge Katholiken gab ... Aber Hexen hatten sicher eine ganz andere Religion, überlegte ich mir.
Ich ärgerte mich über meine Gedanken. Wie kam ich bloß immer wieder darauf, daß sie eine Hexe war? Übrigens hatte ich sie noch nie in unserer Kapelle gesehen, obwohl Connell, Senara und ich regelmäßig hingingen. Mein Vater war allerdings auch so gut wie nie dort anzutreffen.
Die Pulververschwörung sollte in gewisser Weise Auswirkungen auch auf unsere Familie haben, wie sich schon sehr bald herausstellte. Wir erhielten traurige Kunde aus Lyon Court. Ein Bote berichtete uns, daß mein Großvater gestorben war. Connell und ich sollten nach Lyon Court zur Beerdigung reiten.
Mein Vater erhob keine Einwände. Als Senara von unserer Reise hörte, wollte sie unbedingt mitkommen. Wie so oft zuvor war ich gerührt über ihre tiefe Zuneigung zu mir. Anscheinend fühlte sie sich ohne mich tatsächlich einsam und verlassen.
Wie traurig und still war Lyon Court ohne Captain Pennlyon! Nie mehr würde es so sein wie früher. Er war ein wahrhaft großer Mann gewesen!
Meine Großmutter wirkte auf einmal alt und geradezu eingeschrumpft. Zum ersten Mal sah man ihr die fünfundsechzig Jahre an. Der Tod dreier geliebter Menschen - ihrer Mutter, ihrer Tochter Linnet und nun ihres Mannes - hatte

sie zerbrechlich und verwirrt zurückgelassen. Sie schien sich zu fragen, was sie auf der Erde eigentlich noch zu suchen habe.

Ich hegte die traurige Befürchtung, daß sie ihnen bald folgen würde.

Sogar Connell war niedergeschlagen, denn er war der besondere Liebling unseres Großvaters gewesen. Der alte Mann hatte an Knaben einen Narren gefressen; kein Mädchen bedeutete ihm so viel. Andererseits hatte er ohne leidenschaftliche Beziehungen zu Frauen nicht leben können. Er hatte unzählige Geliebte gehabt, doch nur meine Großmutter wahrhaft geliebt. Sie hatte so gut zu ihm gepaßt, da sie eine kühne Kämpfernatur war - weit mehr als meine Mutter oder ich.

Meine Großmutter führte mich in die Hauskapelle von Lyon Court, wo der Sarg aufgebahrt worden war. Zu beiden Seiten brannten Kerzen.

»Ich kann es einfach nicht fassen, daß er fort ist, Tamsyn. Alles kommt mir so leer vor und so sinnlos.«

Sie erzählte mir, wie er gestorben war. »Wenn die Pulververschwörung nicht gewesen wäre, würde er bestimmt noch leben, Tamsyn. Seine Zornausbrüche konnten furchtbar sein, und er hat nie versucht, sich zu beherrschen. Ich habe ihn oft gewarnt, daß er eines Tages in einem Wutanfall tot umfallen würde. Und so ist es auch gekommen.« Sie schaute den Toten an.

»Natürlich hatte er von dem Komplott gehört. ›Papisten!‹ brüllte er. ›Die Spanier stecken dahinter. Wir haben sie in ehrlichem Kampf besiegt, doch sie kommen durch tückische Schliche zurück. Gott verdamm sie alle!‹ Dann fiel er um und war tot. Letzten Endes haben ihn also die Spanier doch noch umgebracht, Tamsyn.«

Meine Großmutter fand einen gewissen Trost darin, mir von ihm zu erzählen. Sie berichtete mir auch, wie sie sich kennengelernt hatten, wie sie ihn zuerst gehaßt, wie er sie verfolgt und wie viele Abenteuer sie erlebt hatte, bis sie ihn schließlich heiratete.

Am Begräbnistag kam auch Fenn Landor nach Lyon Court. Er war nun knapp sechzehn und glich kaum noch dem Jungen, der mir so vertraut gewesen war. Wir waren keine Kinder mehr.

Mein Großvater wurde in der Familiengrabstätte der Pennlyons beigesetzt. In den Tagen danach ritten Connell, Senara, Fenn und ich öfter gemeinsam aus. Fenn und mir gelang es immer, einander nahe zu sein, und dann erzählte er mir wieder viel von der Handelsgesellschaft, zu der er jetzt auch gehörte. Er wollte später den Platz seines Vaters einnehmen. Noch immer drehten sich viele Gespräche um den verschollenen Seemann.

»Eines Tages werde ich noch herausbringen, was wirklich passiert ist«, sagte er.

Senara war sehr unzufrieden mit mir. »Ständig steckst du mit Fenn Landor zusammen«, beklagte sie sich.

»Warum denn nicht?«

»Ich finde ihn langweilig. Deshalb!«

»Denk, was du willst. Das ändert nichts an meiner Meinung.«

Sie stampfte mit dem Fuß auf. »Wenn ich eine Hexe wäre, würde ich einen Zauberbann über ihn legen.«

»Sag so was ja nicht noch einmal!« erwiderte ich zornig.

»Und doch tät ich's«, sagte sie trotzig, sah mich aber ein bißchen furchtsam an. Gleich darauf umarmte sie mich und lächelte lieb. Niemand konnte so schnell seine Launen wechseln wie Senara. »Du wirst ihn doch nicht mehr mögen als mich, Tamsyn?« sagte sie flehend.

»Als ob ich das könnte!«

Doch ich machte mir so meine Gedanken. Ich hatte Fenn sehr, sehr gern und war traurig, daß ich ihn bald nicht mehr sehen würde.

»Ich werde dich demnächst im Schloß besuchen«, sagte Fenn. »Und danach mußt du zu uns kommen.«

Wir ritten ein ganzes Stück gemeinsam zurück, da Fenn den gleichen Weg hatte wie wir. Trystan Priory lag nur wenige Meilen hinter Schloß Paling.

Meine Großmutter schüttelte zuerst den Kopf, als sie hörte, daß Fenn uns begleiten wollte. Doch dann zuckte sie die Achseln. »Warum eigentlich nicht? Er kann euch beschützen.«

Kurz bevor ich wegritt, nahm sie mich beiseite. »Die zwei Familien haben sich seit dem Tod der ersten Frau deines Vaters nicht mehr getroffen. Das war sehr unnatürlich, solange deine Mutter noch lebte. Schließlich sahen dein Großvater und ich die Landors häufig, da wir ja gemeinsame geschäftliche Interessen hatten. Aber Fenns Großmutter war nicht bereit, jemanden in ihrer Nähe zu dulden, der mit deinem Vater verbunden ist.«

»Warum denn nicht?« fragte ich verwirrt.

»Die erste Frau deines Vaters war Mistress Landors Tochter.«

»Ihre Tochter! Die, von der sie behauptet, daß sie ...«

Sie unterbrach mich, bevor ich den Satz vollenden konnte.

»Mistress Landor war vor Kummer ganz krank und weigerte sich, die Dinge so zu sehen, wie sie wirklich waren. Sie wollte jemandem die Schuld am Tod ihrer Tochter geben, da kam ihr dein Vater natürlich gerade recht. Dabei ist Melanie Landor im Kindbett gestorben.«

»Und dafür macht Mistress Landor meinen Vater verantwortlich?«

»Sie war der Ansicht, daß ihre Tochter viel zu zart war, um Kinder auf die Welt zu bringen. Er hätte sie ihrer Meinung nach schonen sollen.«

»Das kommt mir aber sehr unvernünftig vor.«

»Im Kummer sind die wenigsten Menschen vernünftig, Tamsyn.«

»Mistress Landor machte eine eigenartige Bemerkung über meine Mutter, als ich damals zu ihr ins Zimmer ging, weil sie so schrecklich weinte. Erinnerst du dich, Großmutter?«

»Ja. Damals war kurz zuvor Fenns Vater spurlos verschwunden. Die arme Seele! Ich fürchte, der Schmerz um ihre Kinder hat sie den Verstand gekostet.«

»Was sie über meine Mutter sagte ...«

»Ich mag gar nicht daran denken, Tamsyn. Meine liebste Linnet ... sie war noch so jung.«

»Ihr Herz soll versagt haben ...«

»Warum hat sie mir bloß verschwiegen, daß es ihr nicht gutging? Das größte Versäumnis meines Lebens ist, daß ich nicht bei ihr war, um sie zu pflegen.« Sie hob die Schultern, als wolle sie eine Last abwerfen, und wechselte dann unvermittelt das Thema.

»Der junge Fenn will also mit euch zurückreiten. Vermutlich wird er sogar ein, zwei Nächte bei euch bleiben. Ich bin

sicher, daß dein Vater nichts dagegen hat. Du magst Fenn recht gern, nicht wahr?«
Sie lächelte plötzlich. »Es gab eine Zeit, da dachte ich, Fenns Vater würde deine Mutter heiraten. Fenn ähnelt ihm so sehr, daß ich manchmal fast glauben könnte, Fennimore sei hier und du seist meine kleine Linnet, die ihn so gern mochte.«
»Hättest du dich gefreut, wenn sie diesen Fennimore genommen hätte?«
Sie wandte den Kopf ab und gab keine Antwort. »Linnet wollte deinen Vater haben. Es war letzten Endes ja doch ihre Wahl.«
Auf unserem Heimritt unterhielt ich mich wieder hauptsächlich mit Fenn, der meinen Großvater offen bewunderte. »Er war ein großer Seemann! Aber ich glaube, daß er den Verlust von ›Landors Löwe‹ nie ganz verwunden hat. Es kommt einem ja auch recht merkwürdig vor, wenn ein Schiff spurlos verschwindet, das schon in Küstennähe gesichtet wurde.«
Ich fürchtete, daß Fenn wieder auf seinen Vater zu sprechen käme. Dann würde er traurig. Eigenartigerweise mußte ich ständig daran denken, daß meine Mutter beinahe seinen Vater geheiratet hätte.
Bei diesen Grübeleien war mir ein Gedanke gekommen, der vermutlich schon lange in mir geschlummert hatte . . . Vielleicht würde ich eines Tages Fenn heiraten? Ich errötete vor Vergnügen, als ich mir das ausmalte.
Bestimmt wäre meine Mutter damit völlig einverstanden gewesen. Schließlich hatte sie ja Fenns Vater sehr liebgehabt, und er mußte diesem sehr ähnlich sein. Warum hatte sie wohl statt dessen meinen Vater geheiratet?
Auf diesem Ritt grübelte ich auch über meinen Vater nach. Wahrscheinlich sah ich ihn zum ersten Mal so wie er war. Im Grunde liebte ich ihn nicht. Ich hatte es mir bisher immer eingebildet, weil es als selbstverständliche christliche Pflicht galt, den eigenen Vater zu lieben. Doch ehrlich gesagt war ich viel glücklicher, wenn er nicht da war, und ich ging ihm möglichst viel aus dem Weg. Warum hatte meine Mutter ihn mehr geliebt als Fennimore Landor? Vielleicht hatte mein Vater sie dazu gezwungen. Er ließ andere Menschen nicht frei entscheiden und war hart und grausam. Ich

hatte gesehen, wie Männer ausgepeitscht worden waren, weil sie ihm nicht gehorcht hatten. Im Hof vor dem Meeresturm stand der Schandpfahl. Alle Dienstboten lebten in Angst und Schrecken vor meinem Vater.

Was würde Fenn wohl von ihm halten, Fenn, der gut und freundlich war? Bestimmt würde er als Vater nie eines seiner Kinder offen bevorzugen, selbst wenn er es insgeheim lieber mochte. In gewisser Weise konnte ich aber auch froh sein, daß sich mein Vater nicht um mich kümmerte. Connell, sein erklärter Liebling, mußte viele Prügel einstecken, wenn er sein Mißfallen erregte. Ich bekam keine Schläge, da ich ihm weder gefiel noch mißfiel.

Mein Vater und meine Stiefmutter begrüßten unseren Gast. Ich sah, wie mein Vater den Mund verzog, als er Fenn betrachtete. Das bedeutete, daß er nicht viel von ihm hielt.

Meine Stiefmutter lächelte Fenn huldreich zu, und selbst Fenn schien von ihr geradezu überwältigt. Ich versuchte, sie ganz unvoreingenommen zu sehen. Ein ganz besonderer Glanz schien in ihren Augen, ihrem Lächeln zu liegen . . .

»Willkommen auf Schloß Paling«, sagte sie. »Wie reizend von Euch, einen Umweg zu machen, um meine Töchter auf ihrer Heimreise zu beschützen.«

Fenn stammelte, daß es ihm ein Vergnügen gewesen sei. Der Umweg sei nicht der Rede wert.

»Es ist lange her, daß wir einen Landor hier bei uns zu Gast hatten«, mischte sich nun mein Vater ein. Ich beobachtete ihn mit einer gewissen Besorgnis. Fenn schien vor meinem Vater Angst zu haben, und in mir regte sich wieder jener Beschützerinstinkt, der meine Mutter immer so gerührt hatte.

Hoffentlich machte mein Vater sich nicht über ihn lustig! Vermutlich würde es ihm diebisches Vergnügen bereiten, Fenn über die Ostindische Gesellschaft auszufragen und sich dann sehr abfällig und verachtungsvoll darüber zu äußern.

Mein Vater herrschte einen Diener an, er solle ein Zimmer für unseren Gast herrichten lassen und Wein bringen, damit wir einen Willkommensschluck nehmen könnten.

Beim Wein sprachen wir über den Tod von Captain Pennlyon. »Er war ein großer Seemann und dazu einer von den

alten Freibeutern«, sagte mein Vater. »Ich hätte gern so viele Goldstücke, wie er Spanier getötet hat.«
»Es war eine grausame Welt, in der er lebte«, sagte Fenn.
»Hat sie sich denn geändert, junger Mann? Ob die Männer nun Handel treiben oder Kriege führen, sie sind doch stets hinter Beute her. Blut und Beute gehören immer zusammen.«
»*Wir* versuchen friedlich Handel zu treiben.«
Mein Vater lachte in sich hinein. »Nun, das ist ja ein edler Vorsatz.«
Ich war sehr froh, als ein Diener kam und mitteilte, daß das Zimmer für den Gast bereitstehe.
»Es ist einer unserer besten Räume«, sagte mein Vater. »Vielleicht wird eine törichte Dienerin Euch gegenüber behaupten, daß es darin spukt. Aber das wird Euch doch sicher nicht stören.«
Fenn lachte. »In einem Schloß wie diesem muß es ja spuken.«
»Ja, ja, überall gibt's Gespenster. Auf den Treppen, in den Gängen und Winkeln. Dieses Schloß ist ein Spukgemäuer. Hier sind üble Dinge geschehen, und es heißt ja, daß das Spuren hinterläßt.«
»Oh, das macht mir nichts aus, Sir.«
»Ich wußte es ja, daß Ihr mutig seid. Euer Beruf erfordert es geradezu. Allerdings habe ich mir sagen lassen, daß Seeleute die abergläubischsten Burschen auf der Welt sind. Stimmt das?«
»Wenn sie zur See fahren, stimmt es. Schließlich gibt es so viele schreckliche Dinge, die mit einem Schiff geschehen können. Doch an Land sind sie im allgemeinen alles andere als furchtsam.«
Colum nickte. »Eine Magd wird Euch zu Eurem Zimmer bringen. Ihr habt noch eine Stunde Zeit bis zum Abendessen.«
Ich wußte genau, daß sie ihn in das Rote Zimmer brachte.
Das Abendessen verlief in heiterer Stimmung. Mein Vater war guter Laune, und meine Stiefmutter ließ all ihre Reize spielen, um Fenn zu gefallen. Zu meinem Mißvergnügen gelang ihr dies auch. Sie sang ein Lied - vermutlich ein spanisches -, in dem tiefe Leidenschaft mitschwang. Mein Vater beobachtete sie mit einem Gesichtsausdruck, als sei er

behext. Bestimmt vermochte sich keiner der anwesenden Männer ihrem Zauber völlig zu entziehen.
Ich konnte nachts kaum schlafen, da ich dauernd an Fenn und die Andeutungen meiner Großmutter denken mußte. Inzwischen war ich mir sicher, daß ich Fenn liebte und heiraten wollte.
Ich sah nun alles mit jener neuen Klarheit, die ich auf meinem Heimritt von Lyon Court gewonnen hatte. Mein Zuhause war wirklich äußerst merkwürdig. Mein Vater wurde von seiner Schwiegermutter beschuldigt, den Tod seiner ersten Frau verursacht zu haben. Seine zweite Frau war auf ungeklärte Weise gestorben, und seine dritte galt als Hexe. Außerdem gingen in unserem Schloß nachts oft merkwürdige Dinge vor sich. Häufig gab es ein Kommen und Gehen, dessen Zweck ich nicht kannte. Ich war damit aufgewachsen und hatte mich daran gewöhnt, doch jetzt wollte ich die Augen nicht mehr davor verschließen.
»Tamsyn, bist du noch wach?« Senaras Stimme ließ mich aus meinen Gedanken hochfahren. Wir teilten wie bisher ein Zimmer. Natürlich hätten wir beide ein eigenes Zimmer haben können, doch Senara war dagegen. Sie mochte es zu gern, wenn sie nachts mit mir plaudern konnte. Unser Zimmer glich den anderen, bis auf eine Besonderheit: Einer unserer Vorfahren hatte nach französischem Vorbild einen Alkoven einbauen lassen, der mit einem schweren roten Vorhang vom übrigen Raum abgetrennt werden konnte. Senara hatte es schon immer großen Spaß gemacht, sich dahinter zu verstecken und mich durch ihr plötzliches Auftauchen zu erschrecken.
»Ja, ich bin wach«, erwiderte ich.
»Du denkst bestimmt wieder an ihn«, sagte sie anklagend.
»Wen meinst du denn?« fragte ich zurück, obwohl ich genau wußte, auf wen sie anspielte.
»Fenn Landor. Du magst ihn viel zu sehr, Tamsyn.«
Ich schwieg.
Sie setzte sich zu mir auf die Bettkante. »Tamsyn, niemand wird dich mir wegnehmen. Niemand!« Ihre Stimme klang unerwartet ernst.
»Bestimmt nicht«, versicherte ich ihr. »Du und ich, wir werden immer wie Schwestern sein.«
»Ich werde jeden hassen, den du mehr als mich magst.«

»Mach dir keine Sorgen, Senara. Geh jetzt wieder ins Bett, sonst erkältest du dich noch.«
»Vergiß es nie!« sagte sie.

Als ich Fenn am nächsten Tag auf dem Schloßgelände herumführte, kamen wir auch zu der Grabstätte in der Nähe der alten normannischen Kapelle. Ich zeigte ihm das Grab meiner Mutter und die beiden anderen Gräber, die etwas abseits der übrigen lagen.
»Ach, dies ist das Grab meiner Tante«, sagte er und kniete nieder. »Meine Tante und deine Mutter liegen hier also nebeneinander. Wer ist denn in dem dritten Grab beerdigt?«
»Ein Seemann, der an unsere Küste geschwemmt wurde. Wir haben ihn hier begraben.«
»Wer das wohl war?« sagte Fenn nachdenklich.
»Ich wüßte es zu gern. Bestimmt hat er Hinterbliebene.«
»Es gibt viele Seeleute, die in Gräbern liegen, die ihre Angehörigen nicht kennen«, sagte Fenn traurig.
»Denkst du noch oft an deinen Vater?«
»Es ist zwar schon sechs Jahre her, daß wir ihn verloren haben, aber ich kann mich noch ganz deutlich an ihn erinnern. Wenn du ihn gekannt hättest, würdest du mich verstehen. Er war ein guter und gerechter Mann in einer Welt, die ganz und gar nicht gut und gerecht ist. Das machte ihn so außergewöhnlich. Meine Mutter behauptete immer, daß er in einer falschen Zeit lebte, weil er in eine Welt gehört hätte, in der die Menschen weiser und gütiger sind.«
»Wie schön, wenn eine Frau so von ihrem Mann spricht.«
»Ja. Er war obendrein noch ein guter Ehemann.« Fenn ballte plötzlich die Fäuste. »Ich weiß, daß ich eines Tages herausfinden werde, was ihm zugestoßen ist.«
Wir schwiegen eine Weile. »Würdest du etwas für mich tun, Tamsyn?« fragte er dann leise. Ich nickte.
»Pflanz doch bitte auch auf das Grab dieses unbekannten Seemanns einen Rosmarinstrauch. Das ist dann so, als ob du es für meinen Vater tätest.«
»Von Herzen gern, Fenn.«
Er stand auf und ergriff meine Hände. Dann küßte er mich auf die Stirn.
Ich war unendlich glücklich. Dieser Kuß neben dem Grab meiner Mutter und dem des fremden Seefahrers war wie

ein Gelöbnis. Ich wußte ganz genau, daß ich Fenn liebte. Hoffentlich liebte auch er mich! Hoffentlich ...

Fenn wartete mit seiner Abreise am nächsten Tag, bis ich den Rosmarinstrauch gepflanzt hatte. Er schien sich sehr darüber zu freuen.
»Du bist ein Mädchen, das sein Versprechen hält«, sagte er beim Abschied und versicherte mir noch, daß ich bald zu ihm nach Hause eingeladen würde.
Ich stieg zu den Zinnen hinauf, um ihm möglichst lange nachschauen zu können. Gleich darauf stellte sich Senara neben mich.
»Du bist schrecklich verliebt in ihn«, sagte sie.
»Ich mag ihn gern«, gab ich bereitwillig zu.
»Du zeigst es viel zu sehr. Das ist nicht gut. Du solltest dich abweisend verhalten, während er ganz verrückt nach dir sein müßte. Trotzdem wird er sicher bald um deine Hand anhalten, Tamsyn. Dann ziehst du zu ihm, und ich werde dich nicht wiedersehen.«
»Was für ein Unsinn!«
»Du wirst mich hier zurücklassen, und das gefällt mir gar nicht«, klagte Senara.
»Falls ich je heiraten sollte, kommst du mit ...«
Senara zog ein mißmutiges Gesicht und schüttelte den Kopf. Dann blitzte es plötzlich boshaft in ihren Augen auf.
»Vielleicht mache ich ein Abbild von ihm und stecke Nadeln hinein. Wenn ich sie in sein Herz steche, wird er sterben. Und niemand würde je wissen, wie er ums Leben gekommen ist ... außer mir.«
»Senara, ich kann es nicht leiden, wenn du solches Zeug redest.«
»Kühe, Schafe ... und auch Menschen sterben ganz plötzlich. Niemand weiß, wieso. Es gibt keinen Hinweis ... aber es liegt am bösen Blick, glaub mir! Was ist, wenn ich deinen kostbaren Geliebten auf diese Weise aus dem Weg räume?«
»Das würdest du nie fertigbringen ... selbst wenn er mein Liebster wäre, und das ist er nicht. Er ist nur ein guter Freund. Ich bitte dich herzlich, keine solchen Sachen zu äußern. Es ist gefährlich. Die Leute könnten es hören und ernst nehmen. Du mußt besser aufpassen.«

Sie streckte mir die Zunge heraus und lachte.
»Du bist kein Kind mehr, Senara. Benimm dich vernünftig!«
»Ich bin sogar mehr als vernünftig. Alle behaupten, meine Mutter sei eine Hexe. Nun gut, dann bin ich eben auch eine! Niemand weiß, woher wir gekommen sind. Woher willst du wissen, wer mein Vater ist?«
»Senara, du bringst dich mit solchem Geschwätz ins Unglück. Deine Mutter war die einzige Überlebende eines Schiffbruchs und stand kurz vor der Niederkunft. Dann wurdest du geboren. Es ist alles höchst einfach.«
»Glaubst du das wirklich, Tamsyn?«
»Ja.«
»Du glaubst immer das, was du glauben willst. Alles ist gut und schön, wenn man dich reden hört. Andere Leute sind nicht der Meinung. Übrigens ... denk bloß nicht, daß du die einzige bist, die einen Verehrer hat!«
»Was meinst du damit?«
Sie lachte hellauf. »Ach, das würdest du wohl gerne wissen, was?«

Ich fand es schon bald heraus. Mir wurde plötzlich deutlich bewußt, daß Senara den unerklärlichen Zauber ihrer Mutter geerbt hatte. Sie wurde von Tag zu Tag schöner. Ihre Gestalt war bereits die einer jungen Frau, in den sehnsüchtigen dunklen Augen glaubte man ein kostbares Geheimnis zu entdecken. Wenn sie mit Dickon tanzte, war sie von solcher Anmut, daß man sie immerfort ansehen mußte.
Dickon schien Senara anzubeten. Wenn er zur Laute selbstkomponierte Lieder sang, handelten sie eigentlich immer von zauberhaften dunkeläugigen Mädchen, die ihn verhexten und quälten.
Verzauberung! Verhexung! Diese Worte tauchten immer wieder in seinen Gesängen auf.
Eines Tages überraschte Maria ihre Tochter in den Armen Dickons. Senara erzählte es mir voll Aufregung, halb furchtsam, halb triumphierend.
»Dickon will immer mit mir schlafen«, sagte sie. »Wir sind beide leidenschaftliche Naturen. Du würdest so etwas natürlich nicht verstehen, weil du viel zu ruhig und langweilig bist. Oh, ich liebe Dickon! Er ist wunderschön, findest

du nicht auch? Wenn wir zusammen tanzen, möchte ich am liebsten in seinen Armen dahinschmelzen. Ich bin bereit, ihm alles zu gewähren, was er von mir fordert, Tamsyn.«

»Du würdest dich da auf eine gefährliche Sache einlassen«, erwiderte ich bestürzt.

»Gefährlich? Natürlich ist es gefährlich! Deshalb ist es ja auch so aufregend. Wenn ich zur Musikstunde gehe, ziehe ich mich immer ganz besonders hübsch an und lasse mir von Merry die Haare kräuseln. Merry hat ihren Spaß daran. Sie weiß über alles Bescheid.«

Merry war eine Dienerin, die zu unserer persönlichen Verfügung stand. Sie kümmerte sich um unsere Kleider, frisierte uns und entsprach in allem der Zofe einer echten Lady. Merry, die nur etwas älter als ich war, liebte Jan Leward, einen der Diener. Sie hatte uns anvertraut, daß sie und er bald heiraten wollten. Senara horchte sie immer aus, um alle Einzelheiten der Liebesaffäre mit Jan Leward zu erfahren.

»Senara, bitte, nimm dich in acht!« bat ich sie, als sie mir ihre Gefühle für Dickon schilderte.

»In acht nehmen? Das überlasse ich lieber anderen. Es ist langweilig, und langweilige Dinge hasse ich am meisten. Nein, ich bin mutig und leichtsinnig. So gedenke ich mein Leben zu führen, Tamsyn. Ich finde, daß Dickon sehr anziehend ist, viel anziehender als dein Fenn Landor.«

Dann berichtete sie mir, wie ihre Mutter sie überrascht hatte. »Die Tür zum Musikzimmer ging auf, und meine Mutter stand vor uns. Wir saßen gerade am Tisch. Die Laute hatten wir beiseite gelegt, und Dickon umarmte mich leidenschaftlich. Wir küßten uns, doch plötzlich spürten wir beide, daß wir nicht mehr allein waren. Du weißt, Tamsyn, wie lautlos meine Mutter ein Zimmer betreten kann. Sie schaute uns stumm an. Dickon fing an zu zittern. Dann trat sie zu uns an den Tisch, und wir standen beide auf . . . Dickon mit hochrotem Gesicht. Er hat ja eine so wunderschöne helle Haut . . . Dann nahm meine Mutter die Laute und drückte sie mir in die Hand. ›Spiel ein Liebeslied, ein trauriges Liebeslied!‹ forderte sie mich auf. Als ich die Laute stimmte, sprach sie weiter: ›Spiel das Lied ‚Meine Liebe ist vergangen, ew'ge Trauer mein Los'.‹ Ich spielte und sang,

und sie hörte mit unbewegter Miene zu. Gleich darauf stand sie auf und ging wieder hinaus. Wir wissen nicht, was sie vorhat, Tamsyn.«
Es sollte sich sehr rasch herausstellen: Dickon kam nie wieder ins Musikzimmer. Maria hatte ihn weggeschickt.
Senara war bald zornig, bald zu Tode betrübt. Sie weinte nachts viel und sprach ständig über Dickon. Ich hatte ihre Zuneigung für ihn als eher oberflächlich eingeschätzt, aber das war ein Irrtum gewesen. Obwohl die Monate vergingen, beklagte sie weiterhin voll Trauer und Bitterkeit ihren Verlust.

Senara veränderte sich nach diesem Zwischenfall. Sie versuchte ständig, mir eins auszuwischen. Ich glaube, daß eine ihrer Eigenschaften Neid war . . . ganz besonders, wenn es mich betraf. Die Bewunderung, die ihr von Dickon so reichlich zuteil geworden war, hatte ihr Wesen weicher und freundlicher gestimmt. Doch nun fehlte ihr diese Bestätigung.
Zum erstenmal vertraute sie einem anderen Menschen - Merry - mehr an als mir, da ich ja ›meinen‹ Fenn Landor hatte. Sie sprach von ihm und mir, als seien wir schon verlobt.
Mir gefiel der Gedanke so gut, Fenns Verlobte zu sein, daß ich Senara nicht besonders entschieden widersprach.
Meine Stiefmutter war durch Senaras Tändelei mit dem Musiklehrer Dickon anscheinend doch ziemlich beunruhigt worden. Sie kündigte jedenfalls an, daß wir nun alt genug seien, um in der Gesellschaft zu verkehren. Sie wollte die vornehmsten Familien der Gegend einladen, die heiratsfähige Söhne und Töchter hatten.
Mein Vater stimmte zu, wie er es eigentlich immer tat, wenn seine Frau einen Vorschlag machte. Nie hatte ich einen offenen Konflikt zwischen den beiden bemerkt. Im Grunde hielt ich eine Ehe wie die meiner Großeltern, in denen gelegentlich gezankt wurde, für weitaus natürlicher als diese scheinbare Ruhe und Eintracht.
»Der junge Mann, der dich von deiner Großmutter heimgebracht hat, war sehr angenehm«, sagte meine Stiefmutter zu mir. »Soviel ich weiß, hat er auch eine Schwester. Was hältst du davon, wenn ich beide zu uns einlade?«

Ich war natürlich begeistert. In den nächsten Tagen hatte unsere Näherin alle Hände voll zu tun, um schöne Kleider für uns anzufertigen. Wenn ein neuer Herrscher den Thron bestieg, schien sich auch immer die Mode zu wandeln. Selbst bis zu uns auf dem Lande war die Kunde von den Reifröcken gedrungen, die sich unter dem knappen Mieder weit bauschten. Unter weiten, herabhängenden Ärmeln kamen enge Ärmel zum Vorschein. Die Röcke waren vorne geteilt und ließen gestreifte Unterröcke sehen, die meist viel kostbarer waren als das Kleid selbst. Statt der Halskrausen trug man jetzt hohe, steife Spitzenkragen, die den Hals freiließen. Im Nähzimmer sah es wie in einem Stoffladen aus; es gab Taft, Damast, Seide, Samt und ein Gemisch aus Seide und einem etwas dickeren Gewebe, das Leinendrell hieß, und außerdem noch Trippsamt.
Das Nähzimmer legte Zeugnis dafür ab, daß es im Schloß drei heiratsfähige junge Menschen gab und wohl bald Hochzeiten stattfinden würden. Es war erstaunlich, wie fröhlich das jedermann machte.
Merry, die sehr lebhaft und ganz besonders hübsch war, erzählte viel von ihrem Jan. Eines Tages trug sie einen Ring am Finger.
»Diesen Ring hat mir Jan als Unterpfand gegeben«, erklärte sie uns stolz.
Ihre Freude war jedoch nur von kurzer Dauer, denn Jan hatte den Reif anscheinend aus der Schatzkammer meines Vaters entwendet. Es gab große Aufregung im Schloß, als der Diebstahl entdeckt wurde.
Merry weinte, als ihr das Schmuckstück wieder weggenommen wurde. Doch noch größer war ihr Kummer, als Jan am Schandpfahl im Hof zehn Peitschenhiebe erhielt.
»Darüber wird er sein Leben lang nicht hinwegkommen«, schluchzte Merry. »Jan ist so stolz! Er hat den Ring doch nur genommen, um ihn mir zu schenken.«
Senaras Augen blitzten zornig.
»Fluch denen, die Jan schlagen«, rief sie aus. »Ihre Arme mögen abfallen und . . .«
Ich brachte sie zum Schweigen. »Derjenige, der Jan auspeitschte, handelte auf Befehl. Bitte, sag keine solche Sachen, Senara!«
»Aber ich meine jedes Wort ernst«, rief sie empört.

Ich wußte genau, wer die Bestrafung angeordnet hatte. Es war mein Vater.
Senara bereitete eine Salbe, die wir Jan in den Meeresturm bringen ließen. »Dann weiß er, daß wir an ihn denken«, sagte sie. »Außerdem wird sie seinem Rücken guttun.«
Nach diesem Vorfall schien wieder Melancholie ins Schloß einzukehren. Bald darauf erhielt ich einen Brief von meiner Großmutter, die sich sehr freute, daß Fenn und seine Schwester uns besuchen würden.
Sie schrieb:

»Leider hätte es zu diesem Besuch wohl nie zu Lebzeiten der alten Mrs. Landor kommen können. Nun ist die arme Seele zur Ruhe gebettet, und ich hoffe, daß damit die Feindschaft zwischen den beiden Familien ein Ende hat. Ich kann mir vorstellen, wie gespannt Du darauf bist, Fenn wiederzusehen. Seine Schwester Melanie ist ein liebenswertes, reizendes Mädchen.
Liebste Tamsyn, natürlich würde ich Euch gern Gesellschaft leisten, aber die lange Reise wäre wohl zu anstrengend für mich. Hoffentlich kommst Du mich bald besuchen. In letzter Zeit ist es mir nicht gutgegangen. Edwina leistet mir jetzt häufig Gesellschaft. Schreib mir bitte ausführlich über Fenns Besuch . . .«

Im Hochsommer trafen Fenn, seine Schwester Melanie, seine Mutter und einige Bedienstete bei uns ein. Sie wollten eine Woche im Schloß bleiben, und meine Stiefmutter hatte alles ausgezeichnet vorbereitet. Offensichtlich hatte sie eine Vorliebe für die Familie Landor entwickelt. Ich wußte natürlich genau, daß der Grund dafür in deren großem Reichtum lag. Ihnen gehörten weite Ländereien um Trystan Priory, und auch der Seehandel hatte sich nach anfänglichen Geldeinbußen als sehr gewinnbringend erwiesen.
Fenn und Melanie wurden von meiner Stiefmutter aufs herzlichste willkommen geheißen, und auch mein Vater zeigte sich von seiner freundlichsten Seite. Fenns Augen leuchteten auf, als er mich sah, und das erfüllte mich mit tiefem Glück. Er war ein so offener und ehrlicher Mensch, daß er wohl nie seine Gefühle verbergen konnte, selbst

wenn er sich noch so große Mühe gegeben hätte. Melanie sah ihm sehr ähnlich, und seine Mutter wirkte auf mich wie eine vollendete Lady.
Fenn wurde wieder im Roten Zimmer einquartiert, Melanie und ihre Mutter bekamen ein Zimmer daneben.
Das Abendessen wurde in einem der kleineren Räume eingenommen, damit wir uns ungezwungen unterhalten konnten, bevor die anderen Gäste eintrafen. Das Gespräch drehte sich um Politik, aber auch um die Handelsgesellschaft, von der Fenn mit Begeisterung sprach.
Senara und ich konnten nachts vor Aufregung nicht schlafen und plauderten stundenlang über unsere Gäste.
»Was für milde, sanfte Leute diese Landors sind«, meinte Senara erstaunt. »Sie sehen aus, als könnte nichts sie erschüttern. Am liebsten würde ich ihr Schlafzimmer in Brand stecken. Diese Melanie würde sich vermutlich im Bett aufsetzen und sagen: ›Seltsam, ich glaube, das Zimmer brennt.‹ Dann würde sie ruhig hinausgehen, als ob nichts geschehen sei. Soll ich ein kleines Feuer legen, um herauszukriegen, ob ich recht habe, Tamsyn?«
»Was für ein verrückter Einfall! Du denkst dir wirklich die merkwürdigsten Sachen aus.«
»Eines Tages werde ich sie bestimmt in die Tat umsetzen.«
»Hör auf, Senara! Du weißt doch, daß ich dieses Gerede nicht leiden kann.«
»Warum soll ich mich darum kümmern, was du magst oder nicht magst? Ich jedenfalls hasse es, wenn du diesen Fenn anschaust, als sei er Sir Lancelot oder ein anderer jener berühmten Ritter, die unwiderstehlich auf Frauen wirken.«
»Du scheinst ja sehr eifersüchtig zu sein.«
»Jeder Mensch, der etwas für einen anderen fühlt, ist eifersüchtig. Nur du und diese komischen Landors sind anders. Sie sind so ruhig, weil sie nichts fühlen. Gar nichts! Ihr seid alle keine richtigen Menschen, sondern Strohpuppen.«
Ich brachte sie noch mehr in Wut, weil ich sie einfach auslachte.
»Glaub bloß nicht, daß du die einzige bist, die verliebt ist!« Ihre Stimme klang wie unterdrücktes Schluchzen. »Was Dickon wohl macht?«
»Vermutlich hat er eine neue Stelle als Lehrer gefunden und bringt einem hübschen Mädchen Tanzen und Singen bei.

Er sieht ihr tief in die Augen und komponiert Lieder für sie.«
»Sprich nicht so«, rief Senara mit Tränen in den Augen.
»Tut mir leid. Magst du ihn denn immer noch so gern?«
»Ach woher! Aber ich will nicht, daß du dich über ihn lustig machst.« Sie wechselte schnell das Thema. »Diese Melanie wird bald ganz bei uns leben. Sie haben sie für Connell vorgesehen.«
»Was sagst du da?«
»Merry hat ein Gespräch belauscht. Es ist schon alles so gut wie abgemacht. Die beiden müssen einander bloß noch mögen. Bei Connell gibt es sicher keine Schwierigkeiten. Er tut, was sein Vater will. Solange er nur mit den Mägden herumschäkern kann, ist er bereit, jede Frau zu heiraten.«
»Wie kommst du bloß auf solche Gedanken?«
»Ich halte meine Augen eben offen, und die Dienstboten erzählen mir außerdem viel mehr als dir. Du bist viel zu ehrbar und ernst.«
»Connell und Melanie . . .«, sagte ich nachdenklich.
»Tu doch nicht so erstaunt! Es ist schließlich Zeit, daß Connell heiratet . . . schließlich soll er ja Söhne in die Welt setzen, damit das Geschlecht nicht ausstirbt. Connell wird sehr reich sein, wenn er das Schloß und alles übrige erbt . . . Und Melanie bekommt sicher eine stattliche Mitgift.«
»Ich glaube, Connell könnte keine bessere Frau finden.«
»Das sieht dir ähnlich. Aber wie steht's mit Connell? Er wird nicht viel Vergnügen an ihr haben, darauf möchte ich wetten. Aber Mägde zeigen sich immer recht willig, wenn es um den Schloßherrn geht, und das wird Connell ja irgendwann einmal sein.«
»Du hast ein viel zu loses Mundwerk, Senara!«
»Soll ich etwa meine Gedanken verbergen, wie du es tust? Aber ich kenne dich, Tamsyn Casvellyn. Ich lese in dir wie in einem Buch. Doch selbst wenn du nicht so leicht durchschaubar wärst, hätte ich so meine Mittel . . .«
Ich mußte laut lachen. »Oh, da spricht die Tochter einer Hexe!«
»Man sollte eine Hexe nie unterschätzen, Tamsyn!«
»Wie oft muß ich dich noch davor warnen, dich als eine Hexe zu bezeichnen? Es wird immer gefährlicher, so zu reden.«

»Wir sind hier doch ganz unter uns, Tamsyn. Du würdest mich ja schließlich nicht verraten, oder? Wir sind Schwestern ... erinnerst du dich noch daran, wie ich dich gebeten habe, dein Handgelenk aufzuritzen, damit wir unser Blut vermischen? Wir haben uns damals geschworen, der anderen immer zu helfen, wenn sie in Gefahr ist.«

»Oh, ich erinnere mich gut. Du hast schon immer eine besondere Vorliebe für dramatische Gesten gehabt.«

»Natürlich! Das kommt daher, daß ich eine Hexe bin.«

»Nicht so laut ...«

Senara lachte spöttisch. »Denkst du, die Hexenjäger sitzen hier irgendwo im Schrank und belauern mich? Meinst du, sie springen heraus und suchen meinen Körper nach Hexenmalen ab?«

»Schlaf doch endlich!«

»Ich kann nicht, weil ich dauernd an die Zukunft denken muß. Melanie wird hierherziehen, und du verläßt uns. Sie wollen euch einfach auswechseln. Du sollst als die Braut des ehrenwerten Fenn in Trystan Priory leben, und Melanie wird hier deinen Platz einnehmen. Aber das lasse ich nicht zu! Du bist meine Blutschwester. Wohin du gehst, da will ich auch hingehen.«

»Natürlich könnte ich dich mitnehmen.«

»Aha, du hast dich also schon fest entschlossen wegzugehen! Ich dulde nicht, daß du zu deinem Geliebten übersiedelst. Entweder bekomme ich auch einen Liebhaber, oder du bleibst hier. Vielleicht nehme ich dir auch deinen Fenn weg und gehe selbst als Braut nach Trystan Priory. Dann kannst du mich dorthin begleiten. Nun, wie denkst du darüber?«

»Solch einen Unsinn habe ich noch nie im Leben gehört. Ich will jetzt endlich schlafen. Mach, was du willst!«

»Tamsyn«, jammerte sie flehend, doch ich gab ihr keine Antwort. Mir ging der Gedanke an eine mögliche Hochzeit Connells mit Melanie nicht aus dem Kopf. Ich glaubte leider ganz und gar nicht, daß sie mit ihm glücklich werden würde ...

Am nächsten Morgen fragte mich Fenn, ob ich mit ihm ausreiten wolle. Ich stimmte begeistert zu und überlegte mit Herzklopfen, ob er mich auf dem Ritt bitten würde, seine Frau zu werden.

Bevor wir zu den Stallungen gingen, besuchten wir noch die Grabstätte. Der Rosmarinstrauch gedieh prächtig.
»Siehst du, wie er vom Grab meiner Mutter zu dem des unbekannten Seemanns hinüberwächst?« sagte ich.
»Bald werden die beiden Büsche eins sein.« Fenn nahm meine beiden Hände. »Dank dir, daß du dich auch um das Grab dieses Unbekannten kümmerst, Tamsyn. Du hältst mich sicher für wunderlich, aber in gewisser Weise ist dies hier ein Ersatz für die Stelle, an der mein Vater liegt.«
»Ich verstehe dich sehr gut. Du kannst ganz sicher sein, daß ich das Grab nicht vernachlässige.«
Er schaute mir tief in die Augen, und ich dachte, daß nun der große Augenblick da sei. Doch dann hörte ich Senara meinen Namen rufen. Sie blieb in einiger Entfernung von uns stehen. Ihr samtenes Reitkleid und der breitrandige Hut mit Feder standen ihr ausgezeichnet. Sie schien täglich schöner zu werden und ihrer Mutter mehr zu gleichen. Die geheimnisvolle Fremdartigkeit Marias fehlte ihr allerdings. Dafür ging von ihr eine heitere Lebenskraft aus, und dadurch wirkte sie menschlicher als ihre Mutter. Sie musterte uns mit spöttischem Lächeln.
»Oh, wie ich sehe, wollt ihr auch ausreiten. Warum machen wir nicht alle gemeinsam einen kleinen Ausflug.«

Andere Gäste trafen ein. Mein Vater ging mit einer Jagdgesellschaft ein paar Meilen landeinwärts auf Rotwildjagd. Auch Fenn schloß sich an. Sie blieben zwei volle Tage weg. Übernachtet wurde in einer Jagdhütte, die einem Freund meines Vaters gehörte.
In diesen zwei Tagen lernte ich Melanie und ihre Mutter besser kennen. Ich fühlte mich sehr zu Melanie hingezogen, während Senara sie abfällig als geistlos bezeichnete.
Als die Männer zurückkamen, brachten sie reiche Jagdbeute mit. Das Wild sollte bei der großen Tafelei vor der Abreise der Landors auf den Tisch kommen.
Am Nachmittag ritten Connell und Melanie zusammen aus. Senara schien fest entschlossen, mich nicht mit Fenn allein zu lassen. Ich konnte mich eines Lächelns nicht erwehren, da ich sicher war, daß Fenn sich von keinem Menschen davon abhalten lassen würde, etwas durchzuführen, das er sich vorgenommen hatte. War es nun tiefe Zunei-

gung zu mir, die Senaras Handeln bestimmte? Oder wollte sie mir nicht gönnen, was sie nicht haben konnte?
Unter angeregtem Geplauder kleideten wir uns für das Festbankett an. Senara trug ein rotes Seidengewand mit besticktem Damastunterkleid, das unter dem geteilten Rock sichtbar wurde. Das Mieder war mit goldenen Bändern geschnürt, und die dunklen Locken schmückte ein juwelenbesetzter Kopfputz, den sie von ihrer Mutter bekommen hatte. Als Senara fertig angezogen war, musterte sie mich eingehend mit schiefgelegtem Kopf. »Du siehst in dem blauen Samtkleid sehr hübsch aus«, meinte sie. »Wen von uns beiden findest du schöner, Merry?« fragte sie unsere Zofe.
Merry machte ein betretenes Gesicht. »Stellt mir bitte keine solchen Fragen, Mistress Senara.«
»Du bringst die arme Merry in Verlegenheit«, sagte ich. »Du weißt ganz genau, daß du die Schönere bist. Warum willst du Merry dazu zwingen, es dir zu bestätigen?«
»Es ist immer gut, die Wahrheit auszusprechen«, erwiderte Senara geziert.
Es wurde ein großartiges Fest. Würziger Duft nach gebratenem Fleisch durchzog die Gänge, die große Tafel in der Halle war mit allerlei Gerichten reich beladen. Es gab viele Arten Fleisch und natürlich all jene Pasteten und Backwaren, die gerade in unserer Gegend besonders beliebt waren. Vor dem Mahl wurde schon ausgiebig dem traditionellen Abschiedstrunk zugesprochen, so daß die ganze Gesellschaft bereits etwas angeheitert und bester Dinge war, als man sich zu Tisch setzte.
Als nach dem Essen die Musikanten ihre Instrumente stimmten, erhob sich mein Vater und sagte, daß er etwas anzukündigen habe, das ihm große Freude bereite.
»Meine Freunde, ihr feiert heute das Verlöbnis meines Sohnes Connell mit Melanie Landor, deren Mutter und Bruder ebenfalls meine Gäste sind. Leider kann ihr Vater nicht auch bei uns sein, doch ich verspreche, daß ich mich nach Kräften bemühen werde, ihn ihr zu ersetzen.«
Becher und Gläser wurden aufs neue gefüllt, Trinksprüche ausgebracht, und Connell und Melanie stellten sich neben meinen Vater und hielten sich nach altem Brauch bei den Händen.

Ich konnte Fenn ansehen, daß er sehr zufrieden war. Anscheinend schien jeder diese Verbindung für ausgesprochen passend zu halten.
Dann rief mein Vater den Musikanten zu, sie sollten aufspielen, und eröffnete mit Melanie den Tanz. Connell forderte Melanies Mutter auf, und Fenn wählte mich zur Partnerin. Einige Gäste schlossen sich uns an, während andere am Tisch sitzen blieben und uns nur zusahen.
»Du freust dich über die Verlobung deiner Schwester?« fragte ich Fenn lächelnd.
»Ja. Ich bin froh, daß unsere Familien nun miteinander verwandt werden. Leider hat es ja in der Vergangenheit einen Bruch zwischen uns gegeben. Es war nicht recht von meiner Großmutter, daß sie deinem Vater die Schuld am Tod meiner Tante Melanie gegeben hat. Doch das liegt nun alles hinter uns. Von jetzt an wollen wir in Freundschaft leben.«
Ich war sehr glücklich, als ich mit Fenn tanzte. Bestimmt würden unsere Familien nicht nur durch diese eine Ehe miteinander verbunden sein, dachte ich und lächelte.
Doch plötzlich drangen durch das Stimmengewirr und die Musik gellende Schreie. Wir hörten zu tanzen auf, und auch die Musik schwieg. »Was hat das zu bedeuten?« rief mein Vater gebieterisch. Doch das Geschrei wollte nicht verstummen.
Mein Vater stürmte auf die Tür zu den Küchenquartieren zu und stieß sie wütend auf. Senara und ich waren ihm gefolgt.
Zwei der Dienstmägde wurden von einigen anderen gestützt, da sie völlig außer sich zu sein schienen.
»Ruhe!« brüllte mein Vater, als das Geheul anhielt.
Merry machte einen Knicks und erklärte, was die beiden so erschreckt hatte. »Master, sie haben etwas Fürchterliches gesehen.«
Alle unsere Gäste hatten sich inzwischen vor dem Kücheneingang zusammengedrängt. Mein Vater schien sich nur mühsam zu beherrschen. »Dies wird nicht ungestraft bleiben«, sagte er drohend. »Was fällt euch ein, meine Gäste so zu beunruhigen!«
Meine Stiefmutter legte ihm besänftigend die Hand auf den Arm. »Die Mädchen sind offensichtlich halb tot vor Angst.

Ich möchte jetzt endlich wissen, was eigentlich geschehen ist.« Sie wandte sich an die beiden, die rote, verheulte Gesichter hatten. »Jane und Bet, ihr erzählt mir jetzt sofort, was euch zugestoßen ist.«
Die beiden schauten meine Stiefmutter verängstigt an.
»Wir haben ein Licht gesehen, Mistress«, stammelte Bet.
»Ein Licht? Was für ein Licht denn?«
»Es . . . bewegte sich bei den Gräbern . . . hierhin und dorthin . . . ganz geisterhaft. Das war kein richtiges Licht . . .«
»Ist das alles? Ihr habt ein Licht gesehen und macht ein solches Geschrei deswegen?«
»Mistress, wir sind dann näher hingegangen, aber . . . ich trau mich nicht, davon zu reden.«
Mein Vater mischte sich mit finsterem Gesicht ein. »Eine ist dümmer als die andere. Aber diese Blödheit werde ich schon aus euch herausprügeln! Was ist dann passiert? Nun, wird's bald?«
Ich konnte es nicht länger mit ansehen, wie die beiden armen Dinger gequält wurden. »Am besten ist es, wir suchen das ganze Gelände um die Gräber ab. Sicher treibt da irgendwer einen bösen Schabernack.«
»O ja!« rief Senara mit blitzenden Augen. »Laufen wir rasch hinüber und finden wir heraus, was die törichten Mädchen erschreckt hat.«
Unsere Gäste amüsierten sich offensichtlich über den Vorfall. Senara plauderte aufgeregt mit Squire Horgans Sohn, der den ganzen Abend nicht von ihrer Seite gewichen war.
»Bestimmt ist es irgendein Geist«, rief Senara vergnügt. »Hier wimmelt es von Gespenstern. Melanie, hoffentlich macht dir das nichts aus, denn du mußt dich an sie gewöhnen, wenn du hier lebst.«
Melanie lächelte nur. Als wir ins Freie kamen, breitete Senara die Arme weit aus. »Wie hell der Mond scheint! Wir hätten die Musikanten hier draußen aufspielen lassen sollen.«
»Das Kopfsteinpflaster wäre fürs Tanzen nicht gerade geeignet«, wandte ich ein.
»Warum brauchte der Geist denn eigentlich ein Licht?« fragte irgend jemand. »Es ist ja fast taghell.«
Fenn, Senara und ich gingen zu den Gräbern hinüber. »Schaut dorthin«, rief Senara.

Auf dem Grab des unbekannten Seemanns lag ein grauer Stein, auf dem in großen schwarzen Buchstaben geschrieben stand:

ERMORDET IM OKTOBER 1600

Alle umringten das Grab, um einen Blick auf den geheimnisvollen Stein zu werfen. Ich sah meinen Vater die Fäuste ballen. »Ermordet! Was hat das zu bedeuten?« fragte meine Stiefmutter in die Stille hinein.

»Ein schlechter Scherz! Was für ein erbärmlicher Einfall! Aber der Schuldige wird dafür büßen müssen!« Mein Vater hob den Stein auf und warf ihn weit weg. Er fiel mit dumpfem Ton zwischen ein paar Brombeersträuchern zu Boden.

Dann wandte sich mein Vater an seine Gäste. »Dies ist das Grab eines Seemanns, der ertrunken an unsere Küste geschwemmt wurde. Meine Frau wollte, daß er ein anständiges Begräbnis bekommt. Aber jetzt sollten wir wieder in die Halle zurückkehren. Diesen dummen Mädchen wird es noch leid tun, daß sie uns die Stimmung verdorben haben!«

Er befahl den Musikern weiterzuspielen, doch die ausgelassene Fröhlichkeit kehrte nicht wieder. Mir fiel auf, daß der Zwischenfall Fenn anscheinend ganz besonders bedrückt hatte.

Wir setzten uns in eine Fensternische, da wir beide keine Lust mehr zum Tanzen hatten. Ich merkte, daß Fenn an nichts anderes als an den toten Seemann denken konnte, in dem er wohl seinen Vater vermutete.

Am nächsten Tag unterhielten wir uns ausführlich darüber. »Weißt du, Tamsyn«, sagte Fenn. »Es war doch gerade im Oktober 1600, als mein Vater spurlos verschwunden ist.«

Ich nickte. »In jenem Jahr, als der Seemann hier begraben wurde, starb meine Mutter am Weihnachtstag«, sagte ich traurig.

»Ich konnte heute nacht nicht schlafen. Immer, wenn ich die Augen zugemacht habe, sah ich den Stein mit den schwarzen Buchstaben vor mir. Wer hat ihn bloß da hingelegt, Tamsyn? Wer bringt denn so etwas fertig?«

Wir waren beide sehr erschüttert. Von Verlobung wurde

natürlich nicht gesprochen. Als Fenn nach Trystan Priory zurückritt, war nach wie vor alles zwischen uns in der Schwebe.
Da Connells und Melanies Hochzeit jedoch in wenigen Wochen gefeiert werden sollte, würde ich ihn bald wiedersehen.

Halloween

Connell gefiel es ausnehmend gut, Mittelpunkt der Hochzeitsvorbereitungen zu sein. Ich war mir ziemlich sicher, daß er Melanie nicht liebte. Senara lachte nur, als ich ihr meine Befürchtung mitteilte. »Wie könnte er? Connell liebt nur sich selbst.«

Wir fanden nicht heraus, wer den Stein auf das Grab gelegt hatte. Merkwürdigerweise führte mein Vater keine so strenge Untersuchung durch, wie ich vermutet hatte. Die beiden Mägde wurden zwar nochmals befragt, konnten aber nichts Neues dazu sagen. Mein Vater zuckte daraufhin nur mit den Achseln und ließ die Sache auf sich beruhen. Vielleicht lag es an der allgemeinen Aufregung, die Connells Hochzeit mit sich brachte, daß der Zwischenfall verhältnismäßig schnell vergessen wurde. Auf jeden Fall galt von nun an auch die Gräberecke am Turm als verhexter Ort, wo Gespenster umgingen.

Senara, Merry, die Näherin und ich waren wieder emsig mit dem Anfertigen neuer Kleider beschäftigt. Ich freute mich schon sehr, Fenn so bald wiederzusehen, und Senara machte sich gehörig über mich lustig, wenn wir allein waren.

»Ich weiß schon, was in deinem Kopf herumspukt, Tamsyn. Du meinst, daß Fenn dich diesmal fragen wird, ob du ihn heiratest. Vielleicht tut er's auch. Alle halten das sicher für die beste Lösung: Melanie kommt hierher, du gehst nach Trystan Priory. Nur ich will es nicht so haben! Diese dumme, langweilige Melanie kann mir gestohlen bleiben!«

»Ich dachte, du fändest auch mich ziemlich langweilig.«

»Bei dir ist das anders, Tamsyn. Stell dir nur einmal vor – wenn wir nach der Hochzeit hierher zurückkommen, wird sie uns begleiten.«

»Ich bin überzeugt, ihre Anwesenheit wird mir viel Freude bereiten.«

»Ich werde sie jedenfalls gar nicht beachten.«

»Ach, die Ärmste! Darunter wird sie aber sehr leiden!«
»Mach dich nicht über mich lustig! Mich kümmert eigentlich nur, ob dieser langweilige Fenn diesmal den Mut aufbringt, dich zu fragen. Ich weiß genau, daß du zu gerne ja sagen würdest. Noch nie habe ich erlebt, daß sich ein Mädchen einem Mann so an den Hals geworfen hat.«
»Das tu ich doch gar nicht!«
»Doch, doch! Du betest ihn ja förmlich an. Und die ganze Zeit flehst du ihn innerlich an, dich zu heiraten!«
»Ich möchte jetzt schlafen.«
»Das kannst du ja doch nicht!«
»Wir haben morgen den langen Ritt nach Trystan Priory vor uns, Senara. Ich will nicht todmüde auf dem Pferd sitzen! Laß mich jetzt in Ruhe. Bitte!«
»Deine Stimme bekommt schon einen anderen Klang, wenn du von Trystan Priory sprichst. Gib doch zu, daß du dort die Herrin sein willst!«
»Ich weigere mich, über solchen Unsinn mit dir zu reden.«
»Hör mir gut zu, Tamsyn Casvellyn! Du wirst diesen Fenn nicht heiraten! Eher heirate ich ihn. Das wäre ein Mordsspaß, was? Stell dir vor: Ich als Herrin auf Trystan Priory, während du hier in Schloß Paling versauerst, bis du alt und griesgrämig geworden bist. Und vor allem wird dich gräßlicher Neid plagen, weil deine Blutsschwester Senara den Helden deiner Träume geheiratet hat und mit ihren zehn Kindern glücklich und zufrieden lebt.«
»Gute Nacht, Senara.«
»Ich lasse mich nicht so abspeisen.«
»Nein? Nun, dann plappere nur ruhig weiter, ich werde trotzdem einschlafen.«
Sie redete wohl noch eine Weile vor sich hin, gab es dann aber auf, als sie keine Antwort von mir bekam.
Am nächsten Morgen wurden die Packpferde mit dem Gepäck und dem Hochzeitsstaat beladen, und dann machten wir uns auf den Weg nach Trystan Priory.
Dort erwarteten mich traurige Nachrichten: Fenn hatte nach Plymouth reisen müssen, weil sein Schiff vorzeitig in See gestochen war. Natürlich wäre er gerne bei der Hochzeit seiner Schwester dabeigewesen, aber die Abfahrt hatte sich nicht verschieben lassen. Er wurde frühestens in einem halben Jahr zurückerwartet.

Senara lächelte mich mit Verschwörermiene an. »Das habe alles ich so eingerichtet«, flüsterte sie mir zu. Ich wandte mich unwillig ab.
»Als unsere Königin aus Dänemark kam, haben die Hexen von Schottland und Norwegen heftige Stürme entfesselt, so daß die Ärmste sogar in Gefahr war, mit dem Schiff unterzugehen«, fuhr Senara fort. »Wenn diese Hexen so etwas zustande brachten, warum sollte es dann unmöglich sein, deinen Fenn aufs Meer zu schicken?«
»Warum mußt du schon wieder solchen Unsinn reden?«
»Du sagst Unsinn, weil du nichts begreifst, Tamsyn. Hältst du Hexerei wirklich für Unsinn?«
»Du solltest nicht dauernd von Hexerei faseln, Senara. Weißt du denn nicht, daß du mit dem Feuer spielst?«
»Mit dem Feuer zu spielen, gehört zu den aufregendsten Dingen der Welt!«
»Wenn du dabei nur nicht eines Tages auf den Scheiterhaufen kommst!« fuhr ich Senara an. Die Enttäuschung über Fenns Abwesenheit hatte mir meine sonstige Gelassenheit geraubt.
»Nein, verbrannt werden andere«, erwiderte Senara rätselhaft.
Senara hatte es schon immer Spaß gemacht, andere Leute zu necken. Sie zog Merry mit Jan Leward auf und Jennet mit ihrem Liebhaber. Trotzdem begann mir ihre feindselige Einstellung zu Fenn und mir allmählich Sorge zu bereiten.
Die Hochzeit wurde zwei Tage nach unserer Ankunft gefeiert. Melanie war eine wunderschöne Braut. Das blonde Haar floß in weichen Wellen über das weiße kostbare Seidenkleid, dessen Rock mit Goldfäden durchwirkt war. Zwei Vettern geleiteten sie zur Kirche, wo Connell, geführt von zwei Jünglingen, schon auf sie wartete. Vor Melanie wurde der Brautbecher mit Rosmarin einhergetragen, geschmückt und umwunden mit vielfarbigen Bändern. Die Musiker des Priorats schritten hinter ihnen in die Kapelle, und alle jungen Mädchen - Senara und ich eingeschlossen - folgten ihnen nach. Da Senara und ich mit dem Bräutigam nahe verwandt waren, trugen wir die großen Hochzeitskuchen.
Die Zeremonie war eindrucksvoll; Melanie sah überglücklich aus, und auch Connell wirkte äußerst zufrieden.

Als das Paar sich das Treuegelöbnis gab, flüsterte mir Senara zu: »Wer ist wohl als nächste dran? Du? Sei nicht so sicher, Tamsyn Casvellyn! Vielleicht bin ich's!«
Nach der kirchlichen Feier begannen die irdischen Festlichkeiten, die den ganzen Tag über andauerten. Dann wurde das Pärchen von allen zu Bett gebracht. Dabei gab es allerlei deftige Späße zu hören. Mein Vater rief, daß er Enkelsöhne erhoffe, und das unverzüglich, wie er hinzufügte.
Connell wirkte zum ersten Mal etwas linkisch. Mich erstaunte am meisten Melanies Gelassenheit.
Senara behauptete hinterher, daß Melanie völlig ahnungslos ins Brautbett gestiegen sei.
Drei Tage später ritten wir mit Melanie in unserer Mitte nach Schloß Paling zurück.

Durch Melanies Anwesenheit änderte sich nicht viel bei uns. Sie war so still und zurückhaltend, daß sie wenig Beachtung fand. Nach Senaras Meinung war sie ein völliges Nichts. Connell und seine junge Frau sah man tagsüber so gut wie nie zusammen, aber er teilte jede Nacht das Lager mit ihr.
»Sobald sie schwanger ist, wird er sich sein Vergnügen anderswo suchen«, meinte Senara.
»Du bist unanständig«, sagte ich vorwurfsvoll.
»Meine liebe Tamsyn! Ich bin eben nicht so unschuldig wie du.«
»Ich hoffe doch sehr, daß du noch unschuldig bist.«
Senara kreischte vor Vergnügen. »Das würdest du wohl gerne wissen!«
»Ich bin mir ganz sicher.«
»Du weißt überhaupt nichts, weil du blind durch die Welt gehst. Du bist fast so schlimm wie Melanie. Dein Fehler ist, daß du nicht genug tratschst und klatschst, denn von den Dienstboten erfährt man sehr viel. Und außerdem verfüge ich natürlich noch über meine ganz besonderen Kräfte.«
»Du brauchst mir nichts davon zu erzählen. Sie existieren nur in deiner Einbildung.«
»Eines Tages wirst du schon noch die Wahrheit entdecken«, sagte sie geheimnisvoll. »Ich könnte eigentlich ein bißchen zaubern, um's dir zu beweisen. Dein Fenn ist jetzt irgendwo auf dem Meer. Wenn ich nun einen Sturm entfeßle, wie es

die Hexen von Schottland taten? Was wäre dann, wie?« Plötzlich wurde mir ganz übel vor Angst, und Senara brach in perlendes Gelächter aus.
»Nun, du glaubst mir ja doch!« sagte sie triumphierend.
Ich schüttelte sie, denn sie hatte mich wirklich beunruhigt. »Falls hier in der Gegend die Angst vor den Hexen wächst, falls Hexenjäger auftauchen, gerätst du wegen deines unvorsichtigen Geredes bestimmt in Gefahr. Du und . . .«
»Meine Mutter«, vollendete sie meinen Satz. Plötzlich lächelte sie mich lieb und zärtlich an. »Du magst mich doch gern, oder?«
»Du bist für mich wie eine leibliche Schwester.«
»Ganz gleich, was ich tue?«
»Es hat leider den Anschein«, gab ich seufzend zu.
Darauf umarmte sie mich stürmisch. »Ich necke dich nur deshalb, weil wir zusammengehören, Tamsyn. Nie werde ich es ertragen können, dich zu verlieren.«
Nach dieser Unterhaltung war Senara für eine gewisse Zeit so bezaubernd und liebevoll, daß ihr kein Mensch widerstehen konnte. Wenn sie doch nur immer so gewesen wäre! Sie hatte mir einmal zugeflüstert: »Ich bestehe eigentlich aus zwei Personen. Die eine ist eine Hexe . . .«
Ungefähr eine Woche nach unserer Rückkehr von Trystan Priory ging ich zu den Grabstätten hinüber, um die Rosmarinsträucher zu gießen, denn es hatte schon lange nicht mehr geregnet. Das Wetter war ungewöhnlich heiß für Cornwall.
Seit jener Nacht, als der Stein gefunden worden war, wagten sich nur wenige Leute in die Nähe der Gräber. Angeblich fanden ertrunkene Seeleute häufig keine Ruhe und geisterten bei Dunkelheit herum. Die Dienstboten behaupteten auch, daß man nachts Schreie von den *Devil's Teeth* hörte, wo schon so viele Schiffe zerschellt waren.
Als ich mit der Gießkanne an das Grab meiner Mutter trat, sah ich als erstes den Stein. Es war derselbe, den mein Vater damals voller Zorn in die Brombeerbüsche geworfen hatte. Nun lag er auf dem Grab meiner Mutter. Die Buchstaben tanzten vor meinen Augen: ›Ermordet im Oktober 1600‹.
Als ich den Stein aufhob, erinnerte ich mich deutlich an den Tag, als ich ins Zimmer meiner Mutter gelaufen war, wo sie still und bleich auf dem Bett gelegen hatte.

Hatte irgend etwas vor ihrem Tod sie geängstigt? Ich hatte bei ihr geschlafen, weil es sie zu beruhigen schien. Warum war sie einmal mit einem Entsetzensschrei aufgewacht, als ich nachts zu ihr gekommen war? Hatte sie etwa befürchtet, daß jemand sie ermorden wollte?
Sie ermorden? Ich hätte zu gern gewußt, wer den Stein hierher gelegt hatte. Es war nun schon sieben Jahre her, seit meine Mutter begraben worden war.
Dann kam mir in den Sinn, wie ärgerlich mein Vater gewesen war, als er den Stein gesehen hatte. Das war auch ganz verständlich, da die heitere Feststimmung gestört worden war. Er hatte den Stein weit weg geschleudert. Wer hatte ihn dort gesucht und gefunden?
Ich überlegte, was ich mit dem Stein tun sollte. Nachdem ich geistesabwesend die Pflanzen begossen hatte, hob ich den Stein auf und nahm ihn mit ins Schloß. Dort wickelte ich ihn in einen alten Unterrock ein und versteckte ihn in der hintersten Ecke meines Schrankes.
Den Rest des Tages versuchte ich, mir die letzten Monate im Leben meiner Mutter zu vergegenwärtigen. Wie hatte man sie ermorden können? Wer könnte es getan haben? Warum? Und vor allem: wie? Schließlich hatte man an ihrem Körper keinerlei Zeichen von Gewaltanwendung festgestellt. Ich nahm mir vor, am nächsten Tag auszureiten, den Stein irgendwo zu vergraben und die ganze Angelegenheit zu vergessen. Doch ich wußte jetzt schon, daß mir das nie gelingen würde.
Ich konnte den Stein nicht wegwerfen, denn am nächsten Vormittag, als ich ihn herausholen wollte, war er verschwunden. Der Unterrock lag zwar noch an derselben Stelle, doch der Stein war fort.
Es war völlig unbegreiflich! Kein Mensch hatte gewußt, daß ich den Stein im Schrank versteckt hatte. Ich kniete auf dem Boden, den Unterrock in der Hand, und spürte, wie es mir kalt über den Rücken lief. Konnte es wirklich sein, daß eine geheimnisvolle, übermenschliche Macht den Stein auf die beiden Gräber gelegt hatte?
Zwei Hände schlossen sich um meine Kehle, und ich schrie vor Schreck laut auf. Mein Kopf wurde nach hinten gedrückt, und ich sah über mir Senaras lachendes Gesicht. »Warum streichelst du denn diesen alten Unterrock?«

fragte sie neugierig. »Ich habe dir wohl Angst eingejagt? Hast du solch ein schlechtes Gewissen?«

»Du ... du hast mich überrascht!« stammelte ich.

»Ich habe dich schon einige Sekunden lang beobachtet und nicht verstanden, weshalb du ständig diesen alten Fetzen anstarrst.«

Ich stand auf, und sie musterte mich ängstlich. »Du bist hoffentlich nicht krank, Tamsyn. Du siehst gar nicht gut aus.«

»Aber nein! Mir fehlt nichts ...«

Nach diesem Vorfall verfolgten mich ständig die Erinnerungen an meine Mutter. Ich wünschte, ich hätte damals mehr auf alles geachtet. Doch ich war erst zehn Jahre alt gewesen und hatte so vieles nicht verstanden. Mir fiel ein, daß Senara die Dienstboten als die besten Quellen für Klatsch jeder Art bezeichnet hatte. Mir fiel Jennet ein, die trotz ihres hohen Alters immer noch bei uns war. Als meine Mutter gestorben war, hatten wir zuerst angenommen, daß Jennet nach Lyon Court zurückkehren würde, doch sie war bei uns geblieben.

Sie und meine Großmutter hatten viele abenteuerliche Dinge miteinander erlebt. Da Jennet ein Kind von meinem Großvater bekommen hatte, war meine Großmutter ihr gegenüber immer ein wenig streng gewesen. Sie schätzten sich wohl gegenseitig, aber Jennet war offensichtlich lieber mit mir zusammen.

»Mistress Linnet hätte sicher gewollt, daß ich auf ihre kleine Tamsyn aufpasse«, hatte sie damals behauptet.

Und sie hatte auf mich aufgepaßt. Erst seit kurzem machte sich bei ihr das Alter bemerkbar, doch sie ertrug es mit ähnlicher Gelassenheit wie alle früheren Schicksalsschläge.

Als ich sie nun bat, mir von meiner Mutter zu erzählen, war sie gerne bereit. »Mistress Linnet war manchmal ein wildes Ding und hat sich gegen ihren Vater zur Wehr gesetzt«, begann sie ihre Erinnerungen. »Doch sie hatte keinen solchen Kampfgeist wie ihre Mutter. Du mußt wissen, Tamsyn, daß der Captain keine Töchter haben wollte, doch deine Großmutter konnte ihm anscheinend keinen Sohn schenken. Das hat er sein kleines Mädchen spüren lassen. Plötzlich haben die beiden sich dann doch gut verstanden.

Er war stolz auf sie. ›Meine Tochter Linnet ist soviel wert wie ein Sohn‹, sagte er. Und dann traf sie deinen Vater, und wir zogen hierher.«
»War sie hier glücklich?« fragte ich.
»Glücklich . . . was ist schon glücklich? Die meisten Menschen sind in der einen Minute glücklich und in der nächsten traurig.«
Ich nickte. »Wie war meine Mutter . . . kurz vor ihrem Ende?«
Jennet runzelte die Stirn. »Sie wurde sehr, sehr still, als ob . . . als ob etwas . . .«
»Ja, Jennet? Sprich bitte weiter! Als ob etwas . . .?«
»Als ob da was wäre, das sie unsicher machte.«
»Hat sie je etwas Näheres darüber gesagt?«
»Mir nicht. Vermutlich hätte sie's nur einem Menschen auf der Welt erzählt, und das ist deine Großmutter.«
»Warum nicht . . . meinem Vater?«
»Na ja, wenn's nun mit ihm zusammenhing?«
»Was meinst du damit?«
»Ich weiß nicht. Aber sie wird doch wohl nicht mit ihm darüber reden, wenn sie sich seinetwegen Sorgen macht, oder?«
»Hast du eine Ahnung, warum sie seinetwegen in Sorge war?«
»Ehefrauen haben ständig Kummer mit ihren Männern. Es gibt immer Gründe. Deine Großmutter . . .«
Ich unterbrach sie, denn ich wollte mich nicht vom Thema ablenken lassen. »Was für einen Eindruck hat sie in den letzten Wochen auf dich gemacht, Jennet? Ich habe gespürt, daß etwas nicht stimmte.«
»Sie hat immerzu geschrieben. Ich hab sie öfter dabei erwischt.«
»Erwischt?« wiederholte ich fassungslos.
»Ja, so hat's jedenfalls gewirkt. Sie saß an ihrem Pult und schrieb. Wenn ich reinkam, hat sie's zugedeckt, und ich habe keine Ahnung, wo das ganze geschriebene Zeug hinkam.«
»Sicher waren es Briefe.«
Jennet schüttelte den Kopf. »Sie hat nicht viele Briefe abgeschickt. Aber es war schon merkwürdig. Nie hab ich rausgekriegt, wo sie's versteckte.«

»Was hat sie wohl geschrieben?« sagte ich nachdenklich.
»Ich glaube, es war so 'ne Art Tagebuch.«
»Wie spannend! Wo es jetzt bloß sein mag?«
»Ich bin fest davon überzeugt, daß sie's gut versteckt hat.«
Nach dieser Unterhaltung ließ mich der Gedanke nicht mehr los, daß ich im Tagebuch meiner Mutter - falls sie wirklich Aufzeichnungen der täglichen Ereignisse gemacht hatte - einen Hinweis darauf finden könnte, was in den letzten Wochen vor ihrem Tod in ihr vorgegangen war.
Ich wollte in Ruhe über alles nachdenken und ging an der Küste spazieren. Das gleichmäßige Geräusch der Wellen wirkte friedlich und wohltuend auf mich. Als ich zu den grauen Mauern des Schlosses hinaufsah, dachte ich: Einer dort drinnen weiß, was mit meiner Mutter geschehen ist. Mein Vater hatte schon drei Monate nach dem Tod seiner Frau wieder geheiratet. Viel zu früh, wie einige Leute meinten, doch das Gerede der anderen hatte ihn noch nie gekümmert.
Seine jetzige Frau hielten viele für eine Hexe. Konnte es sein, daß sie durch irgendeinen bösen Zauber meine Mutter hatte sterben lassen? Hatte mein Vater seine Frau Linnet loswerden wollen, um Maria heiraten zu können? Wünschte meine Stiefmutter damals ihren Tod herbei, um meinen Vater zum Mann zu bekommen? Hatte meine Mutter ein gefährliches Geheimnis entdeckt?
Falls sie ihr Tagebuch sorgfältig geführt hatte, konnte man sicher einige wichtige Anhaltspunkte darin finden. Was war in der letzten Nacht passiert? Hatte sie vor dem Zubettgehen Eintragungen gemacht?
Ich mußte das Tagebuch unbedingt finden! Wo konnte es wohl versteckt sein? Im Schlafzimmer, das sie mit meinem Vater geteilt hatte? Nein, das war unwahrscheinlich, denn sie hatte es vermutlich auch vor ihm geheimhalten wollen. In einem der kleinen Wohnzimmer hatte sie viel Zeit verbracht. Jetzt wurde es kaum noch benutzt. Dort wollte ich meine Suche beginnen.
Es war ein düsterer kleiner Raum, denn durch die Fensterschlitze drang nur wenig Licht. Als ich eintrat, erinnerte ich mich ganz genau daran, daß meine Mutter besonders gerne am Fensterplatz gesessen hatte - ich zu ihren Füßen.
Auf dem Tisch lag ein Buch, und daneben stand eine Art

Schreibpult aus Sandelholz. Ich öffnete es. Der Teil, auf dem man schrieb, konnte hochgehoben werden. Darunter befand sich eine Öffnung, in der lediglich einige unbeschriebene Blätter lagen.
Ich schaute mich im Zimmer um. Die alte Truhenbank stammte nach Ansicht meiner Mutter noch aus dem vorigen Jahrhundert - lange vor der Niederlage der Armada. Es war im Grunde eine Truhe, deren Deckel als Sitz diente. Als ich ihn hochhob, entdeckte ich einige alte Kleider und auch einen Hut mit Federn, den meine Mutter getragen hatte, wie ich mich entsann. Aufregung packte mich. Der Raum war offensichtlich nach dem Tod meiner Mutter unverändert gelassen worden. Bestimmt würde ich hier irgendwo das Tagebuch finden.
In solche Truhen waren oft Geheimfächer eingebaut worden ... Ich nahm alle Kleider heraus, um das Möbelstück genauer untersuchen zu können. An beiden Seiten schien die Außenwand dicker zu sein. Als ich mit dem Knöchel dagegenklopfte, klang es hohl. Bestimmt gab es irgendwo eine verborgene Feder.
Während ich vor der Truhe kniete, hörte ich jemand den Gang entlangkommen. Wie gebannt schaute ich zur Tür. Langsam und völlig geräuschlos wurde sie geöffnet.
Meine Stiefmutter stand auf der Schwelle. Ich wußte, daß die Dienstboten große Angst vor ihr hatten, und mir erging es im Augenblick nicht anders. Sie musterte mich einige Sekunden schweigend. Was war eigentlich das Furchteinflößende an ihr? Mir fiel zum ersten Mal auf, daß ihr Gesicht immer maskenhaft wirkte. Plötzlich hatte ich das Empfinden, daß etwas Böses in den Raum getreten war.
»Räumst du die Sachen deiner Mutter auf?« fragte sie mich schließlich.
Sie kam näher. Die Tür hatte sie hinter sich geschlossen. Ich verspürte den Drang hinauszulaufen, um nicht mit ihr allein zu sein.
»Ja ... anscheinend sind die Sachen seit Jahren nicht herausgenommen worden«, stammelte ich.
»Hast du etwas gefunden, wonach du vielleicht suchtest ... etwas Bestimmtes?«
»Hier drin sind nur alte Kleider.« Ich stand auf.
»Nichts sonst?«

»Nichts.«
Sie hob einen hochhackigen, vorn abgerundeten Schuh mit Korksohle hoch.
»Abscheulich! Was man heute trägt, ist doch sehr viel schöner, findest du nicht? Sieh dir nur diese Halskrause an! Die Spitze ist ja hübsch, aber die Mode war unkleidsam. Dennoch hatte sie einen Vorteil. Die Damen mußten den Kopf sehr hoch tragen, wie man so sagt.«
Rasch räumte ich die Kleidungsstücke zusammen und legte sie in die Truhe zurück.
»Ich dachte, du hättest einen besonderen Grund, die Sachen deiner Mutter durchzusehen, Tamsyn. Vielleicht würden sich die Dienstboten über das eine oder andere Stück freuen ... Allerdings legen selbst sie einen gewissenWert auf Mode.«
Ich schloß den Deckel der Truhe.
»Es ist ein hübscher Raum. Wir sollten ihn mehr benützen. Oder meinst du, es sollte alles so bleiben, weil es das Zimmer deiner Mutter war?«
»Ja, das wäre mir viel lieber!«
»Dann soll es so sein«, sagte sie und ging hinaus.
Ich flüchtete mich in mein Schlafzimmer. Zum Glück war Senara nicht da. Verwirrt grübelte ich darüber nach, weshalb ich so erschrocken war, als mich meine Stiefmutter beim Kramen überrascht hatte.
Jennet hatte wieder einmal den Mund nicht halten können. Ich erfuhr es durch Senara.
»Deine Mutter hat anscheinend tagtäglich in ein Buch geschrieben, Tamsyn. Wußtest du das?«
»Jennet hat es neulich erwähnt. Dir hat sie's also auch erzählt?«
»Nein. Merry sagt, daß Jennet in der Küche darüber redet. Es soll alles ziemlich geheimnisvoll klingen.«
»Wieso ist es geheimnisvoll, ein Tagebuch zu führen?«
»Im Grunde natürlich nicht! Aber deine Mutter hielt es offensichtlich für nötig, die Aufzeichnungen zu verstekken.«
»Wer behauptet das?«
Sie schaute mich neugierig an. »Vielleicht hast du's sogar schon gefunden, Tamsyn? Ja, sicher hast du's längst gelesen.«

»Ich habe es nicht gefunden und folglich auch nicht gelesen.«

»Man vertraut seine geheimsten Gedanken einem Tagebuch an«, fuhr Senara fort. »Wenn deine Mutter gewollt hätte, daß du's liest, hätte sie's dir sicher gezeigt.«

Ich ärgerte mich darüber, daß Jennet unvorsichtigerweise über das Tagebuch meiner Mutter geplaudert hatte. Aber nicht genug damit: Jennet hatte auch noch erwähnt, daß meine Mutter es versteckt habe, da sie offensichtlich befürchtete, jemand könne es lesen.

Senara ließ sich durch mein Schweigen nicht beeindrukken.

»Deine Mutter war irgendwie seltsam, kurz bevor sie starb. Das bilde ich mir doch nicht nur ein, oder?«

»Was meinst du mit . . . seltsam?«

»Du hast beinahe jede Nacht bei ihr geschlafen. Warum?«

»Mir war danach zumute . . .«

»Es war nicht nur das. Du hast die Beschützerrolle spielen wollen. Offenbar macht es dir besondere Freude, wenn du jemanden bemuttern kannst. Hunde oder Vögel . . . Erinnerst du dich noch an die Möwe, die du nach Hause brachtest? Sie hatte einen gebrochenen Fuß, und die anderen wollten sie zu Tode picken. Du hast sie hierhergeholt und gepflegt, obwohl es nutzlos war. Sie ist gestorben. Und die Pfauen in Lyon Court fütterst du auch ständig! Du hattest also bestimmt einen Grund, warum du bei deiner Mutter geschlafen hast. Du wärst auch bei ihr gewesen, wenn mir nicht so elend vom Glühwein geworden wäre. Oh, Tamsyn, nimmst du mir das eigentlich noch übel?«

»Aber nein! Natürlich nicht!«

»Ich werde nie mehr soviel Glühwein trinken! Es war gräßlich! Aber mich würde wirklich sehr interessieren, wo deine Mutter das Tagebuch versteckt hat. Wär das ein Spaß, wenn wir's fänden!«

Da wurde mir plötzlich klar, daß meine Stiefmutter genau gewußt hatte, wonach ich gerade suchte, als sie mich überraschte.

Bald war Halloween. Im Schloß herrschte wie immer eine gewisse Spannung, da meine Stiefmutter in dieser Nacht aufgetaucht war - fünfzehn Jahre war es jetzt her. Jennet erinnerte sich noch sehr gut daran und sorgte dafür, daß es nicht vergessen wurde.

Der Herbst war die Jahreszeit, die ich besonders reizvoll fand. Meine Mutter hatte den Frühling am meisten geliebt und die Namen aller wilden Blumen gekannt. Für mich bedeutete der rotgoldene Farbenrausch der Wälder den Höhepunkt des Jahres. Ich liebte den leichten Frühnebel und die frische Kühle der Luft. Außerdem freute mich die Gewißheit, daß Weihnachten dann näher rückte - Weihnachten mit seinen Festlichkeiten, bei denen die ganze Familie fröhlich und gut gelaunt war.

Jennet erzählte mir, als meine Mutter noch lebte, sei an Halloween ein großes Freudenfeuer angezündet worden, um die Hexen fernzuhalten, wie es hieß. Die Asche wurde eingesammelt und aufbewahrt, da sie gegen den bösen Blick schützen sollte.

Je weiter der Herbst voranschritt, desto undurchdringlicher wurde der Nebel. Ich mußte oft an die armen Seeleute denken, die bei diesem Wetter unterwegs waren. Wann kam Fenn wohl zurück? Ich hatte mir inzwischen angewöhnt, darauf zu achten, daß die Laternen in den beiden Türmen am Meer nachts immer angezündet waren.

Halloween kam, und Erregendes lag in der Luft. Meine Stiefmutter schien insgeheim zu lächeln, als wisse sie genau, daß alle etwas Unvorhergesehenes erwarteten und sie der Mittelpunkt war. Es geschah beim Abendessen. Senara kam nicht zu Tisch. Sie war zwar oft unpünktlich, hütete sich aber davor, wenn mein Vater anwesend war, denn Unpünktlichkeit brachte ihn zur Raserei. Der Schuldige wurde meist ohne Essen auf sein Zimmer geschickt und manchmal sogar geohrfeigt.

Nach dem Essen stieg ich zu unserem Schlafzimmer hinauf.

»Hast du Mistress Senara gesehen?« fragte ich Merry.

Sie schüttelte den Kopf. »Sie ist schon am frühen Nachmittag weggeritten, Mistress Tamsyn. Jan hat sie wegreiten sehen, als ob sie vom Teufel besessen sei, so schnell war sie.«

Es wäre wirklich besser, Merry würde keine solchen Ausdrücke gebrauchen, dachte ich. Noch dazu an Halloween! Mir war völlig klar, was in ihrem Kopf vorging. Meine Stiefmutter galt bei den Dienstboten immer noch als Hexe, und Senara war schließlich ihre Tochter.

»Hat sie erwähnt, wohin sie wollte?« fragte ich weiter.
»Nein, Mistress. Sie hat sich das Reitkleid übergestreift, ihren besten Hut aufgesetzt, und schon ging's los.«
»Welcher von den Pferdeknechten hat sie begleitet?«
»Ich hab keinen gesehen, Mistress.«
Obwohl wir fast alle Nachbarn, deren Familien und Gefolgsleute kannten, war es gefährlich, allein auszureiten, denn immer wieder tauchten Straßenräuber in unserer Gegend auf. Es war uns verboten worden, ohne männlichen Schutz unterwegs zu sein.
Und dennoch war Senara ausgerechnet an Halloween ganz allein weggeritten.
Ich stieg in die Halle hinunter, um meiner Stiefmutter und meinem Vater Bescheid zu geben. Es mußte unbedingt etwas unternommen werden! Mir war sehr ängstlich ums Herz.
Unten angekommen, hörte ich lautes Stimmengewirr aus dem Hof. Ich eilte mit klopfendem Herzen hinaus. Einer der Knechte hielt eine Laterne hoch, in deren Schein ich einen fremden Reiter erkannte.
Mein Vater und meine Stiefmutter standen bei ihm. »Kommt herein«, sagte mein Vater gerade. »Ihr müßt erschöpft sein.«
»Senara ist nicht im Schloß, Vater«, rief ich dazwischen.
»Ich weiß es bereits«, erwiderte er. »Dieser ehrenwerte Gentleman ist hergekommen, um uns mitzuteilen, daß sie in Sicherheit ist. Sag den Dienstboten, sie sollen Glühwein und etwas zu essen auftischen, damit sich der Gentleman stärken kann.«
Voller Erleichterung lief ich ins Haus.
Der Fremde hieß Carl Deemster. Er hatte erst vor kurzem von Squire Northfield ein Herrenhaus erworben, das fünf Meilen landeinwärts lag. Mr. Deemster war ziemlich düster, aber ordentlich gekleidet. Sein Akzent war mir fremd. Er erklärte, daß Senara vom Weg abgekommen sei und nun auf Einladung seiner Frau bei ihnen die Nacht verbringe, da der Nebel immer dichter werde.
Mein Vater zeigte sich von seiner gastfreundlichsten Seite. Er bestand darauf, daß Carl Deemster erst am nächsten Morgen zurückreiten solle, und dieser erklärte sich einverstanden.

Unser Gast aß nur äußerst wenig und trank keinen Tropfen Alkohol, doch die Unterhaltung zwischen ihm und meinem Vater war sehr angeregt. Carl Deemster verstand offensichtlich viel von der Seefahrt.
Als ich in mein Schlafzimmer ging, war der Nebel durchs Fenster eingedrungen. Merry half mir beim Auskleiden.
»Sie ist also in Sicherheit«, sagte sie. »Gott sei Dank!«
»Natürlich ist sie das«, erwiderte ich. »Was hast du denn erwartet?«
»Weil heute Halloween ist, habe ich mir so meine Gedanken gemacht, als sie plötzlich weggeritten ist. Jennet meinte, daß es sie daran erinnert, als . . .«
»Jennet fühlt sich ständig an etwas erinnert«, unterbrach ich sie.
»Jennet sagt, es war genauso ein Tag wie heute, als die Mistress verschwand.«
»Du meinst . . .«
Sie bekreuzigte sich hastig. »Ich spreche natürlich von der jetzigen Mistress . . . Sie kam an Halloween und ging an Halloween. Mistress Senara ist ihre Tochter, und da dachten wir . . .«
Ich konnte das Wort Hexerei nie hören, ohne um Senara zu fürchten. In gewisser Weise war sie selbst daran schuld, daß sie ab und zu bei den Dienstboten in Verdacht geriet, eine Hexe zu sein. Warum mußte sie auch ausgerechnet an Halloween diesen einsamen Ausritt machen! Es war ihr anscheinend nicht klar, wie gefährlich das für sie werden konnte.
Ich stand am nächsten Morgen sehr früh auf und fragte unseren Gast, der schon zum Aufbruch bereit war, ob ich ihn begleiten dürfe. Ich wollte zwei Reitknechte mitnehmen und Senara abholen.
Der Nebel hatte sich gehoben, die Luft war fast frühlingshaft lind. Leyden Hall war ein sehr schönes Gebäude, das wohl zu Beginn von Königin Elisabeths Regierungszeit erbaut worden war. Es sah von weitem fast wie Lyon Court aus.
Doch wie wenig glichen sich die beiden Landsitze bei näherer Betrachtung. Mein Großvater und auch dessen Vater hatten Prachtentfaltung geliebt. Mir war es immer so vorgekommen, als ob alles in Lyon Court darauf angelegt sei, Ein-

druck zu machen. Die Einfachheit von Leyden Hall erstaunte mich sehr, denn ich hatte das Haus schon einmal besucht, als es noch Squire Northfield gehört hatte. Alles Schmückende war offensichtlich entfernt worden. Die Hausherrin Priscilla Deemster begrüßte mich in einem schlichten Kattunkleid ohne Bänder oder Spitzen.
Auch die beiden verheirateten Söhne der Deemsters lebten mit ihren Frauen in Leyden Hall und waren äußerst schlicht gekleidet.
Zwischen ihnen wirkte Senara in dem blauen Reitkleid wie einer der Pfauen Lyon Courts. Ich hatte sie noch nie so schön und erregt gesehen wie jetzt. Ihre Schönheit war ebenso atemberaubend wie die ihrer Mutter.
»Wir haben uns große Sorgen um dich gemacht«, sagte ich.
»Der Nebel war an allem schuld«, erklärte sie mit verschleierter Stimme. »Aber ich habe mich in diesem Haus sehr wohl gefühlt. Es ist für mich eine einzigartige Erfahrung gewesen.«
Da es inzwischen fast Mittagszeit geworden war, wurde ich zum Essen eingeladen. Ich nahm gerne an. Mich interessierten unsere Gastgeber sehr, und vor allem wollte ich herausfinden, weshalb Senara so entzückt über ihr merkwürdiges Abenteuer war.
Eine große Holzplatte auf Schragen diente als Tisch. Er stand mitten in der Halle, die ich als äußerst vornehm und prunkvoll in Erinnerung hatte. Das Essen war sehr einfach. Aufgetischt wurde vor allem Gemüse aus dem eigenen Garten. Dazu gab es Pökelfleisch. Alle Bewohner von Leyden Hall versammelten sich um die Tafel, und nun verstand ich Senaras freudige Erregung. Einer unserer Tischgenossen war Richard Gravel, genannt Dickon, unser einstiger Musiklehrer.
Senara schaute mich triumphierend an. »Du erinnerst dich doch noch an Dickon, Tamsyn?«
Er lächelte mir zu. Dickon hatte sich ebenso sehr verändert wie dieses Haus. Er war früher fast ein Dandy gewesen. Nun trug er ein schlichtes Lederwams und braune Hosen aus einem groben Gewebe. Sein einstmals lockiges Haar war ganz kurz geschoren und glatt gebürstet, als schäme er sich seiner Schönheit. Er war ein äußerst vergnügter, unternehmungslustiger Bursche gewesen, doch jetzt saß er mit nie-

dergeschlagenen Augen und einer demütigen Miene da, die nicht ganz echt wirkte.
Vor dem Essen wurde vom Hausherrn ein langes Tischgebet gesprochen. Alles schmeckte fade und langweilig im Vergleich zu dem, was wir auf Schloß Paling vorgesetzt bekamen.
Dickon berichtete mir, was er vermutlich schon Senara erzählt hatte. Nachdem unser Vater ihn vor die Tür gesetzt hatte - ganz zu Recht, wie er dank seiner neuerworbenen Demut fand -, war er zwei Tage lang durch die Gegend geirrt, ohne einen Bissen zu essen. »Als ich mich ganz erschöpft am Wegesrand ausruhte«, fuhr er fort, »kam ein Mann vorbei, der gleichfalls ohne einen Penny war. Er sagte mir, daß er nach Leyden Hall wolle, wo keiner von der Schwelle gewiesen werde. Ich war sofort bereit, dort ebenfalls mein Glück zu versuchen. Und so kam ich hierher.«
Senara hörte ihm mit einer Aufmerksamkeit zu, die ungewöhnlich für sie war.
»Als ich die Güte und heitere Gelassenheit der Bewohner von Leyden Hall kennenlernte, die so ganz anders waren als alles, was ich bisher erlebt hatte, bat ich darum, hierbleiben zu dürfen. Ich bot an, jede Arbeit zu leisten, die getan werden mußte.«
»Ihr unterrichtet also nicht mehr Tanz und Gesang?«
»Nein, das ist vorbei. Es gehört zu meinem sündigen früheren Leben. Solch frevelhaftes Tun findet vor dem Angesicht des Herrn keine Gnade. Ich werde nie wieder tanzen oder singen.«
»Wie schade! Ihr wart ein Meister darin.«
»Nichtigkeiten«, meinte er abfällig. »Hier mache ich mich im Garten nützlich. Das Gemüse, das heute auf den Tisch kam, wurde von mir gezogen.«
»Du siehst, aus Dickon ist ein guter Mensch geworden«, sagte Senara zu mir.
Ich hätte gerne etwas erwidert. Natürlich war es nicht gottgefällig, die Tochter des eigenen Brotherrn verführen zu wollen. Aber ich hielt weder Tanz noch Gesang für etwas Verwerfliches. Die Engel sangen schließlich auch . . . Doch ich versagte mir eine Antwort. Wir waren sehr freundlich empfangen worden, und unser Gastgeber hatte die Liebenswürdigkeit besessen und uns davon benachrichtigt, daß Se-

nara in Sicherheit war. Deshalb wollte ich nichts sagen, was ihn und die Seinen möglicherweise hätte verletzen können.

Als das Mahl vorüber war, brachen Senara und ich auf. Es war erst ein Uhr, denn in Leyden Hall saß man nicht so lange bei Tisch wie bei uns. Hier wurde das Essen keineswegs als ein Vergnügen, sondern als eine Notwendigkeit angesehen. Nachdem wir uns vielmals bedankt hatten, ritten wir los.

»Jetzt hätte ich gerne eine Erklärung, wie das Ganze zustande gekommen ist«, sagte ich als erstes.

Senara lächelte mir verschmitzt zu. »Ich habe dir doch schon erklärt, daß ich mich im Nebel verirrte und in Leyden Hall Unterschlupf fand.«

»Es kommt mir äußerst merkwürdig vor, daß du dich ausgerechnet in jenes Haus geflüchtet hast, in dem Dickon nun lebt.«

Als wir im Schloß ankamen, warfen die Dienstboten Senara scheue ängstliche Blicke zu. Eine Magd bekreuzigte sich sogar, als sie sich unbeobachtet glaubte. Ich war sehr beunruhigt. Leider schien es Senara wieder großen Spaß zu machen, den Aberglauben der Dienstboten zu unterstützen.

»Du hast wohl geglaubt, ich sei auf meinem Besen davongeritten?« rief sie einer Magd zu, die sie mit offenem Mund anstarrte. Senara trat ganz dicht an die Magd heran und kniff drohend die Augen zusammen, so daß die Ärmste ganz bleich wurde. »Vielleicht tu ich's im nächsten Jahr an Halloween.«

Als wir allein im Schlafzimmer waren, schalt ich sie. Doch sie lachte mich nur aus. Sie war so aufgeregt, wie ich sie selten erlebt hatte.

»Man stelle sich vor: Dickon ist ein Puritaner geworden!«

»Glaubst du, daß es ihm ernst damit ist?«

»Dickon nimmt alles ernst. Was er auch tut, er glaubt von ganzem Herzen daran . . . jedenfalls für kurze Zeit. Das mag ich besonders gern an ihm. Er hat mir das Gefühl gegeben, daß auch ich eine Puritanerin werden könnte.«

»Du! Du bist eine Heidin, genau das Gegenteil!«

»Warum sollte ich mich nicht wandeln können? Dickon hat mir viel davon erzählt. Es ist in gewisser Weise sehr beeindruckend.«

»Ausgerechnet das Puritanertum beeindruckt dich also!« Ich mußte lachen. »Ich kenne niemanden, der den Luxus so sehr liebt wie du. An einem Tag willst du eine Hexe sein, am nächsten eine Puritanerin!«

»Dickon hat mir von der Sekte berichtet. Es sind sehr edle Menschen. Die Deemsters schätzen und lieben Dickon wie einen Sohn. Als er zu ihnen kam, war er ein eitler junger Fant, der auf dem Weg zur Hölle war. Sie haben seine Seele gerettet.«

Senara hatte einiges über die Puritaner erfahren. Die Deemsters kamen aus Lincolnshire, und Master Deemsters Mutter war Holländerin gewesen. »Sie sind der festen Ansicht, daß das Leben ganz einfach geführt werden solle«, erklärte Senara. »Außerdem verabscheuen sie jede papistische Abgötterei.«

»Das tun wir auch.«

»Für die Puritaner ist die Religion das wichtigste in ihrem Dasein. Sie wollen bescheiden, einfach und demütig leben. Eitelkeit halten sie für eine Beleidigung Gottes. Sie würden für ihren Glauben sogar sterben.«

»Hoffentlich kommt es nicht dazu! Der König ist gegen sie eingestellt und will sie verfolgen.«

»Ja, das wissen sie sehr wohl.«

»Der König glaubt, daß sie den schottischen Presbyterianern ähneln, mit denen er einige Erfahrung hat. Er behauptet, daß sie mit der Monarchie so gut harmonieren wie der Teufel mit Gott.«

Senara lachte, als freue sie sich darüber. Vermutlich gefielen ihr die Puritaner deshalb so gut, weil sie der Gefahr trotzten, indem sie ihren Glauben unbeirrt verteidigten.

»Der König hat auf der Hampton-Court-Konferenz angedroht, die Puritaner aus dem Land zu jagen, falls er nicht noch Schlimmeres vorhat. Sie müssen sich entweder in den Rahmen der anglikanischen Staatskirche einfügen oder aber die Folgen tragen.«

»Ja, ja, das wissen sie alles längst, Tamsyn. Aber sie machen sich nichts aus seinen Drohungen. Auf keinen Fall werden sie ihre Religion aufgeben, das steht fest.«

Ich war noch stärker beunruhigt, als ich entdeckte, daß Senara von Dickons Anwesenheit in Leyden Hall schon vor ihrem Besuch gewußt hatte. Einer der Bediensteten hatte es

erfahren und ihr erzählt. Senara mußte ihr kleines Abenteuer natürlich ausgerechnet an Halloween durchführen - sie war wirklich ein furchtloses Ding! Sie hatte so getan, als hätte sie sich im Nebel verirrt, damit sie Dickon wiedersehen und mit ihm sprechen konnte.
Von nun an war Dickon wieder Senaras beliebtestes Gesprächsthema. Sie besuchte ihn häufig in Leyden Hall und erfuhr immer mehr über die Puritaner, ihren Glauben und ihre Ziele. Wer Senara kannte, dem mußte das höchst merkwürdig vorkommen.

Die Lichter im Turm

Am Weihnachtstag wurde mein achtzehnter und Senaras sechzehnter Geburtstag gefeiert. Meine Stiefmutter hatte Gäste aufs Schloß geladen. Anscheinend war ihr sehr daran gelegen, Ehemänner für uns zu finden.
Während der vorhergehenden Wochen pflegte Senara viel allein auszureiten - vermutlich nach Leyden Hall. Sie schien sich immer mehr für die neue Sekte - die Puritaner - zu begeistern. Ich fand dies erheiternd, denn niemand glich weniger einer Puritanerin als Senara.
Manchmal unterhielt sie sich ganz ernsthaft mit mir darüber. »Eine Religion sollte doch wirklich einfach sein, findest du nicht? Gott will diese ganzen komplizierten Zeremonien sicher nicht. Man sollte ihn auf die schlichteste Weise anbeten. Die Kirche ist natürlich gleich bereit, all jene zu verdammen und zu verfolgen, die ihr nicht Gefolgschaft leisten. Wie unchristlich!«
»Du scheinst ja wirklich Anteil zu nehmen, Senara. Irgendwie hast du dich verändert, seit du in Leyden Hall verkehrst. Ich weiß übrigens, daß du alles eingefädelt hattest.«
»Ja, das hab ich. Ich konnte es einfach nicht glauben, daß aus Dickon ein Puritaner geworden sein sollte. Ich mußte mich mit eigenen Augen davon überzeugen.«
»Er macht hoffentlich keine Puritanerin aus dir.«
»Kannst du dir das vorstellen . . . ich eine Puritanerin?«
»Nein, dazu reicht meine Phantasie nicht aus«, gab ich zu.
»Du scheinst dir aber sehr viel aus Dickon zu machen.«
»Er ist so schön, Tamsyn! Selbst in dieser häßlichen Kleidung und mit den kurzgeschorenen Haaren gefällt er mir besser als jeder andere Mann . . . auch viel besser als dein Fenn, der weggefahren ist, ohne sich dir zu erklären.« Diesen Seitenhieb konnte sie sich nicht verkneifen.
»Du bist ja von Dickon verhext!«
»Du vergißt, daß ich es bin, der jemanden verhexen kann.

Trotz seiner neuen puritanischen Ideen scheint er von mir bezaubert zu sein. Ich bin ja schließlich auch ein zauberhaftes Wesen.«
»Du jedenfalls glaubst das.«
»Mir gefällt diese puritanische Sekte auch deshalb besonders, weil alles so gefährlich ist. Jedenfalls seit der Hampton-Court-Konferenz.«
»Du solltest eine Religion meiden, die so gefährlich ist.«
»Wie kannst du so etwas sagen! Das klingt ja geradezu zynisch. Wenn man wahrhaft an etwas glaubt, muß man diesen Glauben doch auch verteidigen, selbst wenn dabei das eigene Leben gefährdet wird.«
»Unser Land und meine Familie haben durch die Glaubenskämpfe gelitten. Einer meiner Vorfahren wurde unter Heinrich VIII. enthauptet, ein anderer starb auf dem Scheiterhaufen während der Regierungszeit der katholischen Maria. Ich will keinen neuerlichen religiösen Konflikt innerhalb der Familie.«
»Du bist feige, Tamsyn!«
»Meinetwegen! Doch ich bleibe bei meiner Ansicht.«
»Sie reden davon, wegzugehen.«
»Wer? Dickon und die Deemsters?«
»Ja. Sie wollen nach Holland, wo Religionsfreiheit herrscht. Vielleicht ziehen sie eines Tages auch ganz weit weg und gründen einen eigenen Staat.«
Ich lachte. »Was findest du denn so lustig?« fragte Senara.
»Daß ausgerechnet du dich mit Puritanern eingelassen hast. Ich vermute allerdings, daß es nicht die Puritaner sind, die dich so anziehen. Dir geht es bloß um Dickon!«
»Was käme für mich dabei heraus? Ich würde ja doch nie die Erlaubnis bekommen, einen Mann zu heiraten, der einmal unser Musiklehrer war und jetzt Gemüse für die Deemsters anpflanzt.«
»Ich kann mir dich auch schlecht als Frau eines Mannes von solch niedrigem gesellschaftlichem Rang vorstellen.«
»Ich noch weniger. Schließlich stamme ich aus hochadligem Geschlecht, viel edler als alles hier ringsum.«
»Woher weißt du das denn?«
»Meine Mutter hat mir erzählt, daß sie in Spanien am Königshof verkehrte. Folglich hast du recht, daß ich Dickon nicht heiraten kann.«

»Mach kein so trauriges Gesicht. Heute ist schließlich der erste Weihnachtsfeiertag. Du wirst für unsere Gäste singen und tanzen und fröhlicher sein als alle anderen.«
»In Leyden Hall feiern sie ganz anders Weihnachten.«
»Das kann ich mir vorstellen. Es wird eine ernste religiöse Feier sein ... kein Tanz, keine Fröhlichkeit, keine alten Bräuche, keine Weihnachtssänger. Hier ist doch alles mehr nach deinem Geschmack!«
»Du hast ja recht«, stimmte sie seufzend zu. An diesem Abend sah sie in ihrem blauen Samtgewand besonders schön aus. Das dunkle Haar hatte sie mit einem goldenen Band zusammengefaßt.
Mehrere junge Männer schienen sie wie ich als die Schönste von allen anzusehen. Vermutlich würde jeder von ihnen um ihre Hand anhalten, wenn er nur ein wenig dazu ermutigt würde.
Da gab es Thomas Grenoble, jung, gutaussehend, reich. Er verkehrte in London am Hof. Ich wußte, daß meine Stiefmutter ihn für Senara ausersehen hatte. Er brachte Senara die neuesten Tänze bei, und sie lernte sie rasch.
Melanie war von ihrer Mutter zu einer ausgezeichneten Hausfrau erzogen worden. Ich glaube, nie zuvor an Weihnachten war alles so wie am Schnürchen abgelaufen. Connell kümmerte sich nicht viel um Melanie, sondern machte lieber einigen jungen Frauen aus der Nachbarschaft schöne Augen. Melanie jedoch schien ihm das nicht übelzunehmen.
Ich fragte sie einmal, ob sie wisse, wann Fenn zurückkommen werde. Vermutlich schon im Frühjahr, lautete ihre Antwort.
Das gab mir neue Hoffnung. Wenn es doch nur bald Frühling würde!

Nachdem ich überall vergeblich nach dem Tagebuch meiner Mutter gesucht hatte, kam ich zu der Ansicht, daß Jennet sich alles nur eingebildet hatte. Vermutlich gab es überhaupt kein Tagebuch.
Wahrscheinlich war meine Mutter eines ganz natürlichen Todes gestorben ...
Doch kurze Zeit darauf änderte ich meine Meinung wieder. Ich konnte den Stein nicht vergessen, den ich auf dem Grab

meiner Mutter gefunden hatte. Und wer hatte ihn wohl aus seinem Versteck im Schrank herausgeholt?
Ich konnte mir nicht vorstellen, wo die Aufzeichnungen im Wohnzimmer versteckt sein könnten. Immer wieder hatte ich alles durchsucht. Vielleicht aber war das Versteck auch ganz woanders?
Da gab es die beiden Räume im Krähenturm und in Nonnas Turm. Nur wenige Leute setzten je den Fuß hinein. Wer weiß? Ich beschloß, mich dort umzusehen.
Die Möblierung war sehr alt und abgenutzt. Am vielversprechendsten waren einige Stühle, die unter der Sitzfläche ein Fach hatten, in dem man kleinere Gegenstände aufbewahren konnte. Wenn ich in die Turmkammern kam, schaute ich zuerst immer aufs Meer hinaus, wo die zackigen Spitzen der *Devil's Teeth* aus dem Wasser ragten. Ein unheilvoller Anblick! Es überraschte mich nicht, daß die Felsen als verhext galten.
Hoch oben in der Wand der seewärts gelegenen Turmseite gab es schmale Fensterschlitze, in denen Laternen hingen. Man konnte über Trittleitern zu ihnen hinaufsteigen. Diese Laternen waren von einem meiner Vorfahren vor vielen Jahren angebracht worden. Er hatte den Beinamen ›guter Casvellyn‹, im Gegensatz zu so vielen Familienmitgliedern, die wohl alles andere als gut gewesen waren. Die *Devil's Teeth* waren die Ursache vieler Schiffskatastrophen - früher und auch heute noch. Der ›gute Casvellyn‹ hatte Abhilfe schaffen wollen. Wenn die Seeleute bei Sturm die brennenden Laternen in den beiden Türmen von Schloß Paling sahen, wußten sie, daß sie ganz in die Nähe der mörderischen *Devil's Teeth* geraten waren und rasch einen anderen Kurs einschlagen mußten.
Mir gefiel der Gedanke, daß die menschenfreundliche Tat eines meiner Vorfahren vielen Seeleuten das Leben gerettet hatte. Leider kam es trotz der Warnlichter immer wieder vor, daß Schiffe auf die Felsen aufliefen.
Einer der Diener, die im Meeresturm lebten, hatte die Pflicht, darauf zu achten, daß in jeder Nacht die Laternen angezündet wurden.
Obwohl ich die beiden Turmgemächer schon nach dem geheimnisvollen Tagebuch durchsucht hatte, beschloß ich nach Weihnachten, dort noch einmal nachzusehen. Je mehr

ich darüber nachdachte, desto sicherer war ich mir, daß das Buch in einem Geheimfach verborgen war, welches sich in einem der Stühle befand. Ich nahm mir einen nach dem anderen vor und fand auch tatsächlich ein geheimes Fach. Als ich es mit großem Herzklopfen öffnete, war es aber leer.
Ich setzte mich völlig erschöpft auf den Boden. Es gibt wohl kaum etwas Ermüdenderes, als nach einer Sache zu suchen, von der man nicht einmal weiß, ob sie überhaupt existiert.
Plötzlich lief mir ein kalter Schauer über den Rücken. Ich hatte das Gefühl, daß mich jemand beobachtete. Rasch stand ich auf. Es war jedoch niemand zu sehen.
»Wer ist da?« fragte ich in besonders scharfem Ton, der meine Angst Lügen strafte.
Keine Antwort. Ich lief zur Tür und stieß sie auf. Vor mir lag die Wendeltreppe. Kein Mensch war zu sehen, aber ich hörte leichte Schritte.
Warum hatte der- oder diejenige nicht geantwortet, als ich rief? Und warum hatte mich jemand heimlich beobachtet?
Dann kam mir der Gedanke, daß jemand wußte, wonach ich suchte, und fürchtete, ich hätte es gefunden.
Es wurde langsam dunkel. Schon bald würde der Diener erscheinen, der die Laternen anzünden mußte. Ich wollte nicht, daß er mich hier antraf. Die Schritte auf der Treppe hatten mich beunruhigt. Warum lag jemandem soviel daran, ob ich die Aufzeichnungen fand oder nicht?
Wenn irgendwer tatsächlich Angst davor hatte, dann gab es nur einen Grund: In dem Tagebuch stand etwas, was ihn belastete.
Wer könnte das sein? Der Mörder meiner Mutter?

Thomas Grenoble wurde ein häufiger Besucher im Schloß. Senara spielte ihm auf der Laute vor und sang sehnsüchtige Liebeslieder.
Doch sie hatte noch einen anderen Verehrer, und der sah ebenso fremdländisch aus wie sie. Er lebte als Gast von Squire Marden, war um ein sorgfältiges Englisch bemüht und von ungemein leidenschaftlichem Temperament. Sein Name klang englisch - Lord Cartonel -, doch war er kein Brite.
Er erzählte uns, daß er unter der verstorbenen Königin Jahre in verschiedenen Gesandtschaften im Ausland ver-

bracht hatte. Meine Stiefmutter bewunderte ihn offensichtlich. Wahrscheinlich zog sie auch ihn als künftigen Ehemann für Senara in Betracht.
Senara war entzückt über zwei so glühende Verehrer. »Es ist immer gut, Auswahl zu haben.«
»Und was ist mit Dickon?« erkundigte ich mich.
»Dickon! Du glaubst doch nicht im Ernst, daß er in Frage kommt.«
»Wenn er von edler Abstammung wäre . . .«
Ihr Gesicht wurde zornrot. »Aber das ist er nun einmal nicht«, erwiderte sie und wechselte rasch das Thema.
Gegen Ende Februar teilte mir Melanie voller Freude mit, daß ihr Bruder heimgekehrt sei.
»Ich bekam einen Brief von meiner Mutter. Fenn wird eine ganze Weile in England bleiben, bevor er zu seiner nächsten Fahrt aufbricht.«
»Meinst du, daß er uns besucht?« fragte ich.
»Bestimmt wird er das tun!«
Nun wachte ich jeden Morgen auf und sagte mir: »Heute werde ich ihn sehen.« Wann immer jemand in den Hof einritt, stürzte ich zum Fenster und schaute hinunter. Ich hatte unbändige Sehnsucht nach ihm.
Der Februar verstrich. Fenn war nun schon seit drei Wochen zu Hause, ohne bei uns vorbeizuschauen.
Auch Melanie konnte sich keinen Reim darauf machen. Selbst wenn Fenn mich aus irgendeinem Grund nicht treffen wollte, konnte er doch wenigstens seine Schwester besuchen.
Senara machte ein boshaftes Gesicht, wie immer, wenn wir auf Fenn zu sprechen kamen. »Warum kommt dein lieber Freund eigentlich nicht her, Tamsyn? Er soll ja schon wochenlang im Lande sein.«
Ich war viel zu bekümmert, als daß ich eine scharfe Antwort parat gehabt hätte. Also zuckte ich nur hilflos die Achseln.
»Er hat uns offenbar völlig vergessen. Seeleute sollen ja recht wankelmütige Gesellen sein.«
Einige Tage später erfuhren wir, daß Thomas Grenoble nach London zurückgekehrt war. »Er ist weg, ohne um meine Hand angehalten zu haben«, sagte Senara. »Was hältst du davon, Tamsyn?«

»Sehr merkwürdig! Ich dachte, er sei unsterblich in dich verliebt.«
»Das war er auch. Aber ich wollte ihn nicht haben.«
»Er hat dich gar nicht gefragt, Senara!«
»Es hätte aber nicht viel gefehlt. Grenoble ist ein sehr reicher Mann, der eines Tages auch einen hohen Titel tragen wird. Kurzum, er war genau der Mann, den meine Mutter passend für mich gefunden hätte.«
»Aber er hat dir keinen Heiratsantrag gemacht.«
»Weil ich es nicht wünschte.«
»Hast du ihm das klar und deutlich gesagt?«
»Das hätte ihn kaum davon abgehalten. Ich mußte ihn aber unbedingt davon abbringen, denn meine Eltern hätten der Versuchung sicher nicht widerstehen können, einen so reichen Schwiegersohn zu bekommen. Also habe ich ein bißchen gehext.«
»Hör auf! Wie oft habe ich dich schon gebeten, nicht so zu reden.«
»Trotzdem habe ich meinen Willen durchgesetzt.«
»Manchmal fürchte ich, daß du verrückt bist, Senara.«
»Ach was! Ich bin so entzückt über den Erfolg meiner kleinen Zauberei, daß ich's dir erzählen möchte. Hast du je darüber nachgedacht, wieviel unsere Dienstboten für uns zu tun bereit sind, wenn man weiß, wie man sie behandeln muß? Ich habe das schon immer ausgenützt. Hör gut zu, Tamsyn. Du grübelst dauernd darüber nach, ob dein Fenn bald kommt. Er wird nicht kommen und will dich jetzt genausowenig haben wie Thomas Grenoble mich. Weißt du, was ich mit Grenoble gemacht habe? Ich habe unsere Dienstboten schwatzen lassen . . . natürlich mit seinen Dienern. Es war ganz einfach. Ich ließ sie von meiner Eigenartigkeit, von meinen Zaubereien und auch davon erzählen, wie ich geboren wurde. Er sollte glauben, daß die Dienerschaft Angst vor mir hat, daß ich einen Sturm auf hoher See entfesseln und einen Mann dazu bringen kann, mich als das schönste Wesen auf der Welt anzusehen . . . Er hat dem Dienstbotengeschwätz schließlich Glauben geschenkt, Tamsyn. Deshalb ist er so überstürzt nach London zurückgereist.«
»Das kannst du doch unmöglich getan haben!«
»Doch, doch! Ich wußte, daß man mich zwingen würde, ihn

zu heiraten, wenn er mir einen Antrag macht. Und er stand kurz davor, denn er hatte sich rasend in mich verliebt. Doch seine Angst, mit Hexerei in Verbindung gebracht zu werden, war größer als seine Liebe zu mir. Die Menschen haben mehr und mehr Angst davor . . . Nun bin ich frei von Thomas Grenoble!«

Ich glaubte ihr nicht, sondern nahm an, daß sie gekränkt sei, weil er abgereist war.

Als ich ihr meinen Verdacht gestand, lachte sie mich aus. »Wir sollten uns gegenseitig trösten, Tamsyn«, meinte sie spöttisch. »Schließlich haben wir ja beide einen Liebsten verloren.«

Als ich mich heftig abwandte und wegging, verfolgte mich ihr schrilles Gelächter. Wenig später sah ich sie fortreiten. Vermutlich besuchte sie Dickon in Leyden Hall.

War es denkbar, daß sie Dickon wirklich liebte? Stimmte es, daß sie Thomas Grenoble auf die von ihr beschriebene Weise abgeschreckt hatte? Bei Senara konnte man nie wissen . . .

Der März kam mit heftigen Stürmen. Salzige Gischt sprühte gegen die Burgmauern. Die Wellen brandeten so hoch, daß es gefährlich war, am Meer spazierenzugehen. Viel zu leicht konnte man von einer Woge fortgerissen werden.

Als eines Abends der Sturm besonders heftig tobte, überfiel mich das merkwürdige Gefühl, die Laternen seien nicht angezündet worden. Ab und zu kam es nämlich vor, daß sie ausgingen. Bei solchem Wetter mußte man ganz besonders darauf achten, daß sie brannten.

Ich kletterte zum Turmgemach hinauf und nahm eine Kerze mit.

Zuerst wollte ich gleich zum Meeresturm laufen, um mitzuteilen, daß das Entzünden der Laternen vergessen worden war. Doch dann beschloß ich, lieber selbst für Licht zu sorgen. Ich konnte die Laternen ohne Mühe mit Hilfe der Trittleiter erreichen und zündete sie an.

Dann ging ich wieder in unser Schlafzimmer. Senara lag mit nachdenklichem Gesicht auf ihrem Bett.

Ich wollte gerade erzählen, was ich entdeckt hatte, da sagte sie: »Sie gehen bald fort.«

»Wer?« fragte ich.

»Die Puritaner wollen nach Holland, weil sie nur dort in Freiheit ihre Religion ausüben können.«
»Geht Dickon mit?« Senara nickte. Ich hatte sie selten so niedergeschlagen erlebt.
Dann setzte sie wieder zu einem langen Monolog über die Puritaner an. »Dickon fühlt sich einerseits sehr zu den Puritanern hingezogen«, sagte sie zum Schluß. »Andererseits wehrt sich sein ganzes Wesen dagegen. Es ist ein ständiger Kampf! Solche Kämpfe sind etwas Erregendes für mich. Du willst immer, daß alles friedlich ist. Das soll nicht heißen, daß es dir an Verstand fehlt, aber du bist keine abenteuerlustige Natur, Tamsyn. Du gehörst zu den mütterlichen Gestalten, die zum Lieben und Beschützen geboren sind. Ich bin anders. Ich möchte viel eher eine Geliebte sein . . . verführerisch, bestrickend und schwer zu ergründen.«
»Du hast dich gut beschrieben«, gab ich zurück. »Ich weiß jetzt, weshalb du diese Puritaner besuchst: nur weil es gefährlich ist. Bald schon wird die Verfolgung gegen sie einsetzen, denn die Menschen wollen immer diejenigen bekämpfen oder sogar töten, die anderer Überzeugung sind als die Masse. Die Katholiken wie die Puritaner - beide gelten als erklärte Feinde der anglikanischen Hochkirche.«
»Der König haßt sie alle. Puritaner, Hexen und Katholiken sollen versucht haben, sein Parlament in die Luft zu jagen. So sieht er es jedenfalls. Er ist ein merkwürdiger Mann . . . Manche behaupten, daß er einen ausgezeichneten Verstand hat. Er liebt die Vergnügungen ebenso sehr, wie die Puritaner sie hassen. Thomas Grenoble erzählte mir, daß der König viel Zeit beim Hahnenkampf verbringt. Außerdem ist er ein Feigling. Seine Kleidung ist dick gepolstert, damit ihn die Dolche von Mördern nicht treffen können. In Leyden Hall wird viel über all dies geredet. Die Deemsters werden nicht einfach davonlaufen, Tamsyn. Nein, sie schmieden großartige Pläne. In Holland wollen sie übrigens nicht für immer bleiben.«
Senaras Augen leuchteten. Bestimmt stellte sie sich vor, wie sie an Dickons Seite gefährliche Abenteuer bestand.
»Es ist schon einige Jahre her, seit Sir Walter Raleigh ein schönes Land entdeckt hat, das er nach unserer jungfräulichen Königin Virginia nannte. Dorthin wollen sie ziehen.«

»Virginia war eine Kolonie und ist nun verlassen«, wandte ich ein.
»Es ist ein fruchtbares Land mit großen Möglichkeiten. Vielleicht werden die Puritaner sich dort niederlassen und einen neuen Staat gründen, in dem alle Menschen frei ihre Religion ausüben können.«
»Vorausgesetzt, sie geraten nicht in Konflikt mit der puritanischen Glaubenslehre«, sagte ich spöttisch.
Senara brach in Gelächter aus. »Ach, Tamsyn, du weißt doch, daß es mir nicht um die Religion geht! Mir ist es gleichgültig, ob die anderen zwanzigmal am Tag das Knie beugen oder sich ständig bekreuzigen. Mir geht's um das Abenteuer! Stell dir vor, so aufzubrechen . . . ins Ungewisse hinein! Du weißt nicht, ob du dabei stirbst! Ständig muß man Gefahren trotzen. Das ist es, was mir gefällt.«
Und natürlich Dickon, dachte ich bei mir. Ich war sehr beunruhigt, als ich mir überlegte, was aus Senara würde, falls Dickon wirklich fortginge.
Am nächsten Tag legte sich der schreckliche Sturm vom Vortag. Im Hof des Meeresturmes wurde ein Bediensteter ausgepeitscht.
Merry erzählte es uns mit verzerrtem Gesicht. Bestimmt erinnerte sie sich daran, daß ihr Freund Jan Leward die gleiche Strafe erlitten hatte.
Alle Männer aus dem Meeresturm hatten den Befehl erhalten, sich im Hof zu versammeln, um bei der Auspeitschung anwesend zu sein. Die Frauen bereiteten inzwischen Salben und Binden vor, um den Ärmsten zu behandeln, wenn er vom Pfosten losgebunden und bewußtlos in seine Kammer getragen wurde.
Nur sehr selten wurde ein Bediensteter ausgepeitscht. Der letzte war Jan Leward gewesen. Ich wußte, daß Merry nie darüber hinweggekommen war. Mein Vater hatte den beiden zudem noch verboten, sofort zu heiraten. Sie sollten erst einmal beweisen, daß sie treue Dienstboten seien, bevor sie die Erlaubnis zur Eheschließung erhielten.
Ich hatte auf Merrys Gesicht manchmal tiefen Haß gesehen, wenn von meinem Vater die Rede war.
Ein paar Tage später bekamen wir Besuch. Ein Seefahrer wollte sich bei meinem Vater persönlich bedanken. In jener Sturmnacht sei er um ein Haar auf die *Devil's Teeth* aufge-

laufen. In letzter Minute habe er die Warnlichter gesehen und gerade noch ausweichen können. Er hatte allen Grund, den Casvellyns dankbar zu sein. Die Schiffsladung war eine der kostbarsten gewesen, die er je an Bord gehabt hatte: Gold, Elfenbein und seltene Gewürze aus Afrika.
Er saß den ganzen Tag mit meinem Vater beim Wein und kündigte zum Schluß an, daß er einige Fässer Malvasier schicken werde.
Als ich darüber nachdachte, fiel mir ein, daß ich es war, die die Laternen angezündet hatte. Das mußte ich sofort Senara erzählen! Merry kam zufällig herein, während wir uns darüber unterhielten.
»Wie wunderbar, daß dieses Schiff doch noch gerettet wurde«, sagte ich. »Jemand hatte vergessen, die Laternen anzuzünden. Welch ein Glück, daß ein Gefühl mir sagte, ich solle auf den Turm steigen und nachschauen.«
Senara und Merry sahen mich unverwandt an. »Ihr wart es also«, sagte Merry schließlich.
»Du müßtest eigentlich den ganzen Malvasier bekommen«, rief Senara. »Sprich aber lieber nicht darüber. Es könnte Ärger geben.«
Ich glaubte zu wissen, was sie meinte. Natürlich würde es Ärger geben, denn schließlich hatte jemand aus Pflichtvergessenheit die Lichter nicht angezündet. Solch ein Versäumnis konnte viele Menschenleben kosten.
Ich wollte auf keinen Fall, daß noch jemand im Hof ausgepeitscht wurde.

Eine Woche später kam Nachricht aus Lyon Court. Meine Großmutter kränkelte und bat mich zu kommen.
Mein Vater erlaubte mir, zu ihr zu reisen. Zum erstenmal bestand Senara nicht darauf, mich zu begleiten. Sicher lag das daran, daß sie auf ihre regelmäßigen Besuche bei Dikkon auf keinen Fall verzichten wollte.
Meine Großmutter sah zart und zerbrechlich aus, schien aber etwas aufzuleben, als sie mich sah. In Devonshire kommt der Frühling häufig sehr zeitig - so auch in diesem Jahr. Wir konnten schon im Garten sitzen, und ich bewunderte wieder einmal die schönen Anlagen, in denen die Pfauen herumstolzierten.
Meine Großmutter ließ sich von mir viel über das Leben

auf dem Schloß erzählen. Als sie hörte, wie ich durch Zufall ein Schiff vor dem sicheren Untergang gerettet hatte, war sie ganz begeistert. Sie fragte mich auch nach meinem Vater und meiner Stiefmutter aus und wollte wissen, ob die beiden glücklich miteinander seien. Ich erklärte, meiner Meinung nach machten sie einen glücklichen Eindruck. Allerdings wisse man nie genau, was in meiner Stiefmutter vorginge.

»Und wie geht's Senara?« erkundigte sie sich.

»Senara ist seit neuestem bei einer Nachbarsfamilie zu Gast, deren Mitglieder strenge Puritaner sind.«

»Senara und Puritaner! Wie paßt das zusammen?«

»Senara ist oft seltsam. Manchmal glaube ich sie gar nicht zu kennen, Großmutter.«

»Und dennoch habt ihr einander gern.«

»Ich liebe sie wie meine Schwester.«

»Und wie kommst du mit Melanie zurecht?«

»Oh, sie wächst mir immer mehr ans Herz. Hoffentlich ist Connell gut zu ihr. Er kümmert sich wenig um sie und geht ständig zur Jagd. Wie Vater!«

»Gibt es noch keine Anzeichen, daß sie ein Kind bekommt?«

Ich schüttelte den Kopf.

»Nun erzähl mir aber von Fenn Landor, Tamsyn.«

Ich senkte den Kopf und schwieg.

»Hat er euch nicht im Schloß besucht?« fragte sie behutsam.

Ich ließ meinen Blick über die blühenden Sträucher schweifen. »Nein, Großmutter. Er ist nicht zu uns gekommen.«

Sie runzelte die Stirn. »Dafür muß es doch einen Grund geben.«

»Vielleicht liegt es daran, daß es einige Spekulationen gab. Das gefiel ihm wohl nicht ...«

»Spekulationen?«

»Ja. Alle schienen zu erwarten, daß wir heiraten ... nur Fenn anscheinend nicht.«

»Da muß etwas geschehen sein! Ich könnte schwören, daß er in dich verliebt war«, sagte meine Großmutter nachdrücklich.

Ich zuckte hilflos die Achseln. »Bitte, laß uns von etwas anderem reden.«

»Es hat keinen Zweck, etwas beiseite zu schieben, nur weil es weh tut, wenn man's anschaut.«
»Er ist zur See gefahren, ohne mir ein einziges Wort zukommen zu lassen«, sagte ich kühl. »Nun ist er schon seit langem wieder zurück, ohne mich zu besuchen. Sagt das nicht alles?«
»Nein! Da ist etwas geschehen!«
»Du irrst dich! Er hat sicher die Anspielungen auf eine mögliche Hochzeit nicht mehr ertragen können. Das ist alles.«
»Ich werde ihm einen Brief senden und ihn bitten, mich zu besuchen«, schlug meine Großmutter vor.
»Wenn du das tust, reite ich sofort zurück aufs Schloß!«
Sie sah, daß ich es ernst meinte, und ließ ihren Plan fallen. Wie früher erzählte sie mir auch diesmal wieder viel von meiner Mutter. Ich glaube, daß sie mich manchmal mit ihr verwechselte, wenn sie nach einem kleinen Schlummer aufwachte.
Sie wollte mich wohl mit einigen jungen Männern bekannt machen, denn sie gab mehrere Einladungen. Einige Gäste hatten mit der Ostindischen Gesellschaft zu tun und kannten Fenn. Sein Name wurde öfter erwähnt. Ich entnahm den Reden, daß er allseits geachtet wurde; ich hatte es nicht anderes erwartet.
Auch einige ältere Seeleute waren geladen, die früher für meinen Großvater gearbeitet hatten. Ich hörte mit Staunen, wie gern sie von den alten Abenteuern sprachen.
»Das Leben ist viel zu friedlich und langweilig geworden«, klagte der eine. »In den Tagen der alten Königin herrschte doch ein ganz anderer Kampfgeist.«
»Vor dem Sieg über die Armada war unser Dasein gefährlich, aber das war in gewisser Weise sehr gut so. Jeder war bereit, sein Bestes zu tun, um die Gefahr abzuwenden. Heute sind die Leute viel selbstsüchtiger und kümmern sich nur noch um sich.«
Mit großer Zuneigung wurde von der verstorbenen Königin und ihrer Eitelkeit, ihren Launen, ihrer Ungerechtigkeit und ihrer Größe gesprochen.
»Es hat noch nie eine so scharfsinnige Monarchin gegeben und wird sie auch nicht mehr geben«, lautete die allgemeine Ansicht.
Der jetzige König stand in keinem so hohem Ansehen. Er

hatte schlechte Tischmanieren,war von liederlichem Äußeren, spielte den Leuten gern gemeine Streiche. Das lag nach Meinung einiger Tischgäste daran, daß er von Schotten großgezogen worden war.
Daraufhin drehte sich das Gespräch um die Ränke der Maria Stuart, mit deren Hilfe sie gehofft hatte, den Thron zu besteigen, und darum, daß unsere Königin Elisabeth ihr immer um einen Schritt voraus gewesen war.
»Maria war eine Ehebrecherin«, sagte der eine.
»Und dazu eine Mörderin«, meinte ein anderer.
Nun rückte der Mord an Marias zweitem Ehemann, Lord Darnley, in den Mittelpunkt der Unterhaltung.
»Man fand ihn tot auf, doch an seinem Körper ließ sich kein Zeichen finden dafür, woran er eigentlich gestorben war«, sagte mein Tischnachbar, und ich hörte plötzlich mit großer Aufmerksamkeit zu.
»Da war nichts zu finden . . .«, fügte ein anderer vielsagend hinzu.
Mit klopfendem Herzen stellte ich eine Frage. »Wie ist so etwas denn möglich?«
»Oh, es gibt da etwas . . .«
»Was denn?« Ich konnte kaum noch atmen.
»Wenn man ein feuchtes Tuch fest auf Mund und Nase des Opfers drückt und nicht losläßt, bis es erstickt ist, kann man keinerlei Anzeichen von Gewaltanwendung entdekken.«
Die Worte sausten in meinem Kopf, so daß ich dem weiteren Gespräch nicht mehr folgen konnte. Auch am Körper meiner Mutter hatte es kein Zeichen eines gewaltsamen Todes gegeben. Keine Wunde, kein Mal . . . Bei Lord Darnley war es ebenso gewesen.
Ich hätte am liebsten mit meiner Großmutter darüber gesprochen, wagte es aber nicht, da sie so alt und gebrechlich wirkte. Ich wollte sie nicht unnötig aufregen.
Meine Mutter war also getötet worden. Und sie hatte zudem geahnt, daß jemand einen Mordanschlag auf sie verüben wollte.
Wenn sie ein Tagebuch geführt hatte, dann mußte sie etwas niedergeschrieben haben, das niemand lesen durfte.
Ich mußte dieses Tagebuch unbedingt finden.

Erst im April kehrte ich aufs Schloß zurück. In unserem Schlafzimmer stellte ich fest, daß Senaras Sachen fehlten. Doch schon kam sie hereingestürzt und umarmte mich. »Wie schön, daß du wieder da bist! Ich muß zugeben, daß es ohne dich etwas einsam hier war.«
»Was ist hier los?« fragte ich.
»Ich hielt es für an der Zeit, daß wir getrennte Zimmer haben. Solange wir noch klein waren und Angst vor der Dunkelheit hatten, war es natürlich hübsch, zusammen zu schlafen.«
Ich war ein wenig gekränkt und dachte daran, wie oft wir uns unterhalten hatten, bevor wir eingeschlafen waren. Früher war Senara immer traurig gewesen, wenn ich nicht bei ihr war . . .
»Ich habe mir das Rote Zimmer ausgesucht«, sagte sie.
»Warum gerade das? Es gibt doch so viele andere.«
»Ich habe eben eine Vorliebe dafür.«
Ich zuckte die Achseln.
»Du bist mir doch nicht böse?« fragte sie.
»Nein. Aber ich wüßte gern, warum du es für nötig hieltest.«
Sie lächelte geheimnisvoll, und ich ahnte, daß es einen ganz bestimmten Grund gab. Weshalb hatte sie ausgerechnet das Rote Zimmer gewählt? Plötzlich kam mir ein Gedanke. Vielleicht hatte sie das Rote Zimmer ausgesucht, weil die Dienstboten es für verhext hielten? Wenn sie irgendein verdächtiges Geräusch hörten, dann glaubten sie wohl, es sei ein Geist.
Kam Dickon vielleicht nachts ins Schloß zu Senara? Ein Puritaner konnte so etwas natürlich nicht tun. Aber wie ernst nahm er seinen neuen Glauben überhaupt? Fest stand, daß Senara und er leidenschaftlich ineinander verliebt waren.
Die Lage war sehr gefährlich. Was würde aus Dickon werden, wenn mein Vater oder meine Stiefmutter ihn bei Senara überraschten?

Lord Cartonel hatte seine Besuche bei uns nicht eingestellt. Sicher würde er bald um Senaras Hand anhalten, und sie konnte seine Bewerbung unmöglich ausschlagen. Er stellte all das dar, was sich Maria schon immer für ihre Tochter erträumt hatte.

Ich wollte mich neuerlich auf die Suche nach dem Tagebuch machen. Aber wo? Außerdem wurden meine Gedanken ständig abgelenkt durch das Gerede über Hexerei. Die Dienstboten sprachen fast von nichts anderem.

»Es heißt, daß hier ganz in der Nähe ein Hexensabbat sein soll, Mistress«, erzählte Merry aufgeregt. »Da geschehen schreckliche Dinge. Da beten sie den Teufel an, der mitten unter ihnen in der Gestalt eines Ziegenbocks sitzt.«

»Das ist alles blanker Unsinn«, wies ich sie scharf zurecht.

»Entschuldigung, Mistress, wenn ich widerspreche. Aber da passiert wirklich Fürchterliches. Ein Küchenmädchen war noch spät unterwegs und hat die Hexen gesehen. Sie hat sie heimlich beobachtet, und da haben sie splitternackt wild getanzt, als ob . . . als ob sie sich gegenseitig zu was Schlimmem anstiften wollten.«

»Woher hat denn das Mädchen gewußt, daß sie Schlimmes tun wollten?«

»Oh, das war deutlich zu sehen! Der Mond schien ja hell genug. Sie haben alle Kleider ausgezogen und zusammen getanzt. Und wenn sie dann erschöpft waren, haben sie sich zusammen hingelegt, und das war am allerschlimmsten.«

»Ich möchte das Mädchen gern selbst fragen, Merry.«

»Oh, das tät ich lieber nicht, Mistress. Das arme Ding hat furchtbare Angst, daß die Hexen sie beim Zuschauen bemerkt haben. Sie könnten ihr ja was Böses tun, weil sie sich dem Teufel verkauft haben und so mächtig sind wie Gott . . . bloß auf der falschen Seite.«

»Du weißt ganz genau, daß nichts Gutes aus solchem Geschwätz entstehen kann, Merry«, sagte ich sehr eindringlich.

»Man sagt, es wird erst dann wieder gut werden, wenn jede Hexe am Galgen hängt.«

»Meiner Meinung nach hat sich das Mädchen alles nur eingebildet, Merry. Was hat es überhaupt so spät nachts draußen zu suchen gehabt?«

»Sie hat ihre kranke Mutter besucht und dort warten müssen, bis Hilfe gekommen ist. Erst dann konnte sie zurückgehen. Sie hat dort beim Sabbat bekannte Gesichter gesehen, Mistress, und weiß jetzt, daß einige hier dem Teufel gehören.«

»Hat sie gesagt, wen sie gesehen hat?«
»Nein, sie hat zu große Angst. Jedesmal wenn sie den Mund aufmachen will, fängt sie an zu zittern, sagt sie. Aber man wird sie schon noch dazu bringen, es zu verraten. Viele Leute treffen sich nämlich, die dem Hexenspuk ein Ende machen wollen, und die werden sie schon zum Reden bringen. Es muß sein! Mistress Jelling hat ihr Kind verloren ... tot geboren war's. Und unter dem Vieh ihres Mannes ist eine schreckliche Seuche ausgebrochen.«
Ich wußte, daß meine Worte nichts nützen würden. Ich wußte auch, daß die Dienstboten meine Stiefmutter heimlich beobachteten und nach wie vor glaubten, daß sie die Hexerei ins Schloß gebracht habe.
Ein schrecklicher Gedanke peinigte mich. Wenn das Volk zur Hexenjagd aufgehetzt wurde, wie es in anderen Teilen des Landes schon geschehen war, dann würde unser Schloß sicher als erstes heimgesucht werden.

Senara wirkte so unruhig und unglücklich wie nie zuvor. Bestimmt lag es daran, daß Dickon weggehen wollte. Immer häufiger ritt sie nach Leyden Hall hinüber, und ich war mir fast sicher, daß Dickon sich nachts zu ihr ins Rote Zimmer schlich.
Ich belauschte die Dienstboten, als sie über den Teufel in Tiergestalt redeten.
»Am wahrscheinlichsten kommt er als Katze oder Maus. Dann spricht er mit derjenigen, die er besucht, und sagt ihr, was sie Böses tun soll.«
Ich fragte mich, ob die Dienerschaft Stimmen im Roten Zimmer gehört hatte.
Ich liebte Senara von Herzen, auch wenn sie mich manchmal rasend machen konnte.
Uns verband tiefe Zuneigung. Wäre sie nur nicht so tollkühn, so unvorsichtig! Immer wieder flehte ich sie an, vorsichtiger zu sein.
Doch sie dachte gar nicht daran, obwohl sie genau wußte, daß hinter ihrem Rücken geflüstert wurde. Ihr war auch klar, daß sie als Marias Tochter sehr verdächtig war. Es schien ihr geradezu Spaß zu machen, die Gefahr zu vergrößern.
Eines Tages kam sie erst spät nach Hause. Sie schien von ei-

nem inneren Feuer verzehrt zu werden und wirkte schöner denn je. Bestimmt war sie in Leyden Hall gewesen.
»Ich sah dich gerade auf Betsy hereinreiten«, sagte ich.
Sie verzog das Gesicht. »Natürlich! Was hast du denn erwartet? Daß ich auf einem Besenstiel daherfliege?«
Ich bemerkte, wie zwei Dienstmädchen die Ohren spitzten.

Im Schlund der Hölle

Merkwürdigerweise fand ich das Tagebuch in einem Augenblick, als ich nicht danach suchte.
Ich wollte einen Brief an meine Großmutter schreiben und benutzte dazu das Sandelholzpult im kleinen Wohnzimmer meiner Mutter. An der einen Seite der schachtelartigen Vertiefung hatten sich einige Bogen leeres Papier eingeklemmt. Als ich sie herauszuziehen versuchte, berührte ich offensichtlich eine geheime Feder, denn eine Holzklappe öffnete sich und dichtbeschriebene Blätter quollen hervor.
Ich traute meinen Augen kaum, als ich die Schrift erkannte. Es waren weit mehr Aufzeichnungen, als ich gedacht hatte.
Dann begann ich zu lesen. Die Niederschrift begann mit dem Treffen meiner Mutter und Fenns Vater und der Aussicht auf eine baldige Ehe. Dann kam der Zwischenfall mit meinem Vater in der Herberge und seine Folgen. Ich konnte mir alles ganz deutlich vorstellen . . .
Als nächstes beschrieb meine Mutter, wie sie Maria gefunden hatte. Diese Geschichte war mir schon oft erzählt worden.
Ich las in fieberhafter Eile weiter und kam zu der Stelle, wo die Machenschaften meines Vaters von meiner Mutter entdeckt wurden. Mein Gott! Das war ja schrecklich! Hätte ich die Aufzeichnungen nur nie gefunden! In Sturmnächten lockte er also in hinterlistiger Weise Schiffe auf die todbringenden Felsen! Mit einemmal wurde mir klar, daß in jener Nacht die Laternen absichtlich gelöscht worden waren. Jemand war ausgepeitscht worden, weil ich sie wieder angezündet hatte. Welcher Wahnsinn!
Was sollte ich bloß tun? fragte ich mich. Ich konnte unmöglich hierbleiben. Und vor allem mußte ich dem gräßlichen Treiben meines Vaters ein Ende bereiten.
Aber wie? Ich konnte ihn verraten . . . nur, an wen? Ich fühlte mich völlig hilflos. Sollte ich Fenn alles anvertrauen?

Er würde sicher dafür sorgen, daß mein Vater kein Schiff mehr ins Unglück locken konnte. Nein, unmöglich! Fenns eigener Vater war im Jahre 1600 von meinem Vater ermordet worden und lag bei uns begraben.
Vielleicht wäre es das beste, zu meiner Großmutter zu reisen. Sie war eine kluge, erfahrene Frau und konnte mir sicher sagen, was ich tun sollte. Doch dann erinnerte ich mich daran, wie alt und gebrechlich sie geworden war. Konnte ich sie mit diesen furchtbaren Enthüllungen belasten?
Ich mußte vor allem dafür sorgen, daß von nun an immer die Laternen angezündet wurden. Vermutlich wurden sie in Sturmnächten von irgendeinem Diener gelöscht, doch ich würde schon darauf achten, daß sie wieder brannten. Es war das wenigste, was ich tun konnte. Schließlich hatte ich dadurch immerhin schon ein Schiff vor dem sicheren Untergang gerettet.
Vermutlich würde bald entdeckt werden, was ich tat. Wie mein Vater es wohl aufnehmen würde, wenn er wußte, daß ich alles über seinen Gelderwerb herausgefunden hatte? fragte ich mich immer wieder. Er war ein jähzorniger Mann. Wenn er fähig war, Hunderte von Unschuldigen sterben zu lassen, nur weil er die Schiffsfracht haben wollte, dann war ihm eigentlich alles zuzutrauen.
Im Oktober 1600 ermordet! Ich glaubte, die Inschrift auf dem Stein immer noch deutlich vor mir zu sehen. Zwischen Entsetzen und Erregung schwankend las ich im Tagebuch meiner Mutter weiter.
Sie hatte Angst gehabt und einen ganz bestimmten Verdacht. Meine Gegenwart hatte sie beruhigt ... In der Nacht, als ich nicht bei ihr war, starb sie eines geheimnisvollen Todes.
Ich hatte durch ihre Aufzeichnungen so vieles erfahren, daß mir fast schwindelte. Doch ich wußte noch immer nicht, wie meine Mutter umgekommen war.
Aber inzwischen war ich felsenfest davon überzeugt, daß sie ermordet worden war.

Nach der Lektüre des Tagebuchs war ich verändert. Senara fiel das sofort auf.
»Was ist mit dir los? Irgend etwas ist geschehen.«

Ich schüttelte den Kopf. »Wie kommst du darauf?«
»Das merkt man doch. Ich habe dich zweimal angesprochen, doch du hast nicht geantwortet, weil du nämlich vor dich hin träumst. Ganz offensichtlich hast du Sorgen, Tamsyn.«
»Deine Phantasie geht wieder einmal mit dir durch«, sagte ich.
»Bestimmt hast du irgend etwas entdeckt!« bohrte Senara weiter. »Weißt du jetzt etwa, weshalb Fenn dich nicht besucht?«
»Da gibt's nicht viel zu entdecken, und warum sollte er mich auch besuchen?«
»Weil zwischen euch eine ganz besondere Zuneigung bestand.«
»Nur in der Einbildung anderer Leute«, erwiderte ich.
»Wenn's nicht um Fenn geht, dann können es nur diese geheimnisvollen Papiere sein. Ja, das ist's! Du hast sie gefunden.«
Ich zuckte unwillkürlich zusammen, und ihr entging das nicht.
»Ich hab recht, ich hab recht!« rief sie triumphierend.
»Die Blätter liegen immer noch in ihrem geheimen Versteck«, widersprach ich. Das war nicht einmal gelogen, denn ich hatte sie wieder in das Geheimfach im Sandelholzpult gesteckt. Dort waren sie noch am ehesten in Sicherheit.
»Mir kannst du nichts vormachen! Du hast alle Geheimnisse deiner Mutter gelesen und bist nun sehr, sehr nachdenklich. Du kannst ja doch nichts für dich behalten, Tamsyn.«
»Du würdest überrascht sein, was ich alles für mich behalten kann«, verteidigte ich mich.
»Ich werde es dir nie verzeihen, wenn du mir das Tagebuch vorenthältst, Tamsyn.«
»Dann muß ich wohl ohne deine Verzeihung weiterleben.«
»Du machst mich noch wahnsinnig! Aber jetzt weiß ich ganz genau, daß du gefunden hast, was du suchtest. Glaub bloß nicht, daß ich dich in Ruhe lasse, bevor du mir alles zeigst!«
Merry war unhörbar ins Zimmer gekommen, und ich fragte

mich, wieviel sie gehört hatte. Es war wirklich schwierig, in einem so großen Haushalt ein Geheimnis zu bewahren. Ich wußte genau, daß nicht nur Senara der Meinung war, ich hätte das Tagebuch gefunden ...

Ich bekam Angst. Schließlich besaß ich jetzt ein gefährliches Wissen. Mehrere Menschen hatten damit zu tun: Mein Vater gab den Befehl zu dem schrecklichen nächtlichen Unterfangen, die Männer aus dem Meeresturm waren seine Helfershelfer. Meine Stiefmutter war möglicherweise noch zu Lebzeiten meiner Mutter die Geliebte meines Vaters gewesen ...

Die schwerste Schuld lag eindeutig bei meinem Vater, doch auch jetzt konnte ich den Gedanken nicht ertragen, daß er es gewesen sein sollte, der meine Mutter ermordet hatte. Allerdings hatte er ein Motiv. Meine Mutter hatte seine bösen Taten durchschaut, letztlich aber doch hingenommen. Ich war darüber entsetzt, aber vielleicht war ich noch zu jung, um ihre Gefühle gänzlich verstehen zu können. Ich wußte ja auch, daß meine Großmutter die Piraterie ihres Mannes Jake verabscheut und immer wieder verurteilt hatte. Er pflegte sich selbst in meinem Beisein oft damit zu brüsten, wie viele Spanier er getötet hatte. Doch trotz alledem hatte meine Großmutter ihn geliebt. Ich empfand eine Art idealistischer Zuneigung für Fenn Landor, ahnte aber schon, daß dies mit wirklicher Liebe nicht viel zu tun hatte.

Falls ich recht damit hatte, daß meine Mutter ermordet worden war, dann glaubte ich auch zu wissen, wie es geschehen war. Wenn ein Mann, den jedermann kannte, auf eine bestimmte Art getötet wurde, so geriet dies nicht in Vergessenheit. Ich dachte an Lord Darnley, der dem ersten Anschlag auf sein Leben mit knapper Not entronnen war, doch im Garten von seinem Mörder überwältigt und mit einem feuchten Tuch erstickt wurde. Da man an seinem Körper keine verräterischen Spuren gefunden hatte, sprach man im Volk immer wieder über seinen Tod.

Ich mußte mir eines ganz klar vor Augen halten: Hier im Schloß gab es einen Mörder, und ich verfügte über gefährliche Kenntnisse. Ob und wie gefährlich sie waren, konnte die betreffende Person nicht wissen.

Am einfachsten wäre es, mich aus dem Weg zu schaffen!
Und deshalb hatte ich Angst. Ich hatte das Gefühl, meine Mutter wolle mich warnen. Noch immer hatte ich jene merkwürdige Gewißheit, daß sie über mich wachte.
Durch einen Zufall hatte ich das Gespräch über Lord Darnleys Ermordung im Haus meiner Großmutter mit angehört, und dies hatte meine Sinne geschärft. Ja, so war es möglich, einen Menschen zu töten, ohne daß es wie Mord aussah. Würde der Mörder - oder die Mörderin - es nochmals versuchen?
Ich sah alles ganz deutlich vor mir: Merry würde morgens in mein Zimmer kommen und mich so kalt und steif vorfinden wie ich damals meine Mutter.
Es würde keinerlei Hinweis darauf geben, wie oder woran ich gestorben war. Und dann hieße es:
Anscheinend hat Tamsyn von ihrer Mutter eine geheimnisvolle Krankheit geerbt, denn sie ist auf dieselbe Art gestorben wie sie.
In Gefahr war ich nachts - das war mir bewußt.

Wie ich diesen Tag überstand, weiß ich nicht mehr. Wenn ich nur gewußt hätte, an wen ich mich wenden sollte! Wäre es nicht doch am besten, mich zu meiner Großmutter zu flüchten?
Die Dämmerung kroch allmählich ins Zimmer. Ich saß am Fenster und sah zu den *Devil's Teeth* hinüber. Die Masten geborstener Schiffe ragten aus dem Wasser. Stimmte es, daß man nachts die geisterhaften Stimmen der Ertrunkenen hören konnte?
Ich stieg zum Turmzimmer hinauf, um mich zu vergewissern, daß die Laternen brannten. Sie waren noch nicht angezündet. Vielleicht war es noch nicht dunkel genug, doch ich entfachte eigenhändig die Flammen.
Ich stand noch auf der Leiter, als Jan Leward heraufkam und mich ansprach.
»Was tut Ihr da, Mistress?« fragte er. »Ich komme, um die Lichter anzumachen.«
»Ich dachte, es sei vergessen worden.«
Er warf mir einen eigenartigen Blick zu. »Nein. Aber es war noch zu früh.«
Vielleicht überlegte er sich jetzt, ob ich auch damals die La-

ternen angezündet hatte und einer seiner Freunde deshalb mit Peitschenhieben bestraft worden war.
Ich ging sogleich in mein Schlafzimmer. Es war nach der Lektüre des Tagebuchs für mich unmöglich, mich mit meinem Vater und meiner Stiefmutter zu Tisch zu setzen, ohne meine Gefühle zu verraten. Ich schützte starke Kopfschmerzen vor.
Jennet kam mit einem Heiltrank. Ich nahm ihn widerspruchslos ein, um sie gleich wieder loszuwerden. Als sie fort war, dachte ich ärgerlich, wie töricht ich wieder einmal gehandelt hatte. Wie dumm von mir, Unpäßlichkeit vorzuschützen! Das war der beste Vorwand für meinen Verfolger, mich auf die gleiche Weise aus dem Weg zu schaffen wie meine Mutter.
Wenn mich tatsächlich jemand umbringen will, dann wird er es bald versuchen, dachte ich. Bestimmt wird es nachts sein, wenn ich schlafe. Warum konnte ich mich nicht unauffällig verhalten? Ich hätte dafür sorgen müssen, daß die angeblich gefundenen Aufzeichnungen als bloßes Dienstbotengeschwätz abgetan wurden.
Aber so stark und kaltblütig war ich eben nicht.
Ich zog mich aus und schlüpfte ins Bett, hatte allerdings nicht vor zu schlafen. Ich war hellwach und grübelte weiter. Es könnte sogar schon in dieser Nacht geschehen, denn der Mörder war ja nicht sicher davor, daß ich in der nächsten Minute alles enthüllen würde, was ich aus den Papieren meiner Mutter ersehen hatte.
Ich durfte auf keinen Fall einschlafen!
Es war ziemlich dunkel, doch allmählich gewöhnten sich meine Augen daran, daß ich undeutlich die vertrauten Gegenstände im Zimmer erkennen konnte.
Während ich wartete, überdachte ich noch einmal alles, was ich gelesen hatte. Ich gelobte, daß ich im Falle meines Überlebens gleichfalls ein Tagebuch führen würde, damit ich mich und meine Handlungen später beurteilen konnte. Meine Mutter hatte es so ausgedrückt: »Man muß sich selbst gegenüber aufrichtig sein, nur dann kann man das auch anderen gegenüber.«
Mitten in meine Gedanken hinein hörte ich die Uhr im Hof zwölfmal schlagen.
Die Lider wurden mir schwer. Oh, wie ich mich danach

sehnte, friedlich zu schlafen! Doch zum Glück hielt mich die innere Spannung wach. Ich war felsenfest überzeugt, daß ich nicht wieder aufwachen würde, falls ich einschliefe. Und dann könnte ich niemals erfahren, wer meine Mutter getötet hatte.

Ich mußte bereit sein!

Plötzlich - es war wohl etwa eine halbe Stunde nach Mitternacht - hörte ich Schritte, die vor meiner Tür haltmachten. Vorsichtig wurde der Schnappriegel zurückgezogen.

O Gott! Ich flehte innerlich, daß es nicht mein Vater sein möge! Nicht mein eigener Vater!

Die Tür wurde geöffnet. Eine schattenhafte Gestalt schlich näher.

»Senara!« rief ich.

»Ja, ich bin's. Ich konnte nicht einschlafen und bin gekommen, weil ich dir etwas sagen möchte.«

Ich zitterte am ganzen Leib. Senara zog einen schweren Holzstuhl dicht an mein Bett. »Ich muß mit dir reden, Tamsyn. Es ist bei Dunkelheit einfacher für mich. Verstehst du das?«

»Du hast dir eine etwas sonderbare Zeit ausgesucht«, erwiderte ich. Jetzt sind wir zu zweit, falls der Mörder kommt, dachte ich erleichtert.

»Ja, es war früher viel einfacher, als ich noch hier schlief«, sagte Senara. »Ich brauchte dich bloß aufzuwecken und zum Reden zu bringen. Jetzt muß ich herüberlaufen.«

»Warum bist du ins Rote Zimmer gezogen?« fragte ich.

»Das weißt du doch.«

»Dickon kommt also wirklich nachts her?«

»Bist du darüber entsetzt?«

»Ich habe vieles entdeckt, worüber ich entsetzt bin.«

»Meinst du die Aufzeichnungen . . .?«

»Nein, ich meine dich.«

»Ich kann meine Gefühle für Dickon nicht erklären«, fuhr Senara fort. »Schließlich ist er kaum mehr als ein Dienstbote.«

»Das ist sein Pech! Er ist ebenso sorgfältig erzogen wie du. Außerdem singt und tanzt er ausgezeichnet.«

»Das tut er jetzt nicht mehr . . . als Puritaner.«

»Und doch stattet er dir nächtliche Besuche ab.«

»Er versucht, ein guter Puritaner zu sein. Er will mich auch heiraten, Tamsyn.«
»Das ist völlig unmöglich!«
»Ich soll an Lord Cartonel verschachert werden.«
»Vielleicht mag dich der Lord nach der Affäre mit Dickon gar nicht mehr«, gab ich zu bedenken.
Sie lachte schrill. »Dickon geht fort . . . sie segeln schon in einer Woche ab. Stell dir das vor! Ich werde ihn nie mehr sehen. Oh, das kann ich nicht ertragen!«
»Es wird dir kaum etwas anderes übrigbleiben.«
»Doch. Ich könnte mit ihm gehen.«
»Du bist von Sinnen, Senara! Dann müßtest auch du dich dem puritanischen Glauben verschreiben.«
»Ich könnte es ja versuchen . . . so wie Dickon. Ich hätte vermutlich Rückfälle, aber das ist sicher bei allen so. Ich . . . ich möchte wirklich gerne . . . gut sein, Tamsyn.«
»Das wollen sicher die meisten Menschen. Leider sind ihnen dann letzten Endes andere Dinge doch wichtiger.«
»Tamsyn, ich muß dir etwas gestehen. Es geht um Fenn Landor.«
»Was?« Mir stockte der Atem.
»Ich konnte den Gedanken nicht ertragen, daß du heiratest und weggehst. Es ging alles so einfach bei dir. Fenn wurde von der Familie anerkannt, er war edel und gut und würde einen prachtvollen Ehemann abgeben. Ich hielt das für ungerecht.«
»Worauf willst du eigentlich hinaus, Senara?«
»Du bist wirklich töricht, Tamsyn. Immer glaubst du nur das Beste von anderen Menschen. Du hast keine Ahnung, wie das Leben wirklich aussieht. Und Fenn ist dir sehr ähnlich. Ihr beide geht unschuldig durch eine böse Welt. Sieh dir nur mal dieses Schloß an. Schau, wie es hier zugeht!«
»Du weißt es also?« sagte ich entsetzt.
»Aber natürlich! Ich habe beobachtet, was in Ysellas Turm geschafft wurde, und ich habe auch gesehen, wie die Männer mit Maultieren loszogen, wenn die Lichter auf den Türmen nicht brannten. Sie locken Schiffe auf die *Devil's Teeth* und lassen keinen Menschen am Leben. Ich will raten: Du hast die Aufzeichnungen gefunden, in denen deine Mutter diese schrecklichen Dinge beschreibt. Du hast alles gelesen und weißt jetzt nicht, was du tun sollst.«

Ich schwieg. Senara hat recht, dachte ich. Ich bin das reinste Unschuldslamm und sehe nicht, was rings um mich geschieht. Natürlich hatte ich an das Gute in jedem Menschen geglaubt. Aber jetzt war Schluß damit! Ich wußte schließlich, daß mich jemand ermorden wollte.
»Warum hast du's mir nicht schon längst erzählt?« fragte ich.
»Das wollte ich nicht. Aber ich habe meine Kenntnisse ... ausgenützt. Darüber will ich dir jetzt berichten. Jan Leward haßt deinen Vater, seit er ausgepeitscht worden ist. Und Merry haßt ihn fast noch mehr. Die beiden sind gern bereit, alles zu tun, was ihm schaden kann. Ich habe sie vor ein paar Monaten gehörig ausgefragt und eine ganze Menge erfahren. Darunter auch, daß in dem Grab des unbekannten Seemanns in Wirklichkeit Fenns Vater liegt, dessen Schiff auf den *Devil's Teeth* zerschellt ist. Dann haben wir den Stein auf die Gräber gelegt ... es war meine Idee. Jan und Merry dachten, es sollte deinen Vater treffen, doch ich hatte es auf Fenn abgesehen. Ich wollte ihm einen ordentlichen Schreck einjagen, denn ich hab genau gespürt - ich hab nämlich wirklich etwas von einer Hexe an mir, Tamsyn! -, daß er dich in jener Nacht bitten würde, seine Frau zu werden. Davon mußte ich ihn abhalten. Einerseits deshalb, weil es mich störte, daß bei dir alles so einfach ist. Andererseits wollte ich dich aber auch nicht verlieren. Als ich dann beobachtete, daß du den Stein in deinem Schrank verstecktest, habe ich ihn heimlich weggetragen und ins Meer geworfen. Er hatte seinen Zweck erfüllt. Dann schickte ich Jan los, der Fenn erzählte, was hier vor sich geht. Er glaubt nun, daß du über alles Bescheid weißt und es billigst.«
»Senara! Das ist nicht dein Ernst!«
»Doch, doch. Er verabscheut dich und deinen Vater und hat schon einen Kriegsplan ausgeheckt. Er wird hier lauern, wenn dein Vater wieder ein Schiff auf die Felsen gelockt hat, und ihn dabei überraschen. Dann werden wir ja sehen, was geschieht. Deshalb ist er nicht zu Besuch gekommen, Tamsyn. Hier hast du die Erklärung. Ich habe ihm durch Jan auch ausrichten lassen, wo sein Vater begraben liegt.«
Was ich nach Senaras Bekenntnissen empfand, war Freude und Erleichterung. Es gab also einen Grund für Fenns Fernbleiben! Ich konnte mir vorstellen, wie entsetzt er über Jan

Lewards Enthüllungen gewesen war. Wahrscheinlich war er ebenso ratlos gewesen wie ich jetzt.

Ich konnte ihm alles erklären und zum Glück auch beweisen, daß ich nichts vom nächtlichen Treiben meines Vaters gewußt hatte. Schließlich war ja ein Schiff nur dadurch gerettet worden, daß ich die Laternen angezündet hatte.

»Nun glaubst du mir wohl endlich, daß ich eine Hexe bin«, sagte Senara. »Ich stifte Unruhe und Verwirrung, während andere Hexen zum Spaß einen Sturm entfacht haben, als die Königin von Dänemark kam. Ich bin bösartig und durchtrieben. Du darfst ruhig behaupten, daß ich mich dem Satan verschrieben und Gott abgeschworen habe.«

»Und du sprichst davon, Puritanerin zu werden!«

»Du weißt, daß mir das nie gelänge. Ich rede oft dummes Zeug. Aber heute nacht ist etwas Merkwürdiges passiert. Ich wachte auf und wußte, daß ich gleich zu dir gehen und alles gestehen muß. Ich möchte auch, daß Fenn die Wahrheit erfährt.«

»Woher kommt dieser plötzliche Meinungswechsel?«

»Ich weiß, daß es dich ärgert, wenn ich mich als Hexe bezeichne, Tamsyn. Aber es stimmt. Ich reite nicht auf dem Besenstiel und habe auch nicht den satanischen Ziegenbock geküßt, aber ich bringe Unruhe ins Leben aller, die mit mir zu tun haben. Doch jetzt will ich, daß du mit Fenn Landor glücklich wirst. Ich bringe ihn dazu, wieder an dich zu glauben.«

»Das ist lieb von dir.«

Senara lachte. »Nun bist du wieder ganz die alte vertrauensselige Tamsyn. Du hast mir verziehen, wie du immer alles verzeihst. Du glaubst, ich hätte mich gebessert, aber ich bin noch genauso tückisch. Nur heute nacht will ich ausnahmsweise gut sein.«

»Frierst du nicht?« fragte ich besorgt.

»Nein, mich wärmt meine eigene Güte und Tugend.« Sie lachte wieder hellauf. »Schon bald muß ich Dickon Lebewohl sagen. Dann heirate ich Lord Cartonel und führe ein gefährliches Leben!«

Während Senara weiterplauderte, dachte ich ständig an Fenn. Er würde kommen und mich von hier fortholen. Doch was sollte dann aus Schloß Paling und dem Bösen werden, das hier geschah?

Plötzlich glaubte ich ein Geräusch auf dem Korridor zu hören.
»Was ist das?« flüsterte ich.
»Nur der Wind«, sagte Senara, nachdem sie gelauscht hatte.
»Ich dachte, Schritte hätten sich genähert.«
Ich fröstelte und war sehr dankbar, daß Senara bei mir war. Sie sprach noch eine ganze Weile von ihrer Liebe zu Dikkon, über die sie selbst am meisten erstaunt zu sein schien.
In der Morgendämmerung ging Senara in ihr eigenes Zimmer zurück. Das Schloß begann langsam zu erwachen. Nun erst schlief ich ein. Als ich erwachte, war es schon hoher Vormittag.

Am nächsten Tag erfüllte mich nur ein Gedanke. Was konnte ich tun, damit Fenn die Wahrheit erfuhr? Zu ihm hinüberreiten? Es war zu weit für einen Tagesritt ... Mir fiel meine Großmutter ein, aber ich verwarf den Gedanken gleich wieder, denn der Schreck würde sie sicher töten. Wie sollte ich ihr die gräßlichen Machenschaften meines Vaters, das stillschweigende Einverständnis meiner Mutter und schließlich deren gewaltsamen Tod behutsam beibringen? Unmöglich!
Ich konnte es keine Minute länger im Schloß aushalten. Sicher war ich in der vergangenen Nacht nur durch Senaras Anwesenheit vor einem Mordanschlag bewahrt geblieben. Ich hatte deutlich Schritte gehört ... Stundenlang lief ich am Meer entlang und dachte über meinen Vater nach. Merkwürdigerweise empfand ich immer noch einige Zuneigung für ihn. Dabei hatte er mir gegenüber nie väterliche Gefühle gezeigt. Vielleicht war es die Kraft und die angeborene Autorität, die ich an ihm bewunderte. Ich wußte, daß er grausam und böser Taten fähig war, und dennoch konnte ich ihn nicht hassen. Es wäre mir wohl auch unmöglich, gegen ihn auszusagen. Mein einziger Wunsch war, so rasch wie möglich von hier wegzukommen ...
Doch zuerst mußte ich unbedingt noch eine weitere Nacht im Schloß bleiben, um nach Möglichkeit die Wahrheit herauszufinden.
Gestern hatte mich Senara vor einem Anschlag gerettet.

Heute wollte ich allein und gut vorbereitet auf den Mörder warten.
Ich nahm wieder nicht am Abendessen teil und benutzte auch die gleiche Entschuldigung wie am Vortag - ich fühlte mich unpäßlich.
In meinem Zimmer überlegte ich, daß ich mich auf keinen Fall zu Bett legen durfte. Nein, ich wollte mich in der abgeteilten Nische verstecken. Durch die Vorhänge konnte ich beobachten, wer ins Zimmer kam. Ich mußte den Mörder nur glauben machen, daß ich schlafend im Bett läge.
Ich nahm zwei Kissen und legte sie unter die Decke. Da die Nacht sehr dunkel war, würde die Täuschung hoffentlich gelingen. - Wie lang mir die Stunden wurden! Ich wartete hinter dem Vorhang und kämpfte mit der Müdigkeit. Es schlug elf Uhr.
Im Schloß herrschte völlige Stille. Hatte meine Mutter vor ihrem Tod keine bösen Vorahnungen gehabt? Ich war glücklicher dran als sie, denn mich hatte ihr Tagebuch gewarnt. Als ich an die Zukunft dachte, erfüllte mich trotz der Gefahr, in der ich schwebte, eine freudige Erwartung. Vielleicht würde Fenn mich wieder lieben.
Hatte ich eben ein leises Geräusch im Korridor gehört oder es mir nur eingebildet? Ich begann zu zittern, und jeglicher Mut schien mich zu verlassen.
Nein, nein, ich hatte mich geirrt! Vielleicht war eine harmlose Maus den Gang entlanggehuscht . . . Doch nun hörte ich wieder einen Laut, und mit Entsetzen sah ich, daß der Riegel zur Seite gezogen wurde.
Eine schattenhafte Gestalt glitt auf mein Bett zu.
Ich riß die Vorhänge zurück und trat hervor. Meine Stiefmutter fuhr hastig herum und starrte mich an. Zum ersten Mal machte sie einen verwirrten Eindruck.
Ich nahm ihr das schwere, feuchte Tuch aus der Hand. »Du hast meine Mutter umgebracht«, sagte ich.
Sie gab keine Antwort. Im Halbdunkel glich ihr Gesicht wieder einer unbeweglichen Maske. Sie hatte die erste Überraschung überwunden und war so ruhig und gelassen wie eh und je.
Wortlos drehte sie sich um und ging hinaus. Ich blieb unbeweglich stehen und hielt immer noch das feuchte Tuch, ihr Mordwerkzeug, in der Hand.

Ich verbrachte eine schlaflose Nacht. Was sollte ich tun? Ich wußte es nicht. Ich wußte nur, daß ich am nächsten Morgen meine Stiefmutter dazu bringen mußte, mir zu gestehen, wie sie meine Mutter getötet hatte.
Im Laufe der Nacht war Sturm aufgekommen. Mit dumpfem Laut brandeten die Wellen gegen die Felsen. Der Wind heulte klagend um die Schloßmauern.
Als ich früh am Morgen in die Halle hinunterkam, waren die Dienstboten schon bei der Arbeit. Von meiner Stiefmutter war keine Spur zu sehen.
Sie blieb auch später unsichtbar, aber ich sah meinen Vater. Er kam allein vom Meeresturm zum Schloß herüber. Ich ging ihm entgegen und vertrat ihm den Weg. »Ich muß mit dir reden, Vater.«
Er starrte mich an. So wagte niemand sonst mit ihm zu sprechen. Aber ich fürchtete mich nicht mehr. Als er mich zur Seite stoßen wollte, ergriff ich seinen Arm.
»Ich habe etwas . . . Schreckliches entdeckt, Vater.«
Er zog finster die Brauen zusammen, und einen Augenblick lang glaubte ich, er würde mich schlagen. »Komm herein«, sagte er nach kurzem Zögern. »Hier können wir nicht reden.«
Ich ging vor ihm her zu meinem Schlafzimmer, denn dort wollte ich ihm alles erzählen - dort, wo ich in der vergangenen Nacht beinahe umgebracht worden wäre.
Ich blickte ihm furchtlos in die Augen, und da er Mut bei anderen immer geschätzt hatte, wurde seine finstere Miene um ein weniges freundlicher.
Doch sein Gesichtsausdruck veränderte sich jäh, als es aus mir herausbrach: »Heute nacht hat deine Frau mich zu ermorden versucht . . . auf die gleiche Art, wie sie meine Mutter getötet hat.«
Es traf mich wie ein Schlag, als ich an seinem Blick erkannte, daß er über den Mord an meiner Mutter Bescheid wußte.
»Ich hatte Maria im Verdacht«, fuhr ich fort und deutete auf die Nische. »Dort hinter dem Vorhang habe ich gewartet. Sie hat meine Mutter genauso getötet, wie Lord Darnley von seinen Mördern getötet wurde. Ich weiß, wie das gemacht wird. Man preßt dem Opfer ein feuchtes Tuch über Mund und Nase, bis es erstickt ist. Es gibt keine verräteri-

schen Zeichen ... nichts. So ist meine Mutter gestorben. Und du hast es gewußt, vielleicht auch dabei geholfen. Oder habt ihr den Mord gar gemeinsam geplant?«

»Nein, du irrst dich!« rief er mit großem Nachdruck, und ich war sehr froh, daß ich ihm wenigstens das glauben konnte.

»Aber du wußtest jedenfalls, daß sie es getan hat«, fuhr ich fort. Er gestand seine Schuld durch sein Schweigen ein.

»Du ... du, ihr eigener Ehemann ... mein Vater«, stammelte ich. »O Gott, mein eigener Vater!«

Ich hatte bisher niemals erlebt, daß er eine Lage nicht gemeistert hätte. Doch nun war er zutiefst erschüttert und nahezu hilflos. Ich las in seinem Blick sogar Schmerz. Da ich das Tagebuch gelesen hatte, wußte ich von der tiefen Leidenschaft, die er anfangs für meine Mutter empfunden hatte. Offensichtlich erinnerte auch er sich jetzt daran. Seit ihrem Tod war er wohl kein glücklicher Mann mehr gewesen, aber in mir regte sich nicht das leiseste Mitleid.

»Ich habe sie so geliebt«, sagte ich mit zitternder Stimme.

»Auch ich liebte sie«, antwortete er leise.

»Und dennoch ...«

Mein Vater war wieder er selbst, alle Weichheit verschwunden. »Du kannst das nicht begreifen«, sagte er rauh. »Maria war unwiderstehlich. Meinetwegen magst du sie ruhig eine Hexe nennen. Sie hat mich jedenfalls verzaubert.«

»Obwohl du wußtest, daß sie deine Frau kaltblütig ermordet hat, hast du sie geheiratet.«

»Du bist zu jung, um das zu verstehen.«

»Oh, ich verstehe sehr gut - ungezügelte Leidenschaft ... körperliche Lust«, sagte ich verächtlich.

»Es war viel mehr als das!«

»Für mich bist du ein Mörder ... mitschuldig am Tod meiner Mutter«, erwiderte ich heftig.

»Es geschah, ohne daß ich etwas davon wußte. Ich konnte nichts tun, um es zu verhindern.«

»Nein. Du konntest Maria aber heiraten und das genießen, was nur durch ihr Verbrechen möglich geworden ist.«

»Du wirst es nie verstehen!«

»Im Gegenteil! Ich verstehe viel zu gut.«

»Hüte deine Zunge, Mädchen! Sonst schleppe ich dich in den Hof und peitsche dich dort eigenhändig aus.«

»Ja, dazu wärst du durchaus imstande«, sagte ich.
Er hielt mich nicht auf, als ich an ihm vorbei zur Tür ging und ihn allein in meinem Schlafzimmer zurückließ.

Ich wußte nicht, was ich tun sollte. Den ganzen Vormittag über hatte ich meine Stiefmutter gesucht, aber nicht gefunden.
Am Nachmittag kam Fenn in unseren Hof geritten.
Als ich seine Stimme hörte, fing mein Herz wild zu klopfen an. Ich lief zu ihm hinaus.
»Endlich bist du gekommen«, flüsterte ich.
Er sprang vom Pferd und ergriff meine Hände. »Ich habe dir Unrecht getan, Tamsyn«, sagte er. Obwohl ich wahrhaft Grund hatte, über die Geschehnisse im Schloß tieftraurig zu sein, überkam mich bei Fenns Worten große Glückseligkeit.
»Ich muß mit dir reden«, fuhr er fort. »Wo sind wir ungestört?«
»Bei den Gräbern.« Wir gingen Hand in Hand dorthin.
»Es ist also mein Vater, der hier liegt«, sagte er und ballte die Fäuste. »Diese Mörder! Ich werde ihn rächen.«
»Ich war tief gekränkt, als du nicht mehr kamst, Fenn.«
»Wenn du wüßtest, wie elend erst mir zumute war. Am schlimmsten war der Gedanke, daß du bei allem stillschweigend mit im Bunde warst.«
»Ich habe nie etwas davon gewußt!«
»Ja, das weiß ich inzwischen. Du hast sogar eines von unseren Schiffen gerettet. Der Kapitän hat mir selbst erzählt, daß nur durch die Lichter ein Unglück vermieden wurde. Und du hast sie wieder angezündet, nachdem sie absichtlich gelöscht worden waren.«
»Ich erfuhr erst durch das Tagebuch meiner Mutter von dem schrecklichen Treiben meines Vaters. Sie wußte es, aber ... sie war ja auch seine Frau.«
Er nickte. »Ich liebe dich, Tamsyn«, sagte er dann leise.
»Was für ein seltsamer Ort, um so glücklich zu sein!«
»Bevor ich zu dir von Liebe sprechen kann, muß ich etwas erledigen. Dein Vater ist schuld am Tod meines Vaters. Ich habe geschworen, daß er gerächt wird. Ich bin heute hier, um von Haß zu sprechen, nicht von Liebe. Tamsyn, ich kann niemals vergessen! Ich werde ihn töten. Er soll für das

Leben meines Vaters und vieler unschuldiger Seeleute büßen.«
»Laß uns doch von hier weggehen, Fenn! Ich will dieses Schloß nie wiedersehen. Der Wind, der um die Mauern heult, das Böse, das hier geschehen ist - es macht mich krank. Laß uns bitte weggehen«, wiederholte ich.
»Und was dann? Sollen sie weiterhin Unschuldige in den Tod locken dürfen?«
»Aber was können wir dagegen tun?«
»Dein Vater wird keine Schiffe mehr plündern, glaub mir!«
»Fenn, er ist in dieser Gegend der mächtigste Mann. Ich kenne keinen, der nicht vor ihm zittert. Willst du Klage gegen ihn erheben? Wo? Bei wem? Es würde nichts geschehen. Er ist zu mächtig, Fenn. Du kannst ihn nicht aufhalten. Er hat Mittel und Wege, sich dem Gesetz zu entziehen.«
Er nickte, und in seine Augen trat ein abwesender Ausdruck. »Es gibt nur eines, ihn von weiteren Greueln abzuhalten: Ich muß ihn selbst töten.«
»Aber du bist doch ein Mann des Friedens, Fenn!«
»Nur so wird Frieden einkehren, Tamsyn. Man muß manchmal einen Menschen beseitigen, wenn der die Gesellschaft, in der wir leben, untergräbt und zerstört. Wir mußten die Spanier töten, als wir gegen die Armada kämpften, und ich hatte kein Mitleid mit ihnen. Wir haben nur dadurch unser Land vor diesem grausamen Feind bewahrt. Ich würde immer wieder gegen jeden Spanier kämpfen, der England zu erobern versucht. Doch in diesem Fall liegt die Sache ganz anders. Da ist ein Kauffahrteischiff, mit reicher Fracht beladen. Dein Vater will diese Fracht für sich haben und lockt das Schiff dorthin, wo es auf die Felsen auflaufen muß. Er schickt Hunderte von Männern und Frauen in den Tod - Überlebende darf es nicht geben, sie könnten sein Verbrechen dort anklagen, wo es auch geahndet wird. Nein, es gibt wirklich nur eine Möglichkeit, Tamsyn.«
Ich schaute ihn ängstlich an. In seinem Blick lag fanatischer Haß, der so gar nicht zu ihm paßte.
»Ich werde deinen Vater töten«, sagte er hart.
»Nein, Fenn!« rief ich und schlang die Arme um ihn.
Er löste sich aus meiner Umarmung und nickte traurig. »Immer würde zwischen uns stehen, daß er meinen Vater

umgebracht hat. Ich kann es nie vergessen oder gar vergeben! Und wenn ich deinen Vater töte, wirst du mir nicht verzeihen können.«

Er blickte noch einmal die drei Gräber an. Dann drehte er sich wortlos um und ging weg.

Ich lief hinter ihm her, denn ich mußte ihn unbedingt aufhalten. Er hatte mit tödlichem Ernst gesprochen. Fenn hatte seinen Vater vergöttert, und mein Vater war schuld an dessen Tod - auch wenn er ihm nicht ein Entermesser in die Brust gestoßen hatte.

Durch das Heulen des Sturms hörte ich laute Stimmen.

»Er ist draußen«, schrie ein Mann.

Vier von den Leuten, die für meinen Vater arbeiteten, standen im Hof des Meeresturms beisammen.

»Er ist bei den *Devil's Teeth* draußen«, erklärte Jack Emms, ein derber Mann mit rohem Gesicht.

»Warum sollte er dort hinaus rudern?« rief Fenn. »Es liegt doch kein Wrack zwischen den Felsen. In den beiden vergangenen Monaten hat es meines Wissens kein Schiffsunglück gegeben.«

»Aber dort ist er, Master.«

Fenn hatte den Mann bei der Gurgel gepackt. Ich hätte nie geglaubt, daß er so jähzornig sein könnte.

»Sag mir jetzt sofort, wo er steckt!« schrie er den Mann an. »Oder es wird dir verdammt leid tun.«

Da erkannte ich, daß Fenn ebenso stark war wie mein Vater. Ich hatte ihn für sanft gehalten, und das war er in gewisser Weise auch. Überdies war er ein Idealist, wie sein Vater es gewesen war. Doch nun loderte gerechter Zorn in ihm.

»Er ist mit Jan Leward rausgerudert, Master. Es gibt immer noch Fracht, die in den gekenterten Schiffen bleibt. Drum müssen wir immer mal wieder raus, um sie zu holen«, keuchte Jack Emms.

»Ich werde ihn erwischen bei seinem scheußlichen Geschäft«, rief Fenn.

»Nein, Master! Nein!«

»Doch, ich tu's!« schrie Fenn zurück.

Ich war wie von Sinnen vor Entsetzen. Mein Vater war da draußen inmitten der peitschenden Wellen und des heulenden Windes. Und Fenn wollte ebenfalls dorthin - mitten unter seine Feinde.

Ich mußte ihn anflehen, ihn zur Vernunft bringen . . . Jack Emms ist dein Feind wie alle diese Männer, Fenn. Sie werden dich töten, weil du hier wie ein Racheengel auftauchst. Du willst ihnen ihren Verdienst nehmen, Fenn. Bitte, geh nicht! Doch ich wußte genau, daß ich ihn umsonst bitten würde. Er brannte darauf, meinem Vater ins Gesicht zu schleudern, daß er ihn für einen abscheulichen Mörder hielt. Er wollte ihn umbringen. Nein, Fenn würde nicht mit mir weggehen und weit entfernt von Schloß Paling leben. Er hatte recht - auch ich könnte es nicht. Bei Sturm würden wir immer an die unglücklichen Schiffe denken müssen, die in Gefahr waren, auf die *Devil's Teeth* aufzulaufen. Die Schreie der Ertrinkenden würden uns das ganze Leben lang verfolgen.

Ich hatte mich entschlossen. Wenn Fenn dort hinausfuhr, dann kam ich mit ihm. Rasch sprang ich ins Boot.

»Nein! Geh zurück!« schrie Fenn. Doch ich schüttelte den Kopf.

Fenn sah mich entsetzt an. Ich erkannte, daß die Angst um mich größer war als der rasende Haß auf meinen Vater.

»Mein Vater ist ein Mörder«, sagte ich. »Er ist schuld am Tod von Hunderten.« Ich dachte an meine Mutter, die er zwar nicht getötet, deren Mörderin er aber geheiratet hatte. Seine Strafe war gewesen, daß er seit ihrem Tod keine glückliche Stunde mehr gehabt hatte. Ich wollte nicht, daß Fenn jene Gewissensbisse quälten, die jeden Mörder - selbst den kaltblütigsten - heimsuchen. »Ich bitte dich, Fenn«, fuhr ich fort. »Belaste dein Gewissen nicht mit einem Mord.«

Sein Gesicht verhärtete sich. »Er hat meinen Vater getötet.«

»Ich weiß. Aber trotzdem sollst du nicht das gleiche tun. Die Erinnerung daran wird dich sonst dein ganzes Leben lang verfolgen. Fenn, wir haben einander. Denk doch daran!«

Er schüttelte den Kopf. Inzwischen waren wir bei den schrecklichen Felsspitzen angekommen, zwischen denen es gefährliche Strudel gab. Eine schwere Holzkiste mit Eisenscharnieren hatte sich zwischen den Felsen verklemmt. Mein Vater war hinausgefahren, um sie zu bergen.

»Colum Casvellyn! Ihr habt meinen Vater umgebracht - deshalb werde ich Euch töten!« schrie Fenn.

Mein Vater fuhr ruckartig herum und das Boot schwankte heftig. Völlig verblüfft starrte er uns einige Augenblicke an. »Was seid ihr für Narren! Fahrt an Land! Hier in den Felsen lauern tausend Gefahren. Dies ist kein Kinderspiel!« schrie er herüber.
»Ich weiß, wie gefährlich diese Felsen sind. Durch Eure Schuld waren sie das Verderben meines Vaters.«
»Geh weg, Dummkopf! Misch dich nicht in meine Angelegenheiten!«
Fenn war in seiner Erregung aufgestanden. »Fenn, sei vorsichtig, ich bitte dich!« flehte ich ihn an. Gleich darauf hörte ich das spöttische Gelächter meines Vaters.
»Ja, sei du nur immer vorsichtig, du . . . Händler! Du verstehst dieses Geschäft hier nicht! Es ist viel zu gefährlich für dich, Junge.« Seine Stimme klang verächtlich.
Im nächsten Augenblick kippte meines Vaters Boot, und er stürzte seitlich über die Bordkante. Nun schwamm das Boot kieloben. Ich hörte einen Schmerzensschrei. Dann sah ich, wie mein Vater die Arme hochriß und in den schäumenden Wellen versank. Kurz darauf tauchte er wieder auf.
»Ich hole ihn«, rief Fenn.
»Nein, das ist viel zu gefährlich«, warnte ich ihn, doch Fenn war schon ins Wasser gesprungen und schwamm auf meinen Vater zu.
»Weg mit dir!« brüllte mein Vater. »Ich stecke fest. Die *Devil's Teeth* haben mich gepackt . . . kann mich nicht befreien. Du gehst dabei drauf, du Narr!«
Fenn kümmerte sich nicht um das Geschrei seines Todfeindes.
Minuten vergingen, während ich entsetzt beobachtete, wie sich das Wasser rötlich verfärbte. Ich werde beide verlieren! dachte ich.
»Fenn! Es nützt nichts! Du kannst ihn nicht retten!« rief ich in meiner Verzweiflung, doch er hörte nicht auf mich.
Es kam mir wie eine Ewigkeit vor, bis ich Fenn helfen konnte, den verstümmelten Körper meines Vaters ins Boot zu ziehen.

Mein kühner, grausamer Vater lag im Bett. Der Arzt hatte festgestellt, daß beide Beine schwer verletzt waren. Wie oft

hatte mein Vater sich damit gebrüstet, die *Devil's Teeth* besser als jeder andere zu kennen. Aber nun hatten sie ihn besiegt. Die Strudel waren schon bei ruhigerem Wellengang gefährlich, doch bei Sturm zogen sie selbst einen starken und geübten Schwimmer in die Tiefe.
Es erfüllte mich mit großem Stolz, daß ausgerechnet Fenn ihm das Leben gerettet hatte. Fenn, der ihn hatte töten wollen! Er hatte sein eigenes Leben gewagt, um ihn herauszuholen.
Als ich die zerschmetterten Beine meines Vaters gesehen hatte, wußte ich auch ohne ärztliche Kenntnisse, daß er nie wieder würde gehen können.
Melanie übernahm die Pflege, die gute, tüchtige Melanie, der wir alle dankbar sein mußten, vor allem in den kommenden Jahren.
Mein Vater lebte als ein Schatten seiner selbst weiter. Nie mehr gehen zu können, war für diesen lebensstrotzenden Mann die ärgste aller Strafen. Die *Devil's Teeth*, die er als Mordwaffe gegen so viele Menschen benutzt hatte, waren sein Schicksal geworden.
Fenn kam zu mir, nachdem der Arzt das Schloß verlassen hatte. Wir sahen uns schweigend an. Dann legte er die Arme um mich, und ich wußte, daß wir immer zusammenbleiben würden.

Am nächsten Morgen fanden wir den Umhang meiner Stiefmutter am Strand. Er lag an derselben Stelle, wo meine Mutter sie einst gefunden hatte.
Es wurde vermutet, daß sie ins Wasser gegangen war.
Natürlich waren alle Dienstboten in heller Aufregung. Den Herrn hatte ein rächendes Schicksal schwer geschlagen, und die Herrin war verschwunden . . . auf ähnlich seltsame Weise, wie sie aufgetaucht war.
Sie hatten es ja immer schon gewußt, daß sie eine Hexe war!
Fenn schlug vor, ich solle zu meiner Großmutter ziehen, bis wir heiraten könnten, doch ich lehnte ab. Ich wollte unbedingt noch eine Weile die schwangere Melanie unterstützen, die für meinen Vater sorgte.
Meine Stiefmutter war fort, mein Vater ein Krüppel. Die Familie Casvellyn war schwer bestraft worden.

Senara kam in mein Zimmer gestürmt. »Wie rasch hat sich alles gewandelt«, sagte sie. »Nun hast du deinen Fenn ja doch bekommen, und er konnte sogar noch beweisen, was für ein edler Mensch er ist. Er zieht aus, um jemanden zu töten, und rettet ihn statt dessen. Nun werdet ihr sicher als ein Herz und eine Seele für immer friedlich und glücklich zusammenleben.«
»Du kannst dich ruhig lustig machen, Senara. Aber ich werde mich wirklich wie im siebten Himmel fühlen.«
»Und was ist mit mir?«
»Ich hoffe sehr, daß auch du . . .«
»Dickon geht nach Holland. Kann ich ohne ihn glücklich sein?«
»Wenn ich verheiratet bin, sollst du bei uns leben, Senara, denn ich glaube nicht, daß du hier im Schloß dein Glück findest.«
»Und meine Hexenkünste würden dich nicht stören?«
»Schluß mit diesem Gerede!«
»Ich bin jetzt ganz allein. Meine Mutter ist fort . . .«
»Sie mußte das Schloß verlassen, Senara. Schließlich hat sie meine Mutter getötet und hätte auch mich auf teuflische Weise erstickt, wenn ich nicht rechtzeitig Verdacht geschöpft hätte.«
»Was ist deiner Meinung nach mit ihr geschehen, Tamsyn?«
»Ich glaube wie alle, daß sie ins Wasser gegangen ist.«
Senara lachte hellauf. »Du wirst dich nie ändern. Denkst du etwa, daß sie von Gewissensbissen gepeinigt wurde?«
»Nein. Ich glaube eher, sie fand, daß sie hier nicht länger bleiben konnte. Sie war als Mörderin entlarvt, mein Vater ein Krüppel für den Rest seines Lebens. Ihre Sünden haben sie zu schwer belastet.«
»Unsinn! Ich kenne ihre Lebensgeschichte, im Gegensatz zu dir. Sie stammte aus einem edlen spanischen Geschlecht und fuhr mit ihrem Mann, meinem Vater, auf jenem Schiff, das auf den *Devil's Teeth* zerschellte. Das hat sie nie verwunden, wie sie mir erzählte. Sie kam mit der festen Absicht hierher, die Familie des Mannes zu zerstören, der ihr Leben zerstört hatte. Sie bezauberte deinen Vater und war von Anfang an seine Geliebte. Er wurde ihrer nie überdrüssig. Sie zog kurz nach meiner Geburt in ein Haus mitten im

Walde, das dein Vater für sie erworben hatte. Dort besuchte er sie häufig und geriet immer stärker in ihren Bann.«
Ich hörte dieser erstaunlichen Geschichte fassungslos zu.
»Dann kehrte sie wieder zurück und schaffte deine Mutter aus dem Weg, um ihren Liebhaber heiraten zu können. Doch mehr und mehr bekam sie das Leben hier satt. Sie dachte häufig an das heiße Klima Spaniens, an die vielen Blumen und die vornehmen, galanten Höflinge. Lord Cartonel ist übrigens nicht meinetwegen so oft gekommen, Tamsyn. Nein, er wollte meine Mutter sehen. Und nun ist sie mit ihm weggegangen. Sie ziehen bestimmt nach Spanien, und wir werden nie mehr etwas von ihnen hören.«
»Sprichst du die Wahrheit, oder ist das eines deiner Hirngespinste?«
»Ein aufregender Bericht, nicht wahr? Du wirst übrigens feststellen, daß auch Lord Cartonel verschwunden ist. Ich glaube, er ist ein spanischer Spion.«
»Sie bringt es also fertig, ihre einzige Tochter zu verlassen und nie wiederzusehen?«
»Aber natürlich! Meine Mutter hat mich doch sogar allein gelassen, als ich noch ein kleines Kind war. Kinder paßten nicht in ihr Leben, Tamsyn. Sie hat mich nicht haben wollen . . .« Senara zuckte die Achseln. »Für dich ist das schwer zu verstehen, da du eine besonders liebevolle Mutter und Großmutter hattest. Wir sind anders. Sie war auf ihre Weise eine Hexe, und ich bin es auf meine Art.«
»Senara! Wann hörst du endlich mit diesem gefährlichen Gefasel auf?« sagte ich böse.
»Das Leben ist nun einmal nicht friedlich, Tamsyn. Selbst du müßtest das inzwischen erkannt haben. Auch wenn du deinen Fenn geheiratet hast und eure Kinder heranwachsen, ist es gefährlich.«
Natürlich hatte sie recht. Ich wollte jedenfalls gemeinsam mit Fenn all dem mutig entgegentreten, was das Schicksal für mich bereithielt.

Merkwürdigerweise war es ausgerechnet Melanie, die meinen Vater, der sich einfach nicht mit seinem Unglück abfinden wollte, am besten zu beruhigen und besänftigen verstand. Es war für uns alle eine Überraschung, wie stark die sanfte Melanie sein konnte. Auch mein Bruder Connell hatte sich verändert. Er war nun das ›Familienoberhaupt‹, denn der armselige Krüppel, zu dem mein stolzer Vater geworden war, konnte den vielfältigen Aufgaben natürlich nicht mehr gerecht werden. Connell schien durch die neue Verantwortung gereift, und erfreulicherweise sah er Melanie in ganz neuem Licht. Sie war nicht länger das langweilige kleine Ding, das er nur wegen der stattlichen Mitgift geheiratet hatte. Früher war ich sehr in Sorge, daß Connell meinem Vater immer ähnlicher würde, doch nun war er ein anderer. Ich war sehr froh für ihn und Melanie.

Eines Abends unterhielt ich mich mit Senara in meinem Schlafzimmer. Es wurde schon dunkel. Plötzlich sah ich in einiger Entfernung einige Lichtpünktchen. Eine Gruppe von Leuten mit Fackeln kam den gewundenen Pfad zum Schloß herauf.

Als ich ihren Singsang hörte, lief es mir kalt den Rücken hinunter. »Heraus mit der Hexe!« krakeelten sie.

Senara stand mit aufgerissenen Augen neben mir. »Sie sind aufs Töten aus«, flüsterte sie. »Sie wollen meine Mutter holen.«

»Gott sei Dank, daß sie weg ist!«

»Ja, sie hat sie wieder überlistet.«

Die Fackeln warfen ihr helles, flackerndes Licht in die Dunkelheit, und die Stimmen drangen immer lauter und grölender herauf.

Merry kam ins Zimmer gelaufen.

»Sie wollen die Hexe holen, die Hexe aus dem Meer.«

»Wissen sie denn nicht, daß sie verschwunden ist?« fragte ich.

»Doch, doch . . .« Merry warf Senara einen furchtsamen Blick zu. »Wenn sie die Hexe vom Meer nicht haben können, wollen sie wenigstens ihre Tochter. Gott helfe uns allen! Wenn der Master noch ganz der alte wäre, würden sie's nie und nimmer wagen. Aber nun ist er nicht mehr als ein Wrack, das auf den *Devil's Teeth* zerschmettert wurde. Niemand wird sie aufhalten!«

Die abergläubischen Leute hatten die Hexe aus dem Meer schon immer gewollt. Sie hatten sie heimlich beobachtet und für jedes Unglück verantwortlich gemacht. Sie glaubten auch, daß sie meinen Vater verhext hatte, fürchteten ihn aber so sehr, daß sie nichts gegen sie zu unternehmen wagten, solange er da war, um sie zu beschützen.

»Sie werden mich finden, Tamsyn«, sagte Senara. »Dann werden sie mich auf einen Scheiterhaufen stellen und lebend verbrennen. Oder sie werden mich an einem Galgen aufhängen. Armer Dickon! Das Herz wird ihm brechen!«

Connell und Melanie kamen herein und stellten sich zu uns ans Fenster.

»Der Pöbel lungert vor dem Tor herum und schreit nach der Hexe«, sagte mein Bruder.

»Sie ist doch weg!« erwiderte ich verzweifelt.

Er schaute zu Senara hinüber. »Das Pack ist blutdürstig! Du mußt verschwinden und darfst nie mehr herkommen, denn hier bist du nicht sicher. Ich werde sie in Schach halten und ihnen zeigen, wer hier der Herr und Meister ist.«

Ich glaubte, meinen Vater sprechen zu hören. Rasch wandte ich mich an Senara und zog sie am Arm hinter mir her. »Komm! Wir verlassen das Schloß durch den Meeresturm. Dort sind sie bestimmt noch nicht. Wir nehmen uns zwei Maultiere.«

»Wohin wollt ihr?« fragte Connell.

»Nach Leyden Hall«, erwiderte ich. »Die Deemsters werden sie verstecken, bis sie gemeinsam nach Holland segeln.«

»Macht schnell!« sagte Connell.

Die Nachtluft kühlte unsere erhitzten Gesichter, als wir ein Stück am Meer entlang ritten.

Senaras Augen leuchteten. Ich wußte, daß sie selig war, mit Dickon fortziehen zu können. Das Schicksal hatte ihr die Entscheidung abgenommen.

Der Abschied von Senara fiel mir sehr schwer. Aber ich hatte eine gemeinsame Zukunft mit Fenn vor mir.